延安地平线丛书
YAN'AN DIPINGXIAN CONGSHU

YAN'AN
YING
TIANXIA

延安赢天下

朱鸿召——著

陕西新华出版传媒集团 陕西人民出版社

图书在版编目（CIP）数据

延安赢天下/朱鸿召著. — 西安：陕西人民出版社，2018

ISBN 978-7-224-12697-6

Ⅰ. ①延… Ⅱ. ①朱… Ⅲ. ①纪实文学— 中国— 当代

Ⅳ. ①I25

中国版本图书馆CIP数据核字（2018）第057195号

出 品 人：惠西平
总 策 划：宋亚萍
策划编辑：刘景巍
责任编辑：王亚嘉
程诗遥
整体设计：佀哲峰
翟 竞

延安赢天下

作 者 朱鸿召
出版发行 陕西新华出版传媒集团 陕西人民出版社
（西安北大街147号 邮编：710003）
印 刷 西安建明印务有限公司
开 本 787 mm × 1092 mm 16开 23.25印张 2插页
字 数 320千字
版 次 2018年10月第1版 2018年10月第1次印刷
书 号 ISBN 978-7-224-12697-6
定 价 59.00元

目录
CONTENTS

前言： 延安十年赢天下

一

延安是一座小城，延安是一个时代的先锋，延安是孕育新中国的摇篮。

延安十年（1937～1947），黄土地上，共产党领导的中国现代革命从这里转危为安，毛泽东思想在这里形成，中国特色社会主义理论和道路从这里起步。

延安十年，延水河边，中国共产党人何以取得存在的合法性、成长的合理性、发展的突破性，从而赢得民心、赢得天下？这是一个巨大的历史命题、一个深刻的学术课题，也是一个具有非常现实启发意义的社会话题。在21世纪后现代中国与全球化语境下，梳理延安生活，解析延安社会，重塑延安精神传统，可以激励人生，锻造团队，启发事业，昭示后昆。

二

抗日战争改变了中国历史。小城延安顿时成为充满朝气的年轻人的世界。

在民族危机空前严重的情况下，中国共产党坚决抗日的政治主张，得到广大民众的一致认可。自1936年西安事变至1941年皖南事变前后，随着国共两党关系的一松一紧，成千上万的青年知识分子奔向延安。据八路军西安办事处统计，1938年5月至8月，经该处介绍赴延安的知识青年有

2288 人；全年总计有 1 万多名青年从这里获准去延安。

另据国民政府教育部统计，抗战前全国专科以上学校在校学生4.2922万人，至 1940 年减至 3 万余人。大约有 1.2 万学生流失，其中主要是奔赴延安。

“广招天下士，诚纳四海人。” “谁抢到了知识分子，谁就抢到了天下。”时任中共中央组织部部长陈云的主张变成了党的政策，促成了一个时代的先锋行动。1937 ~ 1942 年间，延安先后创办了中国人民抗日军政大学（抗大）、陕北公学（陕公）、鲁迅艺术学院（鲁艺）、中国女子大学（女大）、延安自然科学院、马列学院（中央研究院）、军事学院、农业学院、中国医科大学（医大）、俄语专科学校（俄专）等 20 多所院校，面向全国招生。南京、武汉、西安、重庆、太原、桂林、兰州、迪化（乌鲁木齐）等地的八路军办事处以及广州的八路军通讯处，千方百计将知识青年一批批送往延安。在物质条件非常艰苦的环境下，延安对所有教育基本实行免费。

处于战争环境下的延安社会，“公家人”全民皆兵，老百姓都被组织起来，闲散人员如“二流子”都被看管起来进行改造，所以社会清明，路不拾遗，夜不闭户。曾经在这里生活过的人们，直到晚年还念念不忘这种境界。“我们住的窑洞的门，都是没有锁的，只有一个铁丝钩钩在里头。据说根本不用锁，只是怕夜里有狼进屋才钩住点。……人们外出时根本就用不着锁门，路上丢了东西也会有人送回来给你。”翻阅延安时期的《解放日报》，经常可以看到报眼或边角处刊登的失物招领启事，小到钢笔，大到骡马。

1939 年底，蔡若虹、夏蕾夫妇从上海出发，取道香港、越南、昆明、贵阳、重庆、西安等地，经过七个多月的辗转跋涉，终于来到憧憬已久的革命圣地延安，情不自禁地惊叹：“延安啊延安，你从艰苦中找得乐观，你从劳动中夺取幸福，你从战斗中获得安乐与发展！延安啊延安，我不能用别的名称叫你，我只能称呼你是个‘赤脚天堂’！”①

延安马列学院被称为当时延安最高学府，张闻天以中共中央总书记兼

---

① 蔡若虹：《赤脚天堂——延安回忆录》，第 129 页，长沙：湖南美术出版社，2000 年 4 月版。

中央宣传部部长身份，再兼任马列学院院长，他主张自由辩论的教学方式。每次课程由教师主讲后，都安排学员讨论，鼓励大家联系实际，开拓思路。谁也不怕说错了话，彼此之间不扣帽子，更不记账。各班组各年级之间还经常举办辩论会，在平房门前，摆上一张桌子就讲演开了。有讲正面意见的，有讲反面话当“反派”的。几年时间里，他们先后辩论的话题有：抗日战争是持久论还是速胜论；帝国主义是真老虎还是假老虎；统一战线能否长久不变；希特勒是真才能还是假才能；等等。据当时经历者回忆，争论得十分激烈，时而引起哄笑，问题愈辩愈明，把模糊的思想认识都摆出来解决。那种畅所欲言，敢于暴露思想，虚心探讨，相互学习，理论联系实际的学风，给参与者终生难忘的印象。

1942 年 5 月，延安文艺座谈会上，毛泽东在 5 月 2 日第一次会上发表讲话（即后来整理成文的《在延安文艺座谈会上的讲话》的序言部分），引起与会代表或赞成或附和或反对的不同声音，以及在 5 月 16 日第二次会和 23 日第三次会上的激烈争论。毛泽东全程参加会议，认真听取代表们发言，包括批评和反对意见，到第三次会议下半场才一一作答，并且自称这次讲话是代表们出题目，让他来交答卷。

对别人的宽容，本质上是出自于对自己的自信。延安文艺座谈会前，毛泽东为了征询文艺界意见，先后拜访或约见很多文艺家谈话。时任青年艺术剧院院长的塞克，才大气粗，性格刚直，接到毛泽东约请通知后，竟然提出条件：“有拿枪的站岗我不去!”

在其他同志的劝导下，塞克还是应约去了。走到杨家岭，他发现沿路岗哨全撤了，很远就看见毛泽东已经站在窑洞外等候了。那天他们谈了四五个小时，毛泽东还留他一起共进午餐。后来，他感到惭愧，不该那么怪异嚣张。

整风运动后，这些专职作家、艺术家们纷纷离开窑洞，打起背包，深入乡村、工厂，组织开展群众性的革命秧歌运动，开创了中国现代文学和现代文化的新篇章。

三

“三三制”抗日民主政权建设，是共产党在局部执政环境下，组织人民群众自己管理各级政权的有益尝试。

1940 年 3 月 6 日，毛泽东为中共中央起草关于抗日根据地政权问题的指示，提出抗日民族统一战线政权在人员构成上实行“三三制”。“根据抗日民族统一战线政权的原则，在人员分配上，应规定为共产党员占三分之一，非党的左派进步分子占三分之一，不左不右的中间派占三分之一。”这是一种政治策略，对内是为了争取团结一切抗日力量，对外是为了对抗国民党政权。在抗日民族统一战线的旗帜下，国共两党既合作又斗争，争夺民心，从而获得政权存在的合法性。

1941 年 1 月 30 日，边区中央局发出指示，要求在选举活动中彻底贯彻“三三制”原则，建立模范的新民主主义政权。并要求将“‘三三制’政策，不仅要实行于议会，还要实行于政府机关中”，“在这次选举活动中，应仔细的有步骤的大胆的选举非党进步人士到政府机关为行政人员，虽然在数量上不应机械的凑足三分之二，但过去某些党包办式的办法，必须坚决的纠正”。要用“三三制”民主政权主张来重新检验边区各项工作，来统领各种社会政策与立法。同时，成立陕甘宁边区施政纲领起草委员会，依据“三三制”政权精神，重新起草边区施政纲领，以作为共产党参加边区选举活动的施政纲领。

1941 年春夏时节，整个边区都全力以赴开展基层民主选举运动，创造了丢豆豆、扎香洞、折纸条、画杠杠等多种多样的选举形式，别具民间特色。轰轰烈烈的选举运动，有如吹遍边区每个村庄角落的春风，成为乡村里的节日。

延安城里各机关单位也参加竞选活动，其中中国人民抗日军政大学、鲁迅艺术学院、八路军敌军工作干部学校和日本工农学校四个单位作为一个选区，竞选一个边区参议员代表。时任鲁艺副院长主持工作的周扬，作为鲁艺推举的候选人，组织的竞选宣传最出彩。学生会组织学生们敲锣打鼓，扛着周扬的巨幅画像，到延安城里和南门外新市场，用演出街头剧的方式，宣传周扬。选举结果各种回忆录说法不同，或说周扬当选，或说郭化若当选。其实是边区政府将这几位候选人全部聘任为边区参议员，结果让大家都满意。

1941 年 11 月，边区第二届参议会召开，最被人称道的事，是李鼎铭提出“精兵简政”提案并被接受。李鼎铭以非党员身份担任边区政府副主席。随后，李鼎铭乘坐毛泽东安排的当时延安唯一的一辆“福特”牌小轿车，荣归故里。他到处宣传共产党的“三三制”政策好，将自己在边区参议会上的亲身经历告诉大家。在家乡停留约两个月后，年届花甲的李鼎铭先生返回延安之前，做出了一个惊人的决定：将自己的全部家产裸捐给政府。

四

小米加步枪，是延安生活写照，是中国革命走农村包围城市道路的历史象征。

革命不是为了吃饭，但吃饭是革命队伍必须解决的一个重要问题。八路军最初编制 4.5 万人，每月军饷 50 万元；再加上新四军军饷，每月共计 60 万元。这些军饷领取后，由中共中央财政经济部（处）统筹安排，其中有一定数额划拨陕甘宁边区政府财政厅。1941 年 1 月皖南事变发生后，国民政府断绝对八路军、新四军的军饷供应，并对陕甘宁边区实行军事、经济封锁，致使延安物质生活非常困难。

财政经济困难，影响到边区群众的生活，表现为粮食紧缺和公粮缴纳负担过重。1941 年 6 月 3 日下午，边区政府县长联席会议正在边区政府小礼堂举行。突然一声巨响，雷电穿入会议室内，击中廊柱，造成一死七伤的惨痛伤害。6 月 5 日下午，在延安城南门外广场举行追悼会。孰料这次自然伤害事故传到边区老百姓口中，却成了发泄对政府、对共产党不满情绪的某种“天意”。

边区农民负担最重的 1941 年，人均负担 1 斗 4 升 8 合，占年收获量的 13.85%。当年边区农民人均粮食拥有量仅为 1 石 1 斗 1 升，缴纳公粮后，人均余粮不足 1 石，再扣除种子粮，农民实际粮食消费每天只有六七两。平均数如此，平均线以下者的日子就非常艰难了。加之 1940 年、1941 年陕北整体年景为平年，局部地区遭遇严重自然灾害，粮食歉收，导致部分群众生活发生极大的困难。甚至出现志丹县哄抢粮食，安塞县农民逃荒迁徙现象。

1942 年中央号召开展全面整风运动和大生产运动，要求各级各类机关、学校、军队通过开垦荒地，多种经营，生产自救，逐步实现“耕三余一”、“耕二余一”的目标。到 1945 年抗战胜利前夕，边区当年垦荒面积超过 100 万亩，其中军队承担 20 多万亩，约占 22% 以上。其他机关、学校承担近 20%。同时，先后三次开展“精兵简政”，减少行政机关人员职数。多管齐下，减少和降低“公家人”对于公粮供给的依赖度，相应地，边区农民的负担得以减轻。

与此同时，在广大的边区农村轰轰烈烈地组织开展优待难民、善待外来务工者、开垦荒地、贷款给最贫穷的劳动者、改良种植技术、减租减息、鼓励劳动合作、奖励劳动模范等一系列活动，通过政策引导、政府扶持、技术支撑、典型示范等切实有效的措施，极大地提高了农业生产力，初步改进了农业生产关系，并在一定程度上改变了人们的劳动生产观念，从而推动了边区农业生产发展，比较好地解决了农民生活温饱问题。

1943 年 11 月 26 日至 12 月 16 日，陕甘宁边区第一届劳动英雄暨模范生产工作者代表大会，与第三届边区生产展览会，在延安南门外隆重举行。这在当时就被称颂为“在中国历史上第一次出现的劳动英雄及模范生产工作者代表大会”。农民们自豪地说，生产劳动可以“中状元”，这是开天辟地的新鲜事。会议期间，在 185 名劳动英雄和模范生产工作者代表中，评选出 25 位特等劳动英雄，每人荣获奖金 3 万元，并得到毛泽东等领导的亲笔题字。中共中央在杨家岭中央大礼堂举行招待会，招待劳动英雄们。中央主要领导全部到会，向劳动英雄们表示祝贺。

从饥饿到温饱，从逃荒避难到开荒移民，边区政府实行了一系列政策措施，扶持鼓励农业生产，引导农民发家致富，农民们很快就从咒骂毛泽东转而歌颂毛泽东。

五

1942年底，毛泽东在接见西北局高干会表彰的劳动模范时，询问他们生活中还有什么困难。来自农村的劳动英雄代表说：现在我们有吃有穿，日子过得很好，就是婆姨生娃娃活不了，财旺人不旺，请毛主席想想办法。毛泽东回答：要做好群众卫生工作，做到人财两旺。并指示中央卫生处协同边区政府，组织巡回医疗队下乡，开展群众性卫生救治防疫工作。同时，号召延安各大医院、各级各类机关单位卫生所，敞开大门，负责所在地农村群众的卫生工作，划定区域，分片包干。“群众的卫生工作是每个医院、医务所的重要业务之一。医务干部做群众工作，是每一医务战线的共产党员革命者应有的品质。”这是将群众卫生工作上升到党性原则的高度来对待的。“今后无条件的为老百姓看病，及办理乡村卫生，是每一个卫生单位的任务。”

白求恩国际和平医院，属于中央军委系统的军队医疗机构，主要为中央军委所属单位和驻延安地区各部队，以及从前线转送到延安的伤病员服务。该院积极响应中央号召，在继续服务军队的同时，增加对边区群众服务。1944年1~6月，为周边群众门诊、出诊1096人次。当时门诊和住院都不收费，药品、检验、手术都免费。住院交不起饭费时，也是免费。被救治好了的病人及其家属，春节期间纷纷来到医院，给医生护士们拜年，军民之间极为亲热。

如果说战争环境下，军队医疗救治急需不得不大量采用中药制品，那么，抗战进入相持阶段后的延安，中共中央在陕甘宁边区局部执政环境下，为了改善民生，发展生产，争取民心，动员民力，进行抗日民主政权建设，面临着一个更大更复杂的问题是如何解决边区群众反映最强烈的“财旺人不旺”，即保障全边区150万人口的生命健康。庞大的人口医疗需求，有限的现代西医条件，使执政者不得不打破条条框框，协调组织所有医疗资源，倡导中西医团结合作。这些创造性的举措，预示着用科学改造传统，用中国特色对待西方思想理论的现代革命文化价值取向。

六

延安是时尚的，延安是开放的。

中国现代革命引起世界普遍关注，始于延安。在国民党军事“围剿”、新闻封锁的形势下，偏居一隅的陕北延安，能打开通向全中国、通向世界的信息通道，是远道而来的国际友人的功劳。

延安时期，先后有美、英、苏、德、加、波、朝、日、印度、新西兰等10多个国家100余位国际友人到延安及陕甘宁边区访问或工作。他们中有记者、学者、作家、医生、技术人员、军事顾问和社会活动家等。就对中国抗战的贡献和国际文化交流，以及其个人命运浮沉来说，最富传奇性的是来自西方国家的新闻记者和作家；最令人崇敬的是以身殉职的援华医生；规格最高，能量最大，对历史格局形成最有影响的是美军观察组及美国政府要员。

史沫特莱不仅把交际舞带给延安，而且还在革命队伍里发起节育运动、捕鼠运动。安娜·路易斯·斯特朗在延安采访毛泽东，把“一切反动派都是纸老虎”的豪言壮志传播给世界。白求恩从加拿大来到延安，坚持在抗战前线为八路军和根据地群众义务服务，把志愿者精神发挥到极致。朝鲜青年郑律成用自己的艺术才思，谱写了《八路军进行曲》，后来被确定为《中国人民解放军军歌》……

1947年1月底，国民党军队开始向延安推进，中共中央计划撤离延安。斯特朗请求自己能被留下来，同延安人民一道撤离，过游击生活。这个请求被婉言拒绝时，58岁的她禁不住哭了起来。1949年新中国成立后，她急切盼望着到中国来。途经苏联蒙受不白之冤，又遭美国政府刁难。直到1958年，她才克服重重阻力来到中国。1970年3月不幸病逝于北京，她最后的归宿融入了心灵最温暖的土地。

1950年5月6日，史沫特莱孑然一身，在英国牛津大学医院因病与世长辞，留下一封“遗嘱”般的信件，其中交代：“我的书所带来的全部收益，不管从哪里来的，全交给中国人民解放军总司令朱德将军，按他的意思处理……我不是基督徒，因此不希望在我的遗体前举行任何宗教仪式，绝对不要。我只有一种忠诚，一种信仰，那就是忠于贫穷和受压迫者的解放。在这个意义上，就是忠于中国正在实现的革命。如果中国大使来到，只要在我的遗体前唱一支歌，我就要感谢不尽了：那就是中国的国歌‘起来’。因为我的心、我的精神在世界任何一个地方都不能得到安息，除了在中国。因此我希望自己的骨灰和中国已逝的革命者生活在一起。”次年5月6日，她的骨灰由一个英国“人民代表团”带到中国，被安葬在北京八宝山革命公墓。

当初与斯诺最早进入陕北的美国医生马海德，1988年10月在北京逝世。遵照他的遗愿，遗体捐献给医学事业，火化后，骨灰一部分安放在八宝山革命公墓，一部分被带回美国，还有一部分撒在延河里。

最早把红星照耀下的中国传播到世界的美国记者埃德加·斯诺，作为中华人民共和国政府特别邀请的客人，1960年、1964年和1970年，又先后三次访问中国。1972年2月15日，他在晚年定居地瑞士的日内瓦留下遗言：“我热爱中国。在我死后，我愿把我的一部分留在那里，就像我生前一贯做的那样。美国抚育、培养了我。我希望我的另一部分安葬在赫德森河畔，也就是它即将汇入大西洋，流到欧洲和人类所有海岸去的地方。”同年10月19日，他的一部分骨灰被安葬在北京大学未名湖畔。两年后，他的另一部分骨灰被送回美国故土。

延安，中国，用自己的血性和情怀，吸引着天下的朋友，安顿着一代同样有血性的国际友人。

七

民心有待，天下可期。

延安时期，中国共产党以其抗日主张、清明政治，还吸引了梁漱溟、李公朴、陈嘉庚、黄炎培等当时诸多知名的爱国民主人士前往考察。他们从共产党人的身上，看到了中国的未来、民族的希望。

梁漱溟两赴延安，与毛泽东彻夜长谈，交流对于国内形势的观点，在与中共领导人的辩论中和事实面前逐渐折服；陈嘉庚通过细节观察，找到了中国革命的光明前途所在；黄炎培为中共领导人的远见卓识和领导才能所打动。

这些爱国民主人士，通过自己的切身体会，心悦诚服地接受了中国共产党的政治主张和社会理想，1949 年后选择留在大陆，参与建设新中国。

第一章 及时回应时代关切

JISHI HUIYING SHIDAI GUANQIE

每个时代都有自己切肤之痛的社会问题，成为一个时代社会关注的焦点，形成一种普遍的时代社会关切，需要得到及时的抚慰和应对。大到国家兴亡，小到民生冷暖，只要形成一种普遍的社会舆论聚焦，时代社会关切就不是一件小事。对这种时代社会关切的回应速度和程度，决定着一个时代的人心向背，制约着一个政党的号召力、影响力及其合法性基础。

抗日战争时期，中国共产党人用鲜明的抗日救亡政治主张，及时回应中华民族面临生死存亡、命运攸关时刻的普遍时代社会关切，用北上抗日、抗日民族统一战线、抗日持久战、和平民主联合政府等一系列政治策略，在抗日战争的各个历史阶段，准确把握时代精神脉搏，引领社会发展方向，从而率先赢得了广大青年学生和知识分子的拥戴和信任。

中共中央进驻延安之初，古城完好，城墙雄伟，但是物资匮乏，生活清贫（1937 年　海伦·斯诺摄）

一

一次次高举抗日救亡的大旗

在奔赴延安的青年学生和知识分子群体中，他们绝大多数都是为了抗日救亡，为了响应中国共产党提出的抗日救亡政治主张。他们相信，只有到延安才能享受到抗日救亡的自由。他们不堪忍受国民党政府在国土沦丧面前所表现出的搪塞敷衍态度和软弱无能行为，不能接受爱国有罪的强权专制政治逻辑。

共产党，给抗日救亡最响亮的回答

在人类历史四大文明古国中，只有中华文明传承赓续，历久弥新，形成强烈的爱国主义精神传统。在现代世界形势下，爱国主义永远是一面鲜艳的旗帜。任何时候，任何国度，如果爱国被判有罪，那么，做出这个判断的当政者注定要自绝于民，自取灭亡。

1931 年“九一八”事变发生后，中国共产党旗帜鲜明地及时发表宣言，揭露日本帝国主义的侵略本质，谴责国民党蒋介石政府的妥协投降行径，提出以武装民众的民族革命战争，抗日救亡，捍卫国家的独立、统一和领土完整。

9 月 20 日，中共中央为抗议日本帝国主义强暴占领东三省事件发表第一次宣言，指出“各国帝国主义，尤其是日本帝国主义是压迫中国，屠杀中国民众的万恶强盗……现在它更公开更强暴的占领中国土地，其显明的目的显然是掠夺中国，压迫中国工农革命，使中国完全变成它的殖民地，同时更积极更直接的实行进攻苏联，企图消灭全世界第一个无产阶级的祖国，世界革命的大本营，及实行第二次世界大战，特别是太平洋帝国主义战争，实行更大规模的屠杀政策以瓜分中国”。处在战争之初，中国共产党身处江西中央苏区偏僻乡村，能够高屋建瓴地识破日本帝国主义发动“九一八”事变的深远企图和险恶用心，是令人敬佩的。同时，尖锐地指斥当政者，“中国各派国民党及各派军阀根本都是帝国主义的走狗，张学良及整个国民党在中国民众被日本强盗大屠杀的时候，高唱不抵抗主义，与和平镇静的忍耐外交，充分的表现了他们无耻的屈服，出卖民族利益的面目”。这里有阶级斗争观点，有国内革命战争中“围剿”与“反围剿”的对立立场，但是，对于国民党当局对日本侵略的不抵抗政策的揭露批判，是可以发人警醒的。宣言号召全中国工农士兵和劳苦民众，“在反对第二次世界大战，推翻帝国主义统治，争取中华民族解放的利益之下实行坚决的斗争，一致反对日本强暴占领东三省，实行变帝国主义压迫中国的战争，为拥护苏维埃中国反帝国主义反国民党的革命战争，以解放中国”①。中国人民抗日战争的历史发展，正是沿着这个构想一步一步实现的。

9月22日，中共中央又做出《关于日本帝国主义强占满洲事变的决议》，向全党同志提出在此次事变中的中心任务是：“加紧的组织领导发展群众的反帝国主义运动，大胆地警醒民众的民族自觉，而引导他们到坚决无情的革命斗争上来。抓住广大群众对于国民党的失望与愤怒，而组织他们引导他们走向消灭国民党统治的斗争。”② 这是“反蒋抗日”政治主张的雏形。

9月30日，中共中央为抗议日本帝国主义强暴占领东三省事件发表第二次宣言。历数两个星期以来，社会各界对于日本强占东三省的不同反应，质问国民党采取了什么态度。蒋介石的“逆来顺受”，张学良的“不抵抗主

① 《中国共产党为日本帝国主义强暴占领东三省事件宣言》（1931年9月20日），见中央档案馆编《中共中央文件选集》第7册，第427、428、429页，北京：中共中央党校出版社，1983年12月版。

② 《中央关于日本帝国主义强占满洲事变的决议》（1931年9月22日），见中央档案馆编《中共中央文件选集》第7册，第446页，北京：中共中央党校出版社，1983年12月版。

义”，南京政府的“镇静外交”，以及寄希望于国际联盟“主持公道”，都是变相的投降卖国行为。“全中国的民众，必须彻底明了，要求投降帝国主义的国民党起来反对帝国主义，无异向国民党引颈就戮，并且必须深刻的认识，要打倒帝国主义，必须打倒这一投降帝国主义的国民党。我们只有充分准备民众自己的力量，自动的组织起来，实行罢工，罢课，罢操，罢市，示威游行，群众大会，武装工农学生，以扩大与巩固我们自己的力量。只有依靠工农兵，学生，以及一切劳苦群众自己的力量，才能打倒帝国主义，打倒国民党。”① 这些言论难免偏颇，甚至有严重的极端倾向，却充分显示了在民族国家命运出现严重危机面前，中国共产党人的远见卓识和旗帜鲜明的抗日主张。虽然这些宣言和决议，当时只在党内一定范围内传达，其影响力有限，但对于我们理解共产党在整个抗日战争期间的政治立场和政策走向，是有价值的。

1932 年上海“一·二八”事变发生后，中国共产党又连续发表宣言，针对时局发展的新变化，及时做出形势判断、政策调整和任务布置。并以中华苏维埃共和国临时中央政府名义，正式宣布对日作战，“领导全中国工农红军和广大被压迫民众，以民族革命战争，驱逐日本帝国主义出中国，以求中华民族彻底的解放和独立”。“苏维埃临时中央政府号召全国工农兵及一切劳苦群众，在苏维埃的红旗下，一致起来积极的参加和进行革命战争，在白区各地自动武装起来，推翻反动的国民党在全中国的统治，建立全中国民众的苏维埃政权，成立工农红军，联合全世界的无产阶级被压迫民族与苏联，来实现以民族革命战争驱逐日帝国主义出中国，反对帝国主义瓜分中国，彻底争取中华民族真正的独立与解放。”② 将中日战争放在世界革命环境下，审时度势，化国内战争为民族战争，融民族战争于革命战争。

1933 年 1 月，中共以苏维埃临时中央政府和工农红军军事委员会的名义，提出“共同抗日三条件”：“（一）立即停止进攻苏维埃区域；（二）立即保证民众的民主权利（集会、结社、言论、罢工、出版之自由等）；（三）

---

① 《中国共产党为日本帝国主义强暴占领东三省第二次宣言》（1931 年 9 月 30 日），见中央档案馆编《中共中央文件选集》第 7 册，第 451 页，北京：中共中央党校出版社，1983 年 12 月版。

② 《中华苏维埃共和国临时中央政府宣布对日战争宣言》（1932 年 4 月 15 日），见中央档案馆编《中共中央文件选集》第 8 册，第 178 ~ 179 页，北京：中共中央党校出版社，1985 年 12 月版。

立即武装民众创立武装的义勇军，以保卫中国及争取中国的独立统一与领土的完整。”① 从发表抗日宣言，到提出团结抗日具体条件，显示出中国共产党人在民族危机面前的政治智慧和诚恳意愿。当这个意愿向社会公开发表后，国民党政权无论是漠视，还是否定，都将失去民众的拥护。

随着日本侵略中国的罪恶行径步步紧逼，中国共产党及其所领导的苏维埃政权在对付国民党数次军事“围剿”的严峻形势下，决定组成北上抗日先遣队，大声疾呼：“只要进攻苏区的武装队伍接收［受］我们提出的三个条件，那我们工农红军的主力，即可在先遣队之后，全部出动，同全中国武装部队联合起来共同抗日。”② 虽然这里包含着在敌我对峙、敌强我弱情况下，寻找生存出路的政治策略，但是，当民族危机日渐深重，民族矛盾上升为社会主要矛盾，共产党人的此番主张是顺应民意、深得民心的。

在中央红军被迫军事转移，进行二万五千里长征途中，受通讯条件所限，中共中央未能及时得到战争形势的准确信息。远在莫斯科的中共派驻共产国际代表团，1935 年发表著名的《八一宣言》，从国外传播到国内，提出建立“抗日联军”和“国防政府”的政治主张，在知识界赢得普遍认同。

> 近年来，我国家我民族已处在千钧一发的生死关头。抗日则生，不抗日则死，抗日救国，已成为每个同胞的神圣天职！
>
> 然而最痛心的，在我们伟大民族中间，却发现着少数人面兽心的败类！蒋介石、阎锡山、张学良等卖国贼，黄郛、杨永泰、王揖唐、张群等老汉奸，数年以来，以“不抵抗”政策出卖我国领土，以“逆来顺受”的主张接受日寇一切要求，以“攘外必先安内”的武断宣传来进行内战和压迫一切反帝运动，以“十年生聚”、“十年教养”、“准备复仇”等骗人的口号来制止人民抗日救国行动，以“等待世界第二次大战来了再说”的狡计来迫使我国人民坐以待亡……

---

① 《中华苏维埃临时中央政府工农红军革命军事委员会为反对日本帝国主义侵入华北愿在三条件下与全国各军队共同抗日宣言》（1933 年 1 月 17 日），见中央档案馆编《中共中央文件选集》第 8 册，第 446 页，北京：中共中央党校出版社，1985 年 12 月版。

② 《中华苏维埃共和国中央政府、中国工农红军革命军事委员会为中国工农红军北上抗日宣言》（1934 年 7 月 15 日），见中央档案馆编《中共中央文件选集》第 9 册，第 325 页，北京：中共中央党校出版社，1986 年 3 月版。

> 中国苏维埃政府和共产党认为日寇和汉奸卖国贼对我国这些行动，是中华民族的无上耻辱！苏维埃政府和共产党郑重宣言：我们不仅对于日寇对我国的领土侵略和内政干涉，表示激烈的反抗；就是对于日寇提出解散国民党党部和蓝衣社组织底要求，也表示坚决的抗议。在共产党及苏维埃政府看来：一切中国人的事，应由中国人自己解决，无论国民党和蓝衣社卖国殃民的罪恶如何滔天，但其应否存废问题，日寇绝无置喙的余地。
>
> 领土一省又一省地被人侵占，人民千万又千万地被人奴役，城村一处又一处地被人血洗，侨胞一批又一批地被人驱逐，一切内政外交处处被人干涉，这还能算什么国家?！这还能算什么民族?！……
>
> 因此，今当我亡国灭种大祸迫在眉睫之时，共产党和苏维埃政府再一次向全体同胞呼吁：无论各党派间在过去和现在有任何政见和利害的不同，无论各界同胞间有任何意见上或利益上的差异，无论各军队间过去和现在有任何敌对行动，大家都应当有"兄弟阋于墙外御其侮"的真诚觉悟，首先大家都应当停止内战，以便集中一切国力（人力、物力、财力、武力等）去为抗日救国的神圣事业而奋斗。苏维埃政府和共产党特再一次郑重宣言：只要国民党军队停止进攻苏区行动，只要任何部队实行对日抗战，不管过去和现在他们与红军之间有任何旧仇宿怨，不管他们与红军之间在对内问题上有任何分歧，红军不仅立刻对之停止敌对行为，而且愿意与之亲密携手共同救国。①

这篇宣言感情丰沛，言辞恳切，字里行间充满着一种大义凛然、当仁不让的精神气概。在慷慨激昂、掷地有声的政治主张中，体现出善解民意、善知民情、善慰民心的政策策略，曾经传诵一时。无数青年学生和城市知识分子，通过中共地下党组织和进步书刊，得到这篇宣言，无不奔走相告，坚信中国共产党是抗日救亡的中坚力量。

---

① 中华苏维埃中央政府、中国共产党中央委员会：《为抗日救国告全体同胞书》（1935 年 8 月 1 日），见中央档案馆编《中共中央文件选集》第 9 册，第 483 ~ 485 页，北京：中共中央党校出版社，1986 年 3 月版。

国民党，六年时间不做抗日表态

自1931年9月至1937年7月，日本武装侵略中国东北、华北，企图吞并中国，亡我之心，路人皆知。国民党作为一个执政党，以及当政的中华民国政府，在此前后长达六年时间里，没有公开发表过一次抗日主张。尽管以蒋介石为代表的国民党军政要员和军事将领们，作为个人，绝大多数都有爱国之心，甚至用私人的方式，暗自记录表达着抗日救国的思想。

1931年"九一八"事变发生时，蒋介石正在从南京到江西"剿共"督战的船上。他很快意识到问题的严重性，随即中途折回南京国民政府官邸，召开紧急会议，确定对事件处理方针：在外交上"诉诸国联"，争取国际的同情和支持，对日本施加压力，制止其侵略行为；国内加强团结，解决宁粤对立①，以共赴国难；经过一定时期的忍让，做好准备，最后采取自卫行动。从其当时日记中可以看出，他慨叹内忧外患，国势衰萎，有抗日救亡之心，却思维陈旧，束手无策，一脸茫然。

9月19日日记中记载获悉事变情况，基本判断为，"是倭寇果乘粤逆叛变，内部分裂之时，而来侵略我东省矣！"对此，他无限感慨，深怀忧愤，甚至夜不能寐。

> 呜呼，痛哉！夫我内乱不止，叛逆既无悔祸之意，国民亦无爱国之心，社会无组织，政府不健全，如此民族，如此国家，殊不易存于今日之世界。而况天灾频仍，匪祸纠缠，国家元气衰敝已极，虽欲强起御侮，其如力不足何！
>
> 呜呼，痛哉！虽然，余所恃者，惟有一片爱国丹心，此时期知危亡在即，亦惟有鞠躬尽瘁，死而后已，拼以一身，报我总理，报我民

---

① 1930年11月，国民党三届四中全会上，蒋介石希望通过《训政时期约法》，设置总统，置五院院长于总统之下，遭到国民党元老、行政院院长胡汉民的坚决反对。会后，两人围绕制定约法问题继续争吵并展开争夺国民会议代表席位的斗争。1931年2月，蒋介石悍然武力扣押胡汉民，激起国民党内反蒋派的强烈反弹。在反对独裁的口号下，以两广（广东、广西）实力派陈济棠、李宗仁的武力为依托，于1931年5月28日在广州成立"中华民国国民政府"，与蒋介石的南京中华民国国民政府分庭抗礼，史称"宁粤对立"。

族，报我先烈，毋忝我之所生而已。呜呼，痛哉，夫复何言!①

蒋介石个人并非没有爱国之心，对于日本在中国的侵略行径，早在1928年5月，“济南惨案”发生后②，其日记开篇之处时常记有“雪耻”二字，以作为自我警醒鞭策。作为个人爱国情怀与作为一个政党领袖所采取政策，对于蒋介石来说，有时是完全不同的两个概念。正如“济南惨案”发生后，作为北伐军总司令的蒋介石痛切万分，私下里表示：“这是中华民族最耻辱的一个纪念日！临到这个纪念日，凡是中国人，凡是我们的黄帝子孙，对于这种耻辱，是永不能忘怀的，日本种种野蛮行动简直就是禽兽，如果不谋报复，我们就不能算是中国人！我国国民政府是绝不会因为他们的压迫而对他们屈服的!”实际上，在处理该事件善后过程中，他所下达的命令却是：“须知我们报仇雪耻的敌忾心，绝不能暴露出来，要通过外交途径解决!”③ 三年过后，在对待“九一八”事变处置上，蒋介石的态度几乎如出一辙。

9月20日日记，日本侵略东北消息进一步明确，蒋介石更加忧心如焚，自称如丧考妣。

> 倭寇野心既已暴发，必难再改。东亚从此无宁日矣。
>
> 今日晨，召何应钦、陈铭枢、熊式辉，协商处置急变策略。
>
> 昨夜确闻沈阳、长春、营口皆被倭寇强占，心神哀痛，如丧考妣，通宵未得安寐。苟为我祖我宗之孙，则不收回东省，则永无人格矣！小子勉之！
>
> 因欲平定内乱，实现统一，终岁焦劳，迄无暇晷，以致对于外交太不注意。
>
> 卧薪尝胆，教养生聚，勾践因之霸越。忍辱负重，以求必济，

---

① 《蒋介石日记》(1931年9月19日)，见曾景忠编注《蒋介石家书日记文墨选录》，第206～207页，北京：团结出版社，2010年1月版。

② 1928年4月，蒋介石率领第二次北伐节节胜利，很快就攻入山东省。日本以保护侨民为名，派兵进驻济南、青岛及胶济铁路沿线。5月1日，国民革命军克复济南，日军却于5月3日派兵侵入中国政府所设的山东交涉署，将交涉员蔡公时割去耳鼻，然后枪杀，将交涉署职员全部杀害，并肆意焚掠屠杀，酿成“济南惨案”。其中中国官民被焚杀死亡者达1.7万余人，受伤者2000余人，被俘者5000余人。

③ http：//baike. baidu. com/view/35713. htm

是我今日之事也。

倭寇处心积虑，侵略东省，不幸今竟成为已成事实，一时殊觉无法补救。然而，如我国内果能从此团结一致，未始非转祸为福之机。

人之来侮，其根在我自侮。我苟自觉自悟，一心一德，则泱泱华夏，何惧彼幺么小夷哉！是故对于内部当更速谋团结也。①

蒋介石年轻时曾经有过混迹地痞流氓的经历，后来从良向善，悔过自新，信奉基督教，每天写日记，只是做得很生硬，甚至僵化俗套，给人形式大于内容的感觉。一个国家领袖的道德修养，靠后天恶补似乎是难以达到德配天下的境界的。面对纷繁复杂的国际国内环境，最需要的是高瞻远瞩的大智慧。蒋介石在日记中反省近年来对于外交政策的忽略，但是完全是传统思维路数，缺乏应对现代世界发展变局的心胸智慧。尤其是关于内部统一与对外御侮的关系，他陷入一种非此即彼的狭隘思路，为其所谓“攘外必先安内”的荒谬政策出台，在抗战之初丧失民心，遭受天下诟病，埋下了伏笔。

9月21日日记，蒋介石沿着这个思路，进一步深化了对于日本侵略行径，暂时不抵抗，实质上就是妥协外交的方针路线。

雪耻　人定胜天　立志　养气　立品　修行

昨夜在回京船中，慨愤国难，又不成眠。今晨在舱中细想：团结内部，统一国中，振作精神，唤醒国民，注重外交，抵御倭寇，还我东省，以雪国耻，余之天职，责无旁贷。

下午二时到京，召会干部，商讨方略。余主张：以日本占领东省事实，先行提交国际联盟会与签订非战公约诸国。此时惟有诉诸于公理也。一面则团结国内，共赴国难，忍耐至于相当程度，乃出以自卫最后之行动。②

国难当头，非常时期需要非常对策。蒋介石辗转反侧，寝食不安，疙

① 《蒋介石日记》（1931年9月20日），见曾景忠编注《蒋介石家书日记文墨选录》，第207页，北京：团结出版社，2010年1月版。

② 《蒋介石日记》（1931年9月21日），见曾景忠编注《蒋介石家书日记文墨选录》，第207页，北京：团结出版社，2010年1月版。

疙瘩瘩，苦思冥想，得出的国策主张，远远不能回应青年学生和知识分子对于国土沦丧、家破人亡的焦急期盼。甚至连国民党内部高层人士，都不能相信蒋介石的政治主张。

> 雪耻　人定胜天　立志　养气　立品　修行
>
> 上午到市党员大会，余讲至“国存与存，国亡与亡”之句，有一人讥为“言过其实”一语。余心为之碎。由此可知，人心已死，国亡无日。哀痛之至，抛碎茶杯，撕破倭本，不觉失态。余复言：我在日本炮火之中不止一次。倭寇在济南炮击机射，余实倭炮中遗留不死之身，决非夸词耳。乃益悲愤，因知爱国者多，而亡国者少，国事犹可为也。①

国计民生，危难深重，作为国家元首，蒋介石表现出的是措手不及，情绪行事。在国民党内部难以统一思想认识的同时，广大青年学生和知识分子掀起的游行请愿活动，风潮涌动，声势浩大。“九一八”事变十天之后，1931 年 9 月 28 日，南京中央大学学生千余人到国民党中央党部请愿，随后又到外交部请愿。外交部长王正廷避而不见，引起学生愤怒，冲入王的办公室，殴伤其头部。同日，上海复旦大学学生 800 余人到达南京，会同中央大学、金陵大学等校学生到国民政府请愿。

> 今日中央大学学生群集外交部，猛施攻击，并打破王外长头部。而上海学生来京请愿者络绎不绝。抗日救国绝大事业，散漫狂动，何济于业。乃彼于学生，竟至如此！此间必有被反动派所主使者。爱国行动，杂有政治作用。时局严重，已临亡国惨剧。诸葛孔明有言：鞠躬尽瘁，死而后已！余今于兹，既已迫近危境，万一不测，自当见危授命，终不至愧为我父母之子，我总理之徒也。决心已定，持书以遗嘱。②

当天日记中，蒋介石特自立下《蒋中正遗嘱》，心里准备着自身随时有出生入死之不测。在接见学生的过程中，蒋介石多数时候都是掏心见肺、披肝

---

① 《蒋介石日记》（1931 年 9 月 22 日），见曾景忠编注《蒋介石家书日记文墨选录》，第 208 页，北京：团结出版社，2010 年 1 月版。

② 《蒋介石日记》（1931 年 9 月 28 日），见曾景忠编注《蒋介石家书日记文墨选录》，第 210 页，北京：团结出版社，2010 年 1 月版。

沥胆地说真心话，所以学生们基本上都会“领悟而去”。

9月29日，蒋介石在南京接见上海第二次晋京请愿学生5000余人，训话一个多小时。面对群情激奋的学生，蒋介石说到动心之处，泪眼迷离，声音哽咽：“本席亦抱定与国民共同生死之决心。”[①] 请愿分散政府精力，他要求学生返校读书；如愿从军，可编入义勇队训练。当天，学生大批返沪。偶尔遇到学生当场驳难，他也会“火气过甚”，“心甚嫌恶”，甚至表现失态。

国难当头，生灵涂炭，蒋介石不无气节，但缺乏的是大智慧、大胆识、大胸怀，关键时刻拿不出一套鲜明的政治对策，以回应时代社会之关切。而这，深刻地影响了处于焦急期待中的民心所向。

青年学生，在抗日救亡旗帜下奔赴延安

救亡图存，情同水火。面对日本帝国主义的军事侵略，中国共产党坚持高举抗日主张，中国国民党在持续六年时间里不明确表态。脾气急躁的蒋介石，在抗日救亡行动上却显得很肉头（软弱）、很拖沓。他不可能亲自对每个青年学生面对面地去解释，从而得到更广泛的理解和支持。广大青年学生和知识分子只能从政府言行上去揣度其态度立场，在焦急的等待中，他们用脚投票，最终选择了共产党。

> 国家，已被敌人的飞机大炮，轰炸得残缺不全；无情的火焰，已经燃烧到眉毛的尖端；而我们还在希望和平，仍然若无其事！噫！恐怕古今中外，再也找不出第二个来了吧！
>
> 从“九·一八”起，我们就知道要抵抗；我们就在呐喊“一面交涉，一面抵抗”；而且有过局部的抵抗。到了今天，敌人从沈阳杀到山海关；从山海关杀到天津、北平；我们还是只限于“知道要抵抗”，“一面交涉，一面抵抗”，“局部抵抗”。敌人就不然：他利用我们的和平交涉，侵占我们的土地，剥夺我们的主权，取缔我们的爱国运动；甚至不惜全国总动员，来消灭我们的局部抵抗。

---

① 参见杨天石《找寻真实的蒋介石：蒋介石日记解读》上册，第211页，太原：山西人民出版社，2008年5月版。

共产党人,爱国青年,还有陕北老乡,他们在黄土地上集结起来,用理想、热情和血汗共同演绎出惊天动地的革命故事。

1936年12月西安事变发生后，东北军撤离肤施，红军接管。1937年1月，中共中央进驻，改称延安。这座陕北小镇迅速成为万众瞩目的抗日先锋、红色都城

在抗日救亡的旗帜下，延安吸引了千百万爱国青年的热切向往，奔赴延安成为一代人的理想追求

自然，我们拥护和平，为的是准备实力。我们若无其事，是表示信赖政府。然而，我们准备了六年的实力，难道不能抵抗华北的数千敌人么？难道连平津都不能保卫么？天哪！叫我们这样的信赖，怎样维持下去。

我们的陆军，为什么不调到前线去抵抗！北上的国军，为什么不加入二十九军作战？我们的海军，难道连制止敌舰在内河开炮的能力都没有么？传说比敌人还强的空军，为什么没有一架飞到平津的天空？为什么还要谈判？为什么不经济绝交？为什么还不释放爱国犯和政治犯？为什么不集中军队？为什么不发起民众的抗日运动？为什么不向敌人提出最后通牒？为什么不作战时准备？为什么不肃清汉奸和亲日派？为什么……一言以蔽之：不但不像抗战的样子，连抗战的准备都不像！我们贤明的政府，我们信赖的政府，何以自解？①

这是一篇当时发表在成都一份不起眼的杂志上的社论短文，代表着千千万万爱国知识分子对于时事发展的疑虑困惑。他们在国民党统治的区域里得不到公开解答，甚至爱国有罪，于是就理所当然地寻找另一个爱国无罪，主张坚决抗敌的新天地。

1938 年暑假，17 岁的李彦贤和同学一起，从西安二中跑到泾阳县云阳镇安吴堡青训班接受战时军事训练。一个月后，他更名何方，拒绝培训班方面安排他回到二中去发展民族解放先锋队的任务，坚决要求去延安。

晚年他回忆，“老实说，我是被抗日救亡的浪潮卷到延安去的，因此对救亡运动有比较深的感受”。他认为，抗日救亡运动推动了中华民族的大觉醒，其广泛和深入的程度，大大超过了五四运动。“在中国历史上起了重要作用的一代‘三八式’干部，正是由救亡运动唤醒和推上历史舞台的。大批青年抱着吃苦和牺牲的决心，为了争取民族独立和自由民主，跑到延安去参加革命。当时的延安，第一举的是抗战的旗帜，第二举的是自由的旗

---

① 车耀先：《政府何以自解?!》，《图存》周刊（蓉），第 3 期（1937 年 7 月），转引自胡绩伟《青春岁月——胡绩伟自述》，第 76～77 页，郑州：河南人民出版社，1999 年 1 月版。

从华北到华东，从沿海到内地，抗日救亡成为民心所向，潮流所趋。及时回应时代社会之关切，成为考验一个政党、一个组织的必答题。

自1931年“九一八”事变爆发，至1937年卢沟桥事变，全国青年学生爱国运动波涛汹涌。团结抗日，反对内战，成为社会关切，时代呼声。1934年1月，青年学生聚集南京国民党中央党部门前，游行请愿

黄华（1913~2010），原名王汝梅，在燕京大学读书时，积极参加爱国学生运动，1936年7月，志愿担任美国记者埃德加·斯诺的翻译，从北平经西安来到陕北，并留在革命队伍里

陈明，原名陈芝祥，1917年生于江西饶州，在上海接受教育，中学毕业后考入上海商学院，积极响应北平学生爱国运动，参加上海学生爱国游行示威。1937年1月，离开上海，辗转北平、太原、西安，同年5月来到延安，进入抗大二期学习

丁雪松，原名丁孝芝，1918年生于重庆，1934年毕业于重庆省立女子职业学校后，在平民银行工作，收入颇丰。1935年华北危机，她积极参加爱国救亡运动。1937年12月离开重庆，1938年1月来到延安，进入抗大三期女生队学习

胡绩伟，原名胡德恕，1916年生于四川威远，1935年考入成都华西大学数学系，次年转入四川大学经济学系，参加组织成都中华民族解放先锋队，领导学生爱国运动，1939年11月经组织安排奔赴延安

帜。"① 延安是中共中央所在地，当时很多奔赴延安的青年学生和知识分子，他们被吸引过来的主要原因，是为了抗日救亡。

"最简单的一点爱国心使我对国民党政府产生了反感。"②

曾经以优异成绩被清华大学、北京大学、燕京大学同时录取，最后选择清华大学哲学系的魏蓁一，是有名的清华才女。据其清华时期的同学回忆，这是一位文静儒雅的女大学生，家境富裕，文采斐然，她积极参加北平"一二·九"运动，加入民族解放先锋队，都是一个中国知识分子爱国主义精神的自然表现。在参加学生请愿活动中，她的同学被当局政府逮捕并迫害致死。爱国怎么成为有罪，甚至丧失年轻的生命？这促使她变得激昂亢奋，最后背叛家庭，背叛那个判处爱国有罪的社会。抗战爆发后，她从家庭为她安排的塘沽至广州的轮船上脱逃下来，改名为韦君宜，投身于武汉的抗日救亡运动。1939 年 1 月，经组织安排，奔赴延安。

"一切失地、一切公然侵略，都以蒋介石与日本人和谈结束。报纸上公然只许说敦睦邦交，不许说抗日。"无论蒋介石个人对于抗日救亡态度如何，在国民党统治下的北平和中国，却在日本帝国主义侵略下，陷入一种可怕的灰色沉默和白色恐怖，这是难以让觉醒的青年学生和知识分子安身静处的。回顾这段历史，韦君宜从自己的亲身经历中得出结论：

> 我们在街上高喊打倒日本帝国主义，报纸上对于爱国运动却只字不许提。我们回到学校，愤怒充满胸膛。政府不支持爱国，只有共产党才说必须抗日，左派刊物高呼无保留地支持学生的抗日运动。愚蠢的日本帝国主义和国民党政府，共同把我这样的青年推到了共产党的旗帜之下。③

得道多助，失道寡助。在异族侵略，生灵涂炭的危急形势下，坚持主张抗日救亡，就是对时代社会关切的最好回应，就是得道之举。及时回应时代社会关切，使共产党赢得了民心。

"我明白了，我要爱国，必须从此全身心跟着共产党。我觉得共产党这么不顾一切苦干，看来是真的能够为人民、为祖国而牺牲一切，这是值得我一生永

---

① 何方：《从延安一路走来的反思——何方自述》上卷，第 39 ~ 40 页，香港：明报出版社有限公司，2007 年 9 月版。

②③ 韦君宜：《思痛录》，第 2 页，北京：北京十月文艺出版社，1998 年 5 月版。

远跟着它走的。”① 这代表了当时千百万青年学生和爱国知识分子的心声。

他们由此选择了共产党，选择了延安。

二

走抗日民族统一战线的道路

从“反蒋抗日”，到“逼蒋抗日”，再到“联蒋抗日”，中国共产党人高举抗日救亡旗帜，根据国际国内形势发展变化，及时调整政策主张，用抗日民族统一战线的理论实践，进一步回应时代社会关切，提出主张，拿出措施。西安事变的和平解决，促成了国共两党第二次历史合作，形成全国各党各派各方人士在抗日救亡旗帜下的团结御侮局面。

瓦窑堡，抗日民族统一战线政策形成

在全国各实力派大致都有抗日意愿的情况下，中国共产党凭什么号召天下，联络各派？中共与苏联的关系，带来接受军事与经济援助的可能性，成为一种可以增加军事实力的变量因素。军事硬实力，与抗日救亡政治主张及统一民族战线策略的软实力，为中国共产党人重新崛起提供了有利条件。

但是，自红军长征出发后，中共中央就失去了与共产国际及苏联的无线电报联系。直到 1936 年 6 月 16 日，在中断了将近两年之后，中共中央才

① 韦君宜：《思痛录》，第 5 页，香港：天地图书有限公司，2000 年版。

正式恢复了与共产国际及苏联的直接电讯联络。① 中国共产党曾经作为共产国际的一个支部，不仅接受其经济、军事援助，而且在组织人事、重大战略决策上都要及时汇报，接受审批指示意见。长征途中，中共中央陆续派出阎红彦、陈云、潘汉年等人从不同途径到苏联，向共产国际及苏联领导人汇报中共中央领导红军进行战略转移的情况。与此同时，共产国际联络局、苏联国防部和苏军情报局三个机构，不断寻求与中共中央及其领导的中央红军的直接联络方式。仅在1935年下半年至1936年上半年，共产国际和苏联就连续多次派出联络员，从西伯利亚经蒙古等地潜入中国西北地区，或从欧洲转道海路经香港进入中国内地西北地区。从目前所掌握的史料看，至少有六次派遣联络员从莫斯科到中国陕北执行联络任务。

共产国际联络员们回到中国，肩负着一个重要使命，就是及时传达共产国际第七次代表大会精神，促使中共迅速建立抗日民族统一战线，调整内外政策，进而组成“国防政府”与“抗日联军”，实现中国各党各派的联合抗日。

1935年7月25日至8月20日，共产国际在莫斯科举行第七次代表大会，也是最后一次代表大会，有来自全世界65个政党的510名代表出席大会。时任共产国际执行委员会政治书记处书记，并在此次大会上当选为共产国际执行委员会总书记的季米特洛夫（1882～1949）做政治报告，大会根据这个报告精神通过《关于建立反法西斯统一战线的决议》，揭露资本主义经济危机和法西斯的阶级本质，要求各国共产党同社会民主党采取联合行动，实现工人阶级的统一，并联合其他民主阶层建立反法西斯人民阵线；要求殖民地半殖民地国家的无产阶级，争取建立反对帝国主义侵略的民族统一战线。

会议期间，共产国际中国代表团率先发表《为抗日救国告全体同胞书》，即《八一宣言》，积极响应大会精神。季米特洛夫在报告中给予充分肯定和特别支持：

> 我们的英勇的兄弟的中国共产党已经提议建立极广大的反帝

① 参见杨奎松《西安事变新探——张学良与中共关系之谜》，第114页，南京：江苏人民出版社，2010年8月第2版。

统一战线，与中国领土内一切真正愿意救国救民的团体及个人共同反对日本帝国主义及其中国的走狗。

我们完全赞同中国共产党底这种提议，我敢代表本大会全体代表底意见，来以全世界的革命无产阶级底名义，向中国一切苏维埃，向中国革命人民，致热烈的兄弟的敬礼。（掌声雷动，全场起立）我们向在千百次战斗中锻炼过的中国的英勇红军，致热烈的兄弟的敬礼。（掌声雷动）同时我们很诚恳地向中国人民说：我们坚决拥护你们英勇的民族解放的斗争，决意帮助你们打倒一切帝国主义强盗及其中国走狗的压迫，帮助你们谋得完全的解放。（掌声雷动，全场起立，高声欢呼，继续好几分钟。各国代表一致高呼欢迎口号）①

带着这份特殊荣誉和道义支持力量，共产国际联络员们冒着生命危险，含辛茹苦，在没有明确目标的情况下，穿越茫茫草原和戈壁荒漠，寻找长征行进途中的中共中央和中央红军。据刘英回忆，“刘长胜带来了共产国际‘七大’的几个文件……因为张浩回来传达国际‘七大’精神，全凭头脑记忆，不像文件那样周全，现在有了正式文件，就可以更充分地学习与贯彻”②。中国共产党作为共产国际的一个支部，按照组织原则要求，必须严格执行共产国际的决议指示精神。③

1935年11月28日，张闻天主持发布《抗日救国宣言》，公开提出，“不论任何政治派别、任何武装队伍、任何社会团体、任何个人类别，只要他们愿意抗日反蒋者，我们不但愿意同他们订立抗日反蒋的作战协定，而且愿意更进一步同他们组织抗日联军与国防政府”。在此基础上，拟订抗日救国的“十大纲领”：

（一）没收日本帝国主义的一切财产做抗日经费。（二）没收

① ［保］季米特洛夫：《法西斯主义底进攻与共产国际为工人阶级底反法西斯主义的统一而斗争的任务》（1935年8月2日），《季米特洛夫文集》，第136页，解放社，1950年8月东北版。

② 刘英：《刘英自述》，第102页，北京：人民出版社，2005年10月版。

③ 1935年7月30日，康生作为中共派驻共产国际代表之一，在讨论共产国际执委会工作报告的发言中表态：“我们向第七次代表大会保证，中国共产党将继续顽强地、不屈不挠地进行斗争，以便不愧为布尔什维克国际的一个支部。”见中共中央党史研究室第一研究部编《共产国际、联共（布）与中国革命文献资料选辑》（1931～1937）第17卷，第155页，北京：中共党史出版社，2007年9月版。

一切卖国贼及汉奸的财产，救济灾民及难民。（三）救灾治水，安定民生。（四）废除一切苛捐杂税，发展工商业。（五）发薪、发饷，改良工人、士兵及教职员的生活。（六）发展教育，救济失学的学生。（七）实现民主权利，释放所有的政治犯。（八）发展生产技术，救济失业的知识分子。（九）联合朝鲜、台湾、日本国内的工农及一切反日本力量，结成巩固的联盟。（十）对中国的抗日民族运动，表示同情、赞助或守善意中立的民族或国家，建立亲密友谊的关系。①

这个宣言是由张闻天在瓦窑堡公开发表的，署名为“中华苏维埃共和国中央政府主席毛泽东、中国工农红军革命军事委员会主席朱德”。实际上，此时毛泽东随红一方面军司令部在前线指挥直罗镇战役，朱德此时还在川西长征途中。事先通过电讯联系沟通过，现在以这样的形式规格发布，就是要公开表明一种联合抗日的政治态度，表明贯彻执行共产国际决议的实际举措。

11 月 29 日，张闻天在瓦窑堡主持召开中央政治局会议，讨论扩大民族统一战线问题，在会议总结时强调：“统一战线不只是限于宣传，要变成实际行动。例如抗日联军国防政府要真正做起来，对军阀也只有拿纲领去影响他。”“要反对主要敌人。广泛统一战线问题放在全党的前面，看我们是不是能解决这一问题。”② 要反对关门主义倾向，要在广大群众斗争中去争取领导权，要“教育我们的同志，灵活的运用广泛的统一战线，是我们党目前最中心的任务”。“只有我们的同志抛开一切教条与法宝，而投身到群众中去，领导他们的斗争，同他们的领袖进行一定条件的联合与妥协，活泼的运用下层的以至上层的统一战线，依照群众自己的政治经验，把斗争提到更高的阶段，我们才能团结最广大的群众在我们的周围，取得我们的

---

① 《中华苏维埃共和国中央政府、中国工农红军革命军事委员会抗日救国宣言》（1935 年 11 月 28 日），见中央档案馆编《中共中央文件选集》第 9 册，第 588 页，北京：中共中央党校出版社，1986 年 3 月版。

② 张闻天：《反对日本帝国主义侵略的策略》（1935 年 11 月 29 日），《张闻天文集》第 2 卷，第 21 页，北京：中共党史出版社，1993 年 7 月版。

领导权。"[①] 这个讲话对于推动抗日民族统一战线的贯彻执行，妥善解决西北根据地错误"肃反"中刘志丹被关押逮捕事件，重新调整富农政策，都发挥了积极的作用。

12 月 13 日，毛泽东、周恩来从前线回到瓦窑堡，军事形势相对平缓。12 月 17 日至 25 日，一次规模更大的中央政治局会议在张闻天住处的窑洞里召开，集中讨论如何贯彻执行共产国际抗日民族统一战线指示和共产国际中共代表团《八一宣言》的倡议精神。在新形势新任务面前，党的一系列方针政策做相应调整。最后通过了由张闻天起草的《关于目前政治形势与党的任务的决议》，即《瓦窑堡会议决议》（以下简称《决议》）。

这个《决议》开宗明义地指出："日本帝国主义并吞东北四省之后，现在又并吞了整个华北，而且正准备并吞全中国，把全中国从各帝国主义的半殖民地，变为日本的殖民地。这是目前时局的最基本的特点。"中华民族面临着亡国灭种的大祸，一切不愿做亡国奴的人们，只有向着日本帝国主义及其汉奸卖国贼展开神圣的民族革命战争。中国抗日战争是世界反法西斯战争的一部分，日本国内的工农民众是中国人民抗日救亡运动的团结对象和有力帮手。中国共产党在抗日民族统一战线策略上的总路线是："不但要团结一切可能的反日的基本力量，而且要团结一切可能的反日同盟者，是在使全国人民有力出力，有钱出钱，有枪出枪，有知识出知识，不使一个爱国的中国人，不参加到反日的战线上去。"统一战线的基本动力，来自工人阶级与农民的积极参加。统一战线的基本力量，是工农小资产阶级的坚固联盟，是广大的小资产阶级群众，以及革命的知识分子。

《决议》特别强调，要争取统一战线中的领导权。"共产党应该以自己积极的彻底的正确的反日反汉奸反卖国贼的言论与行动，去取得自己在反日战线中的领导权。""抗日反蒋"民族统一战线最广泛与最高的形式，就是国防政府与抗日联军的组织。"国防政府与抗日联军是全中国一切反日反卖国贼力量的联合战线的政权组织，也是反日反卖国贼的民族革命战争的统一领导机关。在阶级意义上说来，他是在反日反卖国贼共同目标之下的

---

① 洛甫（张闻天）：《拥护苏维埃政府与工农红军抗日救国宣言》（1935 年 12 月 1 日），《斗争》（中共西北中央局），第 76 期（1935 年 12 月 5 日出版）。

各阶级联盟。"① 为了适应这个形势和政策变化，苏维埃工农共和国及其中央政府宣告，把自己改变为苏维埃人民共和国；同时，调整苏维埃工农共和国的有关政策，改变到更加适合团结御侮、抗日民族统一战线上来。苏维埃不仅仅是代表工人农民的，而且是代表中华民族的。中华民族的基本利益，在于中国的自由、独立与统一。

抗日民族统一战线政策的及时制定和形成，与此时主持中央工作的张闻天的努力是分不开的。遵义会议后，张闻天代替博古主持中央日常工作。曾经先后在日本东京、美国旧金山和苏联莫斯科学习和工作的经历，让他有比较开阔的视野、温和开明的民主作风。他在接待共产国际联络员时，能够很敏锐地把握来自远方的指示精神，并及时与中央其他领导同志沟通交流，然后亲自动笔形成党的政策决议。

抗日民族统一战线政策最初的实践结果，是与此时主持中央军事工作的毛泽东的实践精神分不开的。在指挥红军与东北军的战斗中，他敏锐地发现彼此之间的长短强弱，然后扬长避短，取强补弱，促成红军与东北军之间敌对双方的和平谈判，进而筹划成立西北大联合的军事政治组织。

西北大联合，曾经谋划的抗日愿景

在西北，红军对于东北军和国民党旁系部队，转变政策，化敌为友，逐步建立抗日反蒋统一战线，一场不见硝烟的战斗正在悄悄地进行着。

这场不见硝烟的统一战线上的斗争，就是在抗日反蒋、救亡图存、建立民族统一战线的旗帜下，谋划西北大联合，组成"西北抗日联军"，成立"西北国防政府"。在共产国际的干预下，中共不得不放弃了这个可能导致新的国内政治军事派系斗争的宏伟计划，却促使西安事变的发生。中共中央在参与此次事变调解过程中，迅速扩大了自己在全国范围内的政治影响力和社会号召力。

1936 年，在中国，在西北，注定是一个不平静的年份。

---

① 《中央关于目前政治形势与党的任务的决议》（1935 年 12 月 25 日），《斗争》（中共西北中央局），第 81 期（1936 年 1 月 14 日出版）。

当新年的序幕徐徐拉开的时候，红军正在陕北苏区的南部地区围攻甘泉城，双方形成一种胶着状况。从武器装备来说，守城的东北军远胜于红军；从军事地理上来说，甘泉城墙虽然残破，但经过加固整修，易守难攻；从军事力量上来看，甘泉城里守军共有 9 个连，大约 1500 人，而攻城者为红十五军团第八十一师，没有机枪，没有重武器，久攻不下。在总共五个半月的围城日子里，甘泉城里物资告罄，粮食越来越少，开始时向居民借用，后来就抢。居民无法生活下去，大部分逃出城外。再后来，把将要饿死的骡马杀了连皮吃。烧饭、取暖所需柴草也没有了，“先偷着找木料烧，继而烧家具、拆窗门，逐渐发展到拆房子烧，到后来是拆无可拆，剩下的只是石条筑成的窑洞”①。在通讯阻断的情况下，唯一的联系方式是飞机，包括张学良自己的座机都被派用空投食品、棉被、医药和枪支弹药，但粥少僧多，不能解决问题。飞机也空投一些来自西安方面的指示命令，但城里的具体情况无法向外汇报。先在北门里关帝庙前的小广场上，用石灰撒些简单的大字，“无粮”、“无弹”、“请派兵援”等。后来小广场地面全白了，字迹不清楚，飞机又不敢低飞，只能用锅底灰把地面涂黑，再撒白字，仍然无法保持对外联络。在解围无望、守城无期的情况下，城里守军人心惶惶，狐疑两端，不断有士兵携械叛逃出城。重大战略转机，发生在红军的喊话之后。

据当时担任东北军第一一〇师第六二九团第一营营长，困守在甘泉城里的周祖尧后来回忆，“红军每日黄昏后、拂晓前，都在南门附近不间断地对我们喊话，劝我们投降，喊得我们实在心焦。后来我们也对红军喊话，甚至野蛮地骂人，或者用射击威胁喊话的人，这也不能制止红军有力的宣传”②。在你来我去的两军阵前口水仗中，一次红军方面喊话：“放下武器，优待你们。”

东北军方面回应：“不要骗人，放下武器，必定杀人。团长高福源被俘后，为什么被你们杀害……”

红军方面回答：“高福源还活着，没有杀他，两天后可以让他到甘泉来

---

①② 周祖尧：《甘泉被困记》，见吴福章编《西安事变亲历记》，第 25、27 页，北京：中国文史出版社，1986 年 12 月版。

见你们。”

高福源（1901～1937），祖籍直隶（今河北）盐山，生于辽宁营口县马家屯村，1921年考入北平辅仁大学，辍学后进入东北讲武堂学习，深得张学良和王以哲的赏识，毕业后留在东北军，历任连长、张学良卫队营长、团长，在榆林桥战斗中被红军俘虏，带到瓦窑堡参加“白军政治学习班”，接受中共关于停止内战，一致反蒋抗日的主张。针对两军阵前喊话的情况，在前线指挥作战的红军将领彭德怀亲自约见高福源，“采取民主讨论的方式，同他谈了两天一晚”。说到甘泉围城形势，显然斗则两伤，和则两利，只有和平商谈，才能保存力量，共同反蒋抗日。据彭德怀回忆，高福源主动请缨，“他要求去被围在甘泉的一一〇师，我同意他去”①。

1936年1月初的一天傍晚，高福源来到甘泉城南门外向城里喊话，东北军将领周祖尧发现有人站在高福源旁边指使，“我就约高福源到甘泉城来会谈，想骗高进城脱离红军，共谋守甘泉之策”②。高福源回话，回去商量后再做决定。次日下午四时许，高福源一人右手高举白毛巾，脖子上围一条防沙白毛巾，头戴红军八角鸭舌帽，穿黑色对襟长棉袄、黑棉裤，一副老红军打扮。他来到甘泉城南门外，要求进城。东北军用麻绳把他从城墙下吊上来，周祖尧取笑他：“你变了，你不像国军了！”

高福源顺口答道：“我变了，我思想也变红了！”

大家相视而笑，算是化解了尴尬。高福源在城里住在周祖尧的营部，两天时间里，详细介绍了自己被红军俘虏后的经历和思想变化，交流了对于化解甘泉困境的对策，以及东北军处境出路等问题。高福源表示，“东北军不该打红军，过去的行为是错误的。揭穿了蒋介石促使东北军打红军是两败俱伤的阴谋。东北军今后应该与红军合作，收复东北失地，拯救东北父老于水火之中。蒋介石是假革命，用革命的口号，欺骗全国人民。安内攘外政策是‘安内’真干，‘攘外’永久不会实现，真心革命的是共产党”。他还现身说法，说明红军优待俘虏政策不虚。“他介绍了苏区人民的

---

① 彭德怀：《彭德怀自述》，第209页，北京：人民出版社，1981年12月版。

② 周祖尧：《高福源在榆林桥被俘以后》，见吴福章编《西安事变亲历记》，第17页，北京：中国文史出版社，1986年12月版。

自由生活情况，说服了所有听话的人，解除了怕当俘虏被杀害的思想顾虑。”① 第四天上午，高福源仍然由东北军在吊他上城墙的地点，又把他吊下去。临行前他再次强调，今后只有与红军合作才有出路。并再三叮咛，无粮食吃，与红军商谈是会解决的，不能把东北子弟饿死在城里，更不能再打，造成流血牺牲。

高福源进出甘泉城，开启了红军与东北军之间直接来往，进行和平谈判的历史。

三天后，城外红军转送高福源给城里东北军的一封信函，具体接洽两军会谈事宜。在无法继续生存的情况下，城里守军最高长官张文清默许其营附（即副营长）郭绍宗为代表，出城与彭德怀谈判。数次交涉后，双方达成互不为敌的谅解协议：停止敌对行动，在甘泉北门外约两华里的空地上，开设集市，自由买卖，双方人员不得佩带武器进入市场，不得强买强卖。这样，既解决了守城东北军缺粮缺柴之困，又让苏区群众以粮食换得国统区法币，互相有利。

甘泉城和谈的初步成功，让高福源产生更大的愿望。据彭德怀回忆，高福源从甘泉城内回来后，“他对我说，抗日救亡大事依靠共产党和红军。红军与人民的关系，表现了共产党是真正爱国爱民。某晚，他又来我处，谈到张学良、王以哲等都要求抗日，东北军要求打回东北去是普遍的，关键在张学良。如张能了解红军的真实情况，在抗日问题上是可以合作的。我说，你就回西安去，做这件工作”②。

高福源高兴极了，试探着询问：“你们真敢于放我回去吗？我若回去，一定不辜负红军对我的优待。”

彭德怀说：“你什么时候去都可以。”

高福源有些急不可待：“明早？”

没想到得到的回答是：“好吧，欢送你！”

彭德怀随即安排，给高福源200元路费，派骑兵护送至王以哲部队所设军事防线边境。

---

① 周祖尧：《高福源在榆林桥被俘以后》，见吴福章编《西安事变亲历记》，第17、18页，北京：中国文史出版社，1986年12月版。

② 彭德怀：《彭德怀自述》，第209页，北京：人民出版社，1981年12月版。

更让人始料不及的是，驻守在洛川城的东北军第六十七军军长王以哲获悉后，传令马上放行。一周后，1936 年 1 月 15 日，高福源带着令人吃惊的消息返回甘泉附近的红军司令部。据高福源介绍，他在洛川不仅见到王以哲，而且张学良也亲自驾机飞来与他谈话，结果不仅王以哲对于中共共同抗日的主张深表赞成，而且张学良也表示愿意亲自与中共方面的全权代表就共同抗日问题进行商谈。

彭德怀立即致电中共中央，报告这个新的重要形势进展情况。中央认为这是瓦窑堡会议后，抗日民族统一战线政策的重要成果。一旦与东北军达成停战协议，整个西北形势将发生根本改变，区区一个甘泉城自然不必斤斤计较。毛泽东回电彭德怀，同意与东北军进行高层谈判，提出条件为："全部军队停战，全力抗日讨蒋；目前各就原防互不攻击，互派代表商定停战办法；提议组织国防政府、抗日联军；请表示目前东北军可能采取之抗日讨蒋最低限度之步骤（不论是积极的或消极的）；立即交换密码。"①

次日，李克农作为中共方面全权代表，随高福源前往洛川，先后与东北军首领张学良、王以哲进行高层会谈。为了表示诚意，毛泽东电令彭德怀解除对于甘泉城的包围，并要求迅速将此消息通知李克农，以便转告东北军高层领导，显示红军实现停战的决心和行动。据李克农发回的电报称，他与张学良谈了三个小时。李克农向张学良说明了中共关于停止内战，共同抗日，建立国防政府，组织抗日联军等政治主张。张学良告诉李克农，南京方面同情国防政府者颇不乏人。如中共果能站在诚意方面，张愿为此奔走。近来蒋介石让他到甘肃、南京走一趟，时间大约两周，借此机会可以做些工作。如有成绩，则拟约彭德怀在延安或洛川见面，并可另外再约几位中共领导人同来谈话。但目前为保守秘密及自身环境起见，他表面仍须采取消极态度。至于东北军和红军两部，目前应各就原防以作疆界，但同意在可能范围内恢复双方区域之经济通商。②

1 月 25 日，中共以红军主要将领名义致信东北军将士，揭露蒋介石派

---

① 毛泽东致彭德怀电（1936 年 1 月 15 日），见中共中央文献研究室编《毛泽东年谱（1893 ~ 1949）》上卷，第 505 页，北京：人民出版社、中央文献出版社，1993 年 12 月版。

② 李克农致毛泽东、周恩来电（1936 年 1 月 21 日），转引自王海晨、胡玉海《世纪情怀——张学良全传》上卷，第 554 ~ 555 页，广州：广东人民出版社，2001 年 12 月版。

遣东北军到西北“剿共”的阴谋，分析东北军的危险处境，指出其正确出路所在，进一步阐明抗日反蒋政治主张。

时隔半个多世纪，今天翻阅这封信，仍然会让人热血涌动，心潮澎湃。它把东北军的处境、困境与出路，放在当时中国军事政治矛盾斗争的大环境下，条分缕析，深入浅出，说理在理，说情在情。它把联合东北军进行抗日反蒋的政治主张表述得清清楚楚。字里行间，有一股大义凛然的磅礴正气，让人心明眼亮，精神振奋，斗志昂扬。

> 中国苏维埃政府与红军对于有抗日光荣历史的东北军，是极端爱护的，对于他的发展前途，是非常关心的。因此，我们不揣冒昧，敢为东北军的领导者与将士们贡献一点意见。中国苏维埃政府与工农红军是愿意与任何抗日的武装队伍联合起来，组织国防政府与抗日联军，去同日本帝国主义直接作战的。我们愿意首先同东北军来共同实现这一主张，为全中国人民抗日的先锋。素闻东北军将士均是深明大义的爱国志士，定能抛开过去的一切疑虑误会，来首先响应苏维埃政府与红军的抗日号召。在四万万同胞中，甘心作日本帝国主义的孝子顺孙，甘心作亡国奴的，除了极少数的汉奸卖国贼外是没有的。只要我们登高一呼，我们相信，响应我们的不是十万、百万的中国人，而是几千万、几万万的中国人。拿四万万中国同胞的人力、财力、武力、智力是一定会战胜日本帝国主义的！“中国无力抗日”，是蒋介石辈汉奸卖国贼欺骗中国人民、投降日本帝国主义强盗们的口号，而不是我们有数千年历史的黄帝子孙的口号。我们是中国人，要为中国的独立解放奋斗到底！救中国是我们中国人自己的责任！①

言为心声，词为意表。没有高远的理想和崇高的精神，是写不出如此纵横捭阖、文采飞扬的文字来的。据张学良秘书郭维城晚年回忆，这封信说出了东北军广大官兵的心里话，自“九一八”事变离开东北五年来，从来没有人为东北军说一句公道话，从来没有人公开地说东北的丢失是东北

① 《红军为愿意同东北军联合抗日致东北军全体将士书》（1936 年 1 月 25 日），见中央档案馆编《中共中央文件选集》第 10 册，第 6 ~ 7 页，北京：中共中央党校出版社，1985 年 10 月版。

军执行了蒋介石的命令。此信对张学良影响很大，让每一个有良心的东北军人佩服，让每一个有志气的中华儿女拥护。①

张学良、王以哲等东北军上层很快接受红军停战主张，是与他们的处境困难密切相关的。1934 年 10 月，中央红军从江西苏区出发进行战略转移，开始长征。同年 11 月，红二十五军也从鄂豫皖苏区被迫实现战略转移，进入陕北。1935 年 1 月，蒋介石撤销鄂豫皖“剿总”，改设“武昌行营”，任命张学良为主任。1935 年 9 月，红二十五军和中央红军先后到达陕甘地区，在原陕北苏区基础上，建立新的革命根据地。蒋介石又决定在西北建立“剿匪总部”，以防止红军继续北上与苏联红军联手。于是，东北军受命尾随红军进入陕北驻防。孰料入陕三个月，东北军连续在劳山战役、榆林桥战役和直罗镇战役三次战斗中，被歼灭两个师、两个团和一个营，实际损失相当于三个主力师的兵力，并且两位师长、两位参谋、六位团长或死或俘，这在东北军作战历史上是少有的。这些将士都是东北子弟兵，跟随张学良从东北撤退进关，南征北战，发誓要打回老家去，收复失地，回归家园。现在转入陕甘“剿匪”，与红军主力部队继续打仗，而置民族敌人入侵于不顾，显然是一条同室操戈、两败俱伤的死路。

三个月，三次战役，三个师，这样打仗让东北军官兵望而却步，这样“剿匪”让张学良犹豫重重，这样牺牲让每一个有爱国心的红军和东北军都觉得悲痛、伤心、愤懑。

1935 年底，张学良到南京参加国民党四届六中全会和第五次全国代表大会，临行前特别嘱咐驻守陕北延安、洛川的王以哲，驻守陇东庆阳、合水的董英斌，原地待命，就地整训，不得随意与红军作战。在京期间，张学良按照“剿共”损失部队优先予以补充的规定，提出军队补充和给予阵亡师长每人发给 10 万元特恤的请求，却遭到驳回。南京政府军政部下令撤销东北军损失的一〇九、一一〇师番号，停发军饷，不同意对于阵亡师长的特恤请求。张学良感慨万端：我张某人混得连十万块钱都不值了？

两会期间，张学良数次飞往上海，拜会爱国民主人士，听取意见建议。

① 郭维城回忆材料，1985 年 4 月。转引自张德良、周毅主编《东北军史》，第 322～323 页，沈阳：辽宁大学出版社，1987 年 12 月版。

在“平房监狱”，杜重远为他分析国内外形势和西北军政格局，坦率建言：只有抗日，东北军才有前途，你个人也可以有荣誉。在大部分东北军都集结在西北的情况下，应该改变过去东北军的做法，下决心走联合抗日的道路，把共产党红军、陕西杨虎城、新疆盛世才的力量都联合起来，集中在抗日的旗帜下。如果把这些力量都能联合起来，合作抗日，形成一个西北的抗日联合局面，然后再去推动全国抗日大联合，前途就是非常可观的了。

1936年初，张学良回到西安，在爽快答应飞赴洛川与红军代表会谈之前，他意外地接待了来自上海的神秘使者周继吾。此人手持南京政府行政院院长兼财政部长孔祥熙亲笔签署的“西北经济专员”委任状，石破天惊地对张学良说：我是来向你借飞机到红区去的。此人真实身份是上海圣彼得教堂牧师董健吾，中共地下党员，是受宋庆龄、宋子文委派，到陕北接通上海共产党组织与中共中央的联系，转达国民党与中共谈判的愿望。为了途中安全，特自签署了一张委任状。张学良电话南京方面，证实了董健吾所持委任状的真实性，由此发现南京政府高层正在做着和自己一样的事情。于是，他加快了与中共和红军方面的交往速度。

1936年4月9日，周恩来、李克农与张学良、王以哲四人，分别代表中共中央与东北军高层，在肤施（延安）城里基督教堂进行秘密会谈。此次高层谈判主要围绕中共预先拟定的五个问题进行：停止一切内战，全国军队不分红白一致抗日救国问题；全国红军集中河北，首先抵御日敌迈进问题；组织国防政府、抗日联军具体步骤及其政纲问题；联合苏联及先派代表赴莫斯科问题；贵我双方互不侵犯及经济通商初步协定问题。① 会谈从4月9日傍晚开始，持续到10日凌晨结束。张学良完全同意停止内战、一致抗日；同意组成国防政府、抗日联军；同意双方通商，希望打通与苏联的联络；赞成红军主力集中河北，但坚持认为红军在山西恐怕难以立足。

成为双方谈判焦点的，是如何对待抗日统一战线中蒋介石的问题。张学良明确表示：“蒋介石现在歧路上，虽不会彻底抗战，但有可能争取与其合作。目前他（张学良自己，引者注）尚做不到反蒋，如蒋降日，当离开

① 毛泽东、彭德怀回复王以哲、张学良电（1936年2月6日），见中共中央文献研究室编《毛泽东年谱（1893～1949）》上卷，第532页，北京：人民出版社、中央文献出版社，1993年12月版。

蒋；在张公开抗日之前，不能不接受蒋介石的命令，进驻苏区。”① 周恩来表示：关于对蒋介石的政策中共中央已有考虑，愿意将张学良的意见带回去慎重研究。但强调说：法西斯主义是反共反人民的，没有群众基础。要收复东北，没有广泛的群众参加是不可能的。② 稍后，周恩来致信张学良，“坐谈竟夜，快慰平生。归语诸同志并电前方，咸服先生肝胆照人，诚抗日大幸。……为抗日固足惜蒋氏，但不能以抗日殉蒋氏。为抗日战线计，为东北军前途计，先生当有以准备之也”③。很显然，这是委婉地回答谈判中关于统一战线如何处理蒋介石的问题。

谈判中周恩来提出双方互派代表留驻人员，张学良非常干脆地说：“你们派多少人来，我都欢迎。我一个也不派，我派一个人出去，身边就没人了。”这样，直接促成了西安七贤庄中共地下交通站的落成。随后相应改名为红军联络处、国民革命军第八路军驻陕办事处，在西安以合法身份公开承办医疗卫生用品采购、人员接待转移等任务。

这次会谈虽然没有解决所有问题，但是成果显著，促使抗日统一战线政策向前跨越一大步。谈判双方都留下深刻印象，为以后的进一步交往打下了坚实的基础。

4 月 27 日，刘鼎用隐语致信周恩来，报告张学良酝酿一个“不小的计划”，“他已开始‘爱□’、‘抗□’活动，开始向内外活动。将使大老板无法公然反对，同时预备着，更预备着和大老板打一架也可以……”④ 这里的“大老板”，

---

① 中共中央文献研究室编：《周恩来年谱（1898～1949）》（修订本），第 311 页，北京：中央文献出版社，1998 年 2 月版。

② 据刘鼎晚年回忆，这次延安会谈中，张学良提出“联蒋抗日”主张。“蒋有民族情绪，在国民党中领导力量最强，据他回国后两年观察，蒋可能抗日……蒋介石是在歧路上，他错在‘攘外必先安内’，把这错误政策扭过来，就可以实现‘停止内战，一致抗日’。做到这些不容易，要做艰苦工作。共产党在外面逼，他在里面劝，内外夹攻，定能扭转过来。”见张魁堂《刘鼎在张学良那里工作的时候》（二），《党的文献》（京），1988 年第 3 期。

杨奎松研究认为，这个回忆缺乏历史文献依据。此次谈判中，中共方面是故意回避蒋介石这个敏感问题；证以谈判后的来往电文，中共在此后相当长时间里仍然坚持“抗日反蒋”。见杨奎松《西安事变新探——张学良与中共关系之谜》，第 79～80 页，南京：江苏人民出版社，2010 年 8 月第 2 版。

③ 周恩来致张学良信（1936 年 4 月 22 日），《周恩来书信选集》，第 87 页，北京：中央文献出版社，1988 年 1 月版。

④ 转引自张友坤、钱进等编著《张学良年谱》（修订版），第 685 页，北京：社会科学文献出版社，2009 年 2 月版。

就是暗指蒋介石。“爱□”、“抗□”，就是“爱国”、“抗日”。这些都意味着张学良已经动心起念，在万不得已的情况下，破釜沉舟，坚持抗日。

4月28日，鉴于东征在山西境内受到阎锡山部队和中央军汤恩伯部队的步步紧逼，红军不得不班师回陕。5月初，红军全部撤回陕北，进入东北军防地，还带来一个意想不到的惊恐：汤恩伯所率中央军也有渡过黄河，追剿红军，挤压东北军的可能。在这种危急情况下，张学良通过刘鼎向中共高层提出再次面谈的请求。

1936年5月12日至13日，周恩来与张学良在肤施城外的川口举行第二次秘密会谈。这次会谈的核心问题，是关于“西北大联合”计划，即红军与东北军联合行动，抗日反蒋，以兰州为大本营，夺取宁夏、甘北，接通新疆、外蒙，组成西北抗日联军，成立西北国防政府，与苏联结成联盟，以走向全国国防政府，彻底战胜日本帝国主义。

6月初，广东国民党将领陈济棠与广西国民党将领李宗仁发动“两广事变”，中共中央决定联系张学良，加快“西北大联合”行动步伐，策应西南事变形势发展。“为了策应两广及华北的局面，西北的发动决定提早。发动的时机拟在两个月内。发动的部署以接近苏联与解决西北蒋介石力量为原则，大体以红军一方面军经于甘北，二、四方面军经于甘南，以东北军一部入兰州，解决朱绍良，并控制兰州到哈密要道。因黄河的障碍，在结冰以前红军没有办法出至黄河以西或以北，因此只能使用东北军。西北国防政府应以兰州为中心，此政府主席及抗日联军总司令推张学良，我们则任其副。”①

但是，张学良没有马上回应，而是更加关注中共与苏联方面的联系。作为东北军的最高统帅，是几十万大军的当家人，他必须认真考虑一旦与蒋介石国民党政府摊牌，脱离南京政府，如何解决军饷、武器、弹药问题。在焦急的等待中，张学良通过刘鼎提出要求加入中国共产党的意愿，并希望派专人加以训练。此间，中共中央派红军参谋长叶剑英作为红军正式代表，常驻西安，从事联络、协调、帮扶工作。

对于张学良的入党要求，中共中央给予高度重视，准备同意发展其加

---

① 中央书记处致王明、康生电（1936年6月16日）。转引自杨奎松《西安事变新探——张学良与中共关系之谜》，第113页，南京：江苏人民出版社，2010年8月第2版。

入中国共产党，及时向共产国际电报请示。出乎意料的是，共产国际回复中共中央的电报中明确指出，不能同意中共中央根据张学良要求准备发展其入党的提议。“你们的报告中甚至还说要接纳张学良加入共产党。现在比任何时候都更加需要维护党的队伍的纯洁性与党的团结。”① 中共中央接到共产国际的指令后，没有如实告知张学良，所以张学良仍然积极努力，并利用自己参加国民党五届二中全会的机会，先后在南京会见苏联驻中国大使馆武官、大使，在上海拜访苏联领事馆总领事，谋求苏联对中国抗日战争的合作和援助。与此同时，中共方面仍然保持与张学良的密切联系，回避入党问题，坚持推动“西北国防政府计划”。对此，有研究者认为，“平心而论，张学良的要求入党，其实未必真的带有多少意识形态上的理由和理想政治目的，它更多地恐怕只是出于他对于中共的某种信服，特别是服从于他争取苏联同情与支持的现实目的罢了”②。申请加入共产党，在张学良来说，不一定是出于真正的人生信仰，更多的可能性是某种政治手段。

此间，张学良给予经济困难中的中共中央和中央红军诸多物资援助和武器弹药支持，③ 包括 1936 年 6 月资助安排毛泽东之子毛岸英、毛岸青兄弟从香港出国，经巴黎到莫斯科学习。

中共中央及时修正并逐步调整了自己的方针策略，放弃“抗日反蒋”口号，提出“逼蒋抗日”口号。共产党致信国民党中央说：“我们赞助建立全中国统一的民主共和国，赞助召集由普选权选举出来的国会，拥护全国人民和抗日军队的抗日救国代表大会，拥护全国统一的国防政府。我们宣布：全中国统一的民主共和国建立之时，苏维埃区域即可成为全中国统一的民主共和国的一个组成部分，苏区人民的代表，将参加全中国的国会，并在苏区实行与全中国一样的民主制度。”④ 这是共产党向国民党提出的公开挑战，也是共产党向全国人民提出的公开承诺。在民族危机面前，政党

---

① 《共产国际执行委员会书记处给中国共产党中央委员会书记处的电报》（1936 年 8 月 15 日），见中共中央党史研究室第一研究部编《共产国际、联共（布）与中国革命文献资料选辑》（1931 ~ 1937）第 17 卷，第 466 页，北京：中共党史出版社，2007 年 9 月版。

② 杨奎松：《西安事变新探——张学良与中共关系之谜》，第 121 页，南京：江苏人民出版社，2010 年 8 月第 2 版。

③ 参见张友坤《张学良在物资、财政上对陕北红军的援助》，《炎黄春秋》（京），2011 年第 6 期。

④ 《中国共产党致中国国民党书》（1936 年 8 月 25 日），见中央档案馆编《中共中央文件选集》第 10 册，第 78 ~ 79 页，北京：中共中央党校出版社，1985 年 10 月版。

与政党之间竞争的是话语权，是民心向背。共产党对党内同志说："在全国人民面前，我们应表现出我们是'停止内战一致抗日'的坚决主张者，是全国各党、各派（蒋介石国民党也在内）抗日统一战线的组织者与领导者。这种态度最能争取广大抗日人民的同情与拥护，在国民党区域中也便利于我们的活动。"① 这有斗争策略考虑，更有立场原则选择。

随着中共统一战线工作全面展开，形势一片向好。在陕北，1936 年 8 月 19 日，中共中央主持召开全国哥老会代表大会，到会各山堂会员千余人，会期七天，通过《中华江湖抗日救国简章》，宣布成立"中华江湖抗日救国会"和"中华江湖抗日救国军"，确立行动宗旨为"中华英雄大聚会，团结一致救中国，民主共和求解放，联合战线争独立"②。在山西，中共代表彭雪枫、朱蕴山、张友渔、杨秀峰等人分别游说阎锡山，大获成功，1936 年 9 月 18 日成立"牺牲救国同盟会"，以守土抗战为号召，阎锡山表示赞同中共提出的抗日主张，愿意推动南京政府抗日。在北平，中共代表南汉宸、谢晋生等成功接近傅作义，促使傅作义同意欢迎红军入绥抗战。在西南，中共代表李允生（冯雪峰）等人与刘湘取得联系，并让其表态，只要苏联之路可走，就决定加入西北大联盟。在广西，中共代表云广英、宣侠父、胡鄂公等人，与两广实力派李济深、李宗仁等签署合作协议。在南京，中共代表已经把抗日统一战线工作做到南京政府内部，取得宋子文、孔祥熙、李石曾、张静江等一批国民党元老的基本认同。

1936 年 12 月 3 日，蒋介石再次来西安督战。12 月 9 日，西安学生举行纪念"一二・九"运动周年大游行，向省政府和住在临潼的蒋介石请愿，要求军队开赴前线实行抗日。张学良面对群情激奋的学生，想到抗日的艰难曲折，百感交集，声泪俱下，明确表示自己决不做走狗或汉奸，誓死收复东北。当晚，张学良再赴临潼，向蒋介石陈词抗日，却遭到责骂。后来他回忆说，"学生走向临潼后，我不顾一切利害，挺身而出，幸而把学生劝回来，而蒋委员长却怪我没有武力弹压，而且竟公开明说是他叫警察开枪，假如学生再向前进，他便下令用机关枪打！我们的机关枪是打中国人的吗?

---

① 《中央关于逼蒋抗日问题的指示》（1936 年 9 月 1 日），见中央档案馆编《中共中央文件选集》第 10 册，第 85 页，北京：中共中央党校出版社，1985 年 10 月版。

② 《志丹县志》，第 444 页，西安：陕西人民出版社，1996 年 12 月版。

我们的机关枪是打学生的吗？蒋委员长有了以上两种表示，杨主任，其他西北将领和我本人，就都断定了他的主张是绝不能轻易改变了”①。在多次苦苦进谏蒋介石毫无效果的情况下，张学良联合杨虎城及其十七路军，在临潼华清池蒋介石住处，发动了震惊中外的西安事变，一举扣留了前来督战“剿共”的蒋介石及其全部随行人员。

西安事变，中共走上前台协调各方

1936年12月12日，西安事变发生当天，张学良、杨虎城通电全国，提出改组南京政府、停止内战、立即释放上海被捕的爱国领袖、释放全国一切政治犯、立即召开救国会议等八项主张。同时，张学良致电毛泽东、周恩来：“蒋之反革命面目已毕现，吾等为中华民族及抗日前途利益计，不顾一切，今已将蒋及重要将领陈诚、朱绍良、蒋鼎文、卫立煌等扣留，迫其释放爱国分子，改组联合政府。兄等有何高见，速复，并望红军全部集中于环县一带，以便共同行动，以防胡（宗南）敌北进。”② 这时已经从瓦窑堡迁移到保安的中共中央，立即活跃起来，紧急商讨对策。

尽管中共中央根据共产国际指示精神，积极主张建立抗日民族统一战线，但是对于近十年来革命斗争的直接敌人蒋介石被友军扣留，共产党方面领导人，特别是在军事斗争一线的领导者，还是喜不自禁。“1936年12月12日，张、杨活捉蒋介石的消息通过无线电波传到保安的时候，不用说，是人心大快，大快人心。”③ 黎明时收到电报，上午保安城就出现不寻常的活跃情景。“这个消息像闪电一般传遍了整个地区，人们高兴得手舞足蹈，因为蒋介石是中国共产党和中国红军最痛恨的人，他指使人严刑拷打和屠杀了数万工农革命群众，国内战争中有数十万人丧失了生命，而他又是内战的主犯和罪魁祸首。”④ 大家聚集在毛泽东的窑洞里，议论纷纷：

---

① 张学良：《对总部全体职员的训词》（1936年12月13日），毕万闻主编《张学良文集》第2卷，第1066页，北京：新华出版社，1992年2月版。

② 张友坤、钱进等编著：《张学良年谱》（修订版），第798页，北京：社会科学文献出版社，2009年2月版。

③ 刘英：《刘英自述》，第110页，北京：人民出版社，2005年10月版。

④ ［德］奥托·布劳恩：《中国纪事》，第230页，北京：东方出版社，2004年9月版。

"蒋介石也有今日！""张学良确实干得不错！""现在还有甚么别的话好说，先将那些家伙杀了再说。"① 在组织原则与个体情感、理性决策与感性经验之间，革命队伍首先表现出的是一次巨大的情绪释放。

中共中央在确认事变真相后，以毛泽东、周恩来的名义回电张学良，提醒加强军事部署，建议紧急调集东北军主力至西安、平凉一线，调集第十七路军至西安、临潼一线，红军担任钳制陕甘中央军任务。安排周恩来拟赴张学良处协商大计。并且，中共中央致电共产国际书记处，通报事变情报，报告处理意见，希望借此组织抗日联军、成立国防政府，请求国际舆论支持和苏联军事经济援助。

当天晚上，在保安的干部战士和苏维埃政府工作人员举行大型集会。毛泽东首先发表演讲，认为清算和公审出卖中华民族利益的叛徒蒋介石的时候到了，只有对他进行清算，才能为全国一致抗日开辟道路；必须要求南京政府立即停止一切内战，特别是反对红军的内战，以及立即停止对共产党员的迫害；必须举行关于建立有东北军总指挥张学良将军，陕西省主席、国民党十七路军总指挥杨虎城将军，共产党代表和国民党地区抗日组织代表参加的联合政府的会谈；必须动员整个民族和全国一切武装力量，反对日本及其在国民党中的帮凶。② 朱德、周恩来等也在集会上发表讲话。

12 月 13 日上午，张闻天主持召开中共中央政治局扩大会议，正式讨论对西安事变的对策问题。毛泽东做主题发言，充分肯定该事变具有抗日反卖国贼的革命意义，它把我们从牢狱的情况下解放出来，有历史功绩，应该拥护。其实蒋介石最近的立场严格说来还是中间性的，并非投降的或亲日的，可惜的是他在"剿共"这一点上还是站在日本方面的。既然事变已经发生，"在我们的观点，把蒋除掉，无论在哪方面都有好处"。因此，目前我们应以西安为中心来领导全国，控制南京。是否在西安成立全国政府问题，需要考虑，但设法使东北军、十七路军不仅在政治上与我们一致，而且使他们在组织上与我们一致，这是要下大力去做的工作。

由于国民党中央军已逼近潼关，战争一触即发，周恩来提议："在军事

① 张国焘：《我的回忆》第 3 册，第 330 页，北京：东方出版社，1998 年 1 月版。
② ［德］奥托·布劳恩：《中国纪事》，第 230 页，北京：东方出版社，2004 年 9 月版。

上我们要准备打，但在政治上不与南京政府对立。”① 要在实际工作中起领导作用，深入发动群众，以群众团体名义欢迎各方代表去西安参加救国会议。中共要公开走上政治舞台，同时不放弃地下党的艰苦工作。

张闻天态度更加温和，观点也更加明确：“我们不采取与南京对立方针。不组织与南京对立方式（实际是政权形式）。把西安抓得很紧，发动群众威逼南京。改组南京政府口号并不坏。尽量争取南京政府正统，联合非蒋系队伍。在军事上采取防御，政治上采取进攻。”② 关键是要尽量争取时间，巩固自己的部队，把西安、兰州控制在我们手里，打通与苏联的通道，努力实现共产党登上合法政治舞台的目标。

朱德、张国焘、博古等也在会上发言。会议最后没有形成明确一致的方针决定，在随后发出的不同电讯和指令中，可以明显感觉到出自张闻天或毛泽东之手笔的不同态度和语气。

“元凶被逮，溥海同快。……宜即逮捕或驱逐部队中法西［斯］分子，对全军举行广大深入的政治动员，向全体官兵宣布蒋氏卖国残民罪状，政治上团结全军。此着是最紧急任务之一。”③ 这是12月13日，毛泽东拟稿，以毛泽东、周恩来名义发给张学良的电文，态度倾向一目了然。与此同时，在保安油印出版的中共中央机关报《红色中华》，用显著的位置、巨大的篇幅、欣喜的语言，声援张学良的爱国义举，揭露蒋介石“十年反革命，五年卖国贼”的罪恶，宣传把蒋介石交给人民公审、裁决，虽百死也不足以赎其罪恶于万一的主张。

12月15日（或16日），张闻天在红军大学做政治报告，讲西安事变发生原因和我们应采取的方针对策。据听过报告的赵发生回忆：在报告之前，大家的心情是要把蒋介石抓到陕北来处决，而张闻天的报告则是在分析形势的基础上，向大家讲为什么不能杀蒋介石的道理。④

---

① 中共中央文献研究室编：《周恩来年谱（1898～1949）》（修订本），第339页，北京：中央文献出版社，1998年2月版。

② 张闻天：《尽量争取南京政府正统》（1936年12月13日），《张闻天文集》第2卷，第198页，北京：中共党史出版社，1993年7月版。

③ 毛泽东、周恩来致张学良电（1936年12月13日），《文献与研究》（京），1986年第6期。

④ 赵发生接受张闻天选集传记组同志谈话记录，1983年9月29日。见张培森主编《张闻天年谱》上卷，第396页，北京：中共党史出版社，2000年8月版。

在南京方面对西安事变做出强烈反应之后，何应钦出任“讨逆军”总司令指挥大军由潼关向西安迅速推进，中央军飞机轮番轰炸潼关至西安沿线地区，中共方面希望出现的局面难以成真。毛泽东致电张学良，建议东北军和十七路军以守为攻，红军主力迂回敌后直取郑州，威逼南京，只有给蒋系中央军严厉打击后，国内各派才好胁迫南京方面抗日。这种超乎常人想象力的战略思维，充分显示了毛泽东惊人的军事才能和政治谋略。但是，张学良没有接受这个建议，中共党内军事指挥将领们也不十分赞成这个计划。

促使中共中央对于西安事变处置态度和主张趋于一致的重要因素，是来自共产国际的指令。12 月 16 日，中共中央收到共产国际书记处电报，但因译码技术问题，未能全部译出。该电主要内容是：“张学良的行动不论他的意图如何，客观上只能损害把中国人民的力量团结在抗日统一战线中，并会鼓励日本对中国的侵略。”① 这无异于给“审蒋”、“除蒋”主张者迎面泼来一盆冷水。共产国际书记处来电没有及时翻译出来，次日中央又收到潘汉年发来的介绍苏联新闻媒体观点的电文，对西安事变持基本否定态度。② 尽管他们相信这可能是苏联政府对外公开宣传的一种外交手段，但是莫斯科的这种态度主张对中共的方针政策产生了重大影响。

12 月 18 日，中共中央就西安事变处置问题再次致电国民党中央，放弃了 15 日通电中要求“罢免蒋氏，交付国人裁判”③，公审蒋介石的主张，而是在坚持组织国防政府和抗日联军、承认红军与东北军及十七路军的抗日要求、停止一切内战、释放一切政治犯、实现孙中山先生“三大政策”等五项原则基础上，同意保证蒋介石的安全和自由。“本党相信，如贵党能实

---

① ［保］季米特洛夫：《季米特洛夫日记选编》（1936 年 12 月 16 日），第 50 页，桂林：广西师范大学出版社，2002 年 10 月版。

② 1936 年 12 月 14 日苏联《真理报》社论《中国发生事变》中指出：“南京政府当务之急是要努力谋求中国的统一，使处于分裂状态的各个地区联合起来，团结全中国人民同外国侵略者作斗争。可是，反动势力在中国人民的敌人的代理人唆使下，竭力破坏这种努力。毫无疑问，张学良部队举行兵变的原因，应当从不惜利用一切手段帮助日本帝国主义推行奴役中国的事业的那些亲日分子的阴谋活动中去寻找。臭名昭著的日本走狗汪精卫的名字同陕西省发生的张学良兵变紧密相连，这也绝非偶然。”把张学良与汪精卫相提并论，这是从苏联国家利益立场来看问题，也透露出共产国际书记处观点的复杂性。见中共中央党史研究室第一研究部编《共产国际、联共（布）与中国革命文献资料选辑》（1931 ~ 1937）第 17 卷，第 406 ~ 407 页，北京：中共党史出版社，2007 年 9 月版。

③ 《红军将领关于西安事变致国民党国民政府电》（1936 年 12 月 15 日），见中央档案馆编《中共中央文件选集》第 10 册，第 109 页，北京：中共中央党校出版社，1985 年 10 月版。

现上项全国人民的迫切要求，不但国家民族从此得救，即蒋氏的安全当亦不成问题，否则糜烂横政，民族生存与贵党生命均将为贵党错误的政策而断送干净也。”① 中共在共产国际和苏联的影响下，态度和主张已经发生改变，趋向一致于张闻天所持观点。

12 月 19 日，中共中央发出关于西安事变发生后的形势与任务的指示中，对于此次事变意义的认识有了改变。在坚持认为“这次发动是为了要抗日救国而产生的，是要以西北的抗日统一战线去推动全国抗日统一战线的开始”基础上，增加了第二点内容，“但是因为这一发动采取了多少军事阴谋的方式，扣留了南京最高负责人蒋介石及其主要将领，以致把南京置于西安的敌对地位，而造成了对于中国民族极端危险的新的大规模内战的可能。因此，这一发动又妨害了全国反日力量的团结”②。这种既肯定又否定的观点认识，是党内不同意见的整合，也是共产国际与中共中央不同意见的整合。从文本形态分析，显然是出于张闻天的手笔，是以张闻天等人的观点为基础，融合了毛泽东等人的意见，显示了党在矛盾中求统一、在斗争中谋发展的精神。

根据这样的方针和口径，事变后即前往西安的周恩来全力配合张学良、杨虎城，展开了与蒋介石的代表宋子文和宋美龄的谈判。最终，在双方相互妥协的基础上，这场危机得以妥善化解，中共放弃“西北大联合”计划，蒋介石答应停止“剿共”，国共两党在团结抗日的旗帜下再度走上合作之路。中国共产党以公开合法的身份，逐步活跃在抗日战争时期的中国政治舞台上。

西安事变发生后，东北军从陕北撤防，将肤施城让给红军。1937 年 1 月 13 日，中共中央从保安迁移至此，沿用中共地下党组织此前对其的称谓“延安”。

1937 年 2 月 10 日，中共中央致电国民党五届三中全会，提出抗战时期对国民党的“五条政策建议”和共产党的“四项保证”，即停止一切内战，

---

① 《中共中央关于西安事变致国民党中央电》（1936 年 12 月 18 日），《文献与研究》（京），1986 年第 6 期。

② 《中央关于西安事变及我们任务的指示》（1936 年 12 月 19 日），见中央档案馆编《中共中央文件选集》第 10 册，第 110～111 页，北京：中共中央党校出版社，1985 年 10 月版。

保障言论、集会、结社自由，召集各党各派各军代表会议，迅速完成对日抗战准备工作，改善民生；保证在全国范围内停止推翻国民政府之武装暴动方针，工农政府改名为中华民国政府特区政府，红军改名为国民革命军，接受南京中央政府与军事委员会的指导，在特区政府区域内实施普选的彻底民主制度，停止没收地主土地政策、执行抗日民族统一战线共同纲领。① 这是借会议之机，督促国民党方面执行西安事变后所达成的协议精神。

蒋介石在南京召开的此次会议上，也表示了停止武力“剿共”，正式重开国共合作谈判的态度，标志着抗日民族统一战线初步形成。

此后，周恩来在南京、杭州、西安等地同国民党代表以及蒋介石本人多次谈判，一直到7月7日卢沟桥事变后国民政府国防会议上才算完全达成合作协议。

三

关于抗日持久战的科学论述

面对日本帝国主义的强势入侵，中国共产党人高举抗日救亡的旗帜，高倡抗日民族统一战线的主张，号召停止内战，一致对外，妥善解决西安事变，给危难中的民族国运点燃了一盏希望的明灯。但是，面对强敌压境，敌强我弱的军事形势，中国抗日的前途是什么，中国抗日救亡的胜利路径是什么，仍然是时代社会普遍关心而不得其解的问题。对此，中国共产党

---

① 《中共中央给中国国民党三中全会电》（1937年2月10日），见中央档案馆编《中共中央文件选集》第10册，第135页，北京：中共中央党校出版社，1985年10月版。

人智慧地提出抗日持久战的军事战略方针，再一次以自己的理想信念主张及时回应时代社会之关切。

最初的论证

持久战，是对战争长期性的一种认识。关于抗日持久战的论述，就目前所能掌握的文献资料来看，最初是瓦窑堡会议上中共中央根据共产国际指示精神，决定建立抗日统一战线，认真考虑在新的民族战争中，选择什么路径，经历什么阶段，达到战胜日本帝国主义的胜利目标，党内分管军事工作的毛泽东提出持久战观点。

1935 年 12 月 17 日至 25 日，中共中央在瓦窑堡召开政治局扩大会议，分析讨论华北事变后国内政治形势和党的策略路线、军事战略等一系列问题。会议由张闻天主持，张浩传达共产国际第七次代表大会精神，提出建立抗日民族统一战线的新政策。12 月 23 日，毛泽东在会上做关于抗日军事战略问题报告，认为“在日本帝国主义变中国为殖民地的形势下，在中国红军及其他革命武装力量的现状之下，党的军事策略即战略方针”，应该是在以坚决的民族战争反抗日本帝国主义进攻中国总任务之下，“把国内战争同民族战争结合起来”，要正确估计敌我力量，积极准备直接对日作战的力量，猛烈扩大红军。在作战指挥原则上，强调坚持游击战，“反对只‘打’不‘走’的拼命主义，又要打，又要走，自然走是为了打的。战争方式的游击性，即没有固定战线，这是由于技术条件落后而决定的中国红军作战的特点，也正是过去军事指导的长处”；坚持运动战，“反对‘不让寸土’的保守主义的阵地战，主力红军大踏步进退是不可避免的、需要的”；坚持持久战，“战略的持久战，战役的速决战，反对战役持久战，反对‘拼消耗’”。在敌强我弱的形势下，“拿战略方针去指导战役战术方针，把今天联结到明天，把小的联结到大的，把局部联结到全体”。① 游击战、运动战、持久战，具有高度的军事辩证法。这是胸怀大志、脚踏实地、清醒务实的

① 毛泽东：《关于战略方针和作战指挥的基本原则》（1936 年 12 月 23 日），《毛泽东文集》第 1 卷，第 381、382 页，北京：人民出版社，1993 年 12 月版。

革命乐观主义态度和实践理性精神，是一种在黑暗微芒中发现一点亮光，并顽强不屈地把光芒变成光明的意志品质。

主持会议的张闻天充分肯定了毛泽东报告中所阐述的红军作战指挥上的基本原则，促使会议根据毛泽东发言精神，通过《中央关于军事战略问题的决议》。

中国古代兵家一般多忌旷日持久的战争，主张速战速决。只有很少的案例，是反其道而行之，以持久战来疲惫、消耗对方，尔后击败之。① 毛泽东在思考中国抗日战争发展问题时，创造性地提出持久战观念，在敌强我弱的情况下，坚持正义立场，战略上采用持久战的方针，通过长期的作战，逐步削弱敌人，转劣势为优势，变被动为主动，最后赢得战争的胜利。这是他对半封建半殖民地中国开展革命工作长期性的认识，也是对工农红军斗争经验的精辟总结，更是对抗日战争新形势新问题的具体分析和睿智见识。

中共中央从瓦窑堡搬迁到保安，1936 年 7 月，毛泽东在接受美国记者埃德加·斯诺采访时，再次阐述了中国抗日战争要经过较长时期的战略观念。“战争的前期，我们要避免一切大的决战，要先用运动战逐渐地破坏敌人军队的精神和战斗力。”整个战争时期，要充分发挥游击战优势，“中国农民有很大的潜力，只要组织和指挥得当，能使日本军队一天忙碌二十四小时，使之疲于奔命”。到战争后期，才发起“对于日本的占领地进行阵地的攻击”。“这样，日本在中国抗战的长期消耗下，它的经济行将崩溃；在无数战争的消磨中，它的士气行将颓靡。中国方面，则抗战的潜力一天一天地奔腾高涨，大批的革命民众不断地倾注到前线去，为自由而战争。”这里因为语言翻译的关系，虽然没有使用“持久战”概念，但是其对于抗日战争发展阶段和战略思想的论述，放在中日两国军事、政治、经济对比，以及国际国内环境下进行全面考虑，显得更加周到成熟。

进入延安后，朱德用自己直接指挥红军战斗的经验，进一步思考着抗

---

① 就作者鄙闻陋见所及，“持久”二字，最早见之于战国时期《吴起兵法·料敌》：“然则一军之中，必有虎贲之士，力轻扛鼎，足轻戎马，搴旗取将，必有能者。若此之等，选而别之，爱而贵之，是谓军命。其有工用五兵，材力健疾，志在吞敌者，必加其爵列，可以决胜。厚其妻子，劝赏畏罚。此坚陈之士，可与持久。能审料此，可以击倍。”这里的“持久”，是指将领厚爱有特殊才能的兵士，和他们一起长期作战，还没有用于战略战术概念。

日持久战的战略思想。1937 年 4 月 12 日，朱德在延安举行的西北青年救国会第一次代表大会开幕式上讲话，指出："据我们的经验与估计来看，抗日战争不是一年半载与一两次战争就能解决的。战争的时间必会长久，战线必定会很宽。那么，我们战争胜利的决定因素，就是预备军的动员如何，预备军的组织如何。"所谓"预备军"，就是后来的边区"自卫军"，全民皆兵。为了做长期战争的胜利准备，他强调"首先应争取民主制度的实现"，同时，"必须改善群众的生活，才能增强抗日的力量"。① 这不是一个单独的"持久战"概念问题，而是坚持抗日战争的政治经济方针路线问题。

为了总结国内战争经验，迎接即将到来的民族革命战争，1937 年 6 月 12 日，中央军委特设军事研究委员会，"其重要任务在于研究对日抗战、目前军事教育、国内战争经验教训各项问题，并拟具体意见提交执行机关"②。该委员会由朱德、毛泽东、林彪、萧劲光、李德五人组成，朱德为主任。"当我们由内战进入抗战时，面对着的敌人是日本军队，我们便不固执内战的经验，而是加以必要的改变和提高，充分研究敌情来下决心，来决定战法。"③ 抗日持久战，就是这个军事研究委员会的主要研究题目和重要研究成果。

卢沟桥事变发生后，战争形势更加危急，国共合作步伐加快，中共方面加紧对日军事战略研究。7 月 26 日，朱德撰文《实行对日抗战》，比较系统地阐述了日本经济、军事上的各种弱点，指出"日本并不是可怕的魔鬼"，"恐日病"是严重的错误，让步、妥协与退避是亡国灭种的自杀政策；团结抗战是中国唯一的出路，"最后的胜利是我们中国的"。"摆在我们面前的唯一问题是抗战，抗战到最后的胜利！但是抗战不是那么容易的事件，也许有着超过我们想象之外的困难，它将是一个持久的艰苦的抗战。这需要我们动员与集中全中国一切人力、智力、财力与物力以赴之！"④ 8 月 11 日，中共代表周恩来、朱德在南京出席国民政府军事委员会军政部谈话会，明确指出："抗日战争在战略上是持久的防御战，在战术上则应采取攻势。在

---

① 《朱德将军讲演》（1937 年 4 月），见《西北青年第一次救国代表大会文献》（油印件），西北青年救国联合会，1937 年 4 月编印。

② 中共中央文献研究室编：《朱德传》，第 393 页，北京：人民出版社、中央文献出版社，1993 年 8 月版。

③ 朱德：《论解放区战场》，《朱德选集》，第 168 页，北京：人民出版社，1983 年 8 月版。

④ 朱德：《实行对日抗战》，《解放》周刊（延安）第 1 卷，第 12 期（1937 年 7 月 26 日）。

正面集中兵力太多，必然要受损失，必须到敌人的侧翼活动。敌人作战离不开交通线，我们则应离开交通线，进行运动战，在运动中杀伤敌人。在抗战中发动民众甚为重要，在战区应由下而上及由上而下把民众组织起来。游击战是抗战中的重要因素，游击队在敌后积极活动，敌人就不得不派兵守卫其后方，这就牵制了它的大量兵力。”同时强调，“抗战开始以后，应当根绝各种和平妥协言行，坚持持久抗战”。① 由此可知，中共方面对于抗日战争的战略问题，已经有了比较全面系统的认识。

8 月 22 日至 25 日，中共中央在洛川冯家村召开政治局扩大会议，即洛川会议，研究新形势下党的政治、军事和国共两党关系问题，集中研究抗日战争的军事问题。会议首先由毛泽东做军事问题和国共关系问题的报告，全面分析抗战中的形势、任务和战略方针，指出抗日战争的持久性。“我们的任务是动员一切力量争取抗战胜利，最基本的方针是持久战。红军的基本任务是：创造根据地；钳制和相机消灭敌人；配合友军作战（战略支援任务）；保存和扩大红军；争取民族革命战争领导权。”② 毛泽东在发言中突出强调，红军参加抗战的战略方针是独立自主的山地游击战，打得赢就打，打不赢就走。对此，会议上争议较大。张闻天发言中极力支持毛泽东抗日持久战观点，提出“我们总的方针是使政府的抗战发展为全民族的抗战，动员一切力量争取抗战的胜利。但这是一个艰苦、持久、变化很多的斗争过程”。在全民动员，发动组织民众抗战中，争取抗战领导权。“抗日是持久战，即使部分妥协发生也仍是持久战，所以要尽量扩大我们的力量，至少要保存我们的力量。”在每一个具体战斗中，正如做买卖，“赚钱则来，不赚钱不干”。③ 会议决定重新调整中央军事委员会，由毛泽东、朱德、周恩来、张浩、彭德怀、任弼时、叶剑英、林彪、贺龙、刘伯承、徐向前等 11 人组成，毛泽东为书记（实际上称主席），朱德、周恩来为副书记（即副主席）。毛泽东关于抗日持久战的论述，成为会议通过的决议内容。

---

① 中共中央文献研究室编：《朱德年谱》，第 168 页，北京：人民出版社，1986 年 12 月版。

② 中共中央文献研究室编：《毛泽东年谱（1893 ~ 1949）》中卷，第 15 页，北京：人民出版社、中央文献出版社，1993 年 12 月版。

③ 张培森主编：《张闻天年谱》上卷，第 488、489 页，北京：中共党史出版社，2000 年 8 月版。

1938年1月，梁漱溟（左）以国民政府国防参议会参议员身份到访延安，毛泽东与之彻夜倾谈

1945年7月，黄炎培等六位国民参政会参政员代表到访延安，中共领导人的服饰很朴素，眼光见识却很深远，给到访者留下深刻印象（摄影 吴印咸）

美国海军上尉赫伯特•希契携带中共致美国海军司令部信函离延安赴华盛顿

洛川会议召开当天，国民政府军事委员会委员长蒋介石正式任命朱德、彭德怀为国民革命军第八路军总指挥、副总指挥，表明国共合作进入实质性阶段。8 月 25 日，中共中央军事委员会发出关于红军改编为八路军的命令。9 月 11 日，八路军按战斗序列改称第十八集团军。

红军改编八路军后，将直接开赴抗日前线，参加对日作战。洛川会议上，关于抗日持久战的战略战术问题，虽然形成决议，但在党内和八路军高层认识上仍然存在着疑惑。张闻天、周恩来、刘少奇、彭德怀等相继发表文章，论述抗日持久战和争取抗战胜利的条件、方针等问题。其中，张闻天为纪念“九一八”事变六周年所写的文章最为突出。他认为这次中日战争是一次决定两国未来命运的“决死战争”，“因此中日战争谁胜谁负的问题，是不能在短时期内最后解决的。中日两国的战争，将带有持久的性质”。从中日两国国情分析入手，他得出的结论是：“日本帝国主义从速战速决转变到持久战将是不得已的与被逼的。而中国，则必须用持久战以战胜日本。因为这种持久战对于日本非常不利，而对于中国却是有利的。中日战争愈持久，则日本国内的矛盾愈益尖锐化，日本方面的困难愈益增加。这就是造成了中国战胜日本的有利条件。”① 中日战争不是一城一地的争夺，而是两个国家之间的生死较量。论述战争发展的趋势，需要对宏观社会历史的准确把握，对民族未来的坚定信心。

1936 年初，时任国民政府军事委员会高级顾问的蒋百里，负责制订中日战争国防计划，也提出抗日战争持久战观点，并影响了蒋介石。他认为中日战争不可避免，战争的最后结局如何？“感谢我们的祖先，中国有地大、人众的两个优越条件，不打则已，打起来就得运用拖的哲学，拖到东西战争合流，我们转弱为强，把敌人拖垮而后已。”② 1936 年底，国民政府军事委员会参谋部秉承蒋介石的意图，在主持拟订《民国二十六年度作战计划》（甲案）中，第一次正式将持久战写入国防作战计划，并将作战指导要领表述为：抗日战争“虽守势作战，而随时应发挥攻击精神，挫折敌之企图，以达成国军之目的；于不得已，实行持久战，逐次消耗敌军战斗力，

① 洛甫（张闻天）：《论抗日民族革命战争的持久性》，《解放》周刊（延安）第 1 卷，第 17 期（1937 年 9 月 25 日）。

② 陶菊隐：《蒋百里传》，第 136 页，北京：中华书局，1985 年 2 月版。

乘机转移攻势”。1937 年抗日战争爆发前夕，蒋百里公开出版发行军事论集《国防论》，扉页上题写着：“万语千言，只是告诉大家一句话，中国是有办法的！”其中详细阐述对日持久战的全部过程和预期计划。抗战爆发后，1937 年 8 月，他在上海接待到访的梁漱溟时说：“打不了，也要打；打败了就退，退了还是打；五年、八年、十年总坚持打下去；不论打到什么天地，穷尽输光不要紧，千千万万就是不要向他（指日寇）妥协，最后胜利定规是我们的。”① 他认为，抗日战争在整体战略上，是先退却，后相持，最后反攻的三阶段。只有打持久战，中国才有办法，这样可以切断日本人的供应线，日本人没办法再打下去了。他坚信，最后中国一定会胜利的。同年 8 月 20 日，国民政府以军事大本营名义颁发《国军作战指导计划》，再次明确提出：全国抗战以达成“持久战”为作战指导之基础主旨。

在抗日民族统一战线的旗帜下，国共双方将领们在思考抗战的方向、路径和战略问题时，很多人都提到过战争长期性、抗日持久战等观点，关心战争胜败，关注民族命运。

毛泽东的擘画

1938 年 5 月 26 日至 6 月 3 日，毛泽东在延安抗日战争研究会上做长篇演讲《论持久战》，最后的结论是：抗日战争是持久战，最后胜利是中国的。

这是抗战一周年到来之际，毛泽东在对中国抗日战争进行 10 个月以来经验教训总结的基础上，全面阐述对于这场战争性质与影响的思想认识、对于其过程与结果的分析判断，代表中国共产党对全国人民普遍关心的抗日战争发展前途问题做出明确的表态。它给予人们的是清醒理性的判断、严肃缜密的逻辑、通俗易懂的语言，以及不畏艰险、勇于承担、敢于胜利的坚定信心。

抗日战争全面爆发后，尤其是 1937 年“八一三”淞沪抗战之后，日本侵略军在华北长驱直入，在华东的上海、南京步步进逼，国民党将领总体

---

① 梁漱溟：《忆蒋百里先生》，《梁漱溟全集》第 7 卷，第 600 页，济南：山东人民出版社，1992 年 8 月版。

上表现出的软弱和不抵抗消极行为，以及淞沪抗战中虽然殊死抵抗但终究国土沦丧的悲惨结局，带来国内民心不振，“亡国论”情绪一度甚嚣尘上。可是，1937 年 9 月，八路军第一一五师在平型关成功伏击日军最精锐的部队板垣第五师团第二十一旅团辎重大队和第六兵站汽车队，歼敌近千人，①取得自抗战爆发以来中国军队第一场完全胜利的战役。1938 年 3 月至 4 月，第五战区司令长官李宗仁调集 64 个师约 60 万人，在徐州地区成功阻击侵入华北和华东的日军企图南北会合的战略阴谋，以牺牲一倍于敌人的代价，歼敌 1 万多人，粉碎了日本新式陆军建立以来战无不胜的神话。半年不到，捷报时传，国内舆论一反过去的悲观情绪，战争“速胜论”情绪顿然高亢起来。在延安，在中共党内，也有对战争持两种极端观点者。对抗日战争持不同的认识观点，直接影响到工作的积极性和主动性，以及对于抗日根据地各种制度政策的执行态度。为了彻底批驳“亡国论”和“速胜论”的错误认识，摆脱消极情绪和急躁情绪对于革命工作的干扰，把全军全党的思想认识统一到“持久抗战”“夺取抗战最后胜利”的轨道上来，并为持久抗战提供科学的理论依据，毛泽东决定写一篇论持久抗战的大文章。

毛泽东在查阅大量资料的基础上，拟订了一个详细的写作提纲，然后就夜以继日、废寝忘食地进入集中写作阶段。最后，终于在 9 天的时间里，完成了这部近 5 万字的理论著述。

据当时担任毛泽东警卫员的翟作军回忆，毛泽东坐在凤凰山麓窑洞里的书桌边，白天映着窑洞窗户透过的阳光，夜晚借助微弱的烛光，潜心写作。最初两天两夜没有睡觉，还一个劲地伏案疾书。实在写得太累太困的时候，才叫警卫员进来给他打盆水洗洗脸，清醒清醒，或者到院子里转一转，要不就躺在躺椅上闭上眼养一会儿神，又继续写。饭吃得很少，脸色也不好看。大家生怕主席累病了，便在值班时加倍注意，见缝插针地劝主席多休息，但实际上不起任何作用。

这时，贺子珍已离开延安去了苏联，江青还没有进入中央军委办公室

---

① 据平型关战役亲历者，时任八路军第一一五师工兵连战士陈绍清回忆，这是一场没有俘虏的战斗，“想抓个活的，抓不到。抓到了，他就用脚踢，用嘴咬你的脖子，最后只能是一个一个都杀掉，砍掉了”。参见《我的抗战：300 位亲历者口述历史》，第 31 页，北京：中国友谊出版公司，2010 年 11 月版。

工作，毛泽东的日常生活完全由警卫员照顾。

大约第三天，又轮到翟作军值班。正是夜幕降临时分，他照例走进毛泽东的窑洞里，点燃两支蜡烛，分别置于写字桌两端。他故意把点蜡的动作放慢一些，打算趁机劝说主席休息。可是跟往常许多时候一样，毛泽东的眼睛一下都没有离开过纸和笔。他只好一声不响地退了出来。半夜光景，到了毛泽东该吃饭的时间，他把热气腾腾的饭菜端到桌边，提醒主席趁热吃下，然后睡会儿觉。毛泽东答应着，手中的笔仍不停地写着。见此情景，翟作军进一步恳求主席吃完饭早点休息。毛泽东抬起头看了翟作军一眼，微笑着说："好，等一会儿就睡。"

翟作军考虑到不便多打搅主席，便走了出来。大约过了一顿饭的工夫，他估计主席该吃完饭了，想去把碗筷收拾一下，好让主席睡觉。谁知他推开门一看，主席还在聚精会神地写着，放在桌子边上的饭菜一动没动，只是不冒热气了。

翟作军觉得自己很失败，工作没有做好。他悄悄地把饭菜端出来放在火上热了热，又给主席送过去，"主席，您吃饭吧，天冷，一会儿就凉了。"

"啊，我还没有吃饭？"毛泽东抬起头，看看眼前的饭菜，好像想起什么，应和道："好，就吃就吃。"

翟作军走了出来，有意多等一会儿，心想这一回主席总该把饭吃了。哪知道进去一看，饭菜还是没动，主席还在埋头写作。"那专心劲儿，就好像把整个身心都投到那支笔上去了。我过去看他，他根本就没发觉。我一阵心酸难受，说不清是啥滋味。眼前这种情况，进去打搅主席显然是不合适的，我只好又回到自己的屋子里。"天快亮的时分，警卫员再次来到主席屋里看，见主席还在写，饭仍然一动没动。

毛泽东就这样连着五六天茶饭不思地写着稿子，睡觉时间短到不能再短。慢慢地，"两只眼睛布满了红丝，宽阔的面颊明显地消瘦下来，颧骨凸了出来，脸上浮起一层淡淡的黑釉；饭吃得更少了"①。天天看着主席废寝忘食艰苦写作而致使身体日渐衰弱下去的状况，警卫班几个人的心里都火

---

① 翟作军：《毛主席写〈论持久战〉的时候》，《在毛主席身边》，第 11 ~ 12 页，武汉：湖北人民出版社，1959 年 6 月版。

烧火燎的，为毛主席的身体健康十分担心和焦急，可又没有什么好的法子能让毛主席注意适当休息。

到了第七天，又轮到翟作军值班。他发现主席还是不肯休息，继续在写。当时虽然已是春天，陕北的天气还是比较冷的，夜间坐久了，窑洞里的寒气会从脚底一点点地爬上膝盖，爬上身子。警卫员们为了让主席御寒，弄了盆炭火搁在他的脚边，又想起硬板凳坐着累，就到饲养员那里找了条当马垫子用的毛巾毯给主席垫在椅子上。不知道过了多少时间，翟作军忽然听到主席在叫："警卫员，你来一下！"

翟作军赶紧向主席窑洞里走去，忽然闻到一股破布烂棉花的焦煳味儿，估计是什么东西烧着了。快步走进去一看，只见主席正微弯着身子在脱棉鞋，两只脚上还微微地冒青烟呢。原来是主席的棉鞋烤着了。警卫员赶快过去伸手帮主席把脚上的鞋脱下来，随手用暖壶的水往鞋上一浇，火灭了，焦煳味儿直冲鼻子。主席的一双棉鞋烧破了好几处，棉花都露了出来。棉鞋是没法穿了，当晚只好把主席的单鞋找来让他换上。

"怎么搞的，我一点也没有觉得就烧着了。"毛泽东两眼看着那双烧坏了的棉鞋，一边说，一边哈哈大笑起来。

警卫战士们也跟着笑了起来，心想，要不是火烧痛了主席的脚，主席怕还不知道鞋烧了呢。"主席，您该睡睡了。您不休息，把大家都急坏了。"机灵的翟作军趁势抓住这个机会，劝主席休息。

"好，好，你们先睡，我等一会儿就睡。"毛泽东还是那句搪塞的老话，说完，又埋头写起来，就像刚才什么事情都没发生一样。

过了不多久，警卫员们发现主席屋里的灯果然灭了，知道主席已经躺下，心里不由得一阵轻松。又过了一会儿，翟作军还是有点放心不下，想看看主席是不是真的已经睡着了，便轻轻走了过去。只见主席正侧身躺着，用手在不停地捶自己的腰。见到小翟进来，问道："你们晚上睡得着吗？"

"睡得着，还睡不够呢！"

"唉，还是年轻人好啊，没心事。我就不如你们，我时常睡不着。"

接下来的一天，毛泽东就病倒了。症状主要为头疼、吃不下饭、睡不着觉。医生过来仔细检查一番后，说没有别的病，主要是劳累过度和精神一直处于高度紧张状态所导致的。医生给毛泽东开了些药，一再劝说毛泽东要注意好好休息。毛泽东吃了药，休息了一天。但是心里总是惦念着文章的事，还没有等病全好，就又坐到写字桌前，全神贯注地继续写起来。

大概写到第八九天的半夜，毛泽东把翟作军叫去，交给他一卷用报纸卷好的文稿，让他过延河送到清凉山下解放社去。翟作军拿好纸卷，反身回屋子带上枪，就直奔清凉山跑去。一路上，他高兴地想着：这回好了，主席可以好好休息休息了。①

过了两三天，解放社送来校样。毛泽东拿到手以后，就手不释卷，不舍昼夜，反反复复地修改起来。

不久，解放社给毛泽东送来一叠小册子，封面上写着《论持久战》。毛泽东拿到后，瘦削的脸上露出了微笑。他吩咐翟作军立即把这些书分送给中央几位首长看，请大家提提意见，准备再做进一步的修改。

解放社油印的《论持久战》数量有限，尽管大家争相传看，仍然有许多干部看不到，特别是在前线的干部。于是，毛泽东同意在1938年7月1日出版的《解放》周刊第43、44期合刊——抗战周年暨中国共产党成立十七周年纪念专刊上发表。同时，在该期套红印刷的杂志封面上，刊载毛泽东题词手迹："坚持抗战，坚持统一战线，坚持持久战，最后胜利必然是中国的。"在首篇位置发表的毛泽东《论持久战》标题下，有一个很长的副标题："论抗日战争为什么是持久战与最后胜利为什么是中国的及怎样进行持久战与怎样争取最后胜利。"文章初次发表时，每个段落前标有序号，共计120个自然段。

文章合为时而著，歌诗合为事而作。毛泽东的《论持久战》，是为了回应时代社会关切，给予或悲观或急躁的时代情绪一份理性思考的答卷。既当仁不让，道义担当，又循循善诱，娓娓道来，鞭辟入里，以理服人。其中，对于抗日战争经历三个阶段的论述，即敌之战略进攻与我之战略防御、敌之战略保守与我之准备反攻、我之战略反攻与敌之战略退却，成为战争发展进程的科学预言。他明确提出人民战争思想，"武器是战争的重要的因素，但不是决定因素，决定的因素是人不是物。力量对比不但是军力与经济力的对比，而且是人力与人心的对比"，"战争的伟力之最深厚的根源，

---

① 翟作军：《毛主席写〈论持久战〉的时候》，《在毛主席身边》，第14～16页，武汉：湖北人民出版社，1959年6月版。

存在于民众之中”。只要中国结成抗日统一战线，让国内和国际上更多的人站在中国人民抵抗日本帝国主义侵略者的立场上，就一定能够促使战争力量对比发生根本改变。鉴于在整个抗日阵营中的力量和地位，他再次强调八路军的战略方针，“基本的是游击战，但不放弃有利条件下的运动战”。在敌后抗日根据地，放手发动群众，武装群众，融兵于民，亦民亦兵，“兵民是胜利之本”。① 这些闪耀着智慧光芒的军事思想，是中国共产党领导革命斗争的经验总结和理论升华，是对中国抗日战争形势和发展规律的科学分析和理性认识。在党内高层充分肯定和鼓励下，毛泽东同意解放社正式出版小册子，不仅在抗日根据地公开发行，而且也在国民党统治区发行。

抗日战争是一场持久战，走抗日统一战线的道路，最后的胜利一定是中国的！

这个影响了一个时代的精神信念，随着毛泽东的集大成之作《论持久战》的广泛发行传播，在全国爱国民众和一切关心支持中国人民抗日的国际友人当中，逐渐深入人心，得到普遍的认同，并获得高度评价。

鼓舞人心的传播

毛泽东《论持久战》的出版发行传播，是一个鼓舞人心的过程。

首先，在延安革命队伍里和国统区广大爱国青年中产生了热烈的反响和广泛认同。陈云听过毛泽东演讲后，极力鼓励毛泽东写成文章。《论持久战》写成后送到解放社印刷厂印制成征求意见稿，陈云又建议向革命队伍和国统区广泛传播。1938 年底从山东流亡到武汉的爱国青年赵俪生，正赶上日本侵略者的飞机开始轰炸武汉。“我们坐在轮渡的甲板上从报童手里买过《新华日报》，一个字一个字细读上面三版连载的毛泽东的《论持久战》，真是佩服得五体投地了。”② 文章廓清了笼罩在国人心头对于这场战争的种种疑惑和猜想，放弃幻想，拿起武器，投笔从戎，才是民族解放的

---

① 毛泽东：《论持久战》（1938 年 6 月），《解放》周刊（延安）第 43、44 期合刊（1938 年 7 月）。北京：人民出版社，1991 年 6 月第 2 版。收入《毛泽东选集》第 2 卷时，文字略有出入。

② 赵俪生：《篱槿堂自叙》，第 53 页，上海：上海古籍出版社，1999 年 10 月版。

正路。

其次，在国民党高层领导人中也产生了很大震动，其抗日持久战的基本观点得到广泛的认同。时任国民党最高统帅部副总参谋长的白崇禧，从周恩来那里得知《论持久战》的内容，他赞同毛泽东的观点，佩服毛泽东的分析，认为这是一部抗战军事巨著，是克敌制胜的最高战略方针。因而，他积极向国民党最高统帅蒋介石推荐。在蒋介石的认可下，白崇禧把《论持久战》的精神归纳成两句话："积小胜为大胜，以空间换时间。"① 同时，在征得周恩来的同意后，以国民党军事委员会的名义通令全国，把《论持久战》列入全国抗战的指导思想。随后，白崇禧命令从广西选拔干部赴衡阳参加南岳游击干部训练班学员，认真学习毛泽东的《论持久战》。直到晚年，白崇禧在回顾历史时，对于抗日战争的描述，依然沿用抗日持久战的分析框架，认为战争经历过消耗战、持久战、反攻战三个时期，经过八年之艰苦奋斗，终于获得最后胜利。②

据曾经以中共地下党身份担任蒋经国赣南时期"私人秘书"的余致浚回忆，1940 年初的一个傍晚，在蒋经国办公室里，大家一边喝着咖啡一边谈论着新近从抗日前线传来的信息，"蒋经国突然把谈锋转到毛泽东的《论持久战》了。平时我们谈话从来不涉及有关中共领导方面的问题，而蒋现在却主动提出来，我们自然是仔细聆听。他对《论持久战》十分佩服。他说，文章对于抗日战争的形势、战争发展的几个阶段、战争形式的运用，以及战争过程中可能出现的困难和问题，分析得十分深刻，有很大的预见性和说服力，读了叫人万分信服"③。蒋经国还说，他已阅读过七八遍了，有时间还要下功夫去钻研。

也有开始不屑一顾，但是事实面前改变观点，诚恳接受持久战观点的。时任国民政府军事委员会政治部部长的陈诚，当周恩来向他介绍《论持久战》的基本思想，并送给他一本《论持久战》单行本时，他认为这是毛泽东在故意炒作，很不以为然。1938 年 10 月，武汉失守，长沙沦陷，抗战形

---

① 程思远：《政坛回忆》，第 119 页，南宁：广西人民出版社，1983 年 8 月版。

② 参见《白崇禧先生访问纪录》上册，第 131 ~ 132 页，台北："中央研究院近代史研究所"，1989 年 6 月第 3 版。

③ 葛娴：《蒋经国的共产党员秘书余致浚》，《炎黄春秋》（京），2005 年第 12 期。

势的发展确如毛泽东所预见的那样，陈诚才意识到抗战的艰巨性、复杂性和持久性，于是重新拿起《论持久战》仔细研读。他被毛泽东的精辟分析和科学预见折服，并结合战例在该书页眉上写了许多批注，并特地邀请周恩来到湖南衡山为军官训练班学员讲授毛泽东的《论持久战》和《抗日游击战争的战备问题》。这本写有批注的《论持久战》单行本，至今还存放在台北的陈诚私人图书馆。

再次，第二次世界大战时期的诸多西方军事将领，都高度赞赏毛泽东《论持久战》中的观点。《论持久战》公开出版后，中共中央决定尽快翻译成英文传播到国外去，让世界上更多的国家和人民了解中国抗日战争的重要性、艰巨性和长期性。经过中共地下党组织慎重考虑，先是安排时任《大公报》驻美记者杨刚在上海翻译成英文。杨刚取得美国作家项美丽（Emily Hahn，1905～1997）的支持，顺利翻译成英文，并在邵洵美主编的杂志《自由谭》英文版上连续刊载。邵洵美在为之所写的编者按中推荐《论持久战》一书，说此书是“人人能了解，人人能欣赏，万人传颂，中外欣赏”的作品。[①] 文章连载后，立即引起广泛关注。地下党组织又通过宋庆龄联系到爱泼斯坦，请他对英文译本进行审定。毛泽东得知后，特意为英文本写了序言《抗战与外援的关系》，“上海的朋友在将我的《论持久战》翻成英文本，我听了当然是高兴的，因为伟大的中国抗战，不但是中国的事，东方的事，也是世界的事”。他希望通过这个英译本的发行，“能在英语各国间唤起若干的同情，为了中国的利益，也为了世界的利益”。[②] 邵洵美赶紧把这篇序言翻译成英文（一说是杨刚翻译的），列在单行本前边，在上海印制《论持久战》32 开英文单行本 500 册，然后通过秘密途径，迅速分送到在上海的外国领事馆、新闻机构和知名外籍人士。

《论持久战》英文本在海外发行后，得到了国际上的积极响应和高度评价。据说，丘吉尔、罗斯福的案头，都放着《论持久战》英文本，斯大林

---

① 王岚：《毛泽东称他们：上海的朋友——〈论持久战〉英译始末》，《档案春秋》（沪），2008 年第 6 期。

② 毛泽东：《抗战与外援的关系——〈论持久战〉英译本序言》（1939 年 1 月），《八路军军政杂志》（延安）第 1 卷，第 2 期（1939 年 2 月）。

的案头则放着他专门请人翻译成俄文的《论持久战》文稿。一位外国记者读了《论持久战》后评论说："《论持久战》发表后，不管中国人对共产主义的看法怎样，不管他们所代表的是谁，大部分中国人现在都承认毛泽东正确地分析了国内和国际的因素，并且无误地描述了未来的一般轮廓。"①

作为美国派驻中国担任中国战区司令员的史迪威将军，只看了一遍《论持久战》，就认定这是一部"绝妙的教科书"②，他更清楚地认识到八路军、新四军与日军浴血奋战，在敌后建立抗日根据地的地位和作用，认定抗战的最后胜利一定属于中国。他建议美国政府加快对华援助，向中共提供有限数量的武器装备，一定会加快胜利的到来。

此外，在共产国际领导层，《论持久战》思想受到高度关注，并进一步肯定了毛泽东对中国革命的经验把握。1938 年 6 月，毛泽东希望武汉《新华日报》转载《论持久战》，曾一度遭到王明的拒绝。王明认为毛泽东《论持久战》的观点存在原则性错误，转交共产国际书记处。③ 时任共产国际总书记兼管中国事务的季米特洛夫，在收到王明的信函后，仔细阅读了毛泽东的《论持久战》，认为毛泽东对战争形势和策略分析得很精辟。同时，季米特洛夫从中共代表团团长任弼时那里了解到，毛泽东正逐渐成为中共事实上的意见领袖，中国共产党认真执行抗日民族统一战线政策，并系统提出抗日持久战理论，领导抗日根据地人民进行顽强的斗争。1938 年 6 月 11 日，季米特洛夫主持共产国际执委会主席团会议，讨论通过了《关于中共代表报告决议案》，明确指出：中国共产党的政治路线是正确的，他们在复杂和困难的条件下真正运用了马列主义，灵活地转到抗日民族统一战线的政策上，建立起国共两党新的合作，团结其民族的力量，去反对日本的侵略。④ 季米特洛夫还把任弼时汇报的中国情况转告斯大林，引起斯大林对毛泽东的重视。同年 7 月，季米特洛夫在同王稼祥、任弼时谈话时，明确指出："应该告诉大家，应该支持毛泽东同志为中国共产党的领导人，

① 王岚：《毛泽东称他们：上海的朋友——〈论持久战〉英译始末》，《档案春秋》（沪），2008 年第 6 期。

② 参见《抗日游击战：战争史上的奇观》，《解放军报》（京），2007 年 7 月 7 日。

③ 参见郭德宏编：《王明年谱》，第 412 页，北京：社会科学文献出版社，2014 年 3 月版。

④ 力砚：《家宴——任弼时与季米特洛夫》，见薛但丁、魏丹编《任弼时》，第 289 页，成都：四川人民出版社，1992 年 8 月版。

他是在实际斗争中锻炼出来的。其他人如王明，不要再去竞争当领导人了。”① 季米特洛夫还亲自撰文，给予毛泽东的《论持久战》以高度评价，称：“有史以来，还没有人把军事问题、战争问题说得这样透彻过，《论持久战》是一本划时代的著作。”②

1938 年 7 月 6 日，在中国抗战一周年前夕，苏共中央《真理报》在头版位置刊登毛泽东和朱德的照片，表明共产国际对毛泽东的支持，使毛泽东在中国共产党内的领袖地位得到确认。

特别值得一提的是，在日本军政学界，《论持久战》还为战争对手所折服。原日军大本营参谋、陆军中佐山崎重三郎说：“毛泽东的抗日游击战，堪称世界历史上规模最大、质量最高的游击战。它是一种全民总动员的攻势战略，把百万帝国陆军弄得团团转……在中国打败了日本人。”东京大学教授近藤邦康通过研究中日战争策略，公开宣称：“我很佩服《论持久战》。日本被中国打败是当然的，这样非常好的战略著作在日本是没有的。日本物资方面和科学技术方面都优于中国，武器优越于中国，但没有这样的以哲学为基础的宏远战略眼光，日本没有。日本的军队是速决战，中国的战略是持久战，结果，日本被中国的持久战打败了。”③

无论是当时，还是以后，毛泽东的《论持久战》都是一部经典。它既是毛泽东个人智慧的创造发现，又是中国共产党集体智慧的总结提升。其公开发表传播的过程，是引起广泛价值认同，激发抗战胜利信心的光明历程。

---

① 徐则浩编著：《王稼祥年谱》，第 190 页，北京：中央文献出版社，2001 年 12 月版。

② 转引自李克勤《〈论持久战〉：抗战的最高战略方针》，http：//jixuie. home. news. cn/blog/a/01010002E05A0AED1C037DA5. html。

③ 外国人评价毛泽东，http：//bbs. news. 163. com/bbs/shishi/104180411. html。
又见刘继兴《〈论持久战〉背后鲜为人知的故事》，http：//blog. sina. com. cn/s/blog_48d1c5ff0100fsnr. html。

第二章 完善制度和德行，切实主持社会公正

WANSHAN ZHIDU HE DEXING QIESHI ZHUCHI SHEHUI GONGZHENG

主持社会公平正义，是一个政党、一个政权合法性的基础。延安革命队伍在物质生活资料分配上实行供给制，在社会生活中实行一律平等的同志关系，在政治生活中对于领导干部有更高的标准、更高的要求，努力实现法律面前人人平等。处于长期战争环境下，革命队伍里的个人自由是有限的，但人与人之间的人格平等、待遇公正是最具有感染力和影响力的。

公正，就是公平正义。在公共事业面前，每个人都有平等奉献的机会，每个人所获得的利益将依据其对于公共事业的贡献有所差异。所以，公平不是绝对平均主义，是建立在公道基础上的相对平均主义。它维护一个集体生活中每个人的基本生存条件，激励每个人充分发挥自己的天才本分，给予不同需求者以同等发展的机会。

大生产运动后，延安群众敲锣打鼓，给边区政府送来匾额

一

供给制，物资短缺环境下的民生保障

延安革命队伍里实行物质生活供给制。

供给制是一种战时共产主义分配制度，所有生活资料都按照一定的标准和组织系统发放，在物质条件困难的情况下，确保部队和机关工作人员最低限度的生活必需品供应，维持革命队伍集体生活的温暖。这种供给制是在革命斗争生活中逐渐形成、发展并完善的，其前提是公正，秉公为政。在为天下人谋天下利的过程中，满足个人基本生活条件，实现人生价值理想。

平等比自由更能感染人

1936 年 8 月，美国记者埃德加·斯诺从陕北保安深入到甘肃、宁夏红军前线，广泛接触正在那里进行训练和战斗的红军将士们，实地了解革命队伍里人与人的关系，以及革命队伍与当地群众的关系。耳听为虚，眼见为实，新闻记者的专业素养和敏锐眼光，让斯诺有了自己的发现和判断。

> 红军跟我过去见到过的任何别的军事组织大不一样：军官廉洁，官兵生活待遇平等，十分注重政治训练，军队在每个村庄组织穷人参加革命委员会。简而言之，共产党人尽量要让每一个男人、

延安曾经是开放的，引领着红色革命时尚。诸多国外记者来到延安，深入采访，把共产党领导的中国革命故事收集起来，传播出去，引起世界的普遍关注。

1936年7月，美国记者埃德加·斯诺率先来到陕北，采访红星照耀下的中国

1937年1月，美国作家艾格尼丝·史沫特莱以德国《法兰克福日报》记者身份来到延安，对共产党领导的革命队伍进行采访

1937年5月，美国记者海伦·斯诺（右）穿上八路军制服，在延安古城采访，与八路军将领合影

妇女和儿童都积极参加一个组织。①

人与人之间的平等关系，使得革命队伍脱离了传统中国宗法制社会人与人之间的依附关系，按照一定的政治伦理和组织原则集合起来，形成一个崭新的革命集体。“权利平等如男女平等已初步实现。妇女也可以分享一份土地。在条件许可的情况下，普遍实行免费教育。教师和其他工作人员的薪给，同红军官兵一样，每月 5 元，另由政府供给伙食、衣着、住房及其他补助。”这里的政府机关不是发财致富之所，人们在机关工作不是为了钱，而是为了服务社会。“他们实行或提倡的改革绝非是田园俱乐部式的政治自由的理想。他们确实满足了人们对食、住的基本要求和对某种民主平等的要求。”②这种战时供给制政策是临时性的手段，不是最终目的。斯诺逐渐认识到，这种政策实施所能满足的都是当时的亚洲人民最迫切的需求。

当时，和斯诺一起到陕北的美国医生乔治·海德姆，深深地为这支特殊的革命队伍所感动，为自己取了一个带有西北特色的中文名字叫马海德，自愿留在了革命队伍里。从前线回保安的路上，马海德看到朱德和贺龙两位将军都把战马让给伤员骑，自己还背着东西行军。“在军官与士兵之间有一种简单的民主平等，谁也没有戴标明军衔的肩章。他们吃同样的伙食，住同样的粗陋的营房。在作战前，他们讨论、争论战术，战后又一起检查讨论战役的得失，没有什么顾虑。只是在打仗开始后军官才是上级，那时士兵是无条件服从的。”③ 这些刚刚经历过二万五千里长征的士兵，很多人都病病歪歪、精疲力竭、衣衫褴褛，但是他们毫不怀疑最终会解放全中国。

另一位从北平燕京大学赶到陕北担任斯诺翻译的王汝梅，放弃即将到手的毕业文凭，也自愿留在革命队伍里，更名为黄华。“为斯诺做翻译，使我有机会接触所有他采访过的领导干部和战士，了解他们苦难的身世，艰险的战斗经历……由于红军使用近战、夜战和灵活机动的战略战术，他们经常能以少胜多、以弱胜强、转危为安。红军指战员都是身经百战，经验丰富，对战胜蒋介石反动集团充满信心；他们胸襟广阔，不只关心当前的斗争，还关心国际反法西斯统一战线，如西班牙共和派反对佛朗哥的战争

①② ［美］埃德加·斯诺：《复始之旅》，《斯诺文集》第 1 卷，第 210，210 ~ 211、213 页，北京：新华出版社，1984 年 8 月版。

③ 沙博理：《马海德传》，第 42 ~ 43 页，北京：中国青年出版社，1997 年 11 月版。

和埃塞俄比亚塞拉西皇帝反对意大利侵略的斗争等；他们有勇有谋，无难不克，他们对中国会打败日本充满信心；他们把人民视同亲人，纪律严明，秋毫无犯，从而得到人民的热爱拥护。真是军民鱼水情啊！在苏区人民中、在红军战士身上，我的确发现了另一个中国，看到了中国人民的希望和力量！”① 所以，他向斯诺提出，请他在报道中不要提及自己的姓名，也不要使用自己的照片。

跟随革命队伍和中共中央机关从保安进驻延安后，黄华先后在中央党校、中央组织部、西北青年救国会、泽东青年干部学校等单位学习或工作，对于延安革命队伍供给制条件下的生活情况有了更加深入的体会和认识。

“延安所有的机关学校过着军队式的生活。”泽东青年干部学校的学员们每天早晨6时随军号声起床，跑步。早饭后，上午工作或学习。午饭后有午睡时间，下午工作或学习。晚饭后自由活动，然后有晚自习或工作。晚上10时，熄灯号后，大家休息。星期天放假，学员们或访友，或逛街，到书店买书。“在延安，人们都穿着制服。”早期延安生活供给条件艰苦，冬天发一套棉衣裤和棉鞋帽，夏天发一套单衣，被褥也由公家发给。“伙食很简单，小米饭和七八个人共吃的一小盆水煮萝卜，偶尔有一两片土豆。学员每人每月发1元边区纸币为津贴，干部多2块钱。当时毛主席等几位首长每月领5块钱边币。一块边币可以买两条肥皂，或一条半牙膏，或两斤肉包子，或十几个鸡蛋。”陕北土地气候适宜小米生长，“有些女同志吃了小米，长得胖胖的，脸色红润”，② 个别人肠胃接受不了小米，则变得很消瘦。在物质条件比较艰苦的环境里，延安的文化生活却很丰富多彩。每个人都被安排在一定的组织里，每个组织机构都有相对固定的民主生活会制度，同志之间开展批评与自我批评。

由西北青年救国会主办的安吴堡战时青年训练班，自1937年10月至1940年4月，连续举办14期。学习期间，学员和教员一样，可以领到每月1元的津贴。干部和学员同吃一锅饭，同受统一纪律的约束，在清晨列队出操的队伍中，在开荒种地的劳动中，在帮助当地群众抢收粮食中……大家

①② 黄华：《亲历与见闻——黄华回忆录》，第27、43页，北京：世界知识出版社，2007年8月版。

为着抗日救国这个共同的目标，走到一起，打成一片。这种人与人之间生活上的平等待遇，给曾经到访的李公朴先生留下了深刻的印象。

> 在青训班里只有工作职务的不同，没有生活的不同，上至主任、处长，他们在私生活上都不用勤务，虽说也有几个勤务员，但他们是用来传达命令、找人和送公事的，绝对不是为他们个人倒茶取烟折被……的。在生活上大家都是一样的吃，一样的穿，一样的住，没有丝毫的不同。他们上下都没有薪俸，只有一块钱的津贴，由主任到勤务员都是一样的。唯一优待的，只有炊事员，因为他们的工作苦，所以每月有两块钱的津贴。他们无论对什么人都叫“同志”，就是主任与勤务员，学生与主任，也是一样。①

李公朴到延安访问属于过路客人。那些直接进入延安革命队伍的青年学生，他们从沦陷区或国民党统治区奔赴延安，感受到的是一个全新的世界。

从广西历经千辛万苦寻找新世界的陈寒梅（陆地），1938 年 10 月初来到延安，住在“抗大”招待所。洗漱就在延河里，吃饭是免费的。“开饭时，管理员吹着哨子。各人自己拿口盅当碗，拿西餐的匙羹当筷条，一个跟一个排长队装好饭，然后凑够五人一伙，派个人去窗口领来一大脸盆马铃薯煮大白菜，五个人就地蹲着围成一圈，不管怎样，都吃得挺饱。”在等待分配学校或工作的日子里，这些新来的爱国青年们可以自由地在延安的大街上闲逛。大街上摩肩接踵，热闹非凡，“到处都见到像我们一样新到的人和已经入学入伍、穿上了铁灰色布料军装的男男女女。熟人相见，都是握手言欢，‘同志，同志’相互招呼，耳目为之一新，真正是投到崭新的世界来了！”② 半个多世纪过后，陆地回忆这段青春岁月，仍然坚信，陕北延安，这里是“我和伙伴们心中渴望的新社会人间天堂”。③

华君武回忆自己从上海经香港、成都、西安，历时百余天来到延安，先是住在城里的招待所，第二天就有两位同志代表中央组织部来看望。“他们一身灰布制服，清清爽爽，干净利落，和蔼可亲，温暖周到，让我一下

---

① 李公朴：《西北青年救国联合会怎样办战时青年训练班》，见方仲伯编《李公朴文集》，第 871 页，昆明：云南人民出版社，1987 年 7 月版。

② 陆地：《青春独白》，第 261 页，桂林：漓江出版社，1993 年 11 月版。

③ 陆地：《直言真情话平生——陆地自传》，第 27 页，南宁：广西美术出版社，2004 年 12 月版。

子就感觉到这是一个怎样清明公平的新世界，真是叫我一辈子都忘不掉。"①留在这一代人心灵深处抹不掉的记忆都是，"延安确是新天地，官兵平等，生活虽然艰苦，精神上却是极为满足和快乐的"②。

曾经在陕北公学学习的戴朋回忆，"当时同志之间是很友爱的。没有谁会想要比其他人多吃点。工作中也是一样，谁有一点钱就会拿出来买东西大家一起吃。那个时候发的津贴有时是1元，有时是5角，也有的时候就不发了。当时的一块钱能买很多东西，像桃子、李子等。当时女同志还会另外发5角钱的卫生费。一些男同志还开玩笑，要抢走这5角钱买东西吃。行军路上，冬天过河的时候，一些男同志就背着我们女同志过去"③。

当年作为美国军事观察组成员的约翰·高林，直到晚年还记忆犹新的是，"延安社会是一个大家庭。有些孩子的父母在前线打仗，还有些孩子则成了孤儿。人人感到自己有责任确保这些孩子有饭吃、有衣穿，并受到教育。领导人对儿童则特别关切，有的甚至收养几个孩子……儿童们还得到同等细心的照顾。在长辈的心目中，他们就是未来"④。

在这个革命队伍大家庭里，勤务员是个特殊的群体。他们大多数还是少年，参加革命队伍后主要从事一些勤务工作，其中也有些多才多艺者，中央组织部勤务员郭聪就善于模仿当时中央首长讲话时的语调和神态。有一次，延安城北门外的中央党校礼堂演出京剧，毛泽东、周恩来、陈云都来了。当周恩来走进礼堂时，有人故意把郭聪拽出来，要他当着周恩来的面模仿周恩来。周恩来停下脚步，饶有兴趣地问小鬼："你叫什么名字?"

郭聪笑嘻嘻地操起周恩来的腔调回答："我叫郭聪啊!"

逗得在场的所有人都哈哈大笑。周恩来喜悦地拉着郭聪的手，提议："送你去鲁艺学习演戏好不好?"

郭聪更拿腔拿调地模仿起周恩来的口气说："那样，我的首长不就没有人照顾了吗?"

---

① 华君武接受朱鸿召采访记录，2002年5月8日、14日，北京南沙沟。

② 华君武：《主客问答》，《补丁集》，第36页，上海：学林出版社，1997年12月版。

③ 戴朋口述、陈光整理：《我在延安学三门课》，见《浦江之畔忆延安》，第213页，上海：上海教育出版社，2009年9月版。

④ [美] 约翰·高林：《延安精神——战时中美友好篇章》，第57、59页，北京：华艺出版社，1992年9月版。

周恩来认真地说：“我们可以换其他同志接替你呀！”

郭聪继续操着周恩来的腔调说：“我不识字呀，记不住台词嘛！”

周恩来说：“不识字，慢慢地学呀！”

郭聪还是学着周恩来的腔调道：“好嘛！等学会了识字，日本鬼子早就被我们打跑了嘛！”

周恩来终于忍俊不禁：“哈，你这个机灵鬼……”①

只有在一个和谐、宽松、亲善的环境里，这些从事日常生活服务工作的勤务员“小鬼”们，才敢于模仿领导人的腔调，展示并发掘出自己隐藏的才能。

毕业于南京中央政治大学教育系的刘端棻，1937 年底奔赴延安，被组织安排到陕甘宁边区政府报到，受到时任边区政府秘书长伍修权的热情接待。

“咱们是革命同志了！……”

一句话就打动了这位爱国青年的心，这里的政府官员不同于国民党统治区的长官。“到了延安就是到了‘家’。这里生机勃勃的战斗生活，亲如一家的人事关系，令人感到新鲜激奋，连那胡蹦乱跳的小毛驴、羊群，都引起我无限的兴趣。”这里的物质生活非常艰苦，元旦会餐也只是食堂里多增加一两个带肉的菜，后勤处多供应一点烤火的木炭。但是，各单位各部门都将自己的办公室、房间和周围打扫得干干净净，窑洞贴上大红的对联，公告栏贴上新出的墙报，各个俱乐部都举办文艺晚会，干部群众自编自演，自娱自乐，大家尽情地唱呀跳呀。多年后，刘端棻回忆这段生活，还是念念不忘地说：“我过去从未参加过这样的晚会，真令人激动不已。人不仅需要物质，更重要的是要有一种精神，在一定的环境里，精神往往比物质显得更重要。”②

刚到延安，刘端棻不习惯吃小米干饭，导致大便不畅，时常带血。同志们知道后，让食堂照顾他多吃一次白面馒头。偶尔有带肉的菜，同志们

---

① 李耀宇口述、李东平整理：《一个中国革命亲历者的私人记录》，第 255 页，北京：当代中国出版社，2006 年 1 月版。

② 刘端棻：《回首延安——边区教育生活十二年》，第 6、7 页，西安：陕西人民教育出版社，1990 年 6 月版。

就悄悄地把自己碗里的肉片夹到他的碗里。“这些看来微不足道的小事，当时却感人肺腑，使我体会到革命大家庭的温暖。”“最使人感到心情舒畅和愉快的，是延安人与人之间平等、融洽的关系。这是国民党统治区无法比拟和望尘莫及的。大家平等相处，亲如一家。大家都认为，当官和当兵的，上级和下级，仅是革命的分工不同，毫无高低、贵贱之分。所以无论干什么工作，大家都心情愉快地去干。”① 边区教育厅机关里的女同志不多，平时工作都得到照顾。而这些女同志们也很开朗大方，经常主动帮助男同志缝补衣袜，拆洗被褥。单位里的勤务员都是长征过来的“红小鬼”，年龄小，资历老，他们走到哪里，哪里就十分热闹。

有一位叫柯大勤的小鬼，当时只有十一二岁，是跟随红四方面军长征到延安的。在机关里一边做勤务，一边识字学文化。他看到刘端棻的名字，认不全，将错就错地读成“刘端茶”。别人给他纠正，他挤着眼睛扮鬼脸说：“你为啥叫刘端棻呢？还不就叫个刘端茶好。端茶既好听，又好记，又好写。你每天上班，我先给你端一杯茶，多美气！”

自此，窑洞里的其他同志都学着各种方言腔调传说着：刘端棻同志，请倒一杯茶，给咱端过来！

这种情同手足的同志平等关系，是延安革命队伍里一代人最美好的集体记忆，是建立在共同的社会理想信念，也是建立在物质生活供给制基础上的一段最纯真的历史记忆。

供给制不是平均主义

延安革命队伍里的供给制是从井冈山革命时期吃大锅饭，经江西中央苏区时期的反复探索，长征到陕北进入延安后逐步发展完善起来的。

井冈山时期，受艰苦条件限制，红军没有薪饷，物资供应以满足基本生存为目的。“红军士兵大部分是由雇佣军队来的，但一到红军即变了性质。首先是红军废除了雇佣制，使士兵感觉不是为他人打仗，而是为自己

① 刘端棻：《回首延安——边区教育生活十二年》，第 9 页，西安：陕西人民教育出版社，1990 年 6 月版。

为人民打仗。红军至今没有什么正规的薪饷制，只发粮食、油盐柴菜钱和少数的零用钱。”所谓“雇佣军”，是指原来在旧军队中受雇佣的士兵，享受一定的雇佣金。在红军部队里，革命的性质改变了，当兵的目的和待遇也相应改变了。红军物质条件很艰苦，革命的理想信念很崇高。“湖南省委要我们注意士兵的物质生活，至少要比普通工农的生活好些。现在则相反，除粮食外，每天每人只有 5 分大洋的油盐柴菜钱，还是难以为继。仅仅发油盐柴菜钱，每月也需现洋万元以上，全靠打土豪供给。现在全军 5000 人的冬衣，有了棉花，还缺少布。这样冷了，许多士兵还是穿两层单衣。好在苦惯了。而且什么人都是一样苦，从军长到伙夫，除粮食外一律吃 5 分钱的伙食。发零用钱，两角即一律两角，四角即一律四角。因此士兵也不怨恨什么人。”① 在具体执行上的体制机制和方式方法，是军有军需处，团有辎重队，营连有经济委员会，士兵委员会承担检查督促工作。“每个月军需处要公布一月收入支取情况，军需处长出席报告情况并答疑，士兵委员会发现问题就得处罚负责人。因此，四军的经济做到了彻底的公开，物质待遇官兵完全平等。”② 公正平等，无私则刚，敢于晒在阳光下的东西总是能给人温暖的。当时很多俘虏看到朱德军长跟伙夫差不多，都惊叹不已，一经动员，大部分都自愿参加红军。官兵平等，患难与共，是红军度过艰难的重要动员力量。

徐向前回忆，长征前在鄂豫皖革命根据地斗争时期，“官和兵，不太分得出来。吃一样的饭，睡的都是民房，铺的都是稻草，不同的是给我们这些领导干部，多铺一个单子。原来，干部也没有马骑，1929 年底部队扩大了，大队（团）以上干部才有马骑。我们骑马，见有病号走不动，都主动让骑。干部给战士背枪、背行李，很普遍”③。情同手足，义比弟兄，就可以同甘共苦，出生入死，身外之物都可以轻若浮云，忽略不计。

中央苏区初期，革命队伍试行过薪饷制，但很快就取消了，实现干部与士兵享受平等待遇。到 1931 年 9 月，“薪饷制已完全废除，除从敌人俘

---

① 毛泽东：《井冈山的斗争》（1928 年 11 月），《毛泽东选集》第 1 卷，第 63 ~ 64、64 ~ 65 页，北京：人民出版社，1991 年 6 月第 2 版。

② 萧克：《朱毛红军侧记》，第 11 页，北京：中共中央党校出版社，1993 年 1 月版。

③ 徐向前：《历史的回顾》，第 60 页，北京：解放军出版社，1988 年 10 月版。

虏来的医生等少数人有薪饷外，士兵与干部只有伙食费，每人每天一角左右，多少不定，视经济情形如何；经济充裕的时候，在伙食费外还有零用费。这一切费用都统一的由总司令部发给各军，在后方则由军事委员会管理”①。红军给养完全是官兵平等，上下一致，“每人都只有伙食费，有时每天一角五分，有时一角，有时八分”，随物质资料占有情况而定。官兵一律取消薪饷，只有那些“最近从敌人俘虏过来的无线电员及医生等少数人有薪饷外”②，即给予特殊人才特殊待遇。

由最初的“伙食尾子”转变成的“零用费”，就是每月“津贴费”的雏形。据长征前夕在中央苏区红色中华报社工作的同志回忆，“当时级别是有的，但只有两件事分级别的：一个是开会；一个是看文件。除此之外，生活待遇等都是一样的”③。红军长征到达陕北，中央机关进驻延安之初，革命队伍里仍然延续着红军时期的供给制度。

延安初期曾担任中央军委警卫团团长的黄霖回忆，“党中央领导机关迁到延安后，在一个时期里，粮食供应成了一个突出的问题。粮食短缺，原因是很多的。主要的是国民党蒋介石的封锁，其次是陕北高原土地贫瘠，又连年遭受自然灾害，收成不好，再加上这里山高路险，交通极为不便，到外地买粮，运输也很困难。我们就靠从保安搬迁时带来的黑豆、高粱、荞麦为主食，而且定量一减再减，以应付长期战斗的需要”④。这里所介绍的艰苦生活，是 1937 年 7 月全面抗战正式爆发之前的情况。在物质资源短缺、生活条件非常艰苦的环境下，延安革命队伍沿袭中央苏区的物质供给办法。“物质环境太苦了，粮食不够，民众生活很不容易，在陕甘宁边区边境苏区里，仍然实行我们以往在江西的旧办法”⑤，即实物供给制，供给的标准一直维持在一个比较低的水平。

---

① 《江西的中央苏区》（1931 年 9 月），见《中央革命根据地史料选编》上册，第 400 页，南昌：江西人民出版社，1982 年 5 月版。

② 欧阳钦：《中央苏维埃区域报告》（1931 年 9 月），见《中央革命根据地史料选编》上册，第 374 页，南昌：江西人民出版社，1982 年 5 月版。

③ 《回忆沙可夫同志——访韩进同志》，见《沙可夫诗文选》，第 356 页，北京：文化艺术出版社，1990 年 11 月版。

④ 黄霖：《延安轶事》，第 38 页，北京：解放军文艺出版社，1982 年 10 月版。

⑤ 任天马：《活跃的肤施》，第 37 页，汉口：上海杂志公司，1938 年 1 月版。

全面抗战爆发后，1937 年 8 月，共产党领导的红军主力部队改编为国民革命军第八路军（简称“八路军”），9 月，西北苏区改制为陕甘宁边区，作为中华民国政府下属的一个特别行政区，10 月，南方八省红军和游击队改编为国民革命军陆军新编第四军（简称“新四军”），延安接受国民政府拨付的八路军、新四军军饷，以及海内外各项捐赠后，物质条件有了明显改善。尤其是大量知识分子的到来，对于特殊人才给予特殊的物质供应政策。延安革命队伍里的供给制开始逐步发展完善起来。“所谓供给制的概念，说白了，就是伙食、被装等实行低标准的实物免费供给，另加发极少量的现金作零用钱。”① 1941 年 9 月，任弼时出任中共中央秘书长，成立中央办公厅，与李富春一起共同努力，使供给制正规健全起来。

军队或参照军队进行军事化管理的单位，供给制的标准大约在 1938 年至 1940 年间都处在一个相对稳定的水平。据当时这段生活的经历者回忆，“那时延安和中国其他各边区一样，物资供应情况相当紧张、困难。当时，八路军内的津贴费用分为五等：士兵 1. 5 元；排级 2 元；连级 3 元；营团级 4 元；师级以上，包括毛主席等中央领导同志均为 5 元。”②

另据徐懋庸回忆自己在延安抗大任教时的生活供给情况，“红军出身的各级领导干部，一般每月的津贴费，最高不过四五元，而对一部分外来的知识分子，当教员或主任教员的，如艾思奇、何思敬、任白戈和我这样的人，津贴费每月 10 元。1938—1939 年间，延安的物价很便宜，猪肉每斤只值 2 角，鸡蛋一角钱可买 10 来个。所以，这 10 元津贴费，是很受用的。”③

在陕甘宁边区政府机关的公务人员，其生活供给标准与军队大体相当。1939 年 1 月，时任陕甘宁边区政府主席的林伯渠在边区第一届参议会上所做政府工作报告中介绍，“在我们的制度下，各级政府工作人员不发薪俸，实行津贴制度，收入不得超过普通工人工资的水平，可是工作中却能表现出自己是群众的模范。在现在边区行政长官每月最高的津贴也只 5 元，各县县长每月津贴 2. 5 元，每天粮食一斤四两，菜钱四分，县政府每月办公

---

① 孙柏林：《军人工资》，第 15 页，北京：解放军出版社，1989 年 4 月版。

② 小林清：《在中国的土地上——一个“日本八路”的自述》，第 88 页，北京：解放军出版社，1985 年 8 月版。

③ 徐懋庸：《徐懋庸回忆录》，第 121 页，北京：人民文学出版社，1982 年 7 月版。

费平均在20元至30元之间”①。边区政府最高行政长官的津贴与中央最高领导人相等，其他级别公务人员依次递减，最低的津贴标准为每月1元。

1939年底，从成都辗转来到延安的胡绩伟，被分配在筹备中的中国青年救国联合会（对内称为“中央青年工作委员会”，简称“中央青委”）所属的中国青年杂志社做编辑工作。“吃饭时，大家都集中在伙房前边的空地上，三个一群，五个一伙，大家都蹲在地上吃饭。一个人拿两个碗，一个碗去装菜，一个碗装饭。炊事员掌勺，一人给一勺菜——炒土豆丝，饭是小米窝窝头。大家穿的都一样，吃的也一样，这不是自己多年来追求的平等社会吗?”初到延安，感觉这里比自己想象中的理想社会还要好。几天过后，正赶上单位元旦会餐。“会餐，不是吃几盆几碗，而是吃一个大烩菜，红烧肥肉块，加豆腐、粉条、萝卜、白菜，一人一大勺，满满的一大碗。好些人吃不够，又去要一勺，有的人吃了两勺，再去要一勺，也照样给。炊事员还笑着说，不够再给一大勺。真是想吃多少就给多少，敞开肚皮吃肉。”初来乍到，曾经在国民党统治区或沦陷区为生计奔波过的年轻人，对于延安革命队伍里的供给制生活，“穿的一样，吃的一样，感到十分满意”。②

革命队伍里的物质供给，大约到1941年开始逐渐形成一整套严格的标准和规则。这个标准制定的依据，是个人对于革命事业的贡献大小与地位高低。公正平等，是在公正基础上的平等。公正，是秉公为正。公与私相对而言。私（厶）者，其本义为胳臂肘往里弯的象形字，即一己之私，个人或部分小团体的利益。公者，其本义为张开双臂，与私（厶）相反的态度，是为公众的，最大多数人的利益，甚至是所有人的利益。在革命队伍里，利益分配的根本原则，是依据个人对于革命事业与公共事业贡献的大小来确定的。而这个贡献大小，又是以一定的组织形式来实现的。

所谓让供给制正规起来，就是逐渐形成一整套严格的物质供给标准。

---

① 林伯渠：《陕甘宁边区政府对边区第一届参议会的工作报告》（1939年1月），见陕西省档案馆、陕西省社会科学院合编《陕甘宁边区政府文件选编》第1辑，第135页，北京：档案出版社，1986年5月版。

② 胡绩伟：《胡绩伟自述》第1卷，第205页，香港：卓越文化出版社，2006年9月版。

伙食开始分为大灶、中灶、小灶和特灶，① 生活中涉及的窑洞、服装、交通工具、勤务员（小鬼）、炊事员，乃至冬季烤火的木炭、夜晚照明的蜡烛，都逐渐地区别对待。另外，保健费等特别物资供应也开始出现。

1942年2月，陕甘宁边区政府规定勤务员、窑洞、骡马等不同使用标准：

1. 勤务：正副厅长（处、院、部长同）每人使用一勤务员，科长级者3人使用一勤务员，科员级者8人至10人使用一勤务员。

2. 窑洞：正副厅长、科长及同科长级者（处、院、部长同）均1人住一孔，科员级者2人住一孔，如遇大窑洞时，3人可住一孔。

3. 马夫、炊事员、马匹：正副厅长各得用马一匹（处、院、部长同）；按编制名额每25人得用公马一匹，马夫一人；每20人得用炊事员一人。如不足25人或超过25人，要求增加马匹时，得呈请政府批准。

4. 专署马二匹驴一头，县市政府马一匹驴一头（包括保安科司法处）。②

干部保健费是针对革命队伍里的少数领袖人物和有特殊贡献者，在物质条件许可的情况下，设置的一种特别供给待遇。从现有资料来看，最早形诸文字的规定，是1941年9月，中央书记处会议根据毛泽东的提议，给予林伯渠、吴玉章、刘少奇、周恩来等26位在延安的革命元老和中央领导同志干部保健费。会议通过了这个提议，并强调："接到中央所发营养物品的同志，不论物品或现款，不得推辞不受，不得作为别用，且须依照中央规定物品单的原则使用，否则即系违犯中央规定。"③ 其中，新鲜牛奶在当

---

① 参见朱鸿召《延安日常生活中的历史》，第25～28页，桂林：广西师范大学出版社，2007年7月版。

② 《陕甘宁边区政府令——关于边区一级机关使用勤务员、窑洞、马匹及专署县市政府使用马匹的规定》（1942年2月8日），见陕西省档案馆、陕西省社会科学院合编《陕甘宁边区政府文件选编》第5辑，第218页，北京：档案出版社，1988年5月版。

③ 中共中央文献研究室编：《毛泽东年谱（1893～1949）》中卷，第328页，北京：人民出版社、中央文献出版社，1993年12月版。

又见赵海编著《毛泽东延安纪事》，第119页，西安：陕西人民出版社，1993年8月版。

时就属于极少为人所知的特殊供应物，作为保健物品供给。

1943 年 3 月西北局规定的保健费标准为：

1. 参加西北局常委会的同志每人每月 300 元；经常委批准受特别保健者每月 450 元。

2. 政府厅长、西北局处长、科长以及各分区书记、专员或相当于此级之老干部每人每月给 100 元至 250 元（内分 100 元、150 元、200 元、250 元四类）。吃小灶饭的同志可减少 30 元至 60 元。

3. 县书［记］、县长至分区一级科长或等于县书［记］、分区科长一级干部每人每月 60 元至 100 元（内分 60 元、80 元、100 元三类）。

4. 以上三条，须依照西北局 1941 年 10 月 25 日的决定分历史、职伍［务］、身体等分别给予保健。①

当然，1943 年的延安物价较之 1941 年已经不可同日而语，这里的保健费标准不能简单地按照 1941 年前的物价衡量之。在实际执行过程中，其主要作用还是在制度上表示革命队伍对于有特殊贡献者的一份感激之情。

对于包括牛奶在内的特别供给，并没有任何反对意见。人们记忆深刻的是很多享受保健特供品的领导人，主动让出牛奶给予一般同志。时任中共中央机关报解放日报社社长兼新华社社长的博古，得知国际部主任杨永直的妻子李慕琳生产后，孩子没有奶水，又处于整风抢救运动的窘境中，便主动让出自己的一份牛奶和少许羊奶，为孩子解了燃眉之急。② 另据杨虎城之女周盼回忆，1943 年她在延安生产，没有奶水，白天给孩子喂米汤，夜里孩子饿得直哭，不知如何是好。“没料想，这件事惊动了住在隔壁的欧阳钦同志，他是当时西北局的秘书长。一天早晨，我发现自家的窗台上多了一瓶牛奶，一打听才知道是欧阳钦同志叫送来的。这牛奶本是领导为了照顾他补养身体的，他却送给了我。”③ 开始她不好意思收，经其他同志劝

① 西北局保健委员会：《保健工作暂行条例》（1943 年 3 月 21 日），见《中共中央西北局文件汇集》甲编第 3 卷，第 144～145 页，中央档案馆、陕西省档案馆编印，1994 年 11 月。

② 参见杨沪生《父亲杨永直的风云岁月》，《上海滩》（沪），2011 年第 7 期。

③ 周盼：《我的革命生涯从这里开始》，见苏平、徐玉珍编《延安之路》，第 109 页，北京：中国妇女出版社，1991 年 5 月版。

说才收下来喂养襁褓中的婴儿。

不规范的供给制在执行中带有一定的随意性，往往可以及时弥补修正一些不合理或不公平的细节。而严格规范的供给制在执行中，往往是铁面无私的，如果遇到制度边缘状态或制度之外的特殊情况，就显得纠偏不及时，容易造成一些误解。延安革命队伍里的供给制走向标准化制度化不久，就引起一些敏感的知识分子的批评。

1942 年春季，整风运动兴起之初，很多人都以为这场运动是大家起来，尤其是知识分子们起来，帮助各级党组织发现自身存在的缺陷和不足，加以整顿改进之。在这种普遍的认识前提下，报刊和墙报上都出现了一批批评延安革命队伍里不合理现象的文章。其中，影响最大的就是王实味的几篇杂文。关于平均主义与等级制问题，“共产主义不是平均主义（而且我们今天也不是在进行共产主义革命），这不须要我来做八股，因为，我敢保证，没有半个伙夫（我不敢写‘炊事员’，因为我觉得这有些讽刺画意味；但与他们谈话时，我底理性和良心却叫我永远以最温和的语调称呼他们‘炊事员同志’——多么可怜的一点温暖呀！）会妄想与‘首长’过同样的生活”。也就是说，革命队伍里是普遍接受并承认供给制是以存在一定的级差为基础的。那么，一部分知识分子要批评和批判的是什么呢?

> 我并非平均主义者，但衣分三色，食分五等，却实在不见得必要与合理——尤其是在衣服问题上(笔者自己是有所谓“干部服小厨房”阶层，葡萄并不酸)，一切应该依合理与必要的原则来解决。如果一方面害病的同志喝不到一口面汤，青年学生一天只得到两餐稀粥，(在问到是否吃得饱的时候，党员还得起模范作用回答：吃得饱!)另一方面有些颇为健康的“大人物”，作非常不必要不合理的“享受”，以致下对上感觉他们是异类，对他们不惟没有爱，而且——这是叫人想来不能不有些“不安”的。①

这里所关注的问题，正是供给制逐步规范化后带来的情况。所谓“衣分三色”，实际上是在大生产运动前，延安布匹紧张的情况下，“从边区外面只能买进少量的灰蓝色斜纹布，只够首长和一些高级知识分子穿的，其

① 王实味：《野百合花》，《解放日报》(延安)，1942 年 3 月 13 日、23 日。

余人穿的都是边区自织自染的灰色土布。一般干部和战士以及勤杂人员穿的都是一样的土布。干部的上衣上下有四个口袋，战士服的上衣只下面有两个口袋”①。所谓“食分五等”，大概是指大灶、中灶、小灶、特灶、病号灶。已经制度化了的供给制，衣食住行等几乎所有物质资源分配，都要按照一定的等级制度来实现。战时状态下的制度躯壳注定是坚硬的，无法继续维持当初不正规的供给制所带有的“合理与必要”的感性特征。

这篇文章所表达的观点，在当时具有很大的普遍性。当时在延安出版发行的报刊和很多单位里的墙报上，经常会看到类似的文章和观点。② 对此，毛泽东在《解放日报》改版座谈会上承认革命队伍仍然存在着一些不尽如人意的问题，欢迎批评指正。“但也有些人是从不正确的立场说话的，这就是绝对平均主义的观点和冷嘲热讽的办法。”③ 在物资短缺的条件下，比如说同样是熬夜写文章，所需灯烛供给标准不一样，毛泽东认为这就要看谁的文章对中国革命的作用更大了。

1942 年 5 月 23 日，朱德在延安文艺座谈会第三次会议上发言时说：“我原来不是无产阶级，因为无产阶级代表的是真理，我就投降了无产阶级。我投降无产阶级，并不是想来当总司令。我只是替无产阶级打仗、拼命、做事。后来仗打多了，事情做久了，大家就推我做总司令。中国第一也好，世界第一也好，这不过是志愿，还是要给老百姓做事，将来由老百姓来推才行的。”④ 这个讲话是在知识分子面前现身说法，个人职位取决于贡献大小，并且这个职位得由组织决定。

人的自然属性存在差异，人的社会属性也是存在差异的。给予不同发展需求的人以同等发展的机会，就是最大的公正。

---

① 温济泽：《再谈王实味冤案——冤案的始末及教训》，见温济泽等著《王实味冤案平反纪实》，第 33 页，北京：群众出版社，1993 年 10 月版。

② 参见朱鸿召《延河边的文人们》，第 149 页，上海：东方出版中心，2010 年 2 月版。

③ 《毛泽东号召整顿三风要利用报纸》，《解放日报》（延安），1942 年 4 月 2 日。

④ 何其芳：《朱总司令的话》，《何其芳全集》第 2 卷，第 223 页，石家庄：河北人民出版社，2000 年 5 月版。

二

同志间的平等友爱与体面尊严

在共同的革命事业面前，人人平等，每个人都有工作、奋斗、献身的权利和义务。这是一种人生价值实现意义上的平等，是一种更高层级上的公平正义。

延安革命队伍里人与人之间彼此称呼为“同志”，大家在人格上是平等的，没有高低贵贱之分；在行政岗位上有上下级别之分，下对上有执行命令的责任义务，上对下有关心爱护的责任义务。同志之间以共同的人生社会信仰集合起来，组织起来，以为人民服务，为人民谋福祉，献身人民的事业，作为自己的人生追求目标和生命境界。革命事业需要特殊的革命组织，特殊的革命组织锻造非凡的革命人生，他们以“小我”融入“大我”，在忘我的牺牲中获得革命事业的成功，在无私奉献中获得个体生命的体面和尊严。

同志，志同道合，人格平等

延安革命队伍里的公家人彼此之间互称“同志”，那是一种崇高的革命政治荣耀和特殊的社会身份。

同志，在汉语里古已有之，意为志同道合，使用于很小的社会范围。晚清时期，革命党人立志救亡，意在推翻封建王朝统治，在秘密社会组织中互称同志。俄国十月革命后，马克思主义在中国更广泛地传播，“同志”被用来翻译英语 comrade 和俄语 товарищ，先是中国共产党党员称同志，继而扩大为参加中国革命队伍者都称同志。这样，在无产阶级革命的语境下，“同志”就获得了理想的崇高与集体的荣耀。而对于宗法制中国社会来说，同志更意味着个体从宗法家族关系中解放出来，挣脱封建纲常伦理的束缚，为着挽救社会危亡，创建理想新世界，组成无产阶级革命先锋队伍。

延安时期投身革命的青年知识分子，他们大多出身于中产阶级以上家庭，奔向延安，投身革命，基本上都经历着背叛家庭、摆脱国民党统治的艰难险阻。所以，当他们经过重重关口，历经千辛万苦，走过战火纷飞的国土，来到延安，被革命队伍所接受，一声“同志”的称谓，就变成了最亲切的声音、最美好的语言。

> 人们骄傲的称呼是同志，/它比一切尊称都光荣。/有这称呼各处都是家庭，/无分人种黑白棕黄红。/这个称呼无论谁都熟悉，/凭着它就彼此更亲密。①

这是延安早期曾经盛传过的苏联歌曲《祖国进行曲》中的唱词片断，它唱出了一代人的心声，传达了刚刚进入革命队伍里的同志们的真实心理感受。

从广州西关三家巷来到延安窑洞的区卓对胡杏说：“我刚到边区的时候，听见人家把我喊做同志，心里面那个乐滋滋的味道真是形容不出来。”

胡杏也笑着说：“可不是么，我刚到延安的时候，也有这种情形，听到人家喊自己同志，觉得浑身的血管都冒出热气来了，觉得真是亲得不得了。”②

1938 年年底，刚到延安的陈荒煤就被安排到鲁迅艺术学院。“我刚到鲁艺的第三天，正是旧历新年的晚上，我第一次听见人群庄严的唱着《国际歌》，第一次看见了红五角星的灯，光辉地照耀着一群欢笑的脸，我的心激动得很厉害，……当毛主席站起来，那样欢喜地亲切地向我们说‘同志们，

---

① 此为苏联电影《大马戏团》（1936 年）中的插曲，单独传唱时歌曲名为《祖国进行曲》，姜椿芳译词，吕骥配歌。1941 年，该电影音乐和插曲获得斯大林文艺奖一等奖金。见薛范编《苏联歌曲佳作选（1917～1987）》，第 43～45 页，上海：上海音乐出版社，1987 年 11 月版。

② 欧阳山：《圣地》（《一代风流》第 4 卷），第 1325～1326 页，北京：人民文学出版社，1983 年 11 月版。延安当时当事人写作的小说，整体结构是虚拟的，人物姓名也是编造的，但生活细节通常是真实的。

你敬我一尺，我让你一丈。军爱民一分，民拥军十分。共产党领导的革命队伍，其本质属性不是言辞上的概念定义，而是现实生活中用自己的行为举止让老百姓去判断认定。

1939年5月，一个阳光明媚的春日，毛泽东外出途中，与住在杨家岭后沟的农民邂逅，他们站在路边拉起了家常（摄影 石少华）

在延安闲暇时间里，身为八路军总司令的朱德经常和八路军战士们一起排队，轮流上场打排球

八路军战士为边区群众修补被战火破坏了的房屋（摄影 沙飞）

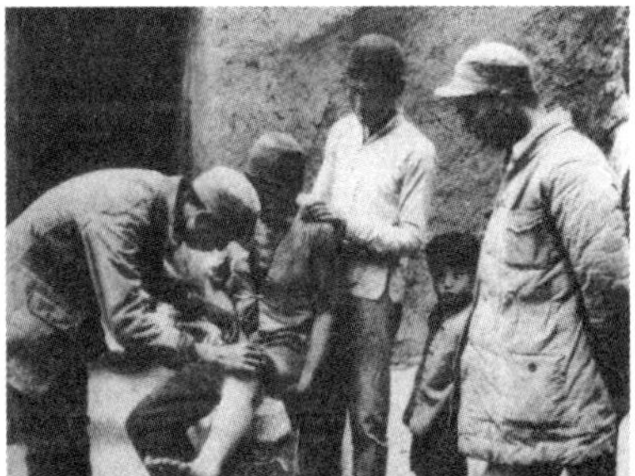

八路军医务人员为边区群众治病

今天我们很快乐！'的时候，我止不住流泪了。”延安鲁艺所在地的桥儿沟天主教堂，在他眼中，“这座教堂就是我底天堂！”① 直到晚年，他回忆起这段延安早期岁月，仍然激动不已。“到了延安，我觉得我这个25岁的小老头恢复了青春。蔚蓝色的天空，到处飞扬着红旗、国际歌声，处处听到亲切的‘同志’称呼；不论是首长或将领、学生或士兵，都是一身灰色军装，似乎是总有人日夜不停地在歌唱。……一切的一切，我都感到亲切而又陌生，我经常激动得热泪盈眶……”②

如果说延安是中国革命的“圣地”，是奔向延安的革命者的“天堂”，那么，“同志”就是来自天堂的呼唤，最初激起的是对革命圣徒般的情感。作为同位语或无性别人称代词出现的“同志”这个称谓，在生活交际中最能表示不分阶级、性别、籍贯、宗教、党派、职业、民族，一律以共同的政治理想和信念为号召，从而成为革命与平等的身份标志，并且只有革命者才具备使用或被使用的资格。同志之间以职位的高低，遵循着一定的规则，共同执行着革命的工作或战斗的任务。

延安接待新知识分子，先由延安交际处负责安排免费食宿，造册登记。然后根据各人情况，或进学校学习，或进培训班锻炼，也有少数直接分配到单位工作。从此，就成了“公家人”。物质生活资料均由“公家”分配，精神生命空间也要求逐渐都成为“公家”的。为了表示与过去的生命岁月相告别，“大家到延安，都改换了一个革命的姓名”③。大体是意义进步的，字面朴实的，声音响亮的。新名字中，原有的象征中国宗族血缘关系的姓氏、辈分、愿景内容都被淡漠了，甚至干脆被取消了。崭新的名字，标志着无数的个体为着一个共同的理想信念，自觉或不自觉，情愿或不情愿地消隐个性，凝聚成一个革命的整体。

抗战后从苏联回到延安，在鲁艺美术系任教的胡蛮可能是改换姓名最多的同志。“胡蛮同志喜欢不断改换姓名，他在去苏联以前原名王钧初，因为表示革命就要用苦力，又用罗思。（列宁在《党的组织和党的文学》中

---

① 荒煤（陈荒煤）：《在教堂歌唱的人》，《解放日报》（延安），1941年5月26日、28日。

② 陈荒煤：《为迎接新世纪而呐喊》，《冬去春来》，第402页，南京：江苏文艺出版社，1994年12月版。

③ 朱寨：《中国现代文化名人纪实》，第28页，海口：海南出版社，1997年1月版。

说，文学事业应当成为无产阶级事业的一部分，比喻为齿轮和螺丝钉的关系。罗思即螺丝钉之意。）他从苏联回来时用的名字叫王洪，延安文艺座谈会以后他又改成了旺红，当时钟敬之同志说这个名字不像男人的名字，他又取名胡蛮。未几，胡宗南进攻边区，延安《解放日报》社论抨击国民党，称胡宗南为‘胡蛮’。胡蛮同志大概着急了，又改成了祜曼，并且还解释，这是外语中‘人道’（Гуманист）的意思。胡蛮同志进了城就再也没有改名了。”[1] 显然，这不是简单的文字选择，而是将姓名当作自己革命态度的标识，近乎政治表态。

如此频繁地更改姓名，给组织管理工作带来诸多不便。1943 年 4 月，时任中共中央组织部部长的陈云致电西北局秘书长杨清（欧阳钦）：“许多同志在延安经常改换姓名，弄得各组织部常常查不到人，在工作上发生很多毛病。因此，中共中央组织部决定，以后在延安的党员干部一概不许随便更改姓名，如因工作需要更改，须向各组织部报告登记，得到允许后方能更改。”[2] 胡蛮没改成祜曼，仍旧沿用胡蛮，可能与此有关。同时，这也表明，经过严密的革命组织化了的个体，从身体到灵魂，甚至姓名，都已经不再是属于个人的私有物了，正如此前宗法制社会里的个体存在。

在革命队伍里，与“同志”的称呼同时被接受的是见面握手的礼节。“握手已被认为是中国革命不可少的一项内容，所以无论谁遇到谁，只要一见面都要握手。” 1937 年春夏之际到延安采访的美国记者尼姆·威尔斯就发现，“红军的握手，是在中国其他地方见不到的铁的、友爱的一握”。初到延安为了结识更多的采访对象，一次又一次的热情握手，她感觉到自己的纤纤细手都被握肿了（the bruising hand shakes）。[3] 作为西方近代文明的舶来品，握手是对男女授受不亲的中国传统封建道德伦理的挑战，也是延安革命队伍里人与人之间自由、平等、热情的同志交往礼仪的象征。

进入革命队伍里的同志们成为公家人以后，衣、食、住、行等一切物质

---

① 华君武：《延安岁月》，《补丁集》，第 6～7 页，上海：学林出版社，1997 年 12 月版。进城，是指 1949 年随解放军进入北京城。

② 中共中央文献研究室编：《陈云年谱》上卷，第 376～377 页，北京：中央文献出版社，2000 年 6 月版。

③ Helen Foster Snow（Nym Wales）：*Inside Red China*，P69．NewYork：DaCapo Press，Inc．1979．

生活资料，都由组织按照一定的等级制度逐时供给。在享受生活供给制的同时，大家依从各自的单位部门，定期过“民主生活会”，或“生活漫谈会”，开展公开的批评与自我批评，造就公而忘私、大公无私的透明的人。

整风运动之前，这种思想生活会在各单位就比较普遍。“延安大学建校以来坚持每礼拜一次班组生活会，时间在星期天晚上，内容是检讨每个人一周来的言行，首先自己汇报，然后大家评议，点名道姓地开展批评与自我批评。这样的班组会，各级领导都必须参加。”①

曾经在延安自然科学院生活学习的同志回忆说：

> 每周都有一次生活漫谈会，分组进行，开展批评与自我批评。大家都本着革命同志间团结互助的精神，有啥说啥，不讲客套，偶尔也有争得面红耳赤的，但并不强加于人，争完就过去了，不存什么事。这种直率的批评与自我批评反而使同志间的关系更为融洽。②

这种思想生活会，让奔赴延安的爱国青年们多少体验了民主平等、严肃活泼的集体生活的朝气和正气，与蒋介石强调“我们要求国家民族的自由平等，就要牺牲个人的自由，以求国家的自由；牺牲个人的平等，以求民族的平等”，要“服从家长”，“服从队长、排长、班长”，“服从各级政府”，“服从领袖”，③ 强化专制统治，造成国民党统治的大后方毫无民主，备受压抑的状况，形成鲜明的对比。从大后方到延安的广大知识青年，他们更乐意于接受延安的组织军事化生活。

1938 年 10 月，从北平到延安的于蓝，被安排在抗大八大队第五队学习。半年后，她致信在昆明的哥哥于亚伦，介绍自己在延安的生活感受时说，团结、紧张，严肃、活泼的抗大学习生活，深深地感染了自己。“我热爱延安生活，官兵是平等的，同志们友爱互助，歌咏活动那样普遍，不论课间、饭后，你都能听到山谷中传出嘹亮的歌声，黄土高原的沟壑之间都住满了誓死与日寇战斗的青年，他们的歌声不时从那里传出。”在这样的环

---

① 王云凤主编：《延安大学校史》，第 188 页，西安：陕西人民教育出版社，1994 年 9 月版。

② 胡琦、何华生、许明修：《延安自然科学院创办的经过》，见《延安自然科学院史料》，第 396 ~397 页，北京：中共党史资料出版社、北京工业学院出版社，1986 年 12 月版。

③ 蒋中正：《中国青年之责任》，《陕西青年》（西安），1941 年 2 月号。

境里，她从一个多愁善感的娇小姐，变成了一个充满热情、活泼开朗的革命女青年。“延安是世界上最艰苦的地方，但延安也是世界上最快乐的地方！”① 在她的影响下，这位哥哥也奔赴延安，参加革命队伍。

1938 年底，越南华侨王建华和弟弟一起，逃脱父亲的严密监禁，从西贡辗转来到延安。她在写给父亲的家书中自豪地说：“我们已经到达陕北，这里多么美好！没有钱，我们有饭吃；没有钱，我们有书读；没有钱，我们有朋友；没有钱，我们有我们的一切。请放心吧，你的女儿绝不会也用不着去当娼！”这里的学习生活充满了蓬勃朝气，清早军事训练，白天在旷野里上大课，晚间在窑洞的小煤油灯下讨论革命道理，开展批评与自我批评。人剥削人、人压迫人的现象不存在了，代替它的是诚恳、真挚、相亲相爱的人与人之间的关系。“这里的物质生活虽然艰苦，但人们的精神世界是充实的，前途是乐观美好的，人只有在这样的生活里，才能够懂得人生的真正价值。”②

所以，在延安革命队伍里，“同志”不仅代表着一种荣耀、一种身份，而且是一种政治考验和革命精神。吃公家饭，穿公家衣，住公家房，做公家事，是享受生活供给制的公家人同志最令人羡慕的地方；组织关系，思想清洁，政治考验，劳动改造，是成为革命队伍里公家人同志必须穿越而过的一道道关口。这样的公家人同志，以天下为己任，以伟大的社会理想为号召，用行伍单位制、人事档案制，以及家庭户籍制，构成最严密的社会组织，实现最有效的社会动员。由这样的同志组织起来的革命队伍，服从绝对权威，信仰政党政治纲领，崇拜队伍里的领袖，视死如归，所向披靡，可以消灭最强大的敌人，创造一切人间奇迹。

领导，平时看得出，危时站得出

凡是在延安革命队伍里生活过工作过的同志，记忆最深的往往都是领

① 于蓝：《苦乐无边读人生》，第 42～43 页，北京：中央文献出版社，2001 年 12 月版。

② 王建华：《冲破封建家庭的束缚奔向延安》，见全国政协文史资料研究委员会华侨组编《峥嵘岁月——华侨青年回国参加抗战纪实》，第 162 页，北京：中国文史出版社，1988 年 1 月版。

导与群众之间的平等关系。建立在人格平等基础上的同志们，来自五湖四海，为了一个共同的革命目标走到一起。分工有不同，任务有大小，都是为了革命工作，彼此亲如一家。领导，与其说是一种权力，不如说是一种身先士卒的带头作用。

早在1936年8月，美国记者埃德加·斯诺深入陕北、宁夏、甘肃采访红军就发现，红军将领们对士兵们发出指令的习惯性语气是："弟兄们，跟我来！"这与当时的中国其他军队长官们冲着士兵说"弟兄们，向前冲！"① 迥然不同，也大异其趣。

因为，共产党领导的这支革命队伍，以及在陕甘宁边区局部执政环境下建立的边区抗日民主政权，其宗旨是为了打败日本帝国主义，建立一个新的人民民主政权，建设一个崭新的理想社会。在这个新政权、新社会里，"我们一切工作干部，不论职位高低，都是人民的勤务员，我们所做的一切，都是为人民服务"②。我们所有的"公家人"同志，参加革命工作的目的，都是"为人民服务"。在人民利益面前，每个同志都只能是"公仆"。

延安整风运动之前，毛泽东在中共党内任职主要分管军事和外交工作，但其锐利的思想、通俗的风格、幽默的话语，具有很高的威信和魅力。担任党的总书记的张闻天，其作风民主，为人亲善。他们在延安主持中央工作，上行下效，为政亲民。平时生活中，革命队伍里的任何一位普通同志，都可以致信预约拜访这些领导人，或索取其签名题词。

1937年底，曾经留学法国的诗人李又然，从山西临汾的民族革命大学随丁玲领导的西北战地服务团撤至西安。1938年元旦后再随丁玲、聂绀弩等一起，来到延安，住在陕甘宁边区交际处所属第一招待所里。是上前线，还是留在延安工作，李又然心里矛盾着，拿不定主意。于是，致信毛泽东，要求谈一次话。很快他就得到一封亲笔回信，内容很简单："可以一谈"，时间要和其秘书李六如联系。李又然知道毛泽东工作很忙，见面前三个晚上都没有睡好觉，竭力压缩见面时的谈话内容，最后只剩下十来句话。

---

① ［美］埃德加·斯诺：《西行漫记》，第233页，北京：生活·读书·新知三联书店，1979年12月版。

② 毛泽东：《一九四五年的任务》（1944年12月），《毛泽东文集》第3卷，第243页，北京：人民出版社，1996年8月版。

待到实际见面时，李又然刚坐下，有位秘书进来说："洛甫同志打电话来，请你去开会。"他正要走，毛泽东却亲切地、缓缓地说："和同志谈话，不去了！"①

李又然感动万分，不知不觉地讲了足足两个小时，而毛泽东始终全神贯注地倾听着。

大约同在1938年初来到延安的北平师范大学学生杨黎原，住在边区政府交际处招待所，通过交际处工作人员转递一张纸条，希望得到毛泽东的题词。很快就得到满足，交际处转来了毛泽东的亲笔题词："打日本，救中国。"②

据当年负责边区政府交际处接待工作的金城回忆，毛泽东曾经交代交际处工作人员："今后来延安的客人，凡要求见我的，你尽可以答应他们，并把他们的要求及时告诉我。我工作虽多，但是统一战线工作就是我的重要任务之一，只要需要，我一定会抽出时间来。"③ 他是这么叮嘱着，也是这么做的。

1938年11月，党的六届六中全会刚刚开过，毛泽东来到中国人民抗日军政大学（简称"抗大"）做形势报告，传达六中全会精神。会场就设在延安老城北门外的露天广场上。大家听得津津有味，非常入神，不觉已是黄昏。毛泽东停顿下来，看看天色，打算明天再讲，"今天就讲到这里……"学员们不愿意，齐声高呼："再讲一段！"毛泽东微笑着，就又讲了一段。④ 大家听得很过瘾，感觉很满意。

1939年7月1日，鲁艺音乐系教员向隅、唐荣枚夫妇喜得贵子，他们想请毛泽东为孩子取个名字。正在犹豫中，孩子的舅舅柯蓝，当时是鲁艺文学系的学员，自告奋勇地从练习本上撕下一页纸，提笔就给毛泽东写了一封代言信："我们的小孩——一个男孩——是七月一日生下来的，因为他

---

① 李又然：《毛泽东》，见程远主编《延安作家》，第93页，西安：陕西人民教育出版社，1992年8月版。

② 杨黎原：《孤帆破浪到延安》，见杜立主编《延安精神代代相传》第2集，第28页，天津：天津市延安精神研究会，1997年8月编印。

③ 金城：《延安交际处回忆录》，第11~12页，北京：中国青年出版社，1986年10月版。

④ 林远：《回忆我在延安抗大的学习和生活》，见杜立主编《延安精神代代相传》第2集，第32页。

刚巧在伟大的日子里进入了这伟大的时代，我们都希望得到你的光荣，给他取一个名字……”两周后，他们收到毛泽东的回信。打开一看，是在原信上加了批语：“取名延生如何？如以为不妥，请你们自己拟出两三个，我替你们选择一个。因忙迟复，是以为歉！此复向、唐二同志并庆祝你们的小孩。”① 落款，日期。去信一口学生腔，回信是同志、朋友、兄长般的温良体贴和关爱。

同年12月底，中央印刷厂举行年终总结联欢晚会，毛泽东应邀参加。热闹的气氛中，工友们用热情的掌声欢迎毛泽东同志表演一个节目。难得一见的机会出现了，毛泽东从座位上站起来，清唱一首陕北民歌助兴：“陕北好地方呀，小米加步枪，毛驴驮姑娘呀……”② 整风运动前，毛泽东在延安，只要有空闲时间，他喜欢参加各种文艺晚会，也经常被同志们起哄要求表演文艺节目。他似乎不善此道，但是态度随和，通常都是歉意地笑笑，偶尔会央求大家一起唱《国际歌》，很少单独演唱节目。大家在内心里充满着敬意，一切都是可以接受的。

大约近半个世纪过后，陕北老乡中依然保存着称呼毛泽东为“老毛”的习惯。他们传说着老毛在延安时，每到傍晚，经常只带一个警卫员，在延河边上溜达，或做沉思状，或操着湖南腔和当地老百姓聊聊天。所以老乡们说，当时见老毛并不难。

老毛有辆吉普车，据说是美国人送的。延安修了飞机场，就在老城东关外边，除了起降飞机，还经常用作群众集会的场地。老毛讲完了话，要坐吉普回枣园，中央机关的那些大姐们，就纷纷把自己的孩子抱到车上，让老毛给捎回去，省得自己累赘。老毛也惹不起这帮大姐们，就带着一车的孩子，在延安城里“招摇过市”③。

记述此事的作者是20世纪70年代初下放陕北的知识青年，他不止一次听人说过，应当具有一定的事实依据。只是民间传说在事件的时间、器物

---

① 向延生接受中央新闻纪录电影制片厂《我们在延安》摄制组采访记录，2011年4月6日，北京宣武门外。

又见刘益涛《十年纪事——1937～1947年毛泽东在延安》，第108页，北京：中共党史出版社，2007年4月版。

② 张彦平编：《延安中央印刷厂编年纪事》，第55页，西安：陕西人民出版社，1988年9月版。

③ 陈幼民：《陕北的革命传说》，《博览群书》（京），2008年第1期。

来源等具体细节上或有错位移植现象。但可以因之遥想此情此景，车鸣娃叫，其乐融融，确乎是其他场合所难得见到的领袖与群众亲密无间的美好画面。

不仅毛泽东如此，在延安的其他党政军领导也都是这样，大家同甘共苦，亲如一家。

1939 年秋天的一个夜晚，蓝家坪山下延河边的马列学院操场上，放映电影《列宁在十月》。这是俄语原版电影拷贝，很多人都听不懂。这时，人群里忽然有人站起来，悄悄地对身边同伴耳语，然后领头呐喊："请恩来同志给我们翻译！"

周围顿时应和："请恩来同志给我们翻译！"

人群中很快站起了周恩来的身影，谦虚地说："同志们，我解说得不好……"

大家报以一阵热烈的掌声。于是，随着银幕上十月革命的进程，周恩来用简洁的语言、清晰的声音，为大家做整场电影的同声翻译。①

当时在杨家岭中直机关工作的年轻人，经常拦住来往的中央领导同志，要求他们讲故事。有一次，中央妇女工作委员会的女同志看到八路军总司令朱德，拦住他："老总，你给我们讲讲野鸭子怎么打的？"

他笑着说："那个吧，我得检讨唉。"

然后，朱德如实讲述了这样一个故事。有一天傍晚，他在山西前线驻地附近，看到野鸭子飞到湖里去了，一枪打过去，看见打中了，他就跑去捡。刚刚跑到湖边上，一个农民抓住他说："走，到总司令那里去，你把我的鸭子打死了。"

原来朱总司令看走了眼，野鸭子没打中，却把老乡家放养的鸭子打死了。所以朱德只好检讨："对不起，我就是朱德。我赔钱！"②

在集体生活中，任何人对延安革命队伍里的任何问题有意见，都可以通过写墙报公开的方式，或单独致信的方式提出来，或当面直接提出来，

---

① 殷白：《延安三题》，见程远主编《延安作家》，第 381 ~ 382 页，西安：陕西人民教育出版社，1992 年 8 月版。

② 周叔康口述、张金晶整理：《终身难忘的岁月》，见《浦江之畔忆延安》，第 301 页，上海：上海教育出版社，2009 年 9 月版。

而接受意见者都会立即给予答复。答复的结果不一定能保证提意见者绝对满意，但至少表明接受意见的态度是积极诚恳的。

“每个人都会有缺点，别人指出来，这是好事，如果没有人给我提意见了，那就说明我脱离群众了。”这是张闻天在延安经常说的一句话。有一次，他所在的党小组开会讨论一位饲养员入党的问题。有位上过大学的同志提出发展对象文化程度低，对党认识不够，希望他加紧学习云云。张闻天插言揶揄道：“你要人家像你那样，有那么多马列主义？”① 发言的同志当场批评张闻天不该打断他的发言。张闻天马上表示接受批评，并在会议总结时致歉。

1941 年，曾在抗大三分校学习毕业后留校当助教的何方，就给贺龙写信，反映同在抗大一个连队学习的学员，抗大每年每人只发一套衬衣，而八路军第一二〇师调来的人，却再给他们单独发一套。“这不但本身是山头主义，而且还在助长和培养山头主义。”时任八路军第一二〇师师长的贺龙接信后，专门派人到抗大，找到何方，向他做出解释。“虽然没能说服我，但表明人家还是把我的意见当作了一回事。”②

敢于提意见，特别是提出批评意见，是出于对革命事业的自信和革命队伍的信任。有了这种自信和信任，才会有开放的胸怀、自由宽松的环境、积极进取的精神。

1942 年 5 月，延安文艺座谈会上，毛泽东在 5 月 2 日第一次会上发表讲话（即后来整理成文的《序言》部分），引起与会代表或赞成，或附和，或反对的不同声音，及在 5 月 16 日第二次会和 23 日第三次会上的激烈争论。毛泽东全程参加会议，认真听取代表们发言，包括批评和反对意见，到第三次会议下半场才一一作答，并且称这次讲话是代表们出题目，让他来交答卷。

参加座谈会的胡绩伟，将毛泽东讲话精神传达到边区群众报社，大家讨论时有赞成，有反对。“边区群众报的同志，对于他所说的‘知识分子不

---

① 邱是：《虚怀纳言，闻过则喜》，见人民军队报社编《最忆是延安——延安精神百人谈》，第 104 页，西安：陕西人民出版社，1992 年 9 月版。

② 何方著、邢小群录音整理：《从延安一路走来的反思——何方自述》上册，第 81 ~ 82 页，香港：明报出版社，2007 年 9 月初版。

干净’、‘工人农民不脏’的比喻就有议论。我们笑他实际上并没有长期生活在农村，在农村时也不是真正同农民一起同吃同住同劳动。……我们感情上愿意同农民打成一片，但是，也不能否定农民不讲卫生以及生活上比较脏的事实。”对此，胡绩伟回忆，当时“不仅有人议论他的决策用人，也议论他的婚姻恋爱和私生活，就是对这篇光辉的文艺座谈会讲话，也有议论，有批评”。① 这是延安曾经自由开放的一种标志，也是毛泽东作为人们公认的领袖，但不是皇帝，也不是神灵，所应当具有的可敬可亲可爱的精神品质。

对别人的宽容，本质上是出自于对自己的自信。

延安文艺座谈会前，毛泽东为了征询文艺界意见，先后拜访或约见很多文艺家谈话。时任青年艺术剧院院长的塞克，才大气粗，性格刚直，接到毛泽东约请通知后，竟然提出条件：“有拿枪的站岗我不去！”

在其他同志的劝导下，塞克还是应约去了。走到杨家岭，他发现沿路岗哨全撤了，很远就看见毛泽东已经站在窑洞外等候了。那天他们谈了四五个小时，毛泽东还留他一起共进午餐。② 后来，他感到惭愧，不该那么怪异嚣张。

这些言论行为，可以显示出个人魅力。但是，如果将早期延安生活中领导与群众打成一片的平等友爱关系和自由开放情怀，仅仅归结为个人因素，那是把问题简单化、庸俗化处理了。这是一个即将到来的大时代的自信，是一代中国共产党人对自己所从事的伟大事业的自信。

人民，现实凡人，理想皈依

人民是中国革命事业的出发点，也是革命同志精神生命的归宿点。

在马克思主义理论学说中，人民是一个属于历史、政治范畴的集合概念，其主体是指从事物质资料生产、推动历史向前发展的广大劳动群众。

---

① 胡绩伟：《胡绩伟自述》第1卷，第269页，香港：卓越文化出版社，2006年9月版。

② 塞克：《我这个人》，见黎舟、王昭编《吼狮——塞克文集》，第569～670页，北京：文化艺术出版社，1993年9月版。

中国抗日战争时期，一切抗日的阶级、阶层和社会集团都属于人民。在延安革命队伍里，人民既是活生生的社会民众，又是抽象的精神家园；既是形而下的，又是形而上的，具有宽泛的延展性和包容性特征。

陕北寒冷，漫长的冬季里，窑洞需要烤火。伐木烧炭，是革命队伍早在夏季就必须未雨绸缪的一项艰苦劳动。

1944 年 9 月 5 日，中共中央机关和中央警备团抽调部分人员组成的烧炭队，正在安塞山区的石峡峪突击挖炭窑，准备烧炭。秋日晴朗，大家干得热火朝天。据张思德当时的同班战友狄福才晚年回忆："窑越挖越深了，但里面一直不能直起腰来。张思德钻在里面，猫着腰，累得满头大汗。留在外面清土的小白一再要求他出来休息一会儿，他都不答应，直到里面能容纳下两个人，张思德才同意小白下去。快到中午时分，炭窑将要挖成的时候，突然，窑顶上'啪啪'掉下几片碎土。张思德发现情况不好，大喊一声'快出去，有危险!'，没等小白领悟过来，他一把将小白推到窑口。就在这时，只听'轰隆'一声，由于山坡土质松散，两米多厚的窑顶塌了下来。小白的生命得救了，而张思德却被埋在了里面。"①

张思德，1916 年生，四川仪陇人，1933 年参加红军，经历长征，负过伤，1937 年加入共产党。1943 年 3 月，中央警备团组建 25 人的直属警卫队，具体负责毛泽东的警卫工作，又称"毛主席卫队"。张思德是从原中央警备团所属手枪连选调进入"毛主席卫队"的。1944 年 8 月，中央办公厅为迎接中共七大召开，为会议代表和从各地来延安参加整风运动的领导干部，以及中央领导，准备防寒烤火用炭，决定组成烧炭队，到安塞山区伐木烧炭。中央警备团直属警卫队抽调张思德、白苍、王玉森等三人参加烧炭队，孰料，张思德却因此牺牲了。

考虑到张思德是"毛主席卫队"成员，时任警卫队队长的古远兴就直接把张思德牺牲的情况向毛泽东汇报了。毛泽东很动情地从座位上站起来，沉默良久道：

"前方打仗死人是没有办法的，后方生产劳动死人是不应该的!"

---

① 曾加顺：《"为人民服务"光照千秋——追忆毛主席得知张思德牺牲后》，《炎黄春秋》（京），1995 年第 3 期。

然后，他点燃一支烟，深深地吸着，透过窑洞的窗棂，面向安塞方向，问这事有没有向上级报告。回答还没有，他有些不悦，要求必须向上级汇报，召开追悼会。

当初，中央办公厅打算将张思德就地掩埋，炭窑塌陷后没有把他挖出来。毛泽东得知后，非常生气，他双手背在身后，对古远兴说："要很快挖出来。要放哨看好，山中狼多，不要被狼吃了。要是被狼吃了，你队长就当不成了！"

这样，完全是按照毛泽东的要求："（一）给张思德身上洗干净，换上新衣服；（二）搞口好棺材；（三）要开追悼会，我去讲话。"①

当时，直接领导"毛主席卫队"的中央警备团团长吴烈、中央社会部副部长李克农得到指示后，立即都一一照办了。

1944 年 9 月 8 日下午 3 时许，在延安枣园西门外场地上，中直机关和中央警备团共 1000 多人参加张思德追悼会。会场土台上搭起了棚布，台前张挂着"追悼张思德同志大会"的横幅，周围放满了花圈和战士们从山上采集的野花。一面鲜红的党旗下，是张思德的遗像，旁边有毛泽东题写的挽联"向为人民利益而牺牲的张思德同志致敬"。追悼会由吴烈主持，中央警备团政治处主任张廷祯致悼词，毛泽东发表讲话，从民族解放、革命事业的高度给予张思德的牺牲以最高的肯定，"张思德同志是为人民利益而死的，他的死是比泰山还要重的"。同时，他强调：

> 我们都是来自五湖四海，为了一个共同的革命目标，走到一起来了。……中国人民正在受难，我们有责任解救他们，我们要努力奋斗。要奋斗就会有牺牲，死人的事是经常发生的。但是我们想到人民的利益，想到大多数人民的痛苦，我们为人民而死，就是死得其所。不过，我们应当尽量减少那些不必要的牺牲。我们的干部要关心每一个战士，一切革命队伍里的人都要互相关心，互相爱护，互相帮助。

万一遇到牺牲，要郑重对待每个革命同志的生命，善始慎终。

---

① 曾加顺：《"为人民服务"光照千秋——追忆毛主席得知张思德牺牲后》，《炎黄春秋》（京），1995 年第 3 期。

今后我们的队伍里，不管死了谁，不管是炊事员，是战士，只要他是做过一些有益的工作的，我们都要给他送葬，开追悼会。这要成为一个制度。这个方法也要介绍到老百姓那里去。村上的人死了，开个追悼会。用这样的方法，寄托我们的哀思，使整个人民团结起来。①

这是战争环境下，延安革命队伍里以人为本的中国革命生死观。

毛泽东讲话没有稿子，事后李克农让参加会议的罗青长和许立群整理这个讲话，刊登在中央警备团的《战卫报》上。9月21日延安《解放日报》以《警备团追悼战士张思德同志，毛主席亲致哀悼》为题，报道追悼会情况，并转载经毛泽东审阅过的讲话内容。随后，这篇题为《为人民服务》的讲演，被各根据地的报纸先后转载，广为传诵。

为普通一兵召开追悼会，充分显示了延安革命队伍对于每个同志的生命关怀和敬重。从个人的有限生命，到人民的无限事业，延安革命队伍里的每个同志都可以找到生命的价值和人生的归宿。

一个能够给予生命体面和尊严的社会，是注定温暖的，可以感染人，感动人，感化改造人的。

1939年春，中央为加强妇女工作，决定成立中国女子大学。经过紧张的筹备，7月20日正式开学。女大校址选在杨家岭与王家坪之间的一座山坡上。半山腰里新挖出一排窑洞，“既是我们学习的教室，又是宿舍。窑洞前面的露天平台是我们的课堂，并拢的膝盖是课桌，山脚下延河宽阔的沙滩是操场”。在此学习生活一年半的罗军回忆：“我们住的是窑洞，冬暖夏凉。每个窑洞挤住10个人左右，共睡一个木板统铺，共用一盏小油灯，共用一盆木炭取暖。有时在火盆上煮上一缸红枣，枣香飘满窑，每人分食几个，香甜无比。”②

中国女子大学有一位绰号“小英子”的姑娘，来延安之前曾经染上小偷小摸的不良习惯。住进女大窑洞宿舍，看到一位同学的毛衣挺好看，又

---

① 毛泽东：《为人民服务》（1944年9月），《毛泽东选集》第3卷，第1005页，北京：人民出版社，1991年6月第2版。

② 罗军口述、李青等整理：《“女大”激情岁月，锤炼壮志青春》，见《浦江之畔忆延安》，第230、232页，上海：上海教育出版社，2009年9月版。

犯了老毛病，她偷偷地给藏了起来。事发之后，大家耐心地帮助她，说过去养成的偷摸习惯是旧社会饥寒交迫逼出来的，到了延安革命队伍里，大家都是亲姐妹，怎么能偷自己的亲人呢？其实这些道理，小英子都懂，经这么一说，她更觉得无地自容。她坐在炕头，始终低着头，哭得像个泪人似的，冷不防纵身一跳，直奔厨房间。大家都愣住了，不好，她要自杀！同学们纷纷赶出窑洞，拼命地追她，喊她。没等追赶上，小英子已经跑进厨房，抄起菜刀，“咣”的一声，自己剁掉一根手指，以此表示痛恨和决心。后来，她转战大江南北，屡立战功，成为一名优秀的革命者。

1938 年 2 月，革命先烈孙炳文遗孀任锐（任纬坤）经朱德介绍到延安，和女儿孙维世先后同在抗大和马列主义学院学习，被称为“妈妈同志”。“妈妈同志”这一称呼在延安广为流传，连毛泽东在给她的信中也以“妈妈同志”相称。1939 年 9 月，经组织安排，任锐离开延安到重庆工作。1941 年秋重返延安，任陕甘宁边区政府监印。监印，实际上就是公章管理员，属于边区政府办公室一个很平凡的岗位。任锐在这个平凡的岗位上，做出了极其不平凡的工作。她一丝不苟，严格认真地对待自己经手的每一项工作，对于需要动用政府公章的每一件文案，务必核查证实，确保万无一失，才郑重地捧出象征人民政府权威和代表人民政府诚信的公章，深深地烙印之。“我认为监印的责任，除了保管好印鉴外，最重要的是负责审查这件公文该不该用印鉴，用什么印鉴才对。……监印就是监督印鉴的使用。做监印工作的人，不看文稿，见公文就盖，那叫不负责任，我可不能做不负责任的事情！”① 年近半百的这位革命老人，身材不高，面貌慈祥和善，说话和声细语，该办的事立即就办，不能办的事坚决不办。她用自己的一言一行诠释了中国革命取得政权，在权力运行的每个细节上都必须主持社会公平正义，从而赢得每个人的信任和支持，包括那些暂时没有达到个人意愿，但愿意接受解释表示理解和认同者。

供给制生活中，任锐参加革命早，资格老，享受小灶待遇。但她主动把面粉、大米等比较稀缺的物资拿出来，接济更需要营养的其他人。她坚信自己在延安革命队伍里，“是干革命，不是要做官”。1945 年秋天，任锐

① 赵如彬主编：《名人延安轶事》，第 71 ~ 72 页，北京：当代世界出版社，1999 年 7 月版。

的小儿子孙名世从前线归来看望失散多年的母亲和姐姐。当时组织上打算把孙名世留在延安照顾任锐的生活，但任锐坚决拒绝，要求儿子重返抗日前线，并赋诗言志："送儿上前线，气壮情正怆。五龄父罹难，家贫缺衣粮。十四入行伍，母心常凄伤。烽火遍华夏，音信两渺茫。昔别儿尚幼，犹着童子装。今日儿归来，长成父模样。相见泪沾裳，往事安能忘？父志儿能继，辞母上前方。"① 儿子不辜负母亲的意愿，毅然再赴战场，不幸牺牲在解放战争前线。1949 年 4 月 11 日，任锐在天津病逝，周恩来郑重题写碑名："任锐同志之墓。周恩来敬题。"

无论是革命斗争，还是局部执政，弃私利，为公益，舍小我，取大我，坚持社会公平正义，就可以在为公益大我中获得人生体面和尊严。天下为公，公器自重。延安革命队伍里的每个同志，在日常生活的每个细节上秉持公道心，主持公道事，就赋予了工作的分量和重量。这样的工作是美丽的，这样的事业是崇高的，这样的人生是令人崇敬的。

三

特殊的组织需要特殊的纪律

一人为私，二人为公，三人为众。当一个公众集体组织成立后，就产生了超越于个体之上，并对每个个体提出约束性要求的纪律和规范。没有纪律，没有规范，就没有组织生命，也没有集体荣誉。为了维护革命组织内部的公平正义，为了形成革命队伍的生命力和战斗力，延安革命队伍执

① 参见任均《我这九十年》，第 93 页，北京：华文出版社，2010 年 9 月版。

行严格的组织纪律；在局部执政环境下，制定并颁布、实施一系列法律法规，坚持法律面前人人平等，推进边区社会的文明进程。

纪律，是集体对个人说“不”

在延安革命队伍里生活或到访过的人，都对革命集体的组织纪律性印象深刻，特别是《三大纪律，八项注意》，通俗明了，严肃认真，被视为革命队伍铁的纪律象征。

1937 年 4 月初，赵荣声等 10 位来自北平燕京大学的青年学生，以“北平学生旅行团”的名义访问延安革命队伍。他们惊奇地发现，“红军的纪律不是一种死板板装面子的规条，也不是几个立法专家照西洋法典抄下来的。它是一种不成文法，据说是十年来红军在战争中自己订定的”。这里没有一点形式主义，而是不折不扣地被执行着。“在红军中间，犯错误的人在全体大会上受大家公共的批判。小兵和伙夫可以批判师长或司令，一点也不客气。”红军的纪律不复杂，只有“三大纪律”是对自己的原则，“八项注意”是对别人的原则。

> 三大纪律是：
>
> （一）服从命令
>
> 在战争的时期，下级要绝对的服从上级的指挥。战争之胜负，指挥统一不统一的关系十分重要。为了全盘的得失，“服从命令”是军队中唯一的要事。假若命令发错了，被指挥的人在战后可以提出来批判命令者，但在战争中，纵然被指挥者觉得这命令不对，也得要执行。
>
> （二）不要工农一丝一毫
>
> 红军本来都是工农出身，为了本身的利益而作战，为了民族而作战，自然要十分廉洁。对于工农的利益，更要保护，不能乱取他们一丝一毫。
>
> （三）打土豪归公
>
> 以前红军驻在江西等地的时候，对土豪劣绅的财产，加以没收。去执行没收的人，不得将没收的资财物件据为私有，必定全

部归公。现在红军已经停止了他们以往的土地政策，以后去没收日本人的东西时，也是全部归公，执行者不许私取一点。

三大纪律是绝对不可犯的纪律。另外还有八项注意，那是：

（一）上门板

红军借店铺的门板当床睡，次日早晨，一定上回原处，不能置之不问而去。

（二）捆稻草

冬日寒冷，红军没有被盖，借乡民的稻草做成一个窝睡觉。睡过之后，也要收拾干净，将禾草捆置原处，免得老百姓麻烦。

（三）上厕所

红军行军，一行数千人。假使数千人随便在某一地方方便，纵不“满地黄金”，也要弄得很不清洁。大家若都上厕所，则为农民堆积许多肥料，一定会使他们得到不少的好处。

（四）买卖公平

红军不抢东西，不勉强买卖东西。但是交易的时候也可以还价，不一定要做不还价的傻子，公平的原则要维持的。

（五）说话和气

红军不是光杆子的军队，处处要依靠民众的力量来维持；同时，红军随时要发动民众，组织民众。说话和气，待人接物要有礼貌，这当然是不可免的事情。

（六）借东西要还

（七）损坏民众东西要赔

（八）不搜富农腰包

以往不搜富农腰包，现在不没收日本俘虏的私有品。①

从文本形态上看，很显然这是作者采访时，将“三大纪律”和“八项注意”原文内容照本抄录，然后再逐条记录采访红军高级将领对此所做的分析和解释。

此前，埃德加·斯诺在陕北保安等地采访时，也注意到红军纪律严明，

① 任天马（赵荣声）：《活跃的肤施》，第83～86页，汉口：上海杂志公司，1938年1月版。

其主要纪律规范就是“三大纪律，八项注意”。

这些纪律规范，内容具体务实，通俗易懂，简明扼要，便于执行。它源自生活，是长期革命斗争实践经验的积累。它所规范的看似生活细节小事，着眼的却是军民关系，屯兵于民、藏兵于民的根本大事，体现的是立军爱民的宗旨精神。

早在 1927 年 9 月秋收起义后，毛泽东率领工农红军第一师转向井冈山地区，经过“三湾改编”，建立连队党代表制和部队内部民主制，奠定了建设新型人民军队的基础。10 月 3 日，在离开三湾准备向宁冈古城进发时，毛泽东在枫树坪向干部战士第一次宣布行军纪律：“说话要和气，买卖要公平，不拿群众一个红薯。”① 近代中国兵匪连年，百姓不堪其苦。旧军队匪帮倚仗着武装强势，往往对手无寸铁的百姓凶神恶煞。毛泽东率领的红军是人民的军队，来自人民，服务人民，为了人民，所以对群众百姓说话要和气，首先在思想上要端正立场，在态度上要端正位置，放下大兵的身价，甘为人民的子弟。民以食为天，兵也是以食为天的。行军途中，一日三餐所费物资都必须公平买卖，只能有利于民，不能有害于民。正值秋收时节，南方山区最普遍的庄稼是红薯，扒开土地，唾手可得，生的熟的都能吃。因此，特别叮嘱不拿群众一个红薯。

对于普通士兵来说，可能受文化程度限制，不一定马上就可以接受许多的革命道理，但要的是纪律操守，以规范言行，什么能做，什么不能做，交代明白，执行无误。

经过 20 余天的行军，在部队即将上井冈山建立革命根据地之际，毛泽东再次宣布工农红军必须执行三项纪律：“（一）行动听指挥；（二）不拿群众一个红薯；（三）打土豪要归公。”②这是“三大纪律”的雏形。

在井冈山艰苦的军事斗争环境下，毛泽东亲自率领工农红军与国民党军队和地方军阀武装周旋战斗，能否取得群众的拥护和支持，是军队生存之根本，也是战斗胜败之基础。1928 年 4 月初，毛泽东率军离开井冈山向湘南地区进发，准备接应朱德、陈毅领导的湘南起义部队，途中在湖南桂

①② 中共中央文献研究室编：《毛泽东年谱（1893～1949）》上卷，第 222、225 页，北京：人民出版社、中央文献出版社，1993 年 12 月版。

东县沙田集合部队，进行纪律教育，宣布工农红军必须遵守“三大纪律，六项注意”：

三大纪律是：第一，行动听指挥；第二，不拿工人农民一点东西；第三，打土豪要归公。

六项注意是：（一）上门板；（二）捆铺草；（三）说话和气；（四）买卖公平；（五）借东西要还；（六）损坏东西要赔。①

同年8月，在回师井冈山途中，有一支红军队伍因为饥饿至极，把路边一块地里的农民的苞米掰下吃光了。毛泽东获悉后，命令部队就地休息，召集指战员商议如何处置。最后，毛泽东亲自在一块竹牌子上留言：“因为我军肚子饿了，为了充饥，把你的苞米吃光了，违犯了纪律。现在把两元钱（光洋）埋在土里，请收下。”②这种不放过任何一个小错误，不贪图任何小利益，对自身行为一丝不苟的精神，是保证纪律严格执行的模范样本。

据萧克回忆，朱毛红军会师后，一直执行这“三大纪律，六项注意”。大约到1929年夏季，根据新的情况，又增加了两项内容——“洗澡避女人”，“不搜俘虏腰包”，成为“三大纪律，八项注意”。③

从井冈山到陕北，红军革命队伍多次重申必须坚决执行“三大纪律，八项注意”。随着所处环境的变化，其个别内容有调整，但始终作为铁的纪律贯彻执行。从而确保了红军历经血与火的考验，纵横千万里，旗帜不变，宗旨不变，斗志更坚定，意志更坚强。

值得关注的是，红军长征之前，在鄂豫皖革命根据地领导红军进行战斗的过程中，红军将领也总结并执行十条军事纪律：“（1）不拿穷人一针一线；（2）不拿穷人粮食；（3）对穷人态度要和蔼；（4）爱护枪不要弄坏；（5）节省子弹勿乱打；（6）对群众要宣传红军主张；（7）火线上要对白军宣传；（8）占城市注意收集机器医药；（9）得物资要先顾伤员同志；（10）到地方要研究地形道路。”④ 在交通通讯条件极其困难的环境下，一面旗帜

①② 中共中央文献研究室编：《毛泽东年谱（1893～1949）》上卷，第238、252～253页，北京：人民出版社、中央文献出版社，1993年12月版。

③ 萧克：《朱毛红军侧记》，第11页，北京：中共中央党校出版社，1993年1月版。

④ 徐向前：《历史的回顾》，第60页，北京：解放军出版社，1988年10月版。

下的两支队伍、两个根据地，都表现出对于军事纪律的高度重视，都制定并执行大体相同的纪律内容，充分显示了共产党领导的革命队伍宗旨相同、精神相通，执行使命的步调是统一的、意志是一致的。

毛泽东在井冈山斗争中总结出的“三大纪律，八项注意”，更简洁、通俗、直白，也就更易于被接受、被贯彻、被执行。追本溯源，毛泽东可能是受到被其尊崇为“独服曾文正”的曾国藩在创建训练湘军时的观念影响。① 曾国藩起兵以复兴王道正统自居，倡导爱民正义。“爱民为治兵第一要义，须日日三令五申，视为性命根本之事，毋视为要结粉饰之文。”② 他总结用兵之道，“故兵法千言万语，一言以蔽之，曰爱民”。为了训练出一支爱民仁义之师，曾国藩亲自撰写了《爱民歌》：

> 三军个个仔细听，行军先要爱百姓。贼匪害了百姓们，全靠官兵来救人。
>
> 百姓被贼吃了苦，全靠官兵来作主。第一扎营不要懒，莫走人家取门板。
>
> 莫拆民房搬砖石，莫踹禾苗坏田产，莫打民间鸭和鸡，莫借民间锅和碗。
>
> 莫派民夫来挖壕，莫到民家去打馆。筑墙莫拦街前路，砍柴莫砍坟上树。
>
> 挑水莫挑有鱼塘，凡事都要让一步。第二行路要端详，夜夜总要支帐房……
>
> 第三号令要严明，兵勇不许乱出营……爱民之军处处喜，扰民之军处处嫌。
>
> 我的军士跟我早，多年在外名声好。如今百姓更穷苦，愿我军士听教训。
>
> 军士与民如一家，千记不可欺负他。日日熟唱爱民歌，天和

① 毛泽东致黎锦熙信（1917 年 8 月 23 日）中说：“愚于近人，独服曾文正，观其收拾洪杨一役，完满无缺。”《毛泽东早期文稿》，第 85 页，长沙：湖南出版社，1990 年 7 月版。

② 曾国藩：《曾国藩全书 · 治兵》，第 132 页，北京：线装书局，2002 年 11 月版。

地和又人和。①

这种通俗易懂的语言和语调，便于士兵传诵与执行。把纪律条文当歌来唱，枪不离手，曲不离口，传之习之，协调步伐，监督言行，从而洁身自好，减少违规犯罪。

1934年9月，中央红军长征前夕，程子华奉命离开江西瑞金，前往鄂豫皖革命根据地传达中央指示。在红二十五军，他与刘华清、郑位三、程坦等一起经常商谈中央红军发展情况，尤其是作为军事纪律的《三大纪律，八项注意》。程坦就琢磨着，如何把它变成歌曲，让指战员们天天唱着，就不会忘记。红军长征到达陕北，红二十五军与中央红军会合，得到更完整的《三大纪律，八项注意》内容，更激起程坦的创作欲望。他经过多次尝试，终于按照鄂豫皖革命根据地曾经流行的《土地革命歌》的曲调，重新编配上《三大纪律，八项注意》歌词，送给军团政治部主任郭述申审定，觉得很好，就刊登在军团政治部编印的《红旗报》上，孰料很快就传唱开了。②

《土地革命歌》的曲调，最初源自普鲁士军歌《德皇威廉练兵曲》，晚清时期被引进中国，首先由张之洞在编练新军时转译过来，填写新词《大帅练兵歌》；其次，又被改称为《北洋军军歌》；辛亥革命首义后，国民革命军沿袭该军歌，更新为《国民革命军军歌》，歌词翻新，歌曲相同。经过《土地革命歌》曲调转换，《三大纪律，八项注意》实际上仍然沿用了从普鲁士军歌，到北洋军阀和国民革命军军歌的一脉军歌传统。但是，在近现代中国几乎所有的军队纪律面前，只有共产党领导的红军和稍后改编的八路军、新四军，能够真正执行“三大纪律，八项注意”，体现出人民军队的宗旨精神，从而赢得人民群众的高度信任和文化认同。

有高度信任才有积极支持，有文化认同才有手足情谊。只有在这个意义上，才能理解兵民是胜利之本。

---

① 曾国藩：《爱民歌》（1858年），见《曾国藩诗文精选》，第100~101页，长沙：湖南人民出版社，2006年7月版。

② 参见叶心瑜《红军长征轶事》，第110、112页，北京：人民出版社，2006年10月版。

犯罪，任何人都要为自己的不轨行为埋单

特殊时期，一个典型案件的妥善处理，所产生的社会影响具有无比的说服力和感召力。

1937 年 10 月，抗大三期六大队队长黄克功，因恋爱不成，枪杀陕北公学女学生刘茜案件，公开审理，判处黄克功死刑，立即执行，轰动延安。一位曾经长征的红军干部，一位爱国女青年，他们的生命是平等的。这场悲剧不该发生，但是，当悲剧已经发生，就不得不以一场悲剧去平复另一场悲剧，借以坚决维护社会公正。

刘茜，原名董秋月，山西定襄人，原在太原友仁中学读书，卢沟桥事变后奔赴延安，为抗日军政大学第十五队学员。担任该队队长的黄克功，26 岁，江西南康人，少年时加入红军，参加过井冈山的斗争和长征，曾在团部工作。1937 年 9 月，陕北公学成立，抗大十五队学员全体转归陕北公学，但黄克功仍留抗大调任第六队队长。在抗大的短暂时间内他们之间的关系超出一般。从至今还能查到的一封刘茜致黄克功的信，可见刘茜 16 岁的理想天真和黄克功的桃李之赠。

> 我希望我的爱人变成精神上的爱我者。
>
> 我希望你站在朋友或爱人底地位来指导你的小妹妹，能吧!?——告你，一个人，不！就直接说我，爱情不是建立在物质上的，而是意志、认识的相同，你不应把物质来供我，这是我拒绝你送我钱和用品的原因，希望你不要那般的来了，你无形中做了侮辱朋友的行为，不管你是如何的用心。
>
> 就是夫妻在合理的社会制度中，互相的经济也是各不依靠，而是帮助，你认清点!!
>
> 我们都有恋爱的自由，谁都不能干涉对方交友！你或者在惊奇吧！朋友！这话是从正确的理论书上得来的。
>
> 这钱吗？假如你爱我，就不应给我，请你给前方战士用好了！

我们还是讲讲广义的爱吧！整个国家的生死存亡摆在眼前，四万万多的同胞正需要我们的爱哩！你说是吗？你爱我吗？而你更应爱大众！——这是我的点许希望。①

可能就在收到此信后，10 月 5 日傍晚，黄克功带着勃朗宁手枪，来到陕北公学邀刘茜到延河边散步。暮色苍茫中，枪声响处，刘茜毙命。事发后，黄克功回到抗大，取水洗足，解下外衣及鞋子浸洗，再去校部汇报，回来后又将手枪擦拭，并在刘茜过去给他的信上更改加填10 月 4 日的日期。

刘茜死亡验伤单记载：

左耳后有枪伤一处，弹穿脑门；左肋背后有枪伤一处，弹未出。右膝盖及下腿有伤痕，呈暗黑色，稍带紫，皮未破。左脚腕上有伤一处，暗紫色。左手指有伤一处，皮未破，暗紫色。②

审讯过程中，黄克功自己供认：

与刘氏相识于抗大，在抗大不多日之短期过程中，余观刘氏天真活泼，幼年颇有智慧，因此乃与刘结成朋友之交，相互通信，未数日，即发生爱的关系（当时至今约五星期半）。在最初的两三星期，二者情深至极，继则与刘氏口头订婚。刘则满口允诺，谓学习半期或一期后，实现正式登记。此一事件，外界人士大都皆知，尤其与我同事诸人更为详细。孰料刘氏狼心毒恶，玩弄革命军人，随处滥找爱者，故意破坏订婚之口头协约，损功（黄克功自称，引者注）名誉。功闻讯后，即采取通信方法予以说服教育，孰料刘氏固执不变，反而将我所给予之信件交诸友人宣扬，更进一步破坏余之威名，此乃刘氏深切给余痛苦一也。其次，刘氏给余之痛苦，乃为余已去信数次，未复一函，竟然拒绝。最后虽曾复一函，也不过口是心非而已。因此余乃不得不亲临该处，邀刘做最后之口头谈判。在谈话时余对刘态度和蔼，而刘却眨眼无情，恶言出口。因此，余受痛苦与刺激过大，则拔手枪而恫吓之，谁知事出意外，竟失火而毙命耶。③

① 《刘茜致黄克功信》（约 1937 年 10 月），手稿，陕西省档案馆存。
② 《刘茜死亡验伤单》（1937 年 10 月），陕西省档案馆存。
③ 《黄克功陈述书》（一）（1937 年 10 月），陕西省档案馆存。

两人之间的事，别无他人做证。黄克功稍后又供认："余观刘眨眼无情，乃故意损功名誉，当时则气愤填胸，乃拔手枪与［予］击之，一枪未击毙，故加一枪，以免对方作对。"① 到法庭公审，问："既知道她多大年纪，为什么还要求与她结婚呢?"

黄克功回答："她的身体已发育完全了，不像是十六岁的人。"②

检察机关侦查起诉，黄克功枪杀自己的青年同志，破坏革命纪律，破坏革命团结，无异帮助了敌人。"无论他的主观是否汉奸，但客观事实上确是汉奸行为。"

黄克功辩护："我并非汉奸卖国贼，只有［要］我一息尚存，还恨日本帝国主义。因为她公开或不公开的破坏我的名誉，故我恨她才打死她。""我心恨，我是一个党员，还愿牺牲自己为革命奋斗，虽死犹荣。"

显然，他的犯罪在他自己看来，是为了维护一个革命军人的名誉尊严，是正义的革命举动。唯一合理的解释，可能是恋爱当事人双方由于成长环境和生活习俗的差异，带来对于婚姻观念上的不同理解。黄克功生长在江西农村，按当地农村习俗，男女婚姻程序是先订婚，再结婚。订婚过后，男女双方就进入一种准婚姻，信守不违。而刘茜生长在山西太原，接受过教会学校教育，对于恋爱婚姻的理解，是不同于黄克功的。男女双方的恋爱关系，仅仅是一种情感交结，可以信誓旦旦，但未必一诺千金，可以更改，可以爽约，只要没有进入婚姻殿堂。即使是正式婚姻，也可以办理离婚，解除婚姻关系。显然，黄克功所理解的恋爱，就是订婚。尤其是公开允诺的恋爱关系，那是一种准婚姻关系。单方面毁约，就是破坏了自己作为一个革命军人的荣誉和尊严，是可忍孰不可忍。他不满意对自己的审判，陈书毛泽东。毛泽东迅即回复陕甘宁边区高等法院院长、此案审判长雷经天："以一个共产党员、红军干部而有如此卑鄙的、残忍的、失掉党的立场的、失掉革命立场的、失掉人的立场的行为，如为赦免，便无以教育党，无以教育红军，无以教育革命者，并无以教育做一个普通的人。因此中央与军委便不得不根据他的罪恶行为，根据党与红军的纪律，处他以极刑。

---

① 《黄克功陈述书》（二）（1937 年 10 月），陕西省档案馆存。

② 《黄克功公审记录》（1937 年 10 月），陕西省档案馆存。

正因为黄克功不同于一个普通人，正因为他是一个多年的共产党员，是一个多年的红军，所以不能不这样办。共产党与红军，对于自己的党员与红军成员不能不执行比较一般平民更加严格的纪律。”① 这就彻底否定了苏维埃政权时期“同罪异罚”的规定②，而代之以法律面前人人平等的原则。

1937 年 10 月 11 日，延安北门外陕北公学大操场，举行群众公审大会。抗大政治部胡耀邦、边区保安处黄佐超、边区高等法院检察官徐时奎出任公诉人；由边区法院审判长雷经天和抗大、陕公选出的代表李陪南、周一明、王惠之、沈新发等四位陪审员，以及书记员任扶中，共同组成审判庭。经过提起公诉、审讯被告，询问证人、群众代表发言和辩论。在当庭公开审判中，黄克功大声向群众呼喊：

“是我杀了刘茜。我知道我犯了怎样的罪。但是，请你们念着我十年来在红军中奋斗的战迹，给我一条自新的路罢！我并不畏死，可是我却情愿死在战场上。让我的血流在敌人面前吧！把这颗结束我的生命的子弹，用来射击我们民族的敌人吧！”③

据现场目击者介绍，“黄克功借法官询问他的经历的机会，便指着他的左背上的伤疤，还想脱下衣服来让人看看”④。当时很多人都被感动了。

审判员中场退席集议后，又鱼贯而出。会场上一阵骚动议论，恢复平静，大家都在翘首等待着审判结果。审判长雷经天从座位上站立起来，当着黄克功的面公开宣读毛泽东为此案写来的复信，并庄严宣读边区最高法院刑事判决：“本庭判决凶犯黄克功，因恋爱问题而枪杀革命同志刘茜，经公审，处以死刑，立即执行。”

黄克功听完毛泽东的信和公审宣判，表示诚恳认罪，甘心伏法，毫无

① 毛泽东致雷经天信（1937 年 10 月 10 日），《毛泽东书信选集》，第 110 页，北京：人民出版社，1983 年 12 月版。

② 1934 年 4 月颁布的《中华苏维埃共和国惩治反革命条例》规定：“工农分子犯罪而不是领导的或重要的犯罪行为者，得依照本条例各项条文的规定，比较地主资产阶级分子犯有同等犯罪行为者，酌减轻其处罚。”“凡对苏维埃有功绩的人，其犯罪行为得照本条例各该条文的规定减轻处罚。”见《中国新民主主义革命时期根据地法制文献选编》第 3 卷，第 10 页，北京：中国社会科学出版社，1981 年 12 月版。

③ 舒湮：《战斗中的陕北》附录《延安行》，第 39 页，上海：文缘出版社，1939 年 3 月初版。

④ 雷云峰主编：《陕甘宁边区大事记述》，第 110 页，西安：三秦出版社，1990 年 5 月版。

怨言，并高呼口号："共产党万岁！毛主席万岁！"①

群众中有许多人发言，要求免除黄克功死刑，让他戴罪立功，将功赎过。"不少老红军干部甚至痛哭流涕"②，场面极其悲壮，令观者不忍卒视，整个延安城一时为之震动。

时任中共中央总书记的洛甫（张闻天）亲自到会，在审判结束后，发表讲话，强调法律面前人人平等，阐释怎样正确对待和处理恋爱婚姻与革命关系。

恋爱是基于双方同意的自由行为。强迫，威胁，甚至用残忍的手段去杀害对方的生命，这是资本主义社会反动意识的作祟。这绝不是一个共产党员应有的行径。

在这民族存亡绝续的关头，希望我们的青年们不要把精力浪费在恋爱的纠葛上面。不谈恋爱自然是最好。否则，如果恋爱的事情不能避免，就应该循着正确的观念去发展。③

革命队伍里的终身伴侣，首先应该在政治上、思想上有共同的信仰，愿意为共产主义事业奋斗。志同道合，情投意合才是夫妻间最大的幸福和快乐。'金无赤金，人无完人'，找对象也不能要求对方十全十美，无论在恋爱过程中和结婚后，男女双方都应该互相尊重，互敬互爱，互相帮助，互相学习，取长补短，共同前进。黄克功与刘茜，都缺乏正确的恋爱观，以至酿成悲剧，这是革命队伍里的一大不幸，要引以为戒，吸取教训。④

这个讲话从正面表明革命组织对于同志们之间处理恋爱婚姻问题的态度立场，也是借着出现黄克功这么一个极端的反面典型，开展正确恋爱观

---

① 参见何启君《情系延安》，第 52 页，北京：新华出版社，1998 年 4 月版。

② 徐懋庸：《徐懋庸回忆录》，第 101 页，北京：人民文学出版社，1982 年 7 月版。

③ 转引自舒湮《战斗中的陕北》附录《延安行》，第 40 ~ 41 页，上海：文缘出版社，1939 年 3 月初版。

张闻天的这个讲话稿正式文本至今未见，此处转引是该书作者舒湮 1938 年底以《抗战》三日刊通讯员身份到延安采访时所得，其中说刘茜是共产党员，疑有误。

④ 转引自张培森主编《张闻天在 1935 ~ 1938（年谱）》，第 285 页，北京：中共党史出版社，1997 年 9 月版。

教育。

延河边又是一声枪响，黄克功当场毙命。新成立的边区政府检察机关提起的公诉中说：

> 黄克功由个人利益高于一切，认女子为私有财产的观念出发，不顾革命利益之损害到如何程度都不能克服他的情欲所求。……枪杀自己革命的青年同志，破坏革命纪律，破坏革命的团结，无异帮助了敌人。无论他的主观是否汉奸，但客观事实上确是汉奸的行为。①

同日，边区高等法院还张贴布告，公布黄克功罪状及其处理决定：

> 黄克功，男性，年26岁，江西省南康县人。案查该凶犯于10月5日黄昏在延安城外东关河边地方，因逼婚不遂逞凶枪杀陕北公学女生刘茜一命，经检察机关侦查，证据确凿，提起公诉。本院举行公审，该凶犯在法庭上已直供不讳。此种罪恶行为，本院认为该凶犯黄克功为着个人的恋爱不达目的，竟忘却自己过去为革命艰苦斗争的光荣历史，不顾目前抗日救国的重大任务，破坏红军铁的纪律，违犯革命政府的法令，自私自利，以最残忍的手段杀害革命青年同志。当前暴日侵凌，国家危急，民族的革命战争正在紧张的时候，对于此种在革命营垒中的败类，应给以严厉的制裁，以维护革命的纲纪。本院根据该凶犯黄克功犯罪的事实，特判处死刑，当即验明正身，执行枪决。②

时隔不久，毛泽东在延安城内府衙门前为抗大学员讲课，没有谈革命大道理，而是破例地专门谈革命队伍里恋爱问题必须遵循的三项原则：一是政治一致，我们现在的革命任务是抗日救国，将来还要实现共产主义，男女之间的爱情首先要有这个基础，我们能爱敌人吗？能同汉奸、卖国贼谈情吗？只有政治上的志同道合，才有可能说到此人可爱不可爱；二是双方自愿，我们主张男女平等，反对男尊女卑，反对大男子主义，更不能有变相的强迫和强制；三是不妨碍工作，要提倡工作第一，绝不能恋爱第一，

---

① 《对黄克功提起公诉书》（1937年10月），陕西省档案馆存。

② 《陕甘宁边区高等法院布告》，〔1937〕刑字第2号。见《延安市志》，第819页，西安：陕西人民出版社，1994年12月版。

更不能“若为恋爱故，万事皆可抛”①。

几个月后，在抗大的一次宴会上，人们还在谈论着这件事。毛泽东说：这叫做否定之否定。黄克功一粒子弹，否定了刘茜，违反了政策，破坏了群众影响；我们的一粒子弹，又否定了黄克功，坚持了政策，挽回了群众影响，而且使得群众更拥护我们了。②

此案发生判处在1937年10月，标志着延安革命政权倡导法律面前人与人之间的平等关系。1939年7月，又进一步规定，“公务人员犯法处罚比一般人民加重，党员犯法与一般人民相同”③。1941年5月，《陕甘宁边区施政纲领》更加明确规定，“共产党员有犯法者从重治罪”④。从同罪异罚，到人人平等，再到从重治罪，延安革命队伍倡导克己奉公，践行为人民服务的执政理念，是吸引人、感染人、震撼人的。

黄克功被处决后，被战友们悲痛地掩埋在清凉山顶上一棵松树旁，用自己的生命承担着行为过失的责任，维护着革命队伍的纪律尊严和陕甘宁边区法律面前人与人之间的平等公正。

反贪，只有自我洁净才有肌体健康

贪污是一种腐败行为，源自个人对于公共财物非分非法占有的强烈欲望，是一种难以绝对克服的人性弱点。所以，只有正面警示教育往往是不够的，必须要有对于贪污行为的惩罚措施。延安革命队伍制定了严格的规章制度，坚决反对贪污腐败行为，保持革命队伍的廉洁清明。

革命队伍里的公共财物，都是干部战士用鲜血换来的革命果实。在物质条件艰苦的环境下，这些公共财物主要用于革命事业发展之所需，个人生活享受供给制待遇。凡是物质条件越艰苦，对公平正义期待越强烈，一个社会集体或组织对于贪污腐败的惩罚力度就越大。据徐向前回忆，鄂豫

---

① 参见何启君《情系延安》，第53页，北京：新华出版社，1998年4月版。

② 参见徐懋庸《徐懋庸回忆录》，第101～102页，北京：人民文学出版社，1982年7月版。

③ 雷经天：《在边区区县长联席会议上的司法工作报告大纲》（1939年7月），转引自杨永华、方克勤《陕甘宁边区法制史稿》（诉讼狱政篇），第93页，北京：法律出版社，1987年2月版。

④ 《陕甘宁边区施政纲领》，《新中华报》（延安），1941年5月1日。

皖革命根据地创建时期，“分散的游击战争环境，尤其需要建立铁的纪律……打土豪所得的财物，都是归公的。不准贪污，贪污要被枪毙。我们师就枪毙过一个司务长，他贪污了 20 元。那样的艰苦环境，钱来得不易，20 块银元不是个小数目”①。查当时物价生活水平，20 块银元足够北平一户普通人家一个月的生活费，是上海产业工人一个月的平均工资。对于鄂豫皖山区农村来说，20 块银元可以购买更多的物资，解决更多人一个月的吃饭问题。

延安时期始终对革命队伍里公职人员的贪污腐化行为保持高压态势，严惩不贷。1938 年颁布的《陕甘宁边区政府公布边区惩治贪污暂行条例》规定有下列行为之一者，以贪污罪论处：

（一）克扣或截留应行发给或缴纳之财物者；

（二）买卖公用物品从中舞弊者；

（三）盗窃侵吞公有财物者；

（四）强占强征或强募财物者；

（五）意在图利贩运违禁或漏税物品者；

（六）擅移公款作为私人营利者；

（七）违法收募税捐者；

（八）伪造或虚报收支账目者；

（九）勒索敲诈，收受贿赂者；

（十）为私人利益而浪费公有财物者。

处罚治罪的标准，以其贪污数目之多少，及发生影响之大小为依据。具体处罚定罪标准为：

（一）贪污数目在 500 元以上者，处死刑或五年以上之有期徒刑；

（二）贪污数目在 300 元以上 500 元以下者，处三年以上五年

---

① 徐向前：《历史的回顾》，第 59 页。北京：解放军出版社，1988 年 10 月版。

1930 年代中期，20 元相当于北平一户普通人家一个月的生活费。1935 年杨沫和丈夫马健民住在北平的一个四合院里，马健民担任世界日报社校对员，月薪 20 元，每月房租 6 元，菜金约 8 元。1 元可以买猪肉 7～8 斤。同时期上海工人月工资通常为 16.7～33.3 元，一般为 20 元。参见陈明远《文化人与钱》，第 94、135 页，天津：百花文艺出版社，2001 年 1 月版。

以下之有期徒刑；

（三）贪污数目在100元以上300元以下者，处一年以上至三年以下之有期徒刑；

（四）贪污数目在100元以下者，处一年以下之有期徒刑或苦役。①

贪污500元判处死刑，这在当时延安供给制环境下，最高领导人的每月津贴费只有5元，即贪污款相当于最高津贴的100倍，显然是一个很大的数字了。

1939年边区政府颁布《惩治贪污条例（草案）》，将贪污量刑标准做了局部调整：

（一）贪污数目在1000元以上者，处死刑；

（二）贪污数目在500元以上者，处以五年以上之有期徒刑或死刑；

（三）贪污数目在300元以上500元以下者，处三年以上五年以下之有期徒刑；

（四）贪污数目在100元以上300元以下者，处一年以上三年以下之有期徒刑；

（五）贪污数目在100元以下者，处一年以下之有期徒刑或苦役。②

这个量刑标准在坚持原有死刑判处标准的基础上，增加了贪污1000元直接判处死刑的条款，继续保持着对于贪污公共财产犯罪行为的严厉打击力度。

陕甘宁边区煤炭厂经理党凤梧，在任职不到一年时间里，贪污公款500多元，并贩卖鸦片，营私舞弊，破坏了边区经济生产环境，属于性质特别严重，经民主公审，由边区高等法院判处死刑。

安塞县一区合作社主任鲍汇元、会计周步赢，是1937年9月同时受派

① 《陕甘宁边区政府公布边区惩治贪污暂行条例》（1938年8月），《新中华报》（延安），1938年8月15日。

② 《陕甘宁边区惩治贪污条例（草案）》（1939年），见陕西省档案馆、陕西省社会科学院合编《陕甘宁边区政府文件选编》第1辑，第498页，北京：档案出版社，1986年5月版。

担任职务的两位公职人员。五个月后，边区政府建设厅及安塞县政府派员督查，发现他们“自到合作社后一贯利用社员不识字及不会审查账目，对于出入货物任意记载，对于资本红利乱自使用开支”。经督查提出整改意见，他们却置之不理，“仍复百方欺诈隐瞒，实行贪污，致该合作社在群众中信仰大减，亏空日益加深”。案发后，被告供称合作社盈利利率为14%，但是查账结果发现不止这些。“即以所供之利率标准及其买货总资本售货总额一并计算，则五个月中间短少红利洋192元，短少货洋203.35元，除去开支98.5元及缴过红利26.01元外，其贪污最低总额为270.84元。”经安塞县初级法院审判，分别判处有期徒刑两年，并科按数赔偿贪污款额。

两个被告人不服一审判决，提起上诉。陕甘宁边区高等法院检察处认真侦查，证据确凿，提起公诉：“被告等受政府及社员之委托，不自尽责，反借以欺骗蒙蔽社员，不遵政府指示，从中实行贪污，假公肥己，破坏边区经济建设，损害群众利益。本院为着严惩贪污，发展经济建设，充实抗战力量，维护群众利益起见，特为依法判决如主文。”即撤销原判，改判鲍汇元贪污罪判处有期徒刑三年零六个月，赔偿贪污合作社洋135.42元，并科罚金50元；改判周步赢贪污罪判处有期徒刑三年，赔偿贪污合作社洋135.42元，并科罚金50元。①

被告不服一审判决，提起上诉，二审判决否定一审判决，加重惩罚，就是为了打击职务犯罪，严厉惩罚贪污腐败行为，维护公共利益，维护群众利益。“在边区内产生贪官污吏和劣绅的原因，还没有全被铲除。在边区就可能产生一部分新的贪官污吏，据我们考察所得到的材料，这一部分新的贪污劣绅并不比旧的好些。旧贪官污吏和劣绅的一切坏处，他们都学习了。他们把持政权机关，不让一个好的分子参加进来，以便狼狈为奸，共同贪污，耍私情等。他们武断乡曲，欺压善良，鱼肉人民。政府一切法令，凡是可以用来自私的，完全被他们利用了。凡是与他们不利的，完全被隐秘起来，不让人民知道，免得轮到自己头上来。”② 这些新的贪官污吏，是革命队伍里的蛀虫，是人民政权的敌人，必须彻底打击以权谋私、假公济

① 《陕甘宁边区高等法院刑事判决书》（1939年3月18日，〔1939〕刑字第12号），陕西省档案馆存。

② 高自立：《铲除新官僚和新劣绅的专横》，《新中华报》（延安），1940年8月23日。

私的行为，严惩贪污腐败分子。

1941 年 5 月颁布的《陕甘宁边区施政纲领》，是在“三三制”抗日民主政权建设中，共产党向全边区人民群众的公开承诺：“厉行廉洁政治，严惩公务人员之贪污行为，禁止任何公务人员假公济私之行为，共产党员有犯法者从重治罪。同时实行俸以养廉原则，保障一切公务人员及其家属必需的物质生活及充分的文化娱乐生活。”① 这里所说的“俸以养廉”，是准备实行公务人员薪俸制，实际上由于战争环境影响，没有真正落实。

1943 年 5 月，边区政府颁布《陕甘宁边区政务人员公约》，将“公正廉洁，奉公守法”作为政府公务人员必须遵守的基本行为准则和道德品格。“这是我们政务人员应有的品格，要在品行道德上成为模范，为民表率，要知法守法，不滥用职权，不假公济私，不耍私情，不贪污，不受贿，不赌博，不腐化，不堕落。”② 法律是底线，是惩治贪污腐化的一种负向价值指标；思想引领，品格修养，道德规范，则是减少犯罪、避免贪污腐化的一种正向价值指标。

在陕甘宁边区司法体系中，将贪污、渎职犯罪列入刑事犯罪范畴。统计显示，1939 年陕甘宁边区各级司法机关处理刑事案件共计 26 类 1252 件，其中贪污案件 84 件、渎职案件 20 件，约占总数的 8.3%；1940 年共计 31 类 2096 件，其中贪污案件 115 件、渎职案件 34 件，约占总数的 7.1%；1941 年共计 31 类 1113 件，其中贪污案件 36 件、渎职案件 9 件，约占总数的 4.0%。③ 贪污腐败、渎职犯罪呈逐年下降趋势。尽管这个统计数据包含边区司法改革的某些因素作用，如镇压与宽大相结合的原则，但是在严厉的法律法规和加重惩罚过程中，延安革命队伍里的职务犯罪行为总体上得到有效的遏制，从而保障了革命队伍和边区政府的公平廉政。

在严厉的法律惩处和严肃的思想纪律制约下，陕甘宁边区政府各级公

---

① 《陕甘宁边区施政纲领》，《新中华报》（延安），1941 年 5 月 1 日。

② 《陕甘宁边区政务人员公约》（1943 年 5 月），见陕西省档案馆、陕西省社会科学院合编《陕甘宁边区政府文件选编》第 7 辑，第 223、224 页，北京：档案出版社，1988 年 12 月版。

③ 参见刘全娥《镇压与宽大相结合政策在陕甘宁边区的解释与适用——基于〈陕甘宁边区判例汇编〉的分析》，《甘肃政法学院学报》（兰州），2008 年第 7 期。

务人员总体表现是良好的，政风清明。“这里的公务员不是站在老百姓头上的官僚，他们不会摆官僚架子，也不会过与众不同的官僚生活，他们每月只有一元半到五元的津贴，他们和老百姓只是职务上的不同，绝无身份阶级的区别。公务员只能用自己坚苦工作的成绩取得人民的爱戴和上级的信赖；他们不必要也不会谄媚逢迎，以取悦于上峰，更不敢擅作威福，压迫人民。他们和陕北人民一样的过简单朴素的生活（他们的津贴是由最低的一元半到最高的五元，事实上较富裕的农民生活要比公务员更好些），正因为如此，他们才真正能够做到官民一致，获得民众力量的支持。”①

1942 年延安整风运动后，革命队伍和边区政府主要通过思想斗争和党内民主的方式，更加严格组织纪律，预防贪污犯罪，严惩贪污犯罪。

1942 年 1 月，边区政府指令甘泉县查明前任县长路思温挪用公款 220 元及欠公家麦子 1 石事项。接到指令后，甘泉县县长白世杰立即安排调查，并回复边区政府。“关于属县前任县长路思温同志欠第一科选举洋 220 元一事，原来该路县长女人郝志亮在甘泉生产社只工作三个月、第四区妇女主任十天，除此以外，再未经组织上健全［同意］脱离生产工作，但路县长给她女人小孩每月预算保育费，属县自足委员会按保育条例，女人未经组织健全［同意］脱离生产工作，不批发保育费，而路县长把一科选举洋由他支用去 220 元。至于路县长欠五科麦子一石问题，该科有路县长欠麦子一石条子。据路县长云，他不知给何部队取用了，但该条子无有取粮食机关，只有路县长个人的书名签章。”对此，边区政府的态度非常明确，查清事实，“严令交还，以重公款而正吏治”②，不允许在公共利益面前有一丝一毫的苟且行为。尽管由于物价上涨的原因，这时的 220 元实际上是一个很微小的款项。③

---

① 齐礼主编：《陕甘宁边区实录》，第 11 页，延安：解放社，1939 年 12 月版。

② 《陕甘宁边区政府指令——前任县长路思温挪用公款应查明严令交还》（1942 年 1 月），见陕西省档案馆、陕西省社会科学院合编《陕甘宁边区政府文件选编》第 5 辑，第 39 ~ 40 页，北京：档案出版社，1988 年 5 月版。

③ 1942 年上半年，昆明 1 石米（160 斤）价格 318 元。参见陈明远《文化人与钱》，第 210 页，天津：百花文艺出版社，2001 年 1 月版。

假设 1937 年上半年延安物价指数为 100，那么 1941 年 12 月为 4421，1942 年 6 月已经达到 10180。参见朱鸿召《延安日常生活中的历史》，第 20 页，桂林：广西师范大学出版社，2007 年 7 月版。

1945年春荒时节，安塞县五区五乡乡长李承统检查工作时，发现一个行政村村长徐登有带头把该村2斗公粮吃了。乡长追查此事，村长沉默以对，再问就是“没有”二字；催得急了，村长一说二瞪眼：“没有就是个没有，看你把我怎办！”

公粮是公共财物，一斤一两都必须用在公共事务上，来不得半点马虎。乡长李承统看村长徐登有这样的态度来火了，认为他是行政村主任，是一村群众推选出来的领袖人物，这种行为和态度都是不允许的。情急之中，他吼了起来：“你不交，今天就不得过去！”

没想到村长猛地往乡长怀里扑过来，用头冲撞对方的肚子，嘴里喊道：“你就打吧，我就是没有的！”

乡长又气又恼，伸手给村长两巴掌：“你给咱耍流氓，咱们不打好人，却打流氓。”

论理说事，村长处于明显劣势；动粗打斗，村长也不是乡长的对手。但村长不会甘拜下风，他一把抱住乡长的腿，死死缠住不放，连骂带叫：“嗯，你是模范，打，你就打！”

听到“模范”二字，李承统心里惊了一下，他是去年秋天群众投豆豆普选的模范乡长，参加在延安召开的陕甘宁边区劳动英雄代表大会。① 想到这，乡长用劲把村长推开来，心软嘴不软道：“要怎就怎，到区上告去！”

晚上回家，躺在炕上，翻来覆去睡不着。李承统感觉“嗯，你是模范！”这句话像一根银针刺在心口。他想了半夜：模范，是的，我是模范，是全乡人民推选的模范。去年秋收后群众投豆豆，写着李承统名字的碗都快装满了，监票员数着豆豆，一粒豆，一个心，徐登有也向李承统的碗里投了豆。老百姓推选你为了啥？要你去打他们吗？……

一夜未眠，自己想通了。

第二天，李承统早早地就爬起来。做了菜，烙了饼，亲自把徐登有请过来。去时的路上，李承统心里还觉得自己憋屈，明明是为着工作，维护公共利益，自己是有理的，却要倒过来请他，不好受；又想，怕什么，为什么共产党员做什么都要走在人前，知错即改，也是光荣。李承统笑着把

---

① 参见《安塞县志》，第716页，西安：陕西人民出版社，1993年5月版。

徐登有接上炕："大哥，我昨天是不应该，错是我的错，过是我的过。今天你看你要到区上……"

"没有啥！我没粮还，不是不还，昨天我没说清。再嘛，拿那些公粮吃时也没经过政府。"村长徐登有也不好意思不认账了。

过后，乡长李承统主动向区上汇报，表示自己不应该打人；又给那天在场的群众说，是自己不好。①

把"法律"转化为"纪律"，再把纪律转化为"自律"，通过改造人达到纯洁革命组织、清明执政作风、净化社会道德风尚的目标，在延安共产党局部执政环境下是基本实现了的一种积极探索，并被证明是一种非常有效的社会治理模式。

---

① 汤洛：《知错改错，也是光荣——模范乡长李承统在选训班上的反省》，《解放日报》（延安），1945年11月9日。

第三章 共襄事业，兼容并包

GONGXIANG SHIYE JIANRONG BINGBAO

路线政策确定后，人才是决定事业成败的基础。在抗日救亡的旗帜下，延安革命队伍集聚了大量的人才。在极其有限的物质条件下，给予知识人才较高的待遇，并为他们的创造性劳动提供力所能及的有利条件。这样，共产党在陕甘宁边区局部执政环境下，充分发挥了各类知识人才的聪明才智，特别是在文化艺术、科学技术、医疗卫生、农牧林业等多个领域，涌现出一大批发明创造成果，极大地提高了边区的劳动生产力，振奋了边区军民的抗战必胜信心。

毛泽东多次应邀来到鲁艺，亲自给学员们讲课

一

抢夺人才就是抢夺天下

抗日战争爆发，国共统一战线形成后，中国大陆分裂为日本沦陷区、国民党统治区和共产党领导的抗日根据地（边区）。从沦陷区出来的丧失家园和国土的流亡者，与从国民党统治区出来的因不堪忍受政治迫害的逃亡者，组成了一个飘忽动荡的社会自由人群体。各派政治力量中的有识之士，都纷纷抢夺人力资源，尤其是青年知识分子。

伟大事业有赖众多人才

延安革命队伍关注知识人才，始于西安事变之后。

西安事变前后，西安学生运动和西北民众抗日救亡运动，在中共地下党组织的影响和直接领导下空前高涨。国民党政府一方面出于对建立抗日民族统一战线的承诺，释放了大批“政治犯”；另一方面出于对社会稳定和政权统治的考虑，由国民党陕西省党部于1937年8月下令取缔西北各界救国联合会，限制并迫害学生运动和民众运动中的领导者。共产党一方面转移在大城市已经暴露身份的革命干部，另一方面做针锋相对的斗争。

1937年9月，时任中共中央青年部部长、西北青年救国联合会主任的冯文彬（1911～1997），受命率领一个班战士，从延安南下，来到八路军第一一五师留守处和中共陕西省委所在地的泾阳县云阳镇。他在晚年回忆说：

"这次来云阳镇是张闻天同志派我来参加接收安置从监狱释放出来的同志。因此项工作已接近尾声了，陕西省委的贾拓夫、欧阳钦等负责同志向我提出，陕西有一批积极分子，多是西安事变前后西安青年运动骨干，以民先队员（即'中华民族解放先锋队'，引者注）为主，能否帮助训练一下，使之在马列主义基础理论和抗战军事、政治知识方面得到提高。"① 于是，便以西北青年救国联合会的名义，借用于右任先生的斗口农场，创办第一期"战时青年短期训练班"。

西北青年救国联合会（简称"西青救"），是共产党为适应建立抗日民族统一战线的新形势，将共产主义青年团改造为具有广泛群众性的青年抗日救国团体。"使团变为广大群众的非党的青年组织，把吸收广大青年参加抗日救国的民族统一战线中来，把建立为发扬文化与争取民主自由的广大的青年运动，当做自己为民主共和国而斗争的最中心任务。"② 1937 年 4 月，"西青救" 在延安召开第一次代表大会，决定在全国青年救国联合会成立之前，以它作为全国青年抗日救国团体的最高领导机构。

首期青训班于 1937 年 10 月 11 日开学，训练时间半个月，学员 150 余人，主要是陕西西安、三原、渭南等地的民先队干部和队员，特别是中等学校的民先队骨干，由省委负责输送。青训班活动经费及学工人员伙食费，由八路军西安办事处负责解决。衣服被褥等生活用品，由学员自己解决。"办公室和学生宿舍，是借用了于右任先生的农场中有许多果树与花草环绕着的一幢西式的房子，阶前一片空场，承担了青训班的教室、礼堂、饭厅、游戏场……许多项重大的任务。"③

战争环境，战时培训，因时因地制宜，青训班办学条件始终是简陋而艰苦的。借用于右任先生的斗口农场，引起了一些社会议论。在八路军西安办事处工作的林伯渠，及时把这些情况告知冯文彬。从抗日统一战线的大局出发，冯文彬与贾拓夫研究决定，将青训班由斗口农场迁到了泾阳县云阳镇东

---

① 《冯文彬同志谈安吴青训班》，见共青团中央青运史研究室、共青团陕西省委青运史研究室编《安吴古堡的钟声——安吴青训班史料集》，第 171 页，北京：中共党史资料出版社，1987 年 1 月版。

② 《中央关于青年工作的决定》（1936 年 11 月 1 日），见中央档案馆编《中共中央文件选集》第 10 册，第 101 页，北京：中共中央党校出版社，1985 年 10 月版。

③ 荆生：《草创时期——在三原斗口村》（1938 年 8 月），见《安吴古堡的钟声——安吴青训班史料集》，第 70 页，北京：中共党史资料出版社，1987 年 1 月版。

街的城隍庙。第二、三期青训班就设于此，学习期限分别为三个星期和一个月，学员人数分别达到379人和500多人。这里条件更差，住宿、办公地方尤为困难。时值寒冬，且多风雪，露天教室难以应付，草扎纸糊的墙壁，门窗也都摇摇欲坠。艰苦的生活条件，是对革命者的挑战和考验。

随着国民党政府军在正面战场的节节败退，继上海、太原等中心城市失陷后，首都南京也丢失了，中国的半壁河山沦丧于日寇侵略者手中。不甘心做亡国奴的大批流亡学生，拥向武汉、西安，寻求抗战救国的出路。中共中央意识到，抗战需要千百万知识分子，将来建设新中国更需要千百万知识分子，“抢夺知识分子是抗战中的一个大的斗争，谁抢到了知识分子，谁就抢到了胜利，谁就可能有天下”①。为此，冯文彬受命专程回延安汇报青训班情况，毛泽东约见之，指示“青训班应该是来多少收多少，来者不拒”。问到有什么困难，冯提出需要讲授抗日游击战的教员。不久，中央从抗大、中央党校等抽调一批干部充足青训班教学力量。② 通过报刊和八路军各地办事处，安吴青训班公开招募青年学生。“西青救”还派出组织部长黄华驻八路军西安办事处，专事负责青训班招生和学员分配工作。

从第二期开始，学员已超出陕西省的范围，有经八路军办事处介绍来的流亡学生。到第三期开学时，外地学员越来越多，并且几乎每天都有新来的，开学时300余人，一个月结业时变成500多人。以后，每期学员人数越来越多，学习期限也越来越长。云阳镇城隍庙实在容纳不了，从1938年1月第四期开始，“战时青年短期训练班”更名为“战时青年训练班”，搬迁到蒋路乡安吴堡吴氏庄园，直至1940年4月全部撤离。

---

① 刘家栋：《陈云在延安》，第94页，北京：中央文献出版社，1995年5月版。

② 《冯文彬同志谈安吴青训班》，见《安吴古堡的钟声——安吴青训班史料集》，第172页，北京：中共党史资料出版社，1987年1月版。

大约1937年12月底，毛泽东、洛甫（张闻天）、康生、陈云联合署名，致电罗炳辉、董必武、王明、周恩来、博古、叶剑英，“通知武汉、南昌、安庆、广州、福州、贵阳、昆明、河南（四川不在内）各地八路军办事处、共产党部、左翼团体、左翼同情者，向外放出空气，凡纯洁、坚决、吃苦劳动者，不拘年龄、性别、职业、学历，均可自动北来入学。并告以如陇海路断，由西汉公路步行来；如西安不守，绕道陕南、陕甘边、正宁、宁县到庆阳（找八路军）；如武汉不守，走四川来；如路上有人阻拦，则绕过之步行”。“此种自由来学办法，当然会混入坏分子，但抗大第三大队七百学生中（均自由来此）仅三十个坏分子，不足二十分之一，故不足虑。并告以保障入学，来此不拒，一律收容。学习时间三个月至六个月。毕业后工作可自由选择。愿回家者，路费由学校发给。”见张培森主编《张闻天在1935～1938（年谱）》，第298～299页，北京：中共党史出版社，1997年9月版。

1937 年底，陈云从苏联来到延安，出任中共中央组织部部长。他高度重视招揽人才，并为中共中央起草《关于大量发展党员的决议》（1938 年 3 月）和《关于吸收知识分子的决定》（1939 年 12 月），力主要与国民党抢夺知识分子。1939 年 12 月 10 日，他在中共陕甘宁边区第二次代表大会上讲话："抗战后，我们党接收了大批知识分子。没有知识分子，革命就不能胜利。……现在各方面都在抢知识分子，国民党在抢，我们也要抢，抢得慢就没有了。日本帝国主义也在收买知识分子。如果把广大知识分子争取到我们这里，充分发挥他们的作用，虽不能说天下完全是我们的，但至少有三分之一是我们的。工农干部有实际经验但写不出来，而知识分子干部会说会写但没有实际经验，写出来的东西往往很空洞。因此，需要取长补短。如果闹不团结，主要责任应由老干部负。"① 这清楚地表明，中共对于新知识分子的态度，一是大量吸收，来者不拒；二是要加以改造，为我所用。

截至 1942 年底，全边区中等学校学生人数 1828 人，高等教育共培养造就 2 万多各类人才（其中包括短期培训人员）。② 另据国民党教育部统计，抗战前全国专科以上学校学生 42922 人，至 1940 年减至 3 万余人。③ 其流失的 1 万余人中，大多数是奔赴延安的。

抗战时期延安及陕甘宁边区先后创办各类高等学校 20 余所，"通过在职干部教育和干部学校教育，培养了 250 万革命干部，这是一个伟大的创举，具有战略意义"④。受战争环境影响，延安干部教育主要是以各种培训班（含短期培训）形式完成的。其中，仅中国人民抗日军事政治大学在 9 年时间里先后成立 14 所分校、5 所陆军中学和 1 所附设中学，遍布西北、华北、华中等广大地区，共计培养出学员约 10 万人。1937 年 8 月，红军主力改编为八路军时有 4.6 万余人；到 1945 年 8 月，八路军、新四军部队发展到 120 余万人，民兵 260 余万人。"人民军队能有这样惊人的发展速度，

---

① 中共中央文献研究室编：《陈云年谱》上卷，第 265 页，北京：中央文献出版社，2000 年 6 月版。收入《陈云文选》第 1 卷，北京：人民出版社，1995 年 5 月第 2 版。改名为《陕甘宁边区的群众工作》和《关于干部队伍建设的几个问题》。

② 牛昉、康喜平：《陕甘宁边区人口概述》，《延安大学学报》（延安），1992 年第 3 期。

③ 李锐：《关于大后方的大学教育》，见《窑洞杂述》，第 131 页，长沙：湖南人民出版社，1981 年 11 月版。

④ 董纯才：《陕甘宁边区教育的基本经验》，见刘宪曾、刘端棻主编《陕甘宁边区教育史·代序》，第 3～4 页，西安：陕西人民出版社，1994 年 5 月版。

抗大功不可没。抗日战争时期，八路军、新四军干部很多是经过抗大培训出来的。”① 解放战争中，他们又是人民解放军的骨干力量。新中国成立后，不少曾经抗大培训的干部成为党、国家和军队的栋梁之材。

伟大的事业期待众多的人才，特殊的人才成就特殊的事业。

成为人才都是有条件的

延安称抗战后奔赴延安的知识分子为“新知识分子”，也就是后来的所谓“三八式干部”，即1938年前后参加革命的同志。

组织介绍、个人担保和公开招生，是延安接受新知识分子的主要方式和途径。通过中共地下党组织系统，与八路军驻各地办事处的公开机构，形成一个基本上能够覆盖全国各地并通往延安的物色、调配、组织、招揽、吸收、输送人才的交通网络。应当说，奔赴延安的新知识分子，基本上都是经由这个网络初审合格的。

抗战初期，延安抗大、陕北公学等都以优厚条件在国民党统治区公开招生。② 对于大批报考的青年学生，则由八路军驻武汉、桂林、重庆、西安等地办事处，负责组织文化考试和政治审查。这两项考试，前者是比较宽松的，后者则是很严格的。合格者，则开具介绍信，让其自己想方设法到西安，再由西安八路军办事处进行必要的考核，然后才安排到延安。

1937年10月，曾经留学法国近10年，获得文学博士学位的陈学昭，找到八路军驻武汉办事处，提出要求到延安去。负责接待的董必武走出来，将她从上到下端详了好一会儿。原来她刚从法国回来不久，身上穿着法式呢大衣，头上戴着贝雷帽，言行举止也有些欧化迹象，这就难免让人产生怀疑。晚年她回忆说：“董老问我有什么事，我说我要求去延安。他接着问我在延安有什么认识的人，我说张琴秋姐是我年轻时的同学。……于是他

---

① 王茂润主编：《中国人民抗日军事政治大学史》，第3页，北京：国防大学出版社，2000年9月版。

② 《延安自然科学院招生启事》承诺：“入学后免收学膳宿费，但来时须自备路费及需用之衣被日常用品。”《新中华报》（延安），1940年5月17日、21日。此前抗大、陕公招生条件与此相当。

说：‘好的，拍个电报去问问看。’”① 很显然，这是搪塞她的话。兵荒马乱，电报通讯哪有21世纪的今天这么便当。她也就没有再说什么，第一次要求到延安的愿望便落空了。

将近一年后，她在重庆再次找到八路军办事处，才实现了要求到延安的愿望。

1937年“八一三”淞沪抗战后，原在上海“左联”的一批青年知识分子党员，根据党的指示，分两批撤往内地的重庆和延安。其中奉调到延安的有周扬夫妻、艾思奇夫妻、李初梨、何干之、舒群等。他们带有组织关系介绍信，集体行动，虽然沿途火车不能正点，但到达西安八路军办事处，就受到热情接待，并安排搭乘汽车到延安。同行的还有周立波，在西安八路军办事处，就被安排直接上前线，担任来访的美国卡尔逊将军的翻译工作。

如果没有随身携带党组织关系，又提供不出任何可以证明自己身份者，那么，就不能直接被安排进入延安。文晓征1924年出生在贵州遵义一个比较富裕的家庭，在贵阳省立高中读书时，受共产党外围组织“筑光音乐会”的影响，对现实不满，对延安向往。1939年底，她与同学相约，“大家以回贵阳上学为名，趁返校的机会脱离了家庭，一起走上革命的道路。那一年我15岁，差一年高中毕业”。

他们一行数人经重庆到成都，时局已经发生变化，国民党严加封锁，不让任何青年去延安。他们滞留数月，钱已花光，旅馆住不起，就寄宿在贵阳会馆，先是变卖随身物件，继而到乡下小学教书维持生存。其他同学都打退堂鼓，只有她和另一位正受通缉的老乡搭乘“黄鱼车”，坚持到延安去。孰料路途上车子翻落山谷，她鼻口鲜血直流，大难未死，经过治疗，两个星期后重新上路。“好不容易到了西安，但八路军办事处要有组织关系才能联系上，我们几经周折也未成功。正好这时四川省地下党的领导同志来到办事处，在他的帮助下，我们才搬进了八路军西安办事处。”②

1940年春，她终于来到延安，组织上分配她到中国女子大学学习，毕

---

① 陈学昭：《天涯归客》，《陈学昭文集》第4卷，第120页，杭州：浙江文艺出版社，1998年12月版。

② 文晓征：《一路风尘去延安》，见延安中国女子大学北京校友会编《延水情——纪念延安中国女子大学成立六十周年》，第21、23页，北京：中国妇女出版社，1999年8月版。

这里是物质生活最艰苦的地方，又是精神生活最快乐的地方。很多来到延安的爱国青年在写给远方家人或朋友的书信中，都异口同声说出这样的话。

清晨，在嘹亮的军号声中开始一天新的生活。跑步，晨练，然后到延河边洗漱，一年四季，无论寒暑

天地是课堂，膝盖是课桌，露天教学，其乐融融（1938年，摄影　徐肖冰）

抗大女生队的学员们，学习军事，学习文化，为了把自己锻炼成一名坚强的革命战士

延安革命队伍里的集体生活是丰富多彩的，中国女子大学学员们可以报名参加各种各样的兴趣小组。这是排球队员在比赛中的飒爽英姿（摄影　徐肖冰）

业后又分配到延安贸易局工作。

战争环境中，有的党员的党组织关系随身携带，有的没有随身携带，如果是党组织关系一时接不上茬，或是党组织对某个人的某一段经历或政治动机有怀疑，那么，也就同样不能直接到延安，而是安排到陕西的泾阳安吴青训班，或洛川的八路军随营学校，或山西临汾的八路军学兵大队等外围组织参加训练，同时接受进一步审查。

“八一三”淞沪抗战后，正在上海大世界难民收容所工作的林维突然接到入党介绍人的通知，让她立即离开上海去延安。“你先到西安八路军办事处。”途经南京、武汉，历经艰险，终于在1937年11月中旬到达西安，她找到八路军办事处，向负责接待的同志汇报了经历和情况，并表达要求去延安的迫切心情和强烈愿望，得到的回答是：“关于去延安的事以后再说，你们先去泾阳县云阳镇的青训班学习，由青训班具体安排今后的去向。”①不能马上安排去延安的原因，是她的党组织关系还没有收到。

安吴青训班执行着延安“门卫”的职责，政治审查工作在秘密进行着。“一个月的训练（政审）结束后，学员们分四种情况处理：（一）被认为有严重政治问题的（特嫌、托派等）被驱逐出境；（二）身份不明，问题一时搞不清楚的分配在附近地区搞救亡工作，以便进一步考察；（三）政治面貌清楚的送往延安；（四）经政审认为政治可靠的骨干青年留在青训班工作。但这一切都是秘密的，只有青训班领导人掌握着这些青年人最早的历史档案。”②

在安吴青训班经过一个月的学习，1938年1月，林维幸运地通过了秘密政治审查，分配到延安抗大学习。

同样，抗战前就加入上海地下党的胡英，“八一三”后与党组织失去联系，自行到南京、徐州，经过郑州，到西安。“在西安七贤庄八路军办事处接待我们的是林伯渠的秘书熊天荆同志。熊大姐因我没有介绍信，建议我先去山西临汾，参加八路军学兵大队。……我在学兵队只上了一个来月的

---

① 林维：《风风雨雨赴延安》，见《延水情——纪念延安中国女子大学成立六十周年》，第189、190页，北京：中国妇女出版社，1999年8月版。

② 冷梦：《沧海风流》，第56页，成都：四川文艺出版社，1996年1月版。该书为小说体例，依据胡征的回忆，比较真实地记述了胡征奔赴延安，进入鲁艺学习，参加整风运动的革命经历。

课，由于前方形势吃紧学兵队就停办了。”① 学员们分配工作，大部分上前线，胡英因为腿伤未好，被安排到延安，先在抗大家属学校当教员，1940年春经批准进了女大学习。

如果曾经被国民党逮捕、监禁，获释后没有很可靠的党的主要领导同志或社会知名人士的担保介绍，仅仅是自己找到西安八路军办事处，那么，也是不能直接进入延安。即使经过一段时间的考察，获准进了延安，仍然要接受一次又一次严格的政治审查。

西安事变和平解决后，抗日统一战线形成。被关押在南京“中华民国海陆空军中央军人第一监狱”三年多的黄药眠获释。大约在1937年初，他通过八路军驻南京办事处安排，乘火车经西安到延安。

到西安八路军办事处，只住了一夜，他就被安排坐大卡车到泾阳县云阳镇接受“整编”，其实就是政审。

黄药眠（1903～1987），广东梅州人，广东高等师范学校毕业后，辗转谋生，1926年到上海，先后在创造社出版部、暨南大学附中工作。1928年5月加入共产党，曾在共青团中央担任翻译，陪同刘明佛经欧洲到苏联，留在青年共产国际东方部工作。三年后主动要求回国，1934年10月在上海从事地下工作时被捕，押送南京。他在监狱里没有叛变，所以自己以为现在出狱了，回到党的怀抱，应当能够尽情地工作了。他拒绝再在国统区做地下工作的意见，坚决要求到延安。为其始料不及的是，他却不能马上进入延安。

在云阳镇不久，就有刘辑武、胡乔木、王鹤寿等人代表延安来进行审查。黄药眠晚年回忆，几天时间里，刘辑武找他谈过三次话。

刘问：“你写过悔过书没有？”

黄药眠忠实地回答：“写过。但是我没有出卖组织，出卖同志。只表示以后不再搞政治了，也不拥护国民党。当时许多‘领导人’都叛变投降，释放出来了，而我则被认为实质上是坚持共产党的立场，所以交军法处，判处一等有期徒刑十年。”

谈话结束后，黄药眠被要求写个书面报告。

一个星期后，第二次谈话。刘辑武根据黄药眠的书面报告，表示审查

---

① 胡英：《怀念周平同志》，见《延水情——纪念延安中国女子大学成立六十周年》，第491页，北京：中国妇女出版社，1999年8月版。

意见，严肃地追问还有没有什么补充，有没有什么不老实的地方，并提醒，老实是至关重要的问题，希望你注意。然后，又问了一些当时被释放的其他人的情况。

再过一个星期，第三次谈话。刘辑武通知，组织决定你的问题要送到延安去解决。黄药眠感到这是对自己的不信任，犹豫着说："还是给我遣散费，我回广东去好了。"

"不，你还是到延安去吧！"刘回答。因为总的原则是需要与国民党争夺各类人力资源，尤其是知识分子。

既然如此，黄药眠进一步提出是否可以乘卡车到延安，对方说："不，还是走路去吧！"

三天后，黄药眠就与另外两个人一道，步行700多华里，从云阳镇到延安。

到延安后，很快就由中央组织部派人到招待所找他谈话："看了你的材料以后，我们认为你是在敌人面前屈服，这是你历史上的一个政治污点。关于党籍问题，以后再解决。现在先分配你到新华社去工作，做翻译。"

多年从事党的工作，黄药眠当然知道这个谈话的分量，马上就问："你所说的党籍问题以后再解决，是恢复党籍，还是重新进党？"

"重新进党。"回答很干脆。

所谓"重新进党"，就是此前十年党龄丢了。这样，他因为革命工作被捕坐牢，不但白坐了三年牢，而且还要留下政治污点，这未免太不公平了。他质疑道："你说的留下政治污点，我是不能接受的。从我个人这件事，孤立地来看，你这个估计是对的，但从当时的整个形势来看，上海党、团中央局，几乎全部垮台，纷纷自首叛变的时候，就只我一个人被判处十年徒刑。现在对我的处理，这不正如叛徒李一凡说的，我这个做法，其最后的结果是，国民党把你当做共产党来军法处理，而将来共产党又会把你作为叛徒处理吗？"

"我没有说你是叛徒，只是说你在敌人面前屈服。现在是抗日战争时期，我们无法进行进一步调查研究，所以暂时就这样吧，你先去上班吧！"① 这位谈话人是代表组织部来通知的，谈话只能到此为止。

---

① 黄药眠：《动荡：我所经历的半个世纪》，第435～436页，上海：上海文艺出版社，1987年10月版。

随后，黄药眠被分配到新华社做外电翻译，同事中有李初梨、马海德、林仲等人。遗憾的是，不久，他就患了肺结核，不能正常工作，需要休养。而原先在延安城里的新华社，搬迁到清凉山上。他卧病在床，竟然没有人理睬。是过去的朋友看望时，建议他写信给周扬，他们曾经在上海有过工作上的交往。这样，在周扬的关照下，他被安排到“文抗”，吃住休养。到1937年4月，经检查病情基本稳定了，他再向中央组织部申请，为了更快地恢复健康，希望到武汉。同时，又一次提出党籍问题如何解决，得到回答：同意到外面去养病，并多协助党做抗日宣传工作；关于党籍问题，需看你在工作中的表现如何才加以解决。

黄药眠再没有说什么，收拾行装，就此离开延安。

其实，黄药眠如果一到延安就找一个熟悉情况的领导同志，比如时任边区政府教育厅厅长的周扬，为其做个说明或证明，党籍问题也就可以解决了。丁玲、江青等很多与黄药眠有大体相同经历者就是这么通过政审关的。

二

黄土地上的文化奇迹

专门从事文学艺术、新闻出版、社会科学研究和教育等工作，并且始终怀抱着对社会现实的热情关切和理性思考，是各类文化人的基本特征。他们具有广泛的社会影响力，很多时候作为社会良知，在日常生活中发挥着意见领袖的作用。整风运动之前，延安特别善待这些文化人。作为一种回报，是这些文化人在黄土地上创造了文化发展繁荣的奇迹。

值得骄傲的文化工作政策

红军长征到陕北，由洛甫（张闻天）主持中共中央工作。1938 年 9 月中共六届六中全会后，张闻天自称，“六中全会期间我虽未把总书记一职让掉，但我的方针还是把工作逐渐转移，而不是把持不放。自王明同志留延（安）工作后，我即把政治局会议地点，移到杨家岭毛泽东同志住处开，我只在形式上当主席，一切重大问题均由毛主席决定，特别是在七、八月政治局会议之后（所谓‘神仙会议’），我实际上是做了宣传教育部门的工作”①。此间，他兼任中央宣传部部长。1937 年 4 月，中央机关刊物《解放》周刊创刊，他兼任主编；1938 年 5 月，马克思列宁学院（简称：马列学院）成立，兼任院长；1939 年 2 月，中央设干部教育部，兼任部长；1941 年 5 月，马列学院改名为马列研究院，同年 7 月，又改名为中央研究院，均兼任院长。这些兼职，都是宣传思想文化领域的中央直属机构。张闻天名义上仍然是中共中央总书记，其实主要主持这一时期党的宣传文化工作。

张闻天（1900 ~ 1976），江苏南汇（今上海浦东）人，早年毕业于南京河海工程专门学校，加入少年中国学会，热心五四新文学的创作和翻译，卓有成就。先后到日本、美国、苏联学习、工作，1931 年回沪任中宣部部长，1934 年 1 月在中共六届五中全会上当选为政治局委员、书记处书记。1935 年 1 月，长征途中，遵义会议后，被推举代替博古担任中共中央总书记。② 红军长征到达陕北，进入延安之早期，张闻天主持中共中央日常工作，力行党内民主作风。延安时期的毛泽东“几次在中央首长们面前说张闻天是我们党的明君”③。1940 年至 1942 年整风运动前，虽然中共中央机关搬到延安已三四年，但日寇隔河相望，时有敌机空袭；国民党派胡宗南几十万军队包围，制造摩擦，迫使中共方面不得不保持高度戒备状态，各机关时时警惕，多有游击作风。“中央机关、组织部、宣传部、统战部、西

---

① 张闻天：《反省笔记》（1943 年 12 月），手稿，中央档案馆存。

又见张培森主编《张闻天年谱》上卷，第 555 页注释，北京：中共党史出版社，2000 年 8 月版。

② 参见王键英编《中国共产党组织史资料汇编——领导机构沿革和成员名录》，第 234 页，北京：红旗出版社，1983 年 5 月版。

又见张培森主编《张闻天年谱》上卷，第 238 页，北京：中共党史出版社，2000 年 8 月版。

③ 赵海：《毛泽东延安纪事》，第 166 页，西安：陕西人民出版社，1993 年 8 月版。

北局均在蓝家坪，但是当时中央的负责人各管一摊，总书记张闻天管理论宣传、马列学院、中央党校；陈云分管中央组织部；李维汉负责统战工作。西北局的负责人是高岗、贾拓夫。每个人都有自己的工作方式和生活习惯，互不统一。”张闻天“他的兴趣在理论研究方面，对日常的组织、行政事务工作是大而化之，不放在心上的”①。此之“大而化之”的“明君”行为，在抗日民族统一战线的方针指引下，是开明、民主的政治风尚。在他主持马列学院工作中，他特别提倡发扬党内民主，提倡在学习中“敢于怀疑，敢于提出问题，敢于发表意见”②，开展同志式的问题辩论。他一向认为，共产党的干部应该“敢说话，敢做事”，“肯负责，不怕负责”。在马列学院内，开展公开民主的教学方式。

> 无论是理论课程的学习，还是党的文件的研读，或是各种辅导报告的消化，都要学员们进行民主讨论。班里常举办辩论会。在平房面前摆上一张桌子就辩论开了，有讲正面意见的，有讲反面话当“反派”的，争论激烈，印象深刻。为了让学员能有比较和鉴别，学院的阅报室公开陈列包括国民党顽固派报刊在内的各种观点的读物。③

主要是在这种思想、精神和作风的主持下，延安文人活跃在一个比较宽松、自由的环境中。

1940 年 1 月 4 日至 12 日，陕甘宁边区文化协会在延安中国女子大学礼堂举行第一次代表大会，历时 9 天，盛况空前。知名文化人个人代表 123 名，文化团体 107 个，代表 274 名，共计五六百人。会场上有洛甫题词：“政治抗战、军事抗战、文化抗战是抗战的三条路线。”毛泽东题词：“为建立中华民族的新文化而斗争。”“鲁迅的方向就是中华民族新文化的方向。”吴玉章题词：“文化是时代物质的反映，但文化又是时代精神的先导。因此，文化人必须站在时代思潮的最前线。”④ 会议在形式上充分体现出多元

---

① 师哲：《在历史巨人身边》，第 163 页，北京：中央文献出版社，1995 年 4 月第 2 版。

② 《中央关于办理党校的指示》（1940 年 2 月），张闻天起草，见吴介民编《延安马列学院回忆录》，第 41 页，北京：中国社会科学出版社，1991 年 4 月版。

③ 程中原：《张闻天传》，第 442 ~ 443 页，北京：当代中国出版社，1993 年 7 月版。

④ 参见艾克恩编纂《延安文艺运动纪盛》，第 164 ~ 165 页，北京：文化艺术出版社，1987 年 1 月版。

化的特色。大会第一天，王明做文化统一战线问题的报告。第三、四天，洛甫做文化政策报告。第六天，毛泽东做题为《新民主主义的政治与新民主主义的文化》（即《新民主主义论》）的讲演。

洛甫以中央书记处书记、中宣部部长的身份做的“文化政策报告”《抗战以来中华民族的新文化运动与今后任务》①，提出全力扩大与巩固抗日文化统一战线，进一步发展新文化的各部门、各方面，使之更能为抗战建国服务。提倡：

> 进一步研究中国的实际、中国的历史、中国文化的各方面，求得在思想上正确地解决抗战建国中的各种重要问题。
>
> 大胆地创作、写作、著述、介绍、翻译，来打破各种限制，打破各种陈旧的观点与标准，建立新观点、新标准，以发展学术，提高学术；组织各种文化的、研究的、考察的团体，提倡自由研究、自由思想、自由辩论的生动、活泼、民主的作风；建立各种专门研究机关，要求政府及社会团体划出一定的文化经费，以布置必要的文化设备与供给；组织新文化运动大师鲁迅先生的研究会或研究院等。

并且，他特别强调文化统一战线工作要针对“文化的特点”和“文化人的特点”去做，“统一战线内部的意见上的某种不一致、意气之争、门户之见，一般是不可避免的，应经过民主的方式来解决各种争论。应当提倡自由辩论与讨论的风气。争论一时不能解决也不要紧，不必过早做结论。对某个文化人的缺点的提出，也要经过适当的方式”。要善于尊重文化人“其人格、其事业、其创作与意见。要同他们有真诚恳切的交谊，要有大气量，要谦逊，要能求大同而弃小异”。②

这个“文化政策报告”，为这一时期共产党的文化统一战线工作，延安及各抗日根据地文艺政策确定了原则基调。

---

① 《新中华报》（延安）1940 年 1 月 20 日报道《文协举行第一次代表大会》，专门设小标题“大会的第二日，洛甫同志报告文化政策”。

又见《毛泽东选集》第 2 卷，第 662 页注释《新民主主义论》，沿袭上述报道中对毛泽东讲话做“讲演”之称，北京：人民出版社，1991 年 6 月第 2 版。

② 洛甫（张闻天）：《抗战以来中华民族的新文化运动与今后任务》，《解放》周刊（延安）第 103 期（1940 年 4 月 10 日）。

1940 年 2 月 5 日，陕甘宁边区自然科学研究会成立。3 月 5 日，《新中华报》发表社论《人才问题的适当解决》，明确指出边区人才问题不在于人才缺乏，而在于人和事的脱节，许多有用之才未能人尽其才、才尽其用。选用人才要任人唯贤，各级领导机关要善于鉴别人才、使用人才、培养人才、调剂人才，不分党派、信仰，大公无私地处理好人才问题。

同年 3 月 10 日，八路军总后勤部召开技术干部座谈会，总政治部主任王稼祥主持会议，工业、卫生等部门的专业技术人员和政治干部百余人参加会议。会议充分肯定了技术干部在抗战建国中的作用，表扬了八路军各部技术人员艰苦奋斗的创造精神，并表示欢迎一切同情革命的技术人员来参加工作，愿在各方面给以可能的帮助。毛泽东出席会议并做即席讲话，历述红军从井冈山时期至今技术工作情况及其历史作用，提出应提高技术人员的地位和待遇。

3 月 22 日，中央秘书处召开技术干部会议，时任中央办公厅主任的王首道主持会议，毛泽东出席会议，指出此次会议就是为了“向埋头苦干与艰苦奋斗的财经工作干部、技术工作干部表示慰问和敬意”①。

9 月 10 日，中共中央发出《关于发展文化运动的指示》，认为发展抗日文化运动，“这项工作的意义在目前有头等重要性，因为它不但是当前抗战的武器，而且是在思想上干部上准备未来变化与推动未来变化的武器。因此，在国民党统治区域的党（敌占大城市亦然）应对发展文化运动问题特别提起注意，应把对文化运动的推动、发展及其策略与方式等问题经常放在自己的日程上”。对于各抗日根据地的文化运动，“我各地党部与军队政治部应对全部宣传事业、教育事业与出版事业作有组织的计划与推行，用以普及与提高党内外干部的理论水平及政治水平，普及与提高抗日军队、抗日人民的政治水平。要使各根据地的干部、军队与人民的理论政治及文化水平高于广于全国各地”。为了达到这个目标，“要注意收集一切不反共的知识分子与半知识分子，使他们参加在我们领导下的广大的革命文化战线。应反对在文化领域中的无原则的门户之见”。该指示还特别要求每个根

① 中共中央文献研究室编：《毛泽东年谱（1893～1949）》中卷，第 180 页，北京：人民出版社、中央文献出版社，1993 年 12 月版。

据地都要有一个完全的印刷厂，已有的要力求完善与扩充。“要把一个印刷厂的建设看得比建设一万几万军队还重要。”①

10月10日，中央宣传部、中央文化工作委员会联合发出《关于各抗日根据地文化人与文化人团体的指示》，指出：

> 应该重视文化人，纠正党内一部分同志轻视、厌恶、猜疑文化人的落后心理。须知一个在社会上有相当地位、相当声望、能有一艺之长的文化人，其作品在对内对外上常有很大的影响。
>
> 应该用一切方法在精神上、物质上保障文化人写作的必要条件，使他们的才力能够充分的使用，使他们写作的积极性能够最大的发挥。须知爱好写作、要求写作，是文化人的特点。他们的作品，就是他们对于革命事业的最大贡献。
>
> 党的领导机关，除一般的给予他们写作上的任务与方向外，力求避免对于他们写作上人工的限制与干涉。我们应该在实际上保证他们写作的充分自由。给文艺作家规定具体题目、规定政治内容、限时限刻交卷的办法，是完全要不得的。
>
> 对于文化人的作品，应采取严正的、批判的，但又是宽大的立场，力戒以政治口号与褊狭的公式去非难作者，尤其不应出以讥笑怒骂的态度。我们一方面应正确的评价他们的作品，使他们的努力向着正确的方向，同时鼓舞他们努力写作的积极性，不使他们因一时的失败，而灰心失望。
>
> 估计到文化人生活习惯上的各种特点，特别对于新来的，及非党的文化人，应更多的采取同情、诱导、帮助的方式去影响他们进步，使他们接近大家、接近现实、接近共产党、尊重革命秩序、服从革命纪律。共产党人应有足够的气量使自己能够同具有不完全同我们一样生活习惯的文化人，共同生活、共同工作。对

---

① 张闻天：《发展文化运动》（即《中共中央关于发展文化运动的指示》，1940年9月），《张闻天文集》第3卷，第114～115页，北京：中共党史出版社，1994年12月版。该指示由张闻天起草，党内传达。全文收入《张闻天文集》时更改标题。见张培森主编《张闻天年谱》上卷，第637页，北京：中共党史出版社，2000年8月版。

又见中共中央文献研究室编《周恩来年谱（1898～1949）》（修订本），第477页，北京：中央文献出版社，1998年2月版。

于文化人生活习惯上的过高的苛刻的要求是不适当的。①

该指示共计13条，要求并希望各抗日根据地继续设法招致与聚集大批文化人，使他们安心工作，求得自己进步，使根据地成为文化人施展天才的场所。其对于文化人的理解和尊重态度，以及生活工作上的帮助和鼓励措施，是中国近现代文学史和文化史所罕见的。

在此前后，延安和各根据地及有关部门相继做出宽松、自由的文化工作政策。

中共中央北方局提出文化工作意见，“目前的方向应该是，切实团结一切新旧文化人和一切文化力量，开展新文化运动的建设工作；要培养文化界的民主作风，打破宗派的、个人主义的隔阂，反对站在狭隘阶级利益的立场上的思想统治……”②

陈毅在苏北根据地指示：“我们大胆让文化人和文化团体有自由创作活动的机会，对一个作品一种工作，我们要特别以宽容的态度，善意批评的态度去对待。我们知道一个作家当他产生一个作品的时候，需要幽静的环境。相当时期，我们就应该尽量的帮助他，而且我们给他更多的机会去与现实接触。”③

八路军总政治部与中央文委联合指示：“部队的政治工作的领导者，应注意发扬部队文艺工作者的民主作风，在理论上的论争和对原则问题的讨论（不管是属于政治方面的、艺术理论的，以及关于技术问题的），都应发动公开的讨论和批判，帮助部队文艺工作者在政治上、理论上的提高和进步。”要求领导者“对于部队文艺工作者的每一微小的成就和发明，应给以精神的或物质的鼓励，激发他们最高的创造性，积极推动部队的文艺活动”。④

---

① 《关于各抗日根据地文化人与文化人团体的指示》，《共产党人》（延安），第12期（1940年12月1日）。

② 李伯钊：《关于文化工作》（1939年11月），《李伯钊文集》，第14页，北京：解放军出版社，1989年9月版。

③ 陈毅：《关于文化运动的意见——在海安文化座谈会上的发言》（1941年2月），见《延安文艺丛书·文艺理论卷》，第180页，长沙：湖南人民出版社，1984年4月版。

④ 总政治部、中央文委：《关于部队文艺工作的指示》（1941年1月），见《延安文艺丛书·文艺理论卷》，第198～199页，长沙：湖南人民出版社，1984年4月版。

可以比较的是，到1944年1月，聂荣臻在晋察冀军区文艺工作会议上的讲话《关于部队文艺工作诸问题》中却表示：“我们既没有看不起文艺，也没有特别看得起文艺。”“我们鼓励同志们大量创作，大胆创作，有缺点，就纠正；就是有些成就，也不必特别夸耀。”见《延安文艺丛书·文艺理论卷》，第151、156页，长沙：湖南人民出版社，1984年4月版。

1941年4月23日，中央军委发出《关于军队中吸收和对待专门家的政策指示》，指出："一个军队没有大量的专门家（军事家、工程师、技师、医生等等）参加，是不可能成为一个有力量的组织的。"因此，规定给予专业技术人员特殊的待遇。"对上述各种人才一律以他们的专门学识为标准，给予充分的负责工作，如工厂厂长、医院院长等等，而不是以他们的政治认识为标准，对他们应有充分的信任。……物质优待的标准依照其能力学识的程度规定之，要使他们及其家属能无生活顾虑，专心工作。对于特殊的人才，不惜重价延聘。要尽可能购置他们所需要的科学设备，在战时要尽力保证他们的安全。对他们的工作条件，漠不关心和狭隘克扣的态度是不应当的。"在政治上，"只要求他们服从我军纪律与各种规章条例，不强迫他们作政治学习，不强迫过政治生活，不强迫他们上政治课、参加政治集会及测验等等。对于政治学习和政治生活，他们可以自由参加或不参加"。[①] 对他们的生活习惯，不应干涉。

中共中央机关报《解放日报》创刊不久接连发表社论：《奖励自由研究》（1941年6月7日）、《欢迎科学艺术人才》（6月10日）、《提倡自然科学》（6月12日）、《努力开展文艺运动》（8月3日），等等。进一步阐明、解释、宣传这个文艺政策，申明"中国共产党对于思想言论之自由发展是非常重视的"，并将"奖励自由研究"一项写入中共边区中央局5月1日颁布的施政纲领里。

共产党相信马克思主义是"放之四海而皆准"的普遍真理，"但同时也不否认，各派的学者和理论家，只要他们能认真进行自己的研究，本着学术的良心来正视现实的问题，他们就能够对于真理的发现有所贡献"[②]。这里只表明共产党自己对马克思主义这一"普遍真理"的崇奉，还没有用这一"普遍真理"去要求、规范其他各学派的学者和理论家。这样，在文本形式上就应当允许理解为：马克思主义的"普遍真理"与其他学术"真理"是可以并存的。当然，作为"放之四海而皆准"的"普遍真理"，对其他学术真理具有特别的参照、启发作用——而没有上升为指导、统一作

---

① 《中央军委关于军队中吸收和对待专门家的政策指示》（1941年4月），见中央档案馆编《中共中央文件选集》第13册，第84～85页，北京：中共中央党校出版社，1991年6月版。

② 《奖励自由研究》，《解放日报》（延安）社论，1941年6月7日。

用。因为只有思想学理上的各派并存共生，才会有社会的思想言论的自由空间，才可能“在抗日的共同原则下，思想的创作的自由获得了充分保障。艺术的想象，与乎科学的设计都在这里发现了一个可在其中任意驰骋的世界”。也只有在思想言论的自由空间里，才可能容许“我们并不把科学艺术活动拘限在启蒙与应用的范围，我们同样重视，或者毋宁说更重视在科学艺术身上的建树，普及和提高两个工作，在我们总是联结着的”。甚至敢于号召“对于边区的缺点（即是任何新社会亦所不免的），也正需要从艺术方面得到反映和指摘。我们看重‘自我批评’，尤其珍视真正的‘艺术家的勇气’”①。

确实，这是一系列激动人心的文化工作政策，放在整个 20 世纪中国文化思想史里看，也是可以骄傲自豪的。

窑洞有多暖，天空有多高

1941 年初皖南事变发生后，最后一批从重庆经成都、宝鸡、西安来到延安的知识分子艾青、张仃、罗烽等人，被安排在中华全国文艺界抗敌协会延安分会（简称“文抗”），作为驻会作家、艺术家，从事专业文艺创作。同年 8 月，总共 40 余位驻会作家、艺术家从杨家岭后沟集体搬迁到蓝家坪山坡上的几十孔窑洞新址。四排窑洞错落分布，每个窑洞门前都留有一片宽敞的土坪，边上栽着杨柳，种着花草和蔬菜，“树下用木板钉成长条凳，工作累了坐在这里可以远眺，一边看着延河边运盐的骆驼队徐徐远去，一边倾听驼铃的叮咚，既令人陶醉又得到了休息。蓝家坪，多么好的延安作家之家！几十年来我也没有忘却”②。

艾青、韦嫈夫妇分到一大一小两孔窑洞，大窑洞底还连带一个小防空洞，可以存储冬天取暖用的木炭和杂物。家具虽然简陋，却都是公家配置的。他们在大窑洞正中安放一张木板双人床，靠窗一张原色木质书桌，配一把皮靠背的木凳子，靠里间艾青自己设计，请工人帮助用黄土垒起一条沙发底座，大约四尺长两尺多宽，刷过一层白石灰，压上一层厚厚的草垫

---

① 《欢迎科学艺术人才》，《解放日报》（延安）社论，1941 年 6 月 10 日。

② 韦嫈：《延安作家生活纪实》，见程远主编《延安作家》，第 501 页，西安：陕西人民教育出版社，1992 年 8 月版。

子，再铺上陕北特产的白羊毛毡，女主人亲手缝制两个红黑镶嵌的布质坐垫，时常博得来客的夸奖和惊叹；小窑洞里放置一张单人木板床，也配一张小书桌和凳子，没有书架，没有脸盆架，脸盆、脚盆和锅碗什物都放在地上，沿墙根排列着。冬季到来的时候，他们又在窑洞当中垒起一个火盆，既可以取暖，又可以兼作炉灶。拿一只大搪瓷缸放在炭火上，里面放置红枣，加少许的清水，不一会儿，诱人的枣香味儿充溢窑洞，生活既温暖又甜美。

集体伙房在山坡底下，“公家派的炊事员，开饭时由小勤务员用木桶挑上山，高喊一声‘打饭了！’大家便纷纷走出窑洞，等候小勤务员分发。虽然经常吃的小米干饭，熬萝卜条、熬土豆条，或者南瓜煮白菜，但大家心情却十分愉快，写作之余不自己忙着做饭，每星期总有一两次肉吃，当时叫做‘会餐’，改善大家的生活。大家把时间和精力大部分用到了工作上，说心里话，比我们在国民党统治区的生活要安定得多”①。

除住处、家具、伙食由公家供给外，还有四季衣服、夜间照明用的蜡烛或油灯及灯油、写作用的墨水纸张，甚至妇女用的卫生纸，一概都由公家按时定量供给。韦嫈晚年深情地回忆说：“我感到生活真是有了保障，虽然一切都是简陋的粗糙的，但心情是愉快的。我们不追求豪华，追求的是理想，美好的人类理想，才来到这荒凉的山沟沟里，这里的人们都在从事一番轰轰烈烈的革命事业，这些人是不追求物质生活的享乐才来到这儿的，他们都是崇高的‘同志’！”②崇高的理想精神可以感人，但是，简约而富足的物质生活保障是支撑理想精神大厦持久矗立的必要条件。

安适的生活供给，平等的人际关系，自由开放的社会环境，积极进取的学习风尚，清廉高效的政府职能，延安知识分子因此称颂延安曾经天堂般的岁月。这种天堂岁月的核心记忆，是纷繁的文事活动，频繁的群体集会，③ 飘扬的旗帜，嘹亮的歌声，群情激昂的口号，振臂如林的高呼；还有延河边黄昏浪漫的散步，窑洞里冬夜温馨的围炉。每个日子都被安排得满满的，轰轰烈烈，忙忙碌碌。融入革命集体的个体生命，随着集体情绪饱满的河流飞湍旋转着。

---

①② 韦嫈：《延安作家生活纪实》，见程远主编《延安作家》，第502页，西安：陕西人民教育出版社，1992年8月版。

③ 参见朱鸿召《延安文人》，第72～83页，广州：广东人民出版社，2001年9月版。

窑洞生活，自由，开放，热烈。夏日如水的夜色，冬日温馨的炉火，延安文化人享受着别一番生活景致。

“晚上的灯油是有限的，所以九点钟就吹熄灯号，我的自由阅读也总是抓紧时间，油灯上结了灯花也并不摘掉，让它自开自落。每当读得若有所得、兴趣正浓时，抬头看看灯花，那就像看见了自己的心花一样。”① 这是住在鲁艺东山窑洞里的蔡若虹夜读的情景。待到灯油燃尽，走出窑洞，留在记忆深处的是满天如水的夜色。

> 山野中的月夜比城市中的月夜美得多，那有一轮明月高悬的万里无云的晴空，就和延安同志们的心胸一样辽阔。那个圆圆的月亮越是在头顶上越亮，它那无比晶莹、无比清澈的光辉，给周围的群山都披上了一层薄薄的银纱，既可以看见分明的轮廓，又显得有些朦胧，就好像掉进了一个美妙的梦境中那样！②

如水的夜色里，人们坐在窑洞前的土沙发上，海阔天空，无所不谈。华君武的“荤段子”，常常让同伴们笑得肚皮子痛，直不起来腰。

冬夜围炉，可以听到窑洞外西北风刮得延河里的冰冻裂开来，带着尖锐的呼啸，响彻远方的山谷，还可以听到杨家岭传来的夜半钟声；③ 环顾窑洞里，炉火上熬熟了的陕北大红枣，飘溢着诱人的甜香。

> 最好是冬天雪夜，三五个邻窑的同志聚在一起，围着一个火盆，火盆里烧着自己烧的木炭。新炭发着毕毕剥剥的爆声，红炭透着石榴花一样的颜色，使得整个窑里煦暖如春。有时用搪瓷茶缸在炭火上烹一杯自采自焙的蔷薇花茶，或者煮一缸又肥又大的陕北红枣，大家喝着，吃着，披肝沥胆，道古说今，往往不觉就是夜深。打开窑洞的门，满满地吸一口清凉的空气，喊一声“好

---

① 蔡若虹：《赤脚的天堂——延安回忆录》，第 47 ~ 48 页，长沙：湖南美术出版社，2000 年 4 月版。

② 蔡若虹：《赤脚的天堂——延安回忆录》，第 109 页，长沙：湖南美术出版社，2000 年 4 月版。对比朱自清的《荷塘月色》，那种精巧、细腻、柔美的意境，满贮着隐痛和忧伤；蔡若虹笔下的高原月色，辽阔，荒凉，壮美，充盈着一种十足的自信和酣畅淋漓的洒脱。审美境界的背后，透视着的是两种生活境遇下知识分子不同的精神状态。

③ 方纪：《我在延安的文学生涯》，见杜立主编《延安精神代代相传》第 1 集，第 86 页，天津：天津市延安精神研究会，1996 年 6 月。

大的雪”，不讲“瑞雪兆丰年”吧，那生活的意义是极为丰腴的。捧一捧雪擦擦脸，就是该睡觉的时候神志也更加清醒。这时候，谁都愿意挑一挑麻油灯，读书或写作，直到天亮。①

驻会“文抗”的专业作家们，为了保证写作条件，灯油特别供给，因此就有了享受更加深刻丰厚的冬夜不眠、围炉谈心、挑灯夜读的自由。

1938 年秋，从广西辗转来到延安，先在盘龙镇的抗大七大队学习三个月，然后考进鲁艺文学系第二期的陆地（1918～2010），回忆位于桥儿沟的学校生活时说：“延河从城北流经王家坪、清凉山，到宝塔山脚转而向东，沿着飞机场边缘，直奔桥儿沟而来。学院背依峡谷，面临河湾，只需穿过一条路店的小街，走不到一刻钟，面前便是为河湾环抱的一片平畴，人们早晚到此行吟泽畔，引吭高歌。当此烽火的年代，这无疑是一片净土。有创作，可以演奏、朗诵于礼堂；得空余，可以信步于河滩；白昼，仰望得见湛蓝如海的晴空；午夜，不时谛听悠扬的驼铃，叮咚作响。”这里相对集中地聚集了延安文化人的另一个群体。个性鲜明，崇尚艺术美，生活、学习、工作中都显示出别具一格的新风尚。“当时，延安机关干部、学校师生，每年夏冬两季所发的衣服鞋帽，都是一式一样的。但是，穿在鲁艺学生身上，却另有一番风姿，显得特别朴素而大方。他们一顶军帽的顶戴，一条腰带的装束，一双草鞋的编织，莫不独出心裁，非同一般。总之，处处展示各自的个性。”② 周末有晚会，逢时过节美术系都有画展，文学系出墙报，主持召开诗歌朗诵会。冬夜漫长，十个八个同学围在一个窑洞里，抓阄讲故事。

1940 年底，从抗日前线回到延安的郭小川（1919～1976），进入马列学院学习，不久该校更名为中央研究院，他在文艺研究室任研究员，与欧阳山、金紫光、蔡天心、王实味等同事。那时物质生活并不好，“很少吃馒头、肉，白水、盐煮洋芋。吃饭是在院子里露天，每一组一个瓷罐，小米饭常常挺硬”。紧张的学习、创作生活之余，晚饭后与三五好友在延河边散步谈心，朗诵诗歌，畅想未来，成为终生难忘的记忆，具有一种独特的浪漫气息。“这时候，延安最特出的地方，便是延河两岸的男女了。因为女大

---

① 吴伯箫：《窑洞风景》，第 190～191 页，合肥：安徽教育出版社，1997 年 10 月版。

② 陆地：《直言真情话平生——陆地自传》，第 125、131 页，南宁：广西美术出版社，2004 年 12 月版。

在党校对面，每天晚饭后和假日，在延河边散步的颇不乏人。女同志的装束，是蓝斜纹布的带耳朵的帽子，即使是好天气，也把耳朵放下来。最讲究的要算围巾，花花绿绿，不过是追逐都市风而已。”“男同志的最标本的服装是白碴短皮袄，颈围布的或毛围巾。那年发的鞋子很好，是高统的黑色布棉鞋。头发挺长。”最标致的衣着是鲁艺音乐系教师杜矢甲，用一张粗毛毯改制成披风，被传说为披着麻袋到处教唱革命歌曲。“作为人们的谈料的，不是别的，而是文学与恋爱。文学与恋爱，二者这般密切，流行在人们口头的语汇，是‘灵魂的美’，是‘文学气质’……”①

一个偶然的机会，郭小川结识了女大学员杜惠。经过一段时间交往，他们恋爱了。杜惠晚年回忆说：“在1941年秋定情的那个晚上，我们向着青春般的小树林，向着永远欢唱的延河水，向着宽广美丽的星空宣告：我们订婚啦！我们订婚啦！我们发誓：‘一定要像政治上永远忠于党、忠于革命那样永远忠于我们相互间纯真的圣洁的爱情！’”② 在充满着诗情画意的延河岸边，他们尽情地相爱着。“说不尽的甜蜜的往事，/一辈子咀嚼不完的袭人的味儿，/延河边上的冬天多么冷，/大风刮着，有一双温存的手，/为我扣好皮大衣的纽。/在春天，野玫瑰的芳香，/使我们陶醉，不，那是我们并排/走着，不住地热吻，/巴尔干的夜，胸脯对着胸脯……”③ 巴尔干，是伸向延河边的一块巨大岩石，星期天是青年学子读书的好去处，夜晚就成了恋人约会的好领地。

浪漫的青春孕育着浪漫的爱情，浪漫的岁月谱写着浪漫的诗篇。

杂花生树最是春天

延安文化人回报这个时代的，是把延安打造成一座诗的城、歌的城，创造了黄土地上文化发展繁荣的奇迹。

---

① 郭小川：《延安生活杂忆》散文残篇，见郭晓惠编著《一个人和一个时代：郭小川画传》，第35页，北京：作家出版社，2009年9月版。

② 杜惠：《恋歌》，见郭晓惠编著《一个人和一个时代：郭小川画传》，第37页，北京：作家出版社，2009年9月版。

③ 郭小川：《八年》诗歌残章，见郭晓惠编著《一个人和一个时代：郭小川画传》，第40页，北京：作家出版社，2009年9月版。

千百万个知识青年和延安文人作为叛逆者、逃亡者和追求者聚集延安，供给制和军事化的组织生活，从社会存在形态上将他们融合为一个集体，而集体歌咏和其他文艺活动则是从意识存在形态上将他们化合成一个情绪、意志和精神整体。团结抗日，救亡图存，工农兵，大生产，共产党，新中国，成了他们反复咏唱的集体情绪和意志，汇成了圣地延安革命理想主义的滚滚洪流，集体歌咏的浩瀚海洋。

延安的歌声是集体的心声。站在集体队伍里，张开歌喉，放声高歌，歌声是可以感染人的。借着歌声的翅膀，人们彼此情感呼应，心灵感召。曾在中国女子大学学习的鲍侃回忆，“每逢大型集会，就有一列列整齐的队伍，从山沟里、山腰上，从四面八方走来，年轻人迈着矫健的步伐进入延安大砭沟（后改称为‘文化沟’）的会场。中央党校、马列学院、抗大、女大、鲁迅艺术学院、军事科学院成千上万的青年，汇合在山沟峡谷口的开阔空旷的广场，立刻成为人头滚滚、歌声琅琅的海洋。你拉我唱，我拉你唱，此起彼伏，一浪高过一浪”①。没有乐器伴奏，没有麦克风扩音器，一场大会下来，很多人嗓子都唱得嘶哑了，心里却美滋滋的，期待着下次集会再出风头。

对延安歌声做最精彩描述的，是曾任陕甘宁边区文化界救亡协会（简称“文协”）秘书长的吴伯箫。

> 延安唱歌，成为一种风气。部队里唱歌，学校里唱歌，工厂、农村、机关里也唱歌。每逢开会，各路队伍都是踏着歌走来，踏着歌回去。往往开会以前唱歌，休息的时候还是唱歌。没有歌声的集会几乎是没有的。……在延安，大家是在解放了的自由的土地上，为什么不随时随地、集体地、大声地唱歌呢？每次唱歌，都有唱有和，互相鼓舞着唱，互相竞赛着唱。有时简直形成歌的河流，歌的海洋。歌声一波未平，一波又起，接唱，联唱，轮唱，使你辨不清头尾，摸不到边际。那才叫尽情地歌唱哩！②

人力可以歌曲，集体精神意志可以通过歌声来协调统一。

延安轰轰烈烈的歌咏活动，是一种风气，也是一种革命传统和斗争需

---

① 鲍侃：《女大歌声》，见《延安女大——纪念延安中国女子大学建校五十周年（1939～1989）》，第103页，北京：纪念延安女大五十周年筹委会，1989年5月编印。

② 吴伯箫：《歌声》，《光明日报》（京），1961年10月1日。

作为专门培养文化艺术人才的高等学校，鲁艺所在地总是红色艺术的中心，引领着革命浪漫的时尚。

1939年5月，光未然作词、冼星海谱曲的《黄河大合唱》，在延安鲁艺成立周年纪念会上正式公演，全城轰动，成为经典。它唱出了一个时代的最强音，唱出了中华民族的最高音

鲁艺合唱团，代表延安当时最高表演水平

要。“一次长篇大论的演讲，往往不及一个歌曲的力量大。”① 当无数个个人的声音融入一个声音，一种共同的理想信念被歌声传递着，注入每一个个体的心灵深处，从而形成一个统一的意志与力量。革命歌声，可以发挥唤醒民众，激发抗日救亡的热情和信心的艺术作用。革命文艺成为传递一种思想、一种语言、一种号令的有效载体。千百万人能被一种歌声席卷起来，踏着统一的步伐前进，听着统一的号令去战斗。

红军和中央机关初到延安时，“几乎没有什么文娱活动，只是队伍集合或行进时，唱支歌，像《义勇军进行曲》《大刀进行曲》和红军时期的《三大纪律，八项注意》等歌曲。到了1937年下半年之后，延安陆续来了许多青年学生，他们是来延安求学参加革命的，也给延安带来了新气象，尤其文艺方面的新气象”②。群众性的集体歌咏是这一时期延安文艺活动的主要形式。

莫耶（1917～1986），原名陈淑媛，生长在厦门鼓浪屿一个富裕家庭，曾在上海女子书店任职，1937年“八一三”淞沪抗战爆发后，随上海救亡演剧第五队到西北，同年10月奔赴延安，进入抗大第三期学习。她晚年回忆这段生活说，“对于我这个十九岁的女青年，延安，是孕育乐观向上性格的深厚土壤，是培养革命乐观主义精神的温床。我走路想跳，张口想唱。大家歌声和着歌声，歌声引着歌声。歌声就像生活中的空气、阳光，没有歌声，生活便会窒息”③。在延安无处不在的革命歌声感染下，她创作了歌颂延安的经典歌曲。

> 啊，延安！/你这庄严雄伟的古城，/到处传遍了抗战的歌声。/啊，延安！/你这庄严雄伟的古城，/热血在你胸中奔腾。④

这是革命青年发自肺腑的心声，唱出了无数知识青年奔向延安，投身革命事业的感动、喜悦和骄傲。

塞克（1906～1988），原名陈秉钧，出生于河北霸县，1930年代参加左

---

① 陈希文：《安吴青训班各类教育教学活动总结·职工大队概况》（1938年8月），见李智主编《熔炉·丰碑——安吴青训班文献集》上册，第286页，北京：中共党史出版社，2006年8月版。

② 黄霖：《延安轶事》，第56页，北京：解放军文艺出版社，1982年10月版。

③ 莫耶：《〈延安颂〉诞生记》，《生活的波澜》，第115页，西安：陕西人民出版社，1984年3月版。

④ 莫耶词、郑律成曲：《延安颂》（1938年4月），收入《抗战名曲100首》，第133～134页，杭州：浙江文艺出版社，1995年3月版。

翼文化运动，改名为塞克（“布尔塞维克”之缩略）。1937年7月全面抗战爆发后，他参加西北战地服务团，1938年到延安，曾任教于鲁艺戏剧系，后来担任延安青年艺术剧院院长。他与冼星海合作，创作《生产大合唱》，把一场艰苦的生产运动演绎升华为一次快乐的群众歌咏。

有艺术家对这部作品评价说：“这部大合唱词曲并茂，完美结合，属空前的辉煌之作。它促进了延安的生产运动，在山坡上、小河边，劳动大军不时地传出‘二月里来（呀）好春光，家家户户种田忙……’、‘小米饭，香又香……’等活泼愉快的歌声。”①

冼星海（1905～1945），出生于澳门，祖籍广东番禺。1938年11月，冼星海偕新婚夫人钱韵玲从武汉来到延安，积极投身集体歌咏活动，创作并指挥《生产大合唱》（塞克作词，冼星海作曲）、《黄河大合唱》（光未然作词，冼星海作曲）等充分表现时代情绪和民族精神的经典作品，使延安集体歌咏达到高潮。

据当时的参加者回忆：“冼星海同志指挥得那样有气派，姿势优美，大方；动作有节奏，有感情。随着指挥棒的移动，上百人，不，上千人，还不，仿佛全部到会的，上万人，都一齐歌唱。歌声悠扬，淳朴，像谆谆的教诲，又像娓娓的谈话，一直唱到人们的心里，又从心里唱出来，弥漫整个广场。声浪碰到群山，群山发出回响；声浪越过延河，河水演出伴奏；几番回荡往复，一直辐散到遥远的地方。”②

在这样的社会群体里，他找到了艺术的知音，得到了心灵的共振，激发出极大的创作热情。“在延安时期，是星海的创作最旺盛的时期。他的乐思如泉涌，有时饭吃到一半，突然有一个乐想，立刻放下碗，写下这段旋律。甚至有一次睡在床上，听到风声，脑海里浮现出一段旋律，赶快起来记下。”③ 生活相对安定，感于时代，忧乎民族，追求“为中国老百姓所喜闻乐见的中国作风和中国气派”④，他更善于抒发壮丽强烈的情感。1939年

① 丁里：《延水昼夜放歌喉》，见艾克恩主编《延安艺术家》，第92页，西安：陕西人民教育出版社，1992年8月版。

② 吴伯箫：《歌声》，《光明日报》（京），1961年10月1日。

③ 钱韵玲：《深情无限忆星海》，《音乐爱好者》（沪），1980年第3期。

④ 毛泽东：《中国共产党在民族战争中的地位》（1938年10月），《毛泽东选集》第2卷，第534页，北京：人民出版社，1991年6月第2版。

1942年5月，延安文艺座谈会召开，开启了中国现代文化艺术的新篇章、新境界、新历史

1943年春节，鲁艺秧歌队演出新秧歌剧《兄妹开荒》，是文艺为工农兵服务的成功尝试，获得轰动性的广泛社会好评

古元创作于延安时期的木刻，在重庆展览，被徐悲鸿称为“中国艺术界一卓绝之天才”，“中国新兴版画界已诞生一巨星”

春，创作《生产大合唱》，是他在延安第一次尝试民族形式、进步技巧的作品。接着，在一个星期时间里便创作出《黄河大合唱》组曲。

黄河是中华民族的象征。描绘黄河形象，塑造黄河性格，正可以艺术地表达作者在抗日救亡运动中对民族命运的强烈忧患情感。当延安文人胸襟开阔，情绪激昂，让黄河从心中流过，延安的歌咏更是如浪如涛，壮丽辉煌。

艺术是一种生命形态的审美表现。《黄河大合唱》的词作者和曲作者都是用心灵在塑造着黄河的形象，表达着崇高的民族情感，唱出了一个时代的心声。

与延安歌咏同时出现的，还有朗诵诗运动。

1937 年底，陕甘宁边区文化协会（简称“文协”）成立“战歌社”，由有“狂飙诗人”美称的柯仲平任社长。该社指导并推动诗歌大众化运动。随后抗大、陕北公学（陕公）等相继成立战歌社分社，许多学生和教师开始诗歌朗诵运动。1938 年 8 月 7 日，以柯仲平、林山为代表的“战歌社”，与田间、邵子南为代表的西北战地服务团“战地社”联合发表《街头诗歌运动宣言》：“有名氏、无名氏的诗人们呵，不要让乡村的一堵墙，路旁的一片岩石，白白地空着；也不要让群众会上的空气呆板沉寂。写吧——抗战的，民族的，大众的！唱吧——抗战的，民族的，大众的！”①

他们定期举办诗歌朗诵会，出诗歌墙报，四处张贴散发油印诗歌传单。

1939 年 3 月，萧三（1896～1983）自苏联到延安，组织成立“延安诗社”，出版《新诗歌》油印刊物（后改为铅印）。1940 年 12 月，又成立“新诗歌会”。1941 年 3 月，艾青到延安，办起《诗刊》杂志。同年 9 月，十余位 60 岁以上的文人墨客于延水雅集，成立“怀安诗社”，在《解放日报》刊载“怀安诗选”。

一时间，延安的土墙上、门窗边、石壁上、树干上、庭院里、敌机轰炸过的残垣上，到处都是诗。这些诗有的是用大排笔像标语一样刷出来，有的是用粉笔、黑木炭写的，还有的是用树枝写在沙地上……“延安——陕甘宁边区是诗境，是诗的生活。”②

1938 年 6 月的一个周末，解放社印刷厂文艺晚会，柯仲平美髯酡颜，

---

① 《街头诗歌运动宣言》，《新中华报》（延安），1938 年 8 月 10 日。

② 萧三：《出版新诗歌的几句话》，转引自高陶《萧三》，第 261 页，北京：中国青年出版社，1991 年 6 月版。

声情并作，兴奋陶醉地朗诵自己的诗作《边区自卫军》。至第二章诵完，他才从诗里清醒几分，看看会场，感到时间已晚。弯腰问前排的毛泽东：

“主席，我看算了，时间不早了。”

毛泽东回头看看后边的听众，问柯仲平余下多少。

“还有一章。”

“朗诵下去。”

柯仲平朗诵完后，毛泽东从座位上站起来，紧紧握着柯仲平的手说：“很好！抗战的、民族的、大众的、民歌风的。”并索去诗稿。第二天，毛泽东派人送还诗稿时，在稿上改了一个字，并批语：“此诗很好，赶快发表。毛泽东。”中央机关理论刊物《解放》周刊第41、42两期（1938年6月8日、6月20日）破例连载。

一个思想开明、文化活跃的时代，文学艺术不仅仅是文艺家的事业，文学青年的追求，而且还被社会上各阶层的人们所喜爱。1941年9月12日，重庆《新华日报》载文介绍延安文艺活动：

> 如果谁想知道一点关于延安文艺活动的事情，首先在报纸上的各种启事或消息中便可以获得这样一个概念，你会觉得：延安的文艺活动确是够活跃啊！
>
> 这话倒不是假的，在延安，文艺工作者正愉快地努力地进行着他们的工作，许多爱好文艺的青年被组织在85个文艺小组中，成为667个组员。文艺小组的成立，普遍在包括了机关、学校、团体、工厂和部队等54个单位中。因此，文艺小组和组员就有了工人、战士、学生和公务员这些各样的人们。①

这种文艺小组最早是1938年解放社印刷厂四五个工人成立的。1940年春边区文协第一次代表大会后由文抗负责帮助领导，这项工作蓬勃发展。1941年9月30日，中央文化工作委员会（中央文委）专门发出《关于组织

---

① 叶澜：《文艺活动在延安》，《新华日报》（重庆），1941年9月12日。

一说成立文艺小组的单位是45个。见雷加《七次巡回座谈会底经过与检讨》，《文艺月报》（延安），第4期（1941年4月）。

又说组织文艺小组85个，组员668人，所在单位40~50个。见《中华全国文艺界抗敌协会延安分会第五届会员大会记录》，《中国文化》（延安）第3卷，第2、3期合刊（1941年8月）。

文艺小组对延安各机关学校的通知》。

以前延安各机关学校的文艺小组活动，都是自发的组织，由文抗分会（即“文抗”，引者注）的文艺小组工作委员会领导，各机关学校行政当局不负领导责任。因此工作上发生一些困难：第一，有些文艺小组活动和本机关学校的工作冲突，不能适当调解；第二，机关学校太多，文抗分会来不及普遍领导。为着便利群众文艺活动更加发展起见，希望各机关行政当局更多注意文艺小组的工作，办法如下：

（一）各机关学校的俱乐部应把文艺小组的组织工作作为自己工作的一部分，负责将本机关学校对文艺有兴趣的人组织到小组中来。

（二）文抗分会文艺小组工作委员会只负教育上的责任。关于小组的写作和研究上的问题，由各俱乐部与文抗分会接洽，取得帮助。

（三）各俱乐部应经常注意检查小组的工作，并在这一方面经常与文抗分会文艺小组工作委员会取得联系。①

紧接着，文抗文艺小组工作委员会次日便公布《文艺小组工作提纲及其组织条例》，明确提出，“文艺小组是根据大众对文艺普遍的爱好和要求，而在自由民主的边区所产生的一种群众的文艺运动。它提示大众对文艺的正确认识，提高大众的文化水平，并培养、教育写作人才，使之生动、真实地反映生活”。根据“自愿、活泼、民主”的组织原则，“三人即可组织之（学校、机关、部队、工厂皆适用），推组长一人负责计划工作，推动工作”②。文抗文艺小组工作委员会先后举行过12次巡回座谈会，围绕着“写什么和怎样写？读什么和怎样读？”的总题目，组织文艺家们到各文艺小组，与组员和爱好文学的广大群众直接交流讨论。

此外，由艾思奇组织、毛泽东经常参加的“新哲学学会”，范文澜、吕振羽主持的“中国历史问题讨论会”，萧军筹建的“鲁迅研究会”，萧三负责的“文化俱乐部”，以及“延安诗会”（艾青主持）、“延安平剧院”（张

① 《中央文委关于组织文艺小组对延安各机关学校的通知》，《文艺月报》（延安），第10期（1941年10月）。

② 《文艺小组工作提纲及其组织条例》，《文艺月报》（延安），第12期（1941年12月）。

延安文艺有两个繁荣时期，1942年整风运动之前，是一个繁花似锦、百鸟争鸣、万物生辉的阶段，表现出海纳百川、开放自信的情怀气派；1942年整风运动以后，是一个目标明确、众志成城、虎虎生风的阶段，显示出围绕中心、服务大局的精神凝聚力和艺术战斗力。

阳光灿烂，窑洞温暖。鲁艺音乐系学员们在窑洞教室门前练习唱歌，或坐或立，或拉或唱，率性随意，笑容满面

1941年9月，萧军（右一）邀请张仃（左）为延安鲁迅研究会即将举办的纪念鲁迅逝世五周年活动创作巨幅鲁迅先生画像。中为陈布文，张仃怀抱者是他们的孩子乔乔

街头墙报、街头诗、活报演出、文艺园地，延安曾经是一座歌城、一座诗城，被知识分子们称颂为“赤脚的天堂”

庚主持）、“鲁艺平剧团”（阿甲主持）、“边区美术工作者协会”（江丰主持），等等，都非常活跃，活动不断。据清凉山新闻出版革命纪念馆统计，抗日战争时期延安和陕甘宁边区出版的报刊有近 70 种之多，其中报纸 23 种，刊物 48 种①。图书出版发行机构十余家，各类书店、图书馆约 20 家。②这些报刊和出版机构主要发表生活在延安及抗日根据地的作家和文学爱好者的原创作品，充分反映了延安革命队伍的文化创造状态。

花团锦簇，众星拱月。作为专门培养文学艺术方面人才的鲁迅艺术学院（1940 年 5 月改名为“鲁迅艺术文学院”；1943 年 4 月，并入延安大学，作为一个院，又改名为“鲁迅文学院”），自 1938 年 4 月 10 日创办后，经过几年的实践，到 1940 年、1941 年，逐步建立起正规的学制，走上正规化、专门化办学道路，并影响这个时期的延安文艺生活。戏剧音乐系帮助推动了整个延安戏剧活动向演“大戏”方向发展。《日出》《雷雨》《钦差大臣》《蜕变》《李秀成之死》《望江亭》《法门寺》等中外戏剧名作先后在延安演出，受到热烈欢迎。③“若果说在过去的时期我们曾经沿着一条较为狭隘的道路前进，那末，现在这条道路是被放宽了。”④ 美术系于 1941 年 8 月筹办了陕甘宁边区美术协会大型美术展览会。文学系编印出文学刊物《草叶》；另由周扬主编，桂林印刷的综合文艺刊物《文艺战线》，影响波及全国。

不同地域、不同特色的戏剧艺术形式，与延安的革命理想结合起来，形成了延安早期特有的一种开放情怀、浪漫情调和革命乐观主义精神。这座本来灰色狭小的古城，顿然间焕发出年轻的光彩，革命圣地的文化情怀也变得越来越活泼和激荡。

---

① 刘煜主编：《圣地风云录》，第 137 页，西安：陕西旅游出版社，1992 年 5 月版。

② 参见常紫钟、林理明主编《延安时代新文化出版史》，第 430 ~ 478 页，西安：陕西人民出版社，2001 年 2 月版。关于延安时代出版机构，该书没有把军队系统的出版发行机构纳入统计范围。

③ 《新中华报》（延安）1940 年 1 月 19 日报道，《〈日出〉公演八天，观众近万人，中共领导同志备极赞扬》。王明招待参加该剧演出的工作人员，嘉勉有加。“工余剧人协会”和“鲁艺实验剧团”都排演此剧。

该报同年 8 月 27 日，叶澜《关于〈雷雨〉的演出》介绍，8 月上旬《雷雨》由“青年救国总会剧团”公演七场，每场上千人，场场满座，颇得延安一般人士的好评。

该报同年 11 月 10 日，叶澜《略谈〈蜕变〉》介绍，《蜕变》由“陕北公学文艺工作队”连续上演 11 天。

④ 于敏：《评〈日出〉公演》，《新中华报》（延安），1940 年 1 月 24 日。

如果说 1942 年以前，延安文化艺术的发展繁荣主要是抒发革命者的精神情怀；那么，经历过延安整风运动后的延安文化艺术，则主要是为人民服务，与民同乐，从而创造出“新秧歌”红色革命文化。这是不同时期的两种文化发展繁荣形态，它们共同创造了延安革命文化发展繁荣的奇迹。

三

科学技术胜出文化艺术

科学技术发明创造可以改善生活供给，提高劳动生产率，增强集体战斗力，很少有意识形态领域里的犯忌抵牾。延安文化艺术发展繁荣的同时，是科学技术发明创造的蓬勃兴盛。在一穷二白的黄土地上，现代工业基础几乎为零。革命队伍通过吸引、扶持、激励各类科学技术人才，有条件要上，没有条件创造条件也要上，在革命、生产、生活等诸多领域，实现了无数个大大小小的发明创造，极大地改善了革命队伍里的生产工作环境，创造了另外一种黄土地上的奇迹。并且，这种科学技术发明创造贯穿整个延安革命时代。

引进培育良种更好解决社会温饱

用科学的手段，引进培育优良品种，提高农作物产量和品质，从而推动陕北农业经济和农村社会的发展，这是延安革命队伍对陕甘宁边区人民群众的重大贡献。

西红柿、狼尾谷、金皇后玉米、新鲜牛奶……这些今天习以为常的农牧产品，在抗战时期的延安，经过陕甘宁边区农业学校及其附属农场的引进培植、研究试验，得以推广传播，极大地提高了农作物产量，提升了农业生产效益，缓解了边区粮食供需紧张关系，并普遍惠泽陕北农村芸芸众生。

1939 年 7 月，借助中国农业促进会所主持的国民政府援助项目经费，延安创办陕甘宁边区农业学校及其附属试验农场。“边区农业一向落后，既乏科学常识，又未改良技术，且旧的经验亦未能搜集以供给农民普遍采用，是以墨守成法，不加改良，成为普遍倾向。因此培养农业科学人才，加强农业指导，以改良农作法，提高农业技术，成为发展农业生产的前提。职是之故，边区政府遂决定设立边区农业学校，以培养各县农业指导人才，并在农业学校内附设农事试验场，期收教育与试验之两效。并蒙贵会予以经费上之协助，遂使该校及附设之农事试验场得于本年六月建设就绪，并于七月一日正式开学，奠下了边区培养农业人才，改良农业的基础。”①

1941 年 3 月，边区农校附属农场归并光华农场，1942 年 6 月边区农业学校再次归并边区职业学校。边区农业学校的农业试验功能主要由光华农场承担，培养农业科技干部的功能则由延安自然科学院承担。延安自然科学院生物学系改名为农学系，并逐渐承担延安中国农学会工作职责。经过资源整合、属性调整后的光华农场，主要承担农牧业优良品种的引进、培育和推广工作。

谷子是陕北主要粮食作物，种植面积占边区耕地三分之二以上。据边区第二届农工业展览会收集到的样本统计，边区谷子共有 70 多个品种，糜子有 30 多个品种。其优良品种与一般品种产量差距很大，展览会上陈列的谷穗长一尺五寸，粒粒饱满。② 如何培育出优良品种，在不增加劳动力、不增加肥料的同等条件下，也可以获得更好的收成，成为边区农业发展的一大课题。光华农场科研人员从几十个谷子品种中选择了狼尾谷、干捞饭、红期限等几个谷穗大、产量高的种子，用四个先后不同的播种期试种，跟

① 《陕甘宁边区政府给中国农业促进会的咨呈》（1939 年 8 月 19 日），见陕西省档案馆、陕西省社会科学院合编《陕甘宁边区政府文件选编》第 1 辑，第 337 ~ 338 页，北京：档案出版社，1986 年 5 月版。

② 郁文：《边区第二届农工业展览会参观记》，《新中华报》（延安），1940 年 3 月 8 日。

踪记录，采集数据，最后得出结论：

狼尾谷——每垧地能打粮食2石2斗9升，颗子大，穗大，眼睫毛长，雀子不啄，每垧地比稀把谷多打3斗多粮食，多收草400多斤。

干捞饭谷——每垧地收1石8斗2升，青秆，根部略红，谷穗头大，每垧地比稀把谷多打9升粮食，多收草200斤，比狼尾谷少，延属各县多种此谷。

红期限谷——每垧地收1石7斗8升6，红秆，谷穗长，延安县各区种此谷普遍，每垧比稀把谷多打7升粮食，多收草80斤。

稀把谷——每垧收1石7斗1升2，青秆略红，谷穗长细，比前三种都差。①

同样是一垧地，种植狼尾谷品种就可以平均多打3斗粮食，折合60～100斤。这是农业科学优良品种的巨大贡献。在这次展览会上展出的狼尾谷品种，“每条穗都够一尺长，一把粗，沉甸甸的像小棒槌一样”②。边区政府积极推广该品种，由点及面，用事实说服农民，用政策引导农民。到1946年，边区17个县，共种植优良谷子品种狼尾谷1万多亩，平均增产10%以上。

金皇后玉米又称马齿玉米，从晋东南引进陕甘宁边区推广后，其产量比当地品种高出40%以上。“每亩能收1石5斗，而本地玉米最多只能收8斗。”③这种玉米的特点是颗粒像马齿，扁而大，穗轴红，粒色略带乳黄，株秆高七尺，秆粗叶阔，成熟期较本地玉米迟16至20天，生长期是谷雨至小满下种，秋分前后收割。马齿玉米穗长可8寸，粗的直径3寸；本地玉米长6寸，粗的直径1.6寸。马齿玉米穗可结子1080粒，本地玉米只结460粒。马齿玉米的颗粒还比本地玉米大二分之一。

在另一次展览会上，参观的陕北老乡们对狼尾谷和马齿玉米最为喜爱，纷纷索取其种子。有的说：“马齿玉米每垧地产4石多，我家种的黄玉米每垧顶多打2石4，差得太呢！”有的说：“它一根穗子长五六百粒大玉米，我

---

①③ 《边直生产展览》，《解放日报》（延安），1943年11月26日。

② 《请到展览会参观》，《抗战报》（晋绥），1943年11月4日。

家玉米一穗只长一百多粒，公家一满有办法。”① 组织农民们参观农业展览，引导鼓励农民改良品种，大大增加了农业产量，提高了劳动生产率。

此外，马铃薯、西红柿、烟叶、棉花、糖料作物等等，都取得品种改良、增加产量的效果。其中，西红柿经光华农场推广后，延安的机关学校工作人员纷纷在窑洞前或地角边栽种，既改善伙食，又带来浪漫的生活的享受。1942 年 8 月 1 日，方纪和黄人晓在文化沟的边区文艺界抗敌协会（简称“文抗”）举行婚礼。新郎送给新娘的结婚礼物，“既不是耳环，也不是戒指，而是两只西红柿——那是我跑出好几里，从我们菜地里摘来的”②。西红柿在当时堪称一种尤物，尤其是自己亲手种植的小苗长大结出的果实呢！烟叶试种成功后，研制出烤烟，并组织老乡们种植，承诺回购，为生产卷烟提供了技术和原料支撑。糖料作物甜高粱秆经榨汁后，无法解决离心机除糖蜜技术，做不成结晶糖，只能做成糖稀，质量也不稳定，没有大量生产，聊以解决当时延安生活中食糖匮乏之急。

畜牧方面最大的贡献，是研制出抗牛瘟血清和牛瘟疫苗，有效地遏制了曾经肆虐边区的牛瘟疾病。这项技术的主要研制者——光华农场场长陈凌风，被边区政府授予 1944 年度特级先进文化工作者荣誉称号。

1943 年春季，边区发生大规模牛瘟。病情迅速蔓延，对边区农业生产威胁严重。灾情就是命令，光华农场和国际和平医院合作，组成由农场场长陈凌风、和平医院医生陈伯岩等人参加的课题攻关小组。他们深入甘泉县等牛瘟流行地区，首先在姚店子村购买一头病愈的耕牛作为试验之用；然后取得瘟牛血液，分别注射到已经病愈的耕牛和两头健康的牛体内。结果是病愈的耕牛因为自身产生了免疫力，没有发病，而两头原先健康的牛都病倒了，并表现出明显的牛瘟典型症状。

初步试验成功后，接着又进行第二轮试验。再将瘟牛血液大量注射到病愈耕牛体内，仍然没有反应。两周后进行第三轮试验，始终没有发生变化，说明这头耕牛自身产生了强大的牛瘟抗体。

---

① 《边区生产展览会盛况空前，新民主主义经济建设辉煌成果》，《解放日报》（延安），1943 年 12 月 4 日。

② 方纪：《我在延安的文学生涯》，收入杜立主编《延安精神代代相传》第 1 集，第 78 页，天津：天津市延安精神研究会编，1996 年 6 月编印。

随后，课题组从这头耕牛的静脉取血，制成牛瘟血清，在当地牛瘟流行区域做药效试验。给 9 头病牛注射后，瘟牛都被治愈；给 10 头健康的牛注射后，全部没有得病，获得惊喜的免疫效果。受条件限制，从病愈耕牛身上取血时，没有柠檬酸钠勾兑，为防止血液凝固，只有用玻璃棒不断搅拌。没有高压消毒器具，就用大锅蒸煮消毒。甚至没有酒精棉，就用高度白酒代替。“在进行扩大制造和推广应用时，需要更多的注射器和针头，一时无法解决，后得到建设厅农具厂和缸瓦窑的大力支持，设计和制造出几百个虽然粗糙但能使用的针头，并仿制成铜质注射器。缸瓦窑烧制瓷瓶，解决了血清、疫苗瓶装的问题。”① 土法上马，因地制宜，边区科技工作者表现出可贵的创造精神和创新能力。

牛瘟血清研制成功后，接着又开展牛瘟疫苗的研制工作。先从瘟牛的淋巴腺和脾脏器官获取牛瘟病毒，制成甘油和福尔马林两种形态的牛瘟疫苗，分别注射到两头小牛体内。经过一段时间观察，这两头小牛都没有生病。稍后，在更大范围内试验都取得很好的效果，证明牛瘟疫苗获取培植、临床注射是成功的。

大量生产牛瘟疫苗，是选择 50 至 150 公斤的健壮牛犊，经过检疫，注射牛瘟血清。每头牛接种 5～10 毫升由牛瘟急性期病牛取出的新鲜拘椽酸钠血液。大约在注射 3 天后，接种动物有体温反应，再过 1～2 天后，出现典型的下痢和其他急性牛瘟病症，体温开始下降。这时，将动物放血致死，取其淋巴腺和脾脏放入消毒的器皿中。完成动物接种的全过程大约需要 7 天时间。

牛瘟疫苗的制造，是将瘟牛的淋巴腺和脾脏组织放入 5% 的石炭酸溶液中，15 分钟后，用蒸馏水清洗。然后，将组织研磨成小块，每 1 克组织加入 60% 的甘油水溶液 1 克，捣碎，消毒，过滤，疫苗就做成了。但还需要经过一个月的存放，再做无菌试验、效力试验、安全试验，合格后方可临床使用。“试制牛瘟血清和疫苗，共经 50 多天，试验成功，显著成效。”② 这是一项造福农民的发明创造，也是对革命经济事业发展的重大贡献。

边区牲畜瘟疫一度疯狂肆虐。“仅 1943 年就死了耕牛 7800 头、驴 4000

① 陈凌风、达时：《回忆陕甘宁边区光华农场》，见《陕甘宁边区抗日民主根据地》（回忆录卷），第 228 页，北京：中共党史资料出版社，1990 年 10 月版。

② 陈伯岩：《制造牛瘟血清和疫苗的经过》，《解放日报》（延安），1944 年 2 月 16 日。

头、骡马2300余匹，死羊子21万只，约等于四年来繁殖的四分之一，而羊羔子的死亡率，则达到40%至80%。1944年又死了牛12000头，死驴4900头，死羊24.6万只。”① 病来如山倒，面对如此大规模的牲畜瘟病疫情，依靠简单器械生产制作抗病毒疫苗，显然是杯水车薪。但是，牛瘟血清和牛瘟疫苗研制成功后，“从1943年到1944年下半年，在边区境内7县3000头牛进行预防注射，治愈113头病牛，1945年后再未发生牛瘟”②。这一点点的成功，给予人们战胜瘟疫的信心和勇气。并且，让农民群众知晓共产党是急人民之所急，忧人民之所忧，切身感受到“边区政府真是我们老百姓的政府，为了我们死牛，他们也那样辛苦，给我们治好了牛，并不要钱!”“八路军不光自己生产，减轻咱百姓的负担，还帮咱们治牛!”③。这样，牛瘟血清和牛瘟疫苗的研制，不仅具有推动边区经济发展的作用，而且还发挥了团结人民、打击敌人的政治宣传作用。

马兰纸提高了革命者的生活品质

在电子读物出现以前，纸张的生产和使用，是文化生活的重要载体。

1936年担任苏维埃中央政府国民经济部部长的毛泽民，在一份经济报告中说：“陕北过去不仅不产纸，因国民党的愚民政策（怕群众读了书反对国民党），教育经费又被国民党拿去作军费，当然要不了什么纸，影响到纸的供给。但苏维埃认为纸的作用比子弹还重要，故创办了中央造纸厂，现有造纸工人30余，3月份已生产了400余刀，4月以后可增加生产一倍至二倍。”④ 当时这种情况主要局限于瓦窑堡、保安一带，其实在绥德、葭县（佳县）原有家庭作坊制造麻纸。不过，纸张对于一般陕北民众曾经是非常稀罕的东西，革命队伍进驻延安后，主要依赖进口。

1937年春夏时节，在延安采访的美国记者海伦·斯诺（尼姆·威尔

① 西北局调查研究室：《边区经济情况简述》（1945年1月30日），见《抗日战争时期陕甘宁边区财政经济史料摘编》第2编（农业），第33页，西安：陕西人民出版社，1981年6月版。

② 武衡：《延安时代科技史》，第166页，北京：中国学术出版社，1988年6月版。

③ 陈伯岩：《制造牛瘟血清和疫苗的经过》，《解放日报》（延安），1944年2月16日。

④ 毛泽民：《陕甘苏维埃区域的经济建设》（1936年4月24日），见舒龙主编《毛泽民》，第168页，北京：军事科学出版社，1996年3月版。

斯）惊叹，“哪怕一张最普通的纸都是最奢侈的东西”①。中央机关办公和十几所学校的创办，使得纸张更加紧俏起来。“在纸张最困难时，有些单位用桦树皮记笔记、出墙报，甚至连医生开处方也用桦树皮。”② 稍后在纸张资源相对可以调配的情况下，机关干部和学校工作人员按每人每月 5 张纸的标准供给。③

在大力发展边区工业经济的形势下，印刷厂绝对不允许私人经营，造纸厂却允许私人资本进入，但仍然是公营企业占绝对优势。1937 年边区政府建设厅与一位会手工造纸的地主李双全合作，在甘谷驿开办一家造纸作坊，采用绳头和破布做原料，用铁锅煮料，石碾槽碾浆，手工打浆，竹帘捞纸的传统手工造纸技术，只有一个捞纸池子，6 名工人，产量有限。1938 年 5 月，在此基础上扩大生产规模，成立振华造纸厂。一年后，该厂迁移至安塞县的沟槽渠，利用那里的一溪流水洗涤原料，并将一处落差约两米的小瀑布作为推碾动力源，每月生产纸张 560 刀（每刀 100 张）。

1939 年 9 月，由于国民党对陕甘宁边区实行经济封锁，包括禁止纸张和亚麻等物品输入，造成延安和边区造纸原料紧张。“多出一张纸，多印一份报，就多给敌人一些打击！”④ 为了冲破敌人的封锁，边区政府组织延安自然科学院化学教员华寿俊到振华纸厂兼任工务科长，曾在德国学习化工的留学生刘咸一担任厂长，会同其他专业技术人员进行攻关。他们先后试验过高粱秆、麦秸、糠秸、蒲草等植物来代替麻做造纸原料，都失败了。只有用稻草、杨木为原料，尝试造纸获得成功。但是，受边区自然条件限制，这两种原材料都不可能批量生产，必须寻找新的原材料。最后，他们成功地寻找到马兰草造纸的重大科技发明突破。

深秋时节，陕北荒原的沟壑里到处都有马兰草，尤其是阴湿的地方，一丛丛青绿色的扁长叶子，夹杂着几朵淡蓝色的花。当地群众偶尔采集用来搓草绳，烧锅，但不能喂牲口。“它生长得极其茂盛，成大片的山沟或土

---

① ［美］尼姆·威尔斯：《续西行漫记》，第 85 页，北京：解放军文艺出版社，2002 年 6 月版。

② 陈俊岐：《延安轶事》，第 87 页，北京：人民文学出版社，1991 年 2 月版。

③ 《1944 年度各机关部队学校一般的生活及财政供给和节约标准》，见陕西省档案馆、陕西省社会科学院合编《陕甘宁边区政府文件选编》第 8 辑，第 78 页，北京：档案出版社，1988 年 12 月版。

④ 高亮：《我们的纸厂》，《解放日报》（延安），1942 年 6 月 23 日。

坡，被它们占满了。因为它们的根须繁多，土地的水分养料被它们吸收去了，附近的野草遭受排斥，而相继死亡。它是牲畜所不吃的植物，因为它的纤维是精密而坚韧，食入腹中，不易消化。它是践踏不死的植物，因为它有丰富的繁殖力与反抗力，好比陕北人民的性格。于是它年复一年的花开花谢，繁荣滋长着。”①

在寻找造纸原料的日子里，华寿俊把眼光转移到马兰草上，是源于不久前参加开荒生产运动时，锄头时常会被马兰草密布的根须所困扰，比遇到荆棘还要费力。这种植物丰富而发达的根须，是纤维工业生产的好原料。老乡们不拿它喂牲畜，吃了不易消化，说明其纤维具有很好的韧性。于是，他抱着试试看的态度，采集了一捆马兰草，带回工厂做试验。

他们先把马兰草洗净，晒干，用石灰水浸泡一两天。然后放进大锅里，用慢火煮半天到一天，就成了像麻似的纤维。再用清水洗净，放在碾槽里碾成细浆。把稠密的溶浆倒入捞纸池中搅拌均匀，就可以捞出厚薄均匀的湿纸了。把湿纸贴在墙上烘干，一张色泽微黄、坚韧、光滑的马兰纸就成型了。

经过两个多月的反复试验研究，证明马兰草纤维强度大，根节少，容易处理，纸面光滑，是造纸的好原料。“特别是这种野生植物多产于川地道旁，到处都有生长，它是一种多年生植物，收割一茬，下一年又长出来了。年年收割，取之不尽，是一种丰产的较理想的造纸原料。”②

1939 年 11 月，一种泛着隐隐绿意、手感稍嫌粗糙的马兰纸，被人们惊奇地传递着。当时的报纸用激动的语言报道：“青年化学家的尝试成功了，边区满山遍野的马兰草，却变成丰富的造纸原料，现在已用了 10 万斤马兰草造成 20 万张纸印成各种书报刊物，边区的新闻事业，获得极大的帮助。”③马兰草造纸，在生产流程上只要一两天时间，而亚麻造纸至少需要几天工夫。在生产成本上，亚麻价格每斤达到一两元钱，“而马兰草是自然生长的植物，越砍越长得高，取用不竭，不费本钱，随手可得，每斤纸付劳动力代价 3 分钱。素来被老百姓视为废物的草，一旦可以卖钱，他们非

---

①③ 罗夫：《马兰草——一位青年化学家发明的故事》，《新中华报》（延安），1940 年 12 月 8 日。
② 武衡：《延安时代科技史》，第 202 页，北京：中国学术出版社，1988 年 6 月版。

常高兴，为纸厂割草。同时他们知道马兰草可以造纸，认为是件奇闻，向纸厂强索一两张马兰草纸送给朋友亲戚传观，常常传到几百里之外”①。一项发明创造，不仅可以变废为宝，而且增加了人民群众对于革命队伍战胜困难、创造奇迹的极大信心。

为改进造纸技术，华寿俊、刘咸一等专业技术人员不断探索创新。他们用钢丝帘代替竹帘捞纸，用土碱代替烧碱漂白，用火墙烘干代替自然晾干，等等，大大地改变了生产面貌，提高了产品质量，缩短了生产时间，降低了生产成本。到 1940 年 8 月，该厂“每日产大帘纸 660 帘，每月约 15 万张（以前每月约产 10 万张）”②。到 1940 年底，边区公营造纸厂发展到 3 家，年产量 833 令；到 1941 年，边区公营造纸厂发展到 10 家，年产量 2147 令；到 1942 年底，边区公营造纸厂发展到 14 家，私营造纸厂 48 家，年产量总计 6849 令③，基本上满足了边区出版书报、办公、学习和生活用纸。

马兰纸发明技术投入生产使用后，华寿俊等人又受命研制证券纸，以满足边区各种证券、证书、奖状和纸币等贵重印刷品的用纸需要。经过认真研究，反复试验，确认边区出产的苎麻纤维最佳。但是，必须在没有任何现成工艺可以参考的环境下，实现加工条件上的一系列突破。每一道工序都有严格的操作规程，不合标准不准转入下一道工序。为此，承担此项任务的永坪造纸厂内部编辑油印一部《证券纸技术总结》一书，对每个工序流程都有严格的技术规范要求。1944 年以后，陕甘宁边区银行发行的各类钞票、证券等用纸，都是边区自己制造的。

这种在封闭的环境下独立自主发明创造的造纸技术，满足了边区经济社会文化发展的需要，还为新中国的纸币、证券等特殊用纸提供了独特的技术参数和防伪经验。

---

① 罗夫：《马兰草——一位青年化学家发明的故事》，《新中华报》（延安），1940 年 12 月 8 日。

② 江湘：《文化工作的必需品土纸产量增加，月出 15 万张——振华造纸厂参观记》，《新中华报》（延安），1940 年 8 月 13 日。

③ 参见《边区历年造纸业发展概况》，见陕西省档案馆、陕西省社会科学院合编《陕甘宁边区政府文件选编》第 11 辑，第 267～268 页，北京：档案出版社，1991 年 7 月版。

科技创新推进边区社会文明进步

在延安，在陕甘宁边区，在共产党领导的抗日根据地，人民政权对于知识分子和专业技术人才的热情和尊重，激励和关心，收获的是生产、生活等各个领域里的发明创新蔚然成风，极大地推动了陕北社会的文明进步。

从1938年开始，延安每年都举办工业、农业、卫生、教育和生产建设展览会，展示成就，交流经验，奖励先进，促进发展。其中，对于有发明创新贡献的科技人员，都给予物质和精神奖励。此外，政府和有关部门颁布奖励政策，由各单位自行奖励，使奖励创新工作形成经常性制度。

1938年元旦，“延安工人制品竞赛展览会”在抗大举行。展览的不仅有迫击炮、高射机关枪、手榴弹等军工产品，还有延长油厂提供的原油、油墨、擦枪油、汽油，印刷厂提供的铅字、木版花边、报纸、杂志，以及各种铁器、木器、铜器、瓷器等生活日用品。展览持续三天，参观人数仅签名者就有3527人。经评判委员会评定，竞赛结果为：“兵工厂厂长郝希英、副厂长周鉴祥，他们在军事工业上的发明很多，得了名誉奖状。团体奖第一名是兵工厂、延长油厂和印刷厂。个人得奖的有兵工厂工会全体委员、印刷厂工友沈镇衍等等。”名誉奖状上是毛泽东的题词“国防经济建设的先锋”①。

1939年五一劳动节期间，在桥儿沟举办的“边区工业展览会”，内容更丰富，参展单位有十多个工商业生产销售企业及其产品，包括兵工器械、纺织、造纸、制革、卫生材料、无线电通讯……此次展览会由评奖委员会制定奖励条例，事先公布奖励标准：

1. 制造精巧合于当前实用者；
2. 对国防工业有特殊贡献者；
3. 对边区工业有特殊贡献者；

① 亚达：《促进国防经济建设——延安工人制品竞赛展览会速写》，《新中华报》（延安），1938年2月17日。

4. 对改善人民生活有贡献者。①

对发明创新的奖励，主要是精神的，辅之以物质的。每一项发明创新都促进了军事、工业、农业、文化、教育事业的进步和生活的改善。

1940年4月13日，陕甘宁边区政府第26次政府委员会，专门讨论优待专业技术人员问题，并做出决定：

（一）对技术人员增加津贴；

（二）调整、改善技术人员之住房及办公条件；

（三）给技术部门增加公用马匹和勤务员；

（四）政府机关之非党技术人员可以参加各厅行政会议。②

政治待遇，社会荣誉，物质奖励，是当时革命队伍和边区政府能够调动的几乎所有资源。因为，在基础薄弱、环境落后的条件下，边区经济发展、工业建设、社会文明进步，都有赖于各个领域的发明创新，在有限的条件下充分发挥人的聪明才智。

1941年7月，晋察冀边区行政委员会颁布《奖励生产技术条例》，明确规定："凡边区人民对农业、工业、矿业、林业、畜牧业、水利等生产技术有下列成就之一者，即以本条例奖励之：（1）生产技术的新发明；（2）现有技术的改良；（3）外货代用品的制造；（4）矿产的发现。"③

陕甘宁边区政府在1942年、1943年、1944年，连续修订颁布优待技术人员办法，不断调整奖励发明创新规定，让专业技术人员能够专心致志地从事发明创新。1944年9月，把发明创新奖励归入劳动英雄评选范畴，引导每个人在自己的工作岗位上发明创新。其中"劳动英雄"的标准为：

（一）积极从事建设事业之一（包括农业、工业、文教、军事、合作、运输、财政、金融、贸易、卫生保育、行政、保安、司法、建设）成效卓著，或有新的创造者；

（二）在建设事业中，能推动帮助别人卓有成绩者；

---

① 《谁坐了飞机》，《新中华报》（延安），1939年5月16日。

② 陕西省档案馆编：《陕甘宁边区政府大事记》，第59～60页，北京：档案出版社，1991年5月版。

③ 《晋察冀边区奖励生产技术条例》（1941年7月），转引自武衡《延安时代科技史》，第474页，北京：中国学术出版社，1988年6月版。

（三）遵守政策法令，拥护政府军队，团结群众，热爱边区足称模范者。

“模范工作者”的标准为：

（一）参加或领导任何一项工作部门，在工作中有新的创造，成效卓著者；

（二）团结群众，团结干部，得到周围群众和干部的拥护者；

（三）执行政策法令，并能纠正别人违反政策法令的行为者。①

“劳动英雄”主要是针对劳动者，特别是专业技术人员；“模范工作者”主要是针对领导者。但无论是前者，还是后者，其评选标准中都把发明创新放在首要位置，从而引导边区社会每一位劳动者干一行，爱一行，钻一行，立足岗位，发明创新。

在抗日战争的延安和陕甘宁边区，无论是自然资源的调查研究，农业科学技术，畜牧兽医科学技术研究，还是军事工业、民用工业、医疗卫生等领域，都取得斐然的发明创新成就，促进了这些领域长足的发展。择其大要者，诸如：

森林资源调查。由中央财政经济部提供经费，从边区政府建设厅、延安自然科学院等单位抽调六人组成的陕甘宁边区森林考察团，由乐天宇领队，从1940年6月14日出发，同年7月30日返回，历时47天，对整个边区的森林分布、植被状况、水土流失等进行相当全面周到的考察，并提出水土保持和森林养护建议，这是陕北历史上的第一次。乐天宇率领的森林考察团回程途中，发现离延安80多里处，有一个叫“烂泥洼”的地方，沿河谷狭长地带近百平方公里，水源丰足，土质肥沃，具有开发种植的巨大潜力。在考察报告中，他提议建设边区，开发烂泥洼。不久，乐天宇奉命陪同朱德总司令先后三上烂泥洼考察。总司令看上了这块宝地，并欣然将其改名为“南泥湾”。此后不久，八路军三五九旅在王震率领下开进南泥湾，筚路蓝缕，掀开了大生产运动新篇章。

---

① 《边区政府关于劳动英雄与模范工作者选举与奖励办法的决定》（1944年9月1日），见陕西省档案馆、陕西省社会科学院合编《陕甘宁边区政府文件选编》第8辑，第345、346页，北京：档案出版社，1988年12月版。

气象预报事业。延安现代气象事业最初源于军事需要，逐渐发展为社会民用事业。1944 年 7 月美国军事观察组抵达延安，为了准备空袭日本在华北、东北的侵略基地，盟军迫切需要抗日根据地的气象情报资料。为此，中共中央军委决定与美军合作，在延安设立气象台，与在国统区设置的昆明、成都、衡阳气象台形成天气情报信息网络。同时，美方又提出在共产党领导的抗日根据地建立气象台站，并无偿提供10 至20 吨无线通信器材及零部件。“为维护国家主权与民族尊严及建立人民气象通信事业，军委三局局长王铮同志根据中央军委指示严肃地指出：我们宁可不要任何器材，我国的主权不能侵犯。你们若真有帮助的诚意，请在教学上给予指导，边区各分区和其他根据地的气象站，待我们学员毕业后自己建立。”经过反复磋商，最后达成四项协议：“（1）由中方组办气象测报人员训练班，美方派员协助训练；（2）预定在陕甘宁边区及华北各根据地建立 20 个气象站，每站一人，气象观测与无线电报务由一人充任；（3）由美方提供所需气象观测仪器及无线通信器材；（4）气象情报资料由三局通信总台统一收集后交美方。”① 这样，既维护了国家主权，又培养了自己的气象人才，为发展中国自己的气象事业奠定了基础。

1945 年 3 月，中央军委决定举办首个气象训练队。于是，在延安清凉山陕甘宁晋绥联防军司令部无线电通信训练队第二期抽调学员 21 人，由刘克东任队长，张乃召任教员兼翻译。学习内容主要是气象地面观测、美军通报规则、报话机使用等。张乃召（1912～1979），山西平定人，清华大学地学系气象学专业毕业，1939 年 4 月参加革命，1941 年 4 月奉命到延安，曾任中国医科大学物理学教员，是延安唯一的气象学专业人才。经过三个月培训后，学员们被分配到延安和其他根据地，共建立 6 个气象观测站，进行定时观测，按时发报，由军委三局汇总后，转交美方。张乃召受命到美军观察组延安气象台工作。1945 年 8 月，日本宣布无条件投降后，美军观察组准备撤离延安，中央决定接收其气象台。在张乃召的主持下，再次培训一批气象专业人员，顺利地完成接收美军观察组气象台的任务。延安

① 刘克东：《在延安清凉山气象训练队的日子里》，见《延安时代的气象事业》，第 155～156 页，北京：气象出版社，1995 年 4 月版。

气象台，成为中共领导下的第一个气象台，开始独立自主地开展地面气象观测和高空气象观测工作，为军事斗争、工农业生产和飞行安全，提供及时准确的气象预报。

产妇安全分娩。在战争环境下，妇女安全分娩，母子平安，是为人父母者最大的心愿，也是延安革命队伍对每个革命者生命延续的庄严承诺。据统计，自1939年9月至1946年6月的七年间，延安中央医院妇产科接收住院生产3000余例，接生婴儿3070人，产妇无一死亡。“中央医院妇产科的医疗水平，当时在国内也是比较领先的。如抗战前北平协和医院统计，产妇死亡率为3%。当然，在旧中国，非难产一般不进医院，这与中央医院的情况不一样。但以产后染菌率相比，战前协和医院统计为4.8%，而中央医院仅为1.2%。”① 这是一个骄人的医学纪录。创造这个纪录水平的，不是物质条件领先，而是医务人员对革命工作兢兢业业的态度，对医疗技艺孜孜以求的精神。

金茂岳（1906～1987），山东泰安人，1935年毕业于山东齐鲁大学医学院，获医学博士学位，留校任该校附属医院妇产科医师。抗战爆发后参加中国红十字会第23医疗队，1938年1月途经延安，被中共抗日主张和革命精神所感动，决定留下来，先后担任边区医院外科医师、中央医院妇产科主任。扎实的学识，丰富的经验，加上认真负责的工作态度，金茂岳主持延安中央医院妇产科工作，条件虽然有限，却能提供优质服务。妇产科共有40张病床，在病房、产房、婴儿室窑洞之间，都有防空洞连通，所以，产妇生产、婴儿哺乳都可以直接从室内穿过，免受刮风下雨的影响。并且，在产房与婴儿室都铺设了地炕采暖。

革命队伍里的知识女性，绝大多数属于离开城市家庭，千里迢迢奔赴延安的革命者。平时生活在单位集体里，恋爱结婚后，很多夫妻不是每天都在一起。同时，各自单位里的工作又很繁忙，遇到生病、生育，就主要依靠医院照料。中央医院规定，产妇应在预产期前两周入院，有特殊情况者还可以提前，随时入院。在此期间，金茂岳指导医护人员给孕妇讲妊娠

① 黎平：《中央医院妇产科忆事——回族好大夫金茂岳》，见《白衣战士的光辉篇章——回忆延安中央医院（1939.4～1950.8）》，第71页，西安：陕西人民出版社，1995年9月版。

生理、临产注意事项、产后卫生和婴儿保健知识，让产妇在精神心理上有充分思想准备，生产时能够很好地配合医护人员的操作，促进正常顺利生产。对于胎位不正的孕妇，更加认真对待，有的还采用绷带帮助矫正。由于产前产后一系列的精心照料和认真负责的工作，加上医护人员娴熟的接生技术，一般情况接生都很顺利。黎平回忆说："我曾在蒋管区工作过，那里的初产产程一般都在48小时以上，而在中央医院，初产妇一般平均18小时左右，三个产程即可完毕。"① 这与延安革命队伍里的女同志平常坚持工作，徒步当车，活动量普遍较高，以及中央医院妇产科组织孕妇学习掌握必要的妊娠分娩科学知识，都是有关联的。为了普及妇女卫生知识，金茂岳还应邀到中国女子大学讲授妇幼卫生课程，受到普遍欢迎。

来自机关单位的孕妇，都经过产前检查，胎位不正的已纠正胎位，所以生产都比较顺利。但是，医院接收的农村产妇，往往是在遇到危险情况时才被送到医院。有一次，医院接收一位农村产妇，孩子生下后胎衣下不来，老乡怕胎衣收缩回去，竟然用麻绳吊了一只破鞋，又脏又臭。当班护士赶紧报告金茂岳主任，金主任凭自己丰富的产科经验，认真检查后，"用手伸进去细心剥离，严密消毒，冲洗子宫，使病人度过了危险。家属感激不尽，拿来鸡蛋、枣子送礼，都被金主任谢绝了"②。同样是中央医院妇产科接生的3000多个婴儿，全部母子平安，没有发生过一起医疗事故。所以，金茂岳医生曾经被评为"先进妇女工作者"，获得"保护妇女利益"奖状，在延安纪念三八妇女节大会上，是受到隆重表彰的极个别的男同志。

此外，延安研制生产肥皂、蜡纸、墨水、火柴、陶瓷、玻璃、耐火材料等一系列日常生活用品；制作日晷、沙漏、纺车，以及为改进纺车，安装"加速轮"，提高纺纱劳动效率；自制炼铁炉，炼出白生铁和灰生铁，并达到标准铸造生铁要求，满足了边区工业发展对于钢铁的需求。

---

① 黎平：《中央医院妇产科忆事——回族好大夫金茂岳》，见《白衣战士的光辉篇章——回忆延安中央医院（1939.4～1950.8）》，第70～71页，西安：陕西人民出版社，1995年9月版。

② 张志杰：《我在妇产科当护士》，见《白衣战士的光辉篇章——回忆延安中央医院（1939.4～1950.8）》，第179页，西安：陕西人民出版社，1995年9月版。

第四章
创建抗日民主政权示范区

CHUANGJIAN KANGRI MINZHU ZHENGQUAN SHIFANQU

大敌当前，团结御侮，是民族利益的最高要求。中国共产党人在陕甘宁边区局部执政环境下，进行抗日民主政权建设。约束一方权力，协调多方利益，共存共荣共同发展，从而赢得广泛的民意，获得广泛的支持。

陕甘宁边区抗日民主政权建设，是中共集体智慧的结晶，虽然有中央苏区苏维埃民主政权建设的精神渊源，但其直接源头是在共产国际指导下的中共抗日民族统一战线思想。时任中共中央总书记的张闻天（洛甫），在思想理论上贡献最多。林伯渠、谢觉哉等人直接参加并领导边区民主政权实践，总结出诸多经验教训。而传播最广泛的“三三制”名称，出自于毛泽东对军事概念到政治实践的创造性转换，将抗日民主政治推向高潮。

出席陕甘宁边区第一届参议会的女议员们

一

局部民主社会治理结构

在军事对峙、经济封锁、文化落后的陕甘宁边区，只有开明政治、开放政权，团结各党各派各利益团体，同甘共苦，同赴国难，才能凝聚人心、凝聚力量。用先进的思想理论和民主的政治实践，创建出一个抗日民主政权示范区，探索局部执政环境下的民主社会治理结构，表明共产党人真正致力于团结抗日，推动社会文明进步的决心和努力。这是对孙中山先生“三民主义”的继承发扬，更是共产党人的情怀意志。

民主可以协同社会大多数

抗日民族战争，促使20世纪中国社会政治格局发生重大改变。

红军长征到达陕北后，主持中央工作的张闻天，接受共产国际指示精神，根据中国抗日斗争实际，及时调整了党的路线方针政策。由“反蒋抗日”、“逼蒋抗日”到“联蒋抗日”；停止继续开展“苏维埃运动”①，将建

① 1936年11月26日，季米特洛夫在与苏联领导人斯大林的谈话中，涉及中国工作时谈道：“应该改变对中国工作的决定。目前不能搞苏维埃。要建立民族革命政府，全民防卫的政府，以保卫中国人民的独立。”见《季米特洛夫日记选编》，第48页，桂林：广西师范大学出版社，2002年10月版。

立“工农共和国”口号改为“人民共和国”、“民主共和国”①；调整对富农的政策，促进西安事变和平解决，敦促南京政府进行政治改革，提出创建陕甘宁边区为全国抗日民主模范区，直接指导了陕甘宁边区民主政权建设的最初实践。

1935年11月10日，张闻天率中共中央和苏维埃中央政府机关进驻瓦窑堡，当日发布《中华苏维埃共和国中央执行委员会布告》，决定在陕甘晋苏区设立苏维埃中央政府驻西北办事处，博古任主席。12月23日，西北办事处公布《苏维埃西北暂行选举条例》，部署基层开展苏维埃民主选举，成立县区乡苏维埃政府，在陕北逐步恢复江西苏区的苏维埃民主政权模式。随着第二次国共合作进程的推进，在抗日民族统一战线方针指引下，苏维埃民主政权逐渐转变为抗日民主政权。

1937年2月9日，张闻天在延安主持召开中央政治局常委会议，讨论并通过由张闻天起草的《中共中央给中国国民党（五届）三中全会电》，提出五项要求、四项保证，在团结抗战的前提下，为实现抗日民族统一战线，“苏维埃政府改名为中华民国特区政府，红军改名为国民革命军，直接受南京中央政府与军事委员会之指导；在特区政府区域内实施普选的民主制度”②。同时，明确指出，国共合作后，国民党要同我们争夺领导权，共产党与国民党的斗争依然存在，只不过斗争的方式有了改变。为了统一全党思想认识，2月15日，中央又专门对内下发《关于西安事变和平解决之意义及中央致国民党三中全会电宣传解释大纲》，指出“这个让步是必须

---

① 1936年9月15～17日，张闻天主持召开政治局扩大会议，做了《目前政治形势与一年来民族统一战线问题》的报告，对新形势下的抗日民族统一战线政策做了部分调整，提出统一战线的口号是“建立民主共和国”。会议通过了由张闻天起草的《中央关于抗日救亡运动的新形势与民主共和国的决议》。会后博古发表《论民主共和国的口号》一文，详细阐述“民主共和国的口号是从目前中国国内外的整个政治环境中产生起来的，是从目前时机的具体的特点中产生起来的，是从目前阶级力量的重新结合中产生起来的，是从我们一年来为着民族抗日统一战线斗争的成功和错误的经验中产生起来的”。“民主共和国的制度，是进行抵抗日寇侵略的民族革命战争的最有利的国家形式。”见《秦邦宪（博古）文集》，第344页，北京：中共党史出版社，2007年5月版。

② 《中共中央给中国国民党三中全会电》（1937年2月10日），见中央档案馆编《中共中央文件选集》第10册，第158页，北京：中共中央党校出版社，1991年3月版。国民党三中全会，全称是“中国国民党中央委员会第五届第三次全体会议”。

的，因为没有这个让步就不便于组织抗日民族统一战线，就不便于迅速实现对日作战”。特别强调：“中央的政策是从团结全国抗日救亡的历史任务出发，从实现中华民主共和国的口号出发，全党的同志都应彻底了解中央的政策，团结在中央政策的周围，为民族的阶级的利益而斗争，为抗日民族革命战争的全部胜利而斗争。”①

为便于与国民政府合作，中共中央准备将苏维埃政府改为特区或边区政府。2 月 24 日，中央政治局常委会决定，由原同盟会会员、曾在第一次国共合作期间出任国民政府要职的林伯渠担任西北办事处主席，博古调任中央组织部部长。会议接受林伯渠提议，“暂时政府名义上不变动，实际上我可负责，等各省政府确定后再改变”②。此后，林伯渠一直参与并主持边区政府工作，至 1948 年底离开延安。

1937 年 5 月 12 日，西北办事处行政会议讨论并通过《陕甘宁边区议会及行政组织纲要》，提出：“陕甘宁边区为争取中华民族独立解放，在全国范围内，首先实行最适合于抗战的彻底的民主制度。”③ 此次会议决定成立边区选举法起草委员会。5 月 23 日，《陕甘宁边区选举条例》在《新中华报》上正式公布，特区政府选举委员会成立，蔡树藩、高朗亭分别担任主任、副主任，具体负责筹备普遍民主选举活动。

卢沟桥事变爆发后，形势更加危急。共产党向国民党提交《中共中央为公布国共合作宣言》。“八一三”淞沪抗战后，国民党团结合作的态度也趋积极，国民政府军事委员会正式公布红军改编命令。9 月 6 日，中共中央

---

① 中央《关于西安事变和平解决之意义及中央致国民党三中全会电宣传解释大纲》（1937 年 2 月 15 日），见中央档案馆编《中共中央文件选集》第 10 册，第 160、161 页，北京：中共中央党校出版社，1991 年 3 月版。

当时中共党内对这个政策转变不能理解者是存在的。曾经参加过长征，到达陕北后被秘密派往上海从事地下工作的冯雪峰，就因为不能接受党的政策变化，与中共代表团发生意见分歧，悲愤地说：“他们要投降，我不投降。我再也不干了，我要回家乡去。”遂告假离职，潜回浙江义乌老家，准备专事写作，孰料被国民党地方政府逮捕。参见胡愈之《我所知道的冯雪峰》，《新文学史料》（北京），1985 年第 4 期。

② 《林伯渠传》，第 195 页，北京：红旗出版社，1986 年 1 月版。

③ 《陕甘宁边区议会及行政组织纲要》（1937 年 5 月 12 日），《新中华报》（延安），1937 年 5 月 23 日。

决定将中华苏维埃中央临时政府驻西北办事处正式更名为陕甘宁边区政府,① 任命林伯渠为边区政府主席、张国焘为副主席。9月22日，国民党中央通讯社公开发表《中共中央为公布国共合作宣言》；次日，蒋介石在庐山发表谈话，表示承认共产党合法地位，团结御侮，标志第二次国共合作正式开始。可是，国民党中央和国民政府对于陕甘宁边区政府始终没有正式公布表态文字，只是默许其存在。这为国共双方在整个抗战期间不断发生军事摩擦和政治斗争，留下了深深的隐患，并导致抗战胜利后双方斗争升级，撕破脸皮。陕甘宁边区民主政权建设，正是在这种特殊的历史环境下，对内动员一切可以团结的力量共同抗日，对外争夺天下民心，获得政权存在的合法性。

特区（边区）政府选举委员会1937年5月开始执行新的选举条例，6月9日中共陕甘宁特区委员会提出《民主政府施政纲领》，作为共产党竞选当政的纲领。至11月底，特区（边区）政府所辖区域基本完成县区乡三级

① 1937年11月10日，边区政府代主席张国焘签署通令，将陕甘宁边区改称为“陕甘宁特区”，边区各级议会改称为“特区各级人民代表大会”，议员改称为“人民代表”。参见《陕甘宁特区政府通令——关于统一政府名称问题》（1937年11月10日），收入陕西省档案馆、陕西省社会科学院合编《陕甘宁边区政府文件选编》第1辑，第30页，北京：档案出版社，1986年5月版。

至1938年1月，又恢复陕甘宁边区、边区政府、各级议会和议员的称谓。其中原因不详。可能与张国焘1937年8月“洛川会议”后，担任边区政府副主席，代理主席职务，一度主持边区政府工作有关。因卢沟桥事变前后，林伯渠与周恩来、博古、叶剑英一起参与国共谈判，兼任八路军驻西安办事处党代表，忙于外事工作，无暇顾及边区政府工作。据张国焘回忆，他到边区政府工作后，“9月中旬在中共中央认可下，边区政府实行改组：张国焘任主席，陕北老干部潘自力任秘书长，马明方（陕北老干部）任民政厅厅长，曹菊如任财政厅厅长。刘志丹之弟刘景范任建设厅厅长，新由国民党区域来的文艺作家周扬任教育厅厅长”。实际工作中，他觉得边区政府工作受到中共中央的直接干预太多，情绪消沉，“11月间，我就有计划的将边区政府主席职责，推交秘书长代行”。12月，伍修权接替潘自力担任边区政府秘书长。1938年4月清明节，国民政府特派西安行营主任蒋鼎文主持祭祀中华民族始祖黄帝陵，张国焘以陕甘宁边区政府主席身份参加陪祭，乘机离开延安，脱离中共。参见张国焘《我的回忆》第3册，第397、415页，北京：东方出版社，1998年1月版。

另据伍修权回忆：“我被任命为边区政府的秘书长，这是当时的中央组织部长李富春同志分配我去的，其中也确有这么个含意，看张国焘是否搞鬼。我和他住在一个地方，三间屋，一边是他住，一边是我住，中间是会客的地方，因此知道他不少底细。……他对我也一样，彼此互怀戒备，心照不宣。”参见伍修权《我的历程》，第109~110页，北京：解放军出版社，1984年7月版。

查现存已公开的陕甘宁边区政府文献资料，1937年11月16日发布的《陕甘宁特区政府、八路军后方留守处、保安司令部通令——关于对友军溃散官兵的处理》，署名有“特区政府主席张国焘”。见《陕甘宁边区政府文件选编》第1辑，第32页，北京：档案出版社，1986年5月版。

张国焘离开延安后，高自立一度担任边区政府代主席。

延安是个新世界，官兵平等，军民鱼水，政治清明，社会安定，甚至夜不闭户，路有拾遗，必有招领。几乎每个到访者或考察者，都不得不承认延安社会治理的奇迹。

1937年4月清明节，国共双方代表共同祭扫黄帝陵，象征着团结御侮，抗日救亡的民族统一战线进入新的历史阶段

1937年5月，国民党中央代表团到延安考察，受到共产党中央和陕甘宁边区政府的热烈欢迎（摄影　童小鹏）

民主选举。由于山西前线受到日军大举进攻，边区议会选举活动不得不延迟。

1938 年 3 月，国民党在汉口召开临时代表大会，制定《抗日建国纲领》，决定设立国民参政会，随后颁布《国民参政会组织条例》。7 月，召开第一届国民参政会，并做出各省市召开参政会的决定。9 月 26 日，国民政府颁布《省参议会组织条例》和《市参议会组织条例》，明令各省、市召开临时参议会，集思广益，促进省政兴革，以利抗战。陕甘宁边区政府名义上隶属于国民政府，相当于省级建制。为此，1938 年 11 月 25 日，边区政府决定改“边区议会”为“边区参议会”。

陕甘宁边区参议会的起承转合

陕甘宁边区民主政权建设过程中，先后召开过三届四次边区参议会代表大会，虽然受到战争环境和整风审干抢救运动的影响和干扰，基本上还是保持着抗日民主政权的运作模式。

陕甘宁边区第一届参议会，1939 年 1 月 17 日至 2 月 4 日在延安城北小沟坪陕北公学礼堂召开，会期 19 天。早在 1937 年底就已经完成县区乡基层议会选举，计划在 1938 年初召开的边区议会，因战争临近而推迟。1938 年 11 月，根据国民政府统一指令，边区议会更名为“边区参议会”。在拖延的一年多时间里，原来的议员变动较大，作为弥补措施，边区政府决定以县为单位，举行议员复选活动，结果共选出出席边区参议会的议员 197 人，全部是共产党员。实际出席边区第一届参议会的代表共计 146 人，其中 136 人为复选实到代表，10 人为边区政府特聘参议员，包括国民党肤施县党务指导员高仲谦及党务干事王性庵，以改变“清一色”共产党员的情况。①

① “为了发扬边区民主，实现各阶级之真诚合作，边区政府依法聘任边区绅商学各界知名之士及国民党肤施县党务指导员高仲谦同志及干事王性庵同志等 12 人为边区参议会议员”，实际到会 10 人。见《陕甘宁边区第一届参议会特刊序言》，《解放》周刊（延安），第 68 期（1939 年 4 月 4 日出版）。

肤施县，即延安。国民政府行政区划中，称延安为肤施。共产党领导的革命队伍称肤施为延安。1937 年 1 月中共中央进驻后，沿用陕北共产党对该地名称。

大会第一天推选蒋介石、林森、孔祥熙、阎锡山、宋庆龄、马相伯、沈钧儒、程潜、张伯苓、陈诚、卫立煌、蒋鼎文、李宗仁、白崇禧、孙科、于右任、冯玉祥、马占山、毛泽东、朱德、彭德怀为大会名誉主席，林伯渠、高岗等25人为大会主席团成员。主席团下设大会秘书处、议员资格审查委员会、提案审查委员会、法规草案审查委员会，并经大会集体通过议事日程及议事规则。选举高岗为边区参议会议长、张邦英为副议长。

会议期间听取并通过了林伯渠做的边区政府工作报告，讨论并通过了《陕甘宁边区抗战时期施政纲领》及其他12项提案与边区各级参议会组织条例、选举条例、边区政府组织条例、边区婚姻条例等单行法规。大会最后一天选举林伯渠、雷经天等15人为边区政府委员会委员，选举林伯渠为边区政府主席、雷经天为边区高等法院院长，选举高岗、张邦英、毛齐华等9人为边区参议会常驻议员。大会通过并发出《告边区同胞书》《致蒋委员长林主席电》《致重庆国民参政会电》《致各战区司令长官及全体将士电》《致八路军新四军电》等电文。会前林伯渠曾专门致电国民政府，报告边区议会改组情况，请示国民政府派员出席边区第一届参议会，“届时敬祈派员指导，俾有遵循，临电神驰，无任盼祷”①。从目前公布的史料看，国民政府对此没有任何回复。据中共中央机关刊物《解放》周刊介绍，中央在延安的主要领导人毛泽东、王明、洛甫（张闻天）、康生、陈云、王稼祥等都先后出席了会议。

随后，林伯渠主持召开边区政府委员会会议，选举边区政府常务委员会，并做行政分工。在边区参议会议长高岗的监誓下，边区政府委员会宣誓就职。这样，经由民主选举的陕甘宁边区政府就获得了存在的合法性。国民政府无法再提通过命令方式派任边区政府行政长官的事端。

陕甘宁边区第二届参议会，1941年11月6日至21日在延安城南新落成的边区参议会大礼堂召开，会期16天。出席会议的参议员总数219人，

---

① 《陕甘宁边区政府主席林祖涵致国民政府等的电报（万急）——改边区议会为参议会及召开参议会事》（1938年11月），见《陕甘宁边区政府文件选编》第1辑，第101页，北京：档案出版社，1986年5月版。

其中正式参议员201人，候补参议员18人。[①] 由于执行了“三三制”选举政策，此次参议员具有比较广泛的社会代表性。开明绅士如李鼎铭、贺连城、安文钦，商会会长，回族阿訇，蒙古族同胞，以及在延安的国际友人，如日本的森健、印度的巴苏华、朝鲜的武亭、印度尼西亚的阿里阿汗，都以参议员身份出席会议。中共中央主要领导，其他各抗日根据地代表，国民党中央军事委员会驻十八集团军高级联络参谋陈宏谟、周励武、郭亚生等出席开幕典礼。

新落成的边区参议会大礼堂被誉为“富丽堂皇的民主之宫”，会场内周壁挂满了由各方送来祝贺大会开幕的联幛及边区三年来施政成绩的图表500余幅，壮丽辉煌，琳琅满目。主席台上高悬孙中山先生大幅画像，两边的大字标语写着抗战建国纲领和陕甘宁边区施政纲领。[②] 表明边区民主政权建设，是孙中山倡导的“三民主义”精神的直接继承者，已经超越国民党政权，从而显示其存在的合法性。

会议听取并审议政府工作报告，讨论通过《陕甘宁边区施政纲领》（即五一施政纲领）和《保障人权财权条例》《行政督察专员公署组织暂行条例》《边区参议会会议规程》等9个单行法规，接收各类提案400余件，经分类合并审理，通过正式提案112件，确定今后大政方针。会议还改选了边区参议会和边区政府领导机构，高岗连任议长，谢觉哉、李鼎铭当选为副议长，林伯渠连任边区政府主席。会议最后通过大会宣言和《致国民政

---

① 数据来源：《陕甘宁边区第二届参议会汇刊》（陕甘宁边区第二届参议会常驻委员会，1942年6月印行）之《大会经过及当选人员》，收入《陕甘宁边区参议会文献汇辑》，第74页，北京：科学出版社，1958年10月版。

另据《边区二届参议员题名录》统计，各县市选举参议员250人，边区政府特聘参议员38人。见《陕甘宁边区参议会文献汇辑》，第168~170页，北京：科学出版社，1958年10月版。

《解放日报》报道此次会议开幕式“正式参议员193人，候补参议员16人”。见《陕甘宁边区第二届参议会开幕》，《解放日报》（延安），1941年11月7日。

宋金寿、李忠全主编：《陕甘宁边区政权建设史》，第231页，“出席这次大会的有正式参议员200余名，候补参议员16名”。西安：陕西人民出版社，1990年12月版。

雷云峰总编：《陕甘宁边区史》中编，第40页，“出席这次大会的有正式参议员219名，候补参议员16名，总数235人”，西安：西安地图出版社，1994年5月版。

第二届参议会常驻委员会提供的参议员人数，与《解放日报》报道的人数不吻合，可能是出席开幕式参议员人数与参加会议讨论活动的参议员人数之出入。上引后两种著述中的参议员数字都没有提供原始资料出处，疑有误。

② 海燕：《开幕式——边区参议会剪影之一》，《解放日报》（延安），1941年11月8日。

府林主席蒋委员长电》《致中共中央委员会电》等通电。

此次会议最大的亮点是实行“三三制”选举，及李鼎铭提出“精兵简政”提案并被接受。整个会议都很激动人心，尤其是选举边区政府委员会委员时，18名政府委员中有共产党员7名，超过“三三制”的规则，徐特立马上请求“退出”，得到大会同意，按得票多少依次由非共产党员人士白文焕递补。曾经在南京中山陵前自刎以明抗日之志的爱国将领续范亭先生含着泪说：“只有共产党，才真正实行了三民主义。”79岁高龄的非共产党员参议员李丹生称颂共产党此举“诚能感人”，希望共产党“说到做到，以信义昭示天下，则天下都是你们的”。①

此次参议会当时名称为“陕甘宁边区第二届参议会”，按照会议审议通过的《边区各级参议会选举条例》规定，“边区参议会参议员，每三年改选一次”②，应当在1943年底进行换届选举，召开第三届参议会。因受整风运动影响，1944年12月召开一次没有换届的边区参议会，故称为第二届参议会第二次会议。此次会议相应地改称为边区第二届参议会第一次会议。

陕甘宁边区第二届参议会第二次大会，于1944年12月4日至19日在延安城南的边区参议会大礼堂召开，会期16天。出席会议的参议员题名录代表203人，实际到会参议员187人。③ 会议听取并通过边区政府工作报告，审议通过《边区土地租佃条例》等3个条例，接收审议各项提案123个。会议没有进行边区议会和边区政府领导机构改选，主要时间听取中共党政军经济等方面领导报告。其中毛泽东关于取消国民党一党训政、成立联合政府的报告，成为会议学习讨论的重点。

陕甘宁边区第三届参议会，1946年4月2日至27日在延安的边区参议会大礼堂召开，会期28天。出席会议的参议员题名录代表170人，其中正式参议员135人，候补参议员35人。实际到会参议员代表142人，其中正式参议员121人，候补参议员21人。④

---

① 转引自雷云峰总编《陕甘宁边区史》中编，第48页，西安：西安地图出版社，1994年5月版。

② 《陕甘宁边区各级参议会选举条例》（1941年11月），见《陕甘宁边区参议会文献汇辑》，第123页，北京：科学出版社，1958年10月版。

③ 《边参会第二届第二次大会昨日隆重揭幕》，《解放日报》（延安），1944年12月5日。

④ 《本届参议员选举情况介绍》，见《陕甘宁边区参议会文献汇辑》，第372页，北京：科学出版社，1958年10月版。

会议例行听取审议政府工作报告，审查通过边区参议会常驻委员会提出的《边区宪法原则》，边区政府提出的《婚姻条例》《营业税暂行条例》等单行法规，接收各项提案 159 件，审查合并为 92 件，否决 2 件。会议选举高岗连任边区第三届参议会议长①，谢觉哉、安文钦连任副议长。选举林伯渠连任边区政府主席，李鼎铭连任副主席，刘景范新任副主席。选举马锡五担任边区高等法院院长。

值得一提的是，会后由边区第三届参议会常驻委员会编印的此次大会汇刊，名为《陕甘宁边区第三届参议会第一次大会汇刊》，显然是仿照第二届参议会召开两次大会的先例，预计召开两次大会。实际上第三届参议会没有召开第二次大会。

二

“三三制” 的来龙去脉

陕甘宁边区抗日民主政治建设的标志性制度创造，是“三三制”政权设计与实施。它用一种刚性约束参数规定了抗日民主政权的组织原则，用通俗易懂的概念，把抗日民主政权的实质要领揭示出来，有利于宣传，更便于实际操作执行。这是毛泽东的创造性智慧，由毛泽东率先倡导，将抗日民主政治推向高潮，又终结于毛泽东通过整风运动所实现的“一元化”领导体制中。

① 高岗已于 1945 年 8 月离开延安去东北，第三届边区参议会议长一职实际未到任。

从个人主张到集体意识

1940年3月6日，毛泽东为中共中央起草关于抗日根据地政权问题的指示，提出抗日民族统一战线政权在人员构成上实行“三三制”。

> 根据抗日民族统一战线政权的原则，在人员分配上，应规定为共产党员占三分之一，非党的“左”派进步分子占三分之一，不“左”不右的中间派占三分之一。
>
> 必须保证共产党员在政权中占领导地位，因此，必须使占三分之一的共产党员在质量上具有优越的条件。只要有了这个条件，就可以保证党的领导权，不必有更多的人数……
>
> 必须使党外进步分子占三分之一，因为他们联系着广大的小资产阶级群众。我们这样做，对于争取小资产阶级将有很大的影响。
>
> 给中间派以三分之一的位置，目的在于争取中等资产阶级和开明绅士。这些阶层的争取，是孤立顽固派的一个重要的步骤。目前我们决不能不顾到这些阶层的力量，我们必须谨慎地对待他们。①

显然，这是一种政治策略，对内是为了争取团结一切抗日力量，对外是为了对抗国民党政权，在抗日民族统一战线的旗帜下，国共两党既合作又斗争，争夺民心，从而获得政权存在的合法性。

抗日战争进入相持阶段后，中日民族矛盾相对趋缓，国共双方围绕民主宪政所展开的政治较量越来越激烈。此前，1940年1月9日，毛泽东在陕甘宁边区文化协会第一次代表大会上演讲，阐述自己对新民主主义政治、经济、文化的深刻思考，认为中国革命分为新民主主义革命与社会主义革命两个历史阶段，“现在所要建立的中华民主共和国，只能是一切反帝反封

---

① 毛泽东：《抗日根据地的政权问题》（1940年3月），《毛泽东选集》第2卷，第742页，北京：人民出版社，1996年8月版。

建的人们联合专政的民主共和国，这就是新民主主义的共和国，也就是真正革命的三大政策的新三民主义共和国”①。同时，为回应国民党准备召开的国民参政会第一届五次会议，中共中央政治局会议几次讨论对策。2月20日，延安各界宪政促进会成立大会，推举吴玉章为理事长，② 毛泽东、张闻天、林伯渠等45人被推举为理事，毛泽东在会上发表《新民主主义宪政》的演说。在这种背景下，毛泽东提出“三三制”民主政权主张，虽然缺乏严格的法理依据，但很直观，很具体，很实际，很有号召力。作为一种政治策略，也是很成功的。

“三三制”观念，最初源自于现代军队建制制度。正规军编制，每三个班组成一个排，每三个排组成一个连，每三个连组成一个营，依此类推，班、排、连、营、团、旅、师、军，三三制层累结构。当时由红军改编成的八路军，以及边区自卫军，都参照采用这种建制。③ 此时，中共党内分工，张闻天主持党的全局工作，毛泽东主要分管军事斗争，更熟悉军队情况。谢觉哉曾在读书笔记中眉批，“三三制不是新事物”④。应当是就其军队建制的本意而言。

毛泽东提出政权建设中采用“三三制”主张，没有马上引起热烈的响应，但他自己坚持倡议。

---

① 毛泽东：《新民主主义论》（1940年1月），《解放》周刊（延安），第98、99期合刊（1940年2月20日出版）。

此文先刊于《中国文化》（延安）创刊号（1940年2月15日出版），题名《新民主主义政治与新民主主义文化》，没有小标题，文字与《解放》周刊有出入。此处文字原为：“现在所要建立的中华民主共和国，只能是一切反帝反封建的人们联合专政的民主共和国，这就是新民主主义的共和国，也就是真正革命的孙中山三大政策的三民主义共和国。”后来收入《毛泽东选集》，以《解放》周刊为版本，又做了文字修改。

② 参见刘文耀、杨世元编《吴玉章年谱》（1940年2月20日），第256页，成都：四川人民出版社，1998年12月版。

③ 八路军下辖3个师，各师下辖2个旅，是为了留下发展壮大的空间。

边区自卫军最高单位为营，营部设在区政府所在地，各营下辖2~4个连，各连下辖2~4排。参见《陕甘宁边区抗日自卫军组织条例》（1937年10月），收入陕西省档案馆、陕西省社会科学院合编《陕甘宁边区政府文件选编》第1辑，第16页，北京：档案出版社，1986年5月版。

1938年7月，林伯渠撰文介绍陕甘宁边区政府情况时，谈到边区自卫军工作，“按照正规军的三三制编制，利用农暇或雨天进行军事训练”。见林伯渠《陕甘宁边区政府一年来的政况》，《新华日报》（汉口），1938年7月7日。

④ 谢觉哉：《谢觉哉日记》（1942年7月5日）上卷，第360页，北京：人民出版社，1984年4月版。

在3月2日至17日为期16天的陕甘宁边区党政联席会议上，6日毛泽东为中央起草《抗日根据地的政权问题》内部指示，9日林伯渠长谈抗战时期国内宪政问题，12日至13日，连续两天再谈新民主主义政治问题，都没有正面回应民主政权建设中的“三三制”主张。在这期间，3月11日，毛泽东在延安党的高级干部会议上，做《目前抗日统一战线中的策略问题》报告，重申“三三制”主张，“这种人数的大体上的规定是必要的，否则就不能保证抗日民族统一战线政权的原则。这种人员分配的政策是我们党的真实政策，必须认真实行，不能敷衍塞责。这是大体的规定，应依具体情况适当地实施，不能机械地求凑数目字。这种规定，在最下级政权中可能须作某种变动，以防豪绅地主把持政权，但基本精神是不能违背的”①。反复强调的话语中带有几分无奈而又一定要坚持的意念。

将近一个月过后，4月4日，边区政府关于“新区”工作决定中，指示“各级参议员与政府委员，必须包括由各阶级、各抗日党派与无党派之成分，以符合各阶级、各党派、无党派之统一战线原则”。为明确起见，规定“无论任何一政党之党员，所占议员或委员之总数不得超过三分之一”。②算是对“三三制”民主政权主张的参照执行。

同年7月5日，毛泽东在纪念抗战三周年文章中，又一次强调，“一切共产党员须知：我们发起了抗日民族统一战线，我们必须坚持这个统一战线”。“在政权问题上，我们主张统一战线政权，既不赞成别的党派的一党专政，也不主张共产党的一党专政，而主张各党、各派、各界、各军的联合专政，这即是统一战线政权。共产党员在敌人后方消灭敌伪政权建立抗日政权之时，应该采取我党中央所决定的‘三三制’，不论政府人员中或民意机关中，共产党员只占三分之一，而使其他主张抗日民主的党派和无党派人士占三分之二。无论何人，只要不投降不反共，均可参加政府工作。”③毛泽东的反复强调，语意是恳切的，态度是坚决的。

---

① 毛泽东：《目前抗日统一战线中的策略问题》（1940年3月11日），《毛泽东选集》第2卷，第751页，北京：人民出版社，1996年8月版。

② 《陕甘宁边区政府关于新区行政工作之决定》（1940年4月4日），见陕西省档案馆、陕西省社会科学院合编《陕甘宁边区政府文件选编》第2辑，第154页，北京：档案出版社，1987年7月版。

③ 毛泽东：《团结到底》（1940年7月），《新中华报》（延安），1940年7月5日。

在此过程中，边区政府为配合国共两党军事摩擦和政治斗争带来辖区变动情况，接受中央指示，率先在绥德、鄜县（富县）、庆阳等“新区”试行建立“三三制”政权。

所谓“新区”，是指八路军进入国民党统治区驻防，通过军事、政治斗争而获得的地区。由于国民政府始终没有公开承认陕甘宁边区政府，导致边区辖地不明确。按照西安事变后国共双方停战协议合作谈判时，共产党单方面提出的边区范围包含23个县的区域状况，分为苏维埃地区、统一战线地区、友军统治地区。“新区”就是由八路军驻防或募补的“统一战线地区”逐渐转变为“边区化”地区，再转变为边区辖区。

1940年二三月间，位于边区东北边线黄河沿岸的绥德、米脂、葭县（佳县）、吴堡、清涧五县，位于边区西南边线陇东地区的庆阳、合水、镇原、环县、曲子、华池六县，以及鄜县（富县），先后由统一战线地区转变为边区化的新区。其后半年时间，为了执行抗日民族统一战线政策，共产党在保留了这些新区原有的保甲制和土地财产状况的前提下，组织开展普遍的民主选举。由于新区社会基础相对多元，经过数年来的抗日动员和群众运动，各阶层利益诉求比较均衡，所以，在各县参议会选举和政府机构中，基本实现了共产党领导下的“三三制”抗日民主政权结构模式，并受到社会各界的欢迎和好评。庆阳县“1940年5月成立临时政府委员会，依‘三三制’原则，聘请当地开明士绅及各阶层人士参加，第一次大会开会时达一周，人人皆踊跃发言，批评政府过去工作，讨论今后工作。会场热烈异常，对各部门行政工作，对调整阶级关系皆有具体决定。以后行政上每一较大工作，皆要经过政府委员会讨论决定”①。这里印证了“三三制”主张的可行性，同时也介绍了由政府聘请所需要的各方贤达代表，是实现“三三制”的重要途径。

此外，延安中区五乡按“三三制”组织征粮委员会，决定每十二三户公选一个代表，全乡共选举27个委员，其中共产党员9人，其余18人为党

① 朱开铨：《陕甘宁边区庆阳县政府工作报告》（1940年9月14日），见中共庆阳地委党史资料征集办公室编《陕甘宁边区时期陇东民主政权建设》，第299、302页，兰州：甘肃人民出版社，1990年11月版。

外人士，包括富有者和绅士数人。这样，将原来由共产党组织独立承担的征粮任务，转变为大家共同承担。工作方法的改进能够更好地调动群众的积极性，提前并超额完成征粮任务。群众认为，“今年公粮出得公平，出得愿意”，“今年的征粮工作，老百姓真是做了主”①。这被当作“三三制”组织形式能够推进政府工作顺利开展的典型经验。

试点经验的成功，推动了对“三三制”主张的进一步研究和更广泛实践。1940年8月，谢觉哉撰文《关于政权的三三制》，论证“三三制”政权是实现“有饭大家吃，有权大家享”的社会理想，将中国政治推向正规的有效途径。提请在实行“三三制”民主政治时，“党必须深切了解各阶层人物，招致与礼遇他们，在选举时提出他们到候选名单上来”。并且，“必须有真正的民主作风，别人对的，虚心采纳；自己不对的，马上改革”。并且，特别提醒中国人习惯于“怕枪”，“要知道有枪的人一句话不慎，常常可以使得人家一夜睡不着觉”。② 谢觉哉曾任中央苏区时期毛泽东秘书、中央工农民主政府秘书长，参与苏区多项法律法规起草工作。长征到达陕北后，曾负责陕北地区的民主选举工作，1937年出任司法部部长，代理高等法院院长。后任兰州八路军办事处主任，回到延安又担任中央党校副校长，1940年10月调任中共陕甘宁边区中央局副书记，兼边区政府秘书长。他对现代社会民主制度颇有研究，对边区民主政权建设工作倾注了极大的理想和热情。

9月25日，张闻天主持召开中央政治局会议，讨论通过毛泽东提议的为加强陕甘宁边区工作，决定成立中共陕甘宁边区中央局，以统一边区党政军各项工作的领导。任命高岗为书记，谢觉哉为副书记，林伯渠、萧劲光等6人为常委。中央政治局委员新近参加书记处工作的任弼时分工领导边区工作。实际上是越过由张闻天兼任主任的中央西北工作委员会，构建了中央与边区工作的新通道。半年后，1941年5月13日，中央书记处又决

---

① 陈正人：《在实行三三制的政权政策中，延安中区五乡征粮委员会的创造及其意义》（1941年3月14日），《共产党人》（延安），第17期（1941年4月出版）。

② 谢觉哉：《关于政权的三三制》（1940年8月），《谢觉哉文集》，第408、406、407页，北京：人民出版社，1989年10月版。

定将中央西北工作委员会与陕甘宁边区中央局合并，成立中共西北中央局，简称“西北局”。这样，逐步实现了党对陕甘宁边区和整个西北地区工作的一元化领导。

1940年9月26日，时任中央干部教育部副部长兼中央西北工作委员会秘书长的罗迈（李维汉）也撰写了一篇《关于政权的三三制》文章，阐释“三三制”政权实质，“就是以几个革命阶级联合起来对于汉奸反动派的民主专政，来代替任何党派的一党专政。它是统一战线在政权构成上的具体体现，是新民主主义政权在抗日统一战线阶段上的具体形式”。面对新政策新工作，没有现成的经验和成规可资依循参考，主要靠实践获取经验教训。所以，“推行三三制，是一种和平的但又复杂和曲折的斗争，特别需要我们拿出认真的、审慎的和学习的态度来对待它”。① 干部教育部和西北工委都是张闻天分管负责的，罗迈公开发表文章，具有政治表态的作用，大有不唯上、不避上之意。

新机制很快发挥新动力。陕甘宁边区中央局积极致力于推进“三三制”民主政权建设，决定1941年在边区进行第二次广泛的普选活动。1941年1月30日，边区中央局发出指示，要求在选举活动中彻底贯彻“三三制”原则，建立模范的新民主主义政权。并要求将“‘三三制’政策，不仅要实行于议会，还要实行于政府机关中”，“在这次选举活动中，应仔细的有步骤的大胆的选举非党进步人士到政府机关为行政人员，虽然在数量上不应机械的凑足三分之二，但过去某些党包办式的办法，必须坚决的纠正”。② 要用“三三制”民主政权主张来重新检验边区各项工作，来统领各种社会政策与立法。同时，成立“陕甘宁边区施政纲领”起草委员会，依据“三三制”政权精神，重新起草边区施政纲领，以作为共产党参加边区选举活动的施政纲领。这就是经毛泽东多次修改后，于1941年5月1日在《新中华报》上正式公布的《陕甘宁边区施政纲领》。

---

① 罗迈：《关于政权的三三制》（1940年9月），《共产党人》（延安），第11期（1940年10月20日出版）。

② 《陕甘宁边区中央局关于彻底实行“三三制”的选举运动给各级党委的指示》（1941年1月30日），见中共延安地委统战部、中共中央统战部研究所编《抗日战争时期陕甘宁边区统一战线和三三制》，第413页，西安：陕西人民出版社，1989年8月版。

抗日民主政权建设的高潮

在边区中央局紧锣密鼓地狠抓“三三制”政权建设工作的同时，边区政府也加大了对各级参议会组织选举和改选工作的力度。1941 年 1 月 30 日、5 月 22 日，连续两次发出指示，加强对选举工作的领导和推动。第一次指示中，耐心细致地讲解：

我们革命，为的是推翻那不民主的政府，建立民主的政府。民主的第一着，就是由老百姓来选择代表他们出来议事管事的人。

边区各级参议会与政府，是老百姓选举的，但做了很久，做得对不对，应该向老百姓汇报，请老百姓检查，看还要你不要。这叫做改选。未经选举的地区，各级政府都是临时的，必须由老百姓选举，才能叫正式政府。

如果有人轻视选举，或者说不要选举，那就是等于不要民主。不要民主，就等于不要革命。必须用教育与训饬的方法，克服某些干部中这种错误观点。

历史告诉我们：革命战胜反革命，不是单靠武装，而是靠和老百姓联系在一起，因为反革命的武装常常是占绝对优势；而老百姓的力量，则是伟大无穷。

我们反对那种说老百姓文化低，不够讲民主，须要“训”的胡说。但我们承认老百姓管理国家，须要在实行管理中来练习。选举运动，是选举人和被选举人一齐上大课。

革命的目的，是为老百姓求自由。选举是老百姓行使自由的头一桩事。我们要发展老百姓的自由，就得大量宣传、耐烦诱导；

使每个老百姓都能凭着自己的意愿去进行参政，选举代表。①

用组织群众运动的方式开展民主选举，这是把民主选举当作一个时期党的中心工作，是判断革命与否的试金石。这样的民主政权建设，其实是一种革命斗争的策略手段。其中夹杂着的某些民主社会理想观念，是参与其中的部分革命同志的美好愿望。

在第二个指示中，边区政府指出，“有些地方把选举工作和其他工作并列的看，甚至有把经济建设工作放在第一，扩兵动员放在第二，选举工作放在末位，这是不对的”。“选举是伟大的民主运动，政府已经三番五次的说明，只有选举得好，民主制度才健全，民主政治才能得以改进。而现在仍有一些人，漠不关心，另外有些感到选举繁重，须费人力财力较多，因而对工作不积极，这是严重的错误，应该彻底地改正。”② 不仅思想认识上要提高，而且指示中还就如何在选举之前就写好政府工作报告，如何提出候选人，如何把握选举议程等具体事项，都给予细致明确的指导。

为此，还专门举办民主选举培训班，培养工作骨干；组织开展民主选举专题宣传活动，进行最广泛的民主选举社会动员。

1941 年春夏时节，整个边区都全力以赴开展基层民主选举运动，创造了丢豆豆、扎香洞、折纸条、画杠杠等多种多样的选举方法，别具民间特色。轰轰烈烈的选举运动，有如吹遍边区每个村庄角落的春风，成为乡村里的节日。一首流传甚广的动员群众参加选举的歌谣唱道：

金豆豆，银豆豆，
颗颗不能随便丢；
选好人，办好事，
步步引咱走正路。③

---

① 《陕甘宁边区政府为改选及选举各级参议会的指示信》（1941 年 1 月 30 日），《新中华报》（延安），1941 年 2 月 2 日。收入陕西省档案馆、陕西省社会科学院合编《陕甘宁边区政府文件选编》第 3 辑，第 48、49、50 页，北京：档案出版社，1987 年 12 月版。

② 《陕甘宁边区政府为改选各级参议会第二次指示信》（1941 年 5 月 22 日），见陕西省档案馆、陕西省社会科学院合编《陕甘宁边区政府文件选编》第 3 辑，第 278、281 页，北京：档案出版社，1987 年 12 月版。

③ 转引自杨和亭《红日照陕北——杨和亭回忆文集》，第 148 页，西安：陕西省延安精神研究会，1996 年 12 月印。

另一首动员妇女参加选举的新歌唱道：

边区要发展，选举要广泛，
选举好人把事办，生活能改善。
人口四万万，妇女占一半，
国事家事全要管，事情才好办。①

绥德县编创的选举民歌：

满圪的稻黍数呀数谁高，
人里挑人呀数谁好？
盘算又盘算，商量又商量，
把那选举的豆豆给那好人投。②

延安城里各机关单位也参加竞选活动，其中中国人民抗日军政大学、鲁迅艺术文学院、八路军敌军工作干部学校和日本工农学校四个单位作为一个选区，竞选一个边区参议员代表。时任鲁艺副院长主持工作的周扬，作为鲁艺推举的候选人，组织竞选宣传最出彩。学生会组织学生们敲锣打鼓，扛着周扬的巨幅画像，到延安城里和南门外新市场，用演出街头剧的方式，宣传周扬。中间穿插彼此呼应的口号：

一人高呼："是谁翻译了《安娜·卡列尼娜》？"

众人齐应："是周扬！"

一人再呼："是谁主编了《马克思恩格斯列宁论艺术》？"

众人再应："是周扬！"

选举大会那天，各学校都让候选人走在最前面，乐队跟在后边，全体教职员和学生排着队，高举着书写有候选人政策主张的旗子和标语，一边游行，一边进入会场。沿途高呼口号，坚持抗战、拥护民主是主题。上午10点整，选举大会开始。首先由各候选人发表20分钟的施政方针演说，然后由各候选人的推荐人发表10分钟的推荐演说，最后由选举管理人员给全体人员发选票。选举采取无记名投票方式，当场开票箱，决定当选人。森健作为日本工农学校候选人，考虑到语言翻译问题，特别安排其施政演说

---

① 转引自肖思科《最后的圣地》，第124页，北京：解放军文艺出版社，1992年10月版。

② 转引自《谢觉哉日记》（1946年9月15日）下卷，第982页，北京：人民出版社，1984年4月版。

和推荐演说时间多一倍，分别为40分钟和20分钟。森健作为一名由日军战俘改造过来的日本反战友人，演说中说，“为了将来建设一个民主的新日本，请给我在边区政府立法机构学习民主政治的机会!”① 态度诚恳，言辞恳切，博得全场热烈的掌声。

参加此次竞选活动的候选人郭化若回忆，当时延安七所院校作为一个选区，总共九名候选人竞选一名边区参议员。候选人与推荐人演说当中，还有向其他候选人挑战发问的内容。鲁艺有人向延安军事学院候选人郭化若挑战发问：“郭化若是军人出身，不懂得学生心理和生活情况，不能代表学生。”②

选举结果各种回忆录说法不同，或说周扬当选，或说郭化若当选。其实是边区政府将这几位候选人全部聘任为边区参议员，结果让大家都满意。

截至9月底，各县乡两级选举结束，共选出县乡两级参议员3万余人，同时普遍改选了县乡两级政府工作人员，使其基本符合“三三制”的政策要求。10月，边区参议会选举工作结束。虽然在各县提出候选人的基础上，西北局和边区政府认真研究调整补充候选人，要求各县进一步协调讨论，但选举结果还是未能达到“三三制”要求。10月15日，西北局发出通知，决定聘请46名非党人士为边区参议员，从而保证边区参议会人员构成基本符合“三三制”原则。“在这次边区级参议中［员］选举运动中，由于各县党委领导的不够，以致本局所提候选名单中的非党候选人很多未能当选，这不能不是这次选举运动的重大缺点，这不能不妨碍各党各派及无党派进步人士之参加边区民意机关之活动与边区行政之管理。为了补救这一缺点，边区政府已决定聘请落选的非党候选人为边区参议会正式议员，聘书不日

---

① 转引自［日］梅田照文《第二故乡的怀念》，收入刘昌亮主编《魂牵梦绕忆延安——〈延安一日〉征文选》，第140页，北京：中共党史出版社，1994年2月版。

② 《郭化若回忆录》，第141~142页，北京：军事科学出版社，1995年3月版。

另见穆青《鲁艺情深》，收入《延安鲁艺回忆录》，第581页，北京：光明日报出版社，1992年8月版。

此外，还有一种回忆是抗大第三分校、鲁艺、自然科学院三个单位为一个选区，竞选一名边区参议员名额。自然科学院院长徐特立主动退出，由鲁艺的周扬与抗大三分校的郭化若竞选。见何方《从延安一路走来的反思——何方自述》上册，第82页，香港：明报出版社有限公司，2007年9月初版。

即可发出。”① 通知要求各县党委指派专人代表边区政府登门邀请，详细说明我党实行“三三制”的决心与诚意，敦请早日起程，准时出席本届参议会大会。如果发现非党参议员有生活困难，当地政府必须切实为之解决。对于年老体弱的参议员，各级政府要安排沿途护送，照料其饮食起居，使其不觉得路途之苦。

1941 年 11 月，边区第二届参议会代表大会在延安召开，通过《五一施政纲领》、《保障人权财权条例》、“精兵简政”提案、共产党员主动公开退出选举名额，成为“三三制”民主政权建设的高潮。

三

人民民主政治呼之欲出

人民是天，老百姓是地。人民是延安革命队伍的精神皈依，是无产阶级斗争学说里的一个重要概念，也是理解毛泽东关于民主政权建设的一个核心概念。如何把这种崇高的革命精神理念，转化为一整套严密的制度设计，维护主权，限制公权，保障私权，让每个人都可以通过自己的诚实劳动，获得生存、温饱、体面和尊严的生活，从而引领中国社会走上一条平稳有序的发展道路，是摆在共产党人面前的一个历史难题。

① 《西北局通知——为边区政府聘请非党人士为参议员事》（1941 年 10 月 15 日）。见《中共中央西北局文件汇集》甲编第 1 卷，第 195 页，中央档案馆、陕西省档案馆，1994 年 11 月西安印刷。

从“三三制”到“民主集中制”

战争年代，生存是最大的政治，效率是最高的追求。“三三制”民主政权主张作为一种政治斗争策略无关乎“对”与“错”，无须以“真理”与“谬误”论之。因为真正的政治家置身于真伪之外，不会把现实事态的逻辑与理论体系的逻辑混为一谈。效率是最高的追求。当时为“三三制”民主实践的转变而感到痛苦、强行转弯的是边区政府主席林伯渠，难以转弯又不得不转弯的是边区参议会副议长谢觉哉。

林伯渠自1939年1月在边区第一届参议会上正式当选为边区政府主席后，逐渐从国共谈判工作中脱离出来，专事于边区政府工作，堪称殚精竭虑、兢兢业业，并在历届参议会上蝉联边区政府主席职务。当初由苏维埃工农民主政权转变为抗日民族统一战线路线下的抗日民主政权，林伯渠积极响应创建全国抗日民主政权模范地区的号召，具体实施从工农兵代表会议制度转到普选的民主共和国制度，开展广泛的民主选举运动，改变民主的工作方式和方法。本着这种民主思想和清明廉洁的民本观念，他对于边区政府机关存在着的个别工作人员自己“不尊重政府法令”，“却强制人民服从，把法令看成只该是老百姓遵守的东西”，还有“一部分下级政府不爱惜民力，动辄因一点小事就向民众募捐征发”，以及“少数人在进行工作时只知道应付，不耐烦去克服困难，也不去发动人民的积极性”等不良现象，深恶痛绝。① 他希望通过实施民主政权，能够彻底根除这些陈旧腐朽的衙门习气和官僚作风。“贯彻民主精神于一切部门、一切工作人员、一切地区内的民众，使边区每一个人都不仅过民主生活，而且还善于运用民主，是彻底实施民主政治的有力保障。”② 在留存至今的这些历史文本的字里行间，在当时当事人的回忆中，林伯渠对于边区政府民主政权建设，对于推进“三三

---

① 林伯渠：《政府与人民利益是一致的》（1940年12月），《林伯渠文集》，第206～207页，北京：华艺出版社，1996年3月版。

② 林伯渠：《陕甘宁边区政府对边区第一届参议会的工作报告》（1939年1月），《解放》周刊（延安），第68期（1939年4月4日出版）。

制”民主政治工作，一度是饱含着理想深情，鞠躬尽瘁，不遗余力的。

1942年12月，林伯渠在参加整风运动中的西北局高干会议，以及随后的陕甘宁边区高干会议上，却代表边区政府反复多次检讨民主政权建设工作中的错误，并为这些错误承担责任。他的检讨发言，明显与此前边区民主政权建设理论相矛盾，也与他自己此前的观点存在矛盾之处，甚至有逻辑脱节、不能自圆其说的现象。比如，他用民主集中制来批判立法与行政两权并列机制，“参议会是最高权力机关，政府由参议会选举，参议会闭会期间政府就是最高权力机关。这是民主集中制，而不是立法行政并立，不是参议会和政府之间的互相制约”①。这与一年前第二届参议会通过的《陕甘宁边区各级参议会组织条例》关于边区及县参议会常驻委员会在休会期间“监督”同级政府工作的规定，是相违背的。与蝉联当选的边区参议会议长高岗的观点完全相对立。高岗认为：“为要保证实现施政纲领，还要保证各级参议会确实成为一个有力的机关而不是请客吃饭的摆设。它是超乎政府之上的机关，它有选举、罢免、创制、复决之权。”② 林伯渠现在说这个话的意图是强调边区政权建设中的一元化领导。“在三三制政权中，党一定要领导，一定要在政治上占优势。”“无视民主内容，两权并立，实质上也是帮助地主向我们进攻。”③出言至此，就超出了一般意义上摆事实讲道理的界限，而进入敌我对立语境下的斗争思维逻辑。

1944年3月，在陕甘宁边区高干会议上，林伯渠将这种态度推向极端。他说，边区二届参议会之后，曾有同志主张“二权论”，或“二权半论”。即立法、行政并立谓之二权，加上司法半独立，政治上受政府领导，司法审判上独立，谓之“半权”。④ 他认为这是政权建设过程中的思想混乱。

（一）误解三三制与苏维埃制之间的“很大的实质上的不

①③ 林伯渠：《政权工作中两个根本思想问题》（1942年12月），《林伯渠文集》，第308，309、310页，北京：华艺出版社，1996年3月版。

② 高岗：《关于五一施政纲领的解释》（1941年11月15日），《解放日报》（延安），1941年11月26、27日。

④ “司法半权”的诸多原因中，其一，边区政府行政级别相当于省级政权，司法制度上设高级法院，县级政权设中级法院，区级政权设基层法院，从法理上说最高法院应当对应国家政权。但边区政府与中华民国政府之间，没有建立司法领属关系。其二，边区严重缺乏司法专业人才，并且在边区各类高等教育中唯独缺失法学院。其三，处于战争环境下的陕甘宁边区，民族利益、阶级利益高于一切，司法权服从战争利益需要。所以，边区实行司法独立审判、政治上接受政府领导的折中办法。

同”，不仅在于阶级结合的变化与我党政策的改变，而且也在于改变民主集中制为“县与边区两级议会与政府并列，与一般民主国家制度相同”；并分别参议会为“权力机关”，政府为“政权机关”（正确的认识：参议会和政府都是政权机关，而政府机关又一定是而且不能不是权力机关）。

（二）参议会是政府的监督机关（或制约机关），“本来参议会与政府并列，议会监督政府，理由是怕政府专权渎职”（参议会又从权力机关降为监督机关；参议会以自己的决议为基础，选举自己信任的人去组织政府，又怕他专权!），而在三三制时期，则“不同利益阶级合作的统一战线政权，需要有独立的监督机关”（作为监督机关的参议会也就是“不同利益阶级合作的统一战线政权”）。

（三）常驻会是参议会的代表机关，“常驻会是参议会闭幕期间的唯一民意机关（从议会选出的政府却不能代表民意!），它的工作就是代表参议会完成其议事管事的工作”（不止于监督）。①

他认为由于思想上的混乱，带来组织上的混乱，“不但各级参议会与其同级政府并列，而且逐渐形成了参议会系统与政府系统的并列”②。

这段语意纠结的话语，其标点符号也是零乱的。他用引号援引此前边区民主政权建设的观点，用括号表示自己现在的观点，所表达的意见几乎难以自圆其说。这是他在整风审干抢救运动中的思想阵痛。跻身政治运动浪潮漩涡，需要表态，不能不表态。在这种表态中，林伯渠仍然保留在边区政府主席的职位上，亲民和善，克勤克俭，是为政清廉的好官。

比林伯渠更加纠结的是谢觉哉。

谢觉哉自1940年10月12日调任陕甘宁边区政府秘书长，参与政府工作后，对边区民主政治体制做过深入的研究。1941年11月当选为边区参议会副议长，并连任两届常驻委员。在边区参议会领导层，议长是高岗，谢觉哉为第一副议长，另外一位副议长安文钦是绥德富绅，主要是谢觉哉担

①② 林伯渠：《陕甘宁边区三三制的经验及其应该纠正的偏向》（1944年3月25日），见陕西省档案馆、陕西省社会科学院合编《陕甘宁边区政府文件选编》第8辑，第108、109页，北京：档案出版社，1988年12月版。括弧里的文字，为原文所有。

任边区参议会的理论研究和思想支撑工作。他为边区民主政权建设，特别是“三三制”政治主张的理论阐释和方案实施，进行了大量的研究，撰写了许多理论性、解释性、宣传性和工作性的文章，倾注了自己对美好社会的理想。到1942年12月西北局高干会议，特别是后来的陕甘宁边区高干会议上，包括林伯渠在内的很多人检讨批判“三三制”的主要观点，几乎都是针对谢觉哉的。因此，谢觉哉一度非常苦闷。

> 我是参加过边区政治改革，而受到批评的。因为我至今还不甚了解，所以我的意见仍不免主观，望在座谈上得到纠正。如果说解决问题不只靠道理，主要靠经验——实际，那末，边区人民对于边区政制事实的反映，我手边没有一点材料，因而我的意见，只能是些本本上的——教条。①

这是在一次会议上的发言记录，提出了一个根本性的问题，即对于边区民主政权建设实践的评判标准，是“道理”——从苏维埃制转变为抗日民族统一战线指导下的抗日民主政权的一系列决议政策，以及近现代世界主要国家政治体制分析研究，还是“实际”——中国抗日战争发展的阶段性斗争需要，以及眼前政治运动中的政治表态？谦虚中表达着强烈的不满和辩护。

他认为，现在用“边区政制是立法司法行政统一的一元化的民主集中制”来否定抗日民主政权建设实践，不批判毛泽东的“三三制”民主政权主张，而批判执行该主张的边区参议会，是有害的，不能接受的。

> 民主集中制一方是组织关系，一方是政治内容；一方是广泛的人民意见怎样表现于组织上的集中，一方是集中的体制怎样能和广泛的人民意见融合。仅仅说少数服从多数，下级服从上级为民主集中制，那是机械的了解；说立法司法行政统一的一元化为民主集中制，更是有害的了解。
>
> 国家是强制的组织，易偏于集中，怕的是集中与民主脱节，不是使人们感到“集中制是他们共同活动和战斗能力之真正的巩固和发展”，而是在相反情形之下，感到束缚，甚至为野心家所利

---

① 谢觉哉：《谢觉哉日记》（1945年1月22日）下卷，第737页，北京：人民出版社，1984年4月版。

用。党的集中不适当，可发生党的官僚化。政权的集中不适当，那就可能发生大毛病。①

他请教精通外语的何思敬，所谓民主集中制，俄文应译为“民主的集中制”，德文应译为“集中的民主制”。民主与集中，在近现代各国政治史上素来就是一对矛盾共同体，列宁将其统一起来，称为民主的集中与集中的民主；毛泽东称其为“集中起来，坚持下去”，走群众路线，是民主集中制的新发展。但这不应当是改变边区参议会职责，取消边区参议会常驻委员会的理由。

“边县两级常驻会取消，政府委员会即为常驻会”，上一句取消常驻会，下一句又恢复常驻会，因此常驻议长还是要，因此，必要得出结论：主席兼议长。当然这也不算创作，蒋介石不是入国府称蒋主席，入参议会又称议长吗?②

思想认识上的矛盾，理论观点上的交锋，似乎没有影响同时被尊奉为“延安五老”（徐特立、董必武、林伯渠、吴玉章、谢觉哉）之列的两位革命老友之间的交谊，除会上讨论外，私下里他们仍然保持着交流探讨。后来，谢觉哉不得不接受了现实政治斗争需要，深刻认同了关于“三三制”抗日民主政权建设是一种政治策略的现实。

三三制的目的，在争取某些人尚有影响的群众，群众懂得了，信仰我们了，那些人如不改变，自绝于群众，被丢弃是必然的，如已改好，仍应用他。三三制对蒋管区有推动与麻痹作用。我们和人联合不应束缚自己。现在不应批评三三制不当，那时不如此，是不可以的。

三三制起了打击国民党的作用，但究与中国现况不甚相合。——中国社会虽说是中间大，但大而无力，不能有有力的党，他们的利益要共产党去代表，他们中的进步分子总要求加入党，党也无法拒绝。十年实行的结果，没有哪一个解放区真是三三制

① 谢觉哉：《谢觉哉日记》（1945年1月24日，编排上赓续在1月22日）下卷，第747页，北京：人民出版社，1984年4月版。

② 谢觉哉：《谢觉哉日记》（1945年1月31日，编排上赓续在1月22日）下卷，第753页，北京：人民出版社，1984年4月版。

> 的，证明政策不适合。虽好也不能行。现不说三三制，改为在共产党领导下联合各民主党派民主团体民主人士的广泛统一战线，这就对了。①

这与最初中央关于抗日民主政权的内部指示精神是一致的。"我们领导的政权是抗日民主政权，是几个革命阶级联合的政权，是一切赞成抗日又赞成民主的人们的革命的专政……抗日民主政权在其阶级成分上，工农小资产阶级是主要的，然而应当吸收进步的中产阶级分子及进步士绅加入，拒绝他们参加政权，对我们对抗日都是不利的。抗日民主政权假若看作是工农小资产阶级的专政，这是不利于我们去麻痹地主资产阶级的，可是这种麻痹是绝对必要的。"② 边区实行三三制民主政权的直接结果，是以前逃亡的地主纷纷跑回来了，增加了边区抗战动员力量，争取了民心。

> 我们那时搞三三制，并非我们工作太多作不了，而是争取人心归向我们。这目的是达到了。
>
> 从前很多人不了解我们，不敢和我们接近，自从我们搞统一战线，我们的革命就发展了，两年来的胜利充分证明了这点。证明了毛主席政策的伟大。如果你把俘虏都杀了，只能让敌人坚决反对我们到底，并不能瓦解他们。我们能以劣势兵力打败敌人，主要是靠统一战线。民主人士都过来了；这些人都来了，很好，每月给他们1000斤小米，再多也不过两三千斤。但他们却给我们送来了全国的人心和大片的土地。如果说是做生意，那还不能做吗？③

在思想观念上，谢觉哉找到的台阶是，"一元化"不是"一元论"，一元化是承认多元存在，而要把它化一下，它不是说原理，而是说应用。"三权分立"，是"分立"，不是"对立"，说"独立"也不大妥。"人民代表会议（参议会）集中人民大众一切重要工作方面的经验与意见，作成决议，

---

① 谢觉哉：《谢觉哉日记》（1947年12月17日、1948年6月1日）下卷，第1173、1208页，北京：人民出版社，1984年4月版。

② 《中央关于抗日民主政权的阶级实质问题的指示》（1940年2月1日），见中央档案馆编《中共中央文件选集》第12册，第268页，北京：中共中央党校出版社，1991年6月版。

③ 谢觉哉：《关于"统一战线"的讲话》（1950年7月），《谢觉哉文集》，第742～743页，北京：人民出版社，1989年10月版。

然后向人民宣传解释，一致实行。这种方法是政府领导人民，也是人民领导政府。”① 沿着这样的台阶，他转过了思想观念上的弯子。

这里的关键词是“人民”。

人民民主专政与王道善治传统

“人民”，是无产阶级斗争学说里的一个重要概念，也是理解毛泽东关于民主政权建设的一个核心概念。

1938 年 9 月至 11 月，中共扩大的六届六中全会，根据王稼祥传达的共产国际指示和共产国际执行委员会总书记季米特洛夫的意见，通过关于中共领导机构要以毛泽东为主要领导的建议。张闻天主动提出“把总书记一职让掉”，“推举毛泽东同志为中央总书记”，但当时毛泽东本人未接受该提议。据张闻天回忆，此后“我只在形式上当主席，一切重大问题均由毛主席决定”。② 这个过渡阶段一直持续到 1941 年底。经过整风运动，1943 年 3 月 20 日中央政治局会议通过《关于中央机构调整及精简的决定》，推举毛泽东为中央政治局主席、中央书记处主席。1945 年 6 月，中共七届一中全会推举毛泽东为中央委员会主席、中央政治局主席、中央书记处主席、中央军事委员会主席。③ 党的抗日民族统一战线路线，以及陕甘宁边区抗日民主政权建设，在 1938 年年底以前主要是由张闻天领导主持的。1940 年 3 月，自毛泽东提出“三三制”政权观点后，就逐渐转变为毛泽东领导。

毛泽东不否定抗日民主政权建设，但他坚持的是自己关于民主的观念。“参议会的目的，只有一个，就是打倒日本帝国主义，建设新民主主义的中国，也就是革命的三民主义的中国。现在的中国不能有别的目的，只能有这个目的。”“陕甘宁边区所实行的是革命的三民主义。……就目前来说，革命的三民主义中的民族主义，就是要打倒日本帝国主义；其民权主义和

---

① 谢觉哉：《谢觉哉日记》（1945 年 2 月 3 日，编排上赓续在 1 月 22 日）下卷，第 758 页，北京：人民出版社，1984 年 4 月版。

② 张培森主编：《张闻天年谱》上卷，第 586、555 页，北京：中共党史出版社，2000 年 8 月版。

③ 参见王健英编《中国共产党组织史资料汇编——领导机构沿革和成员名录》，第 424、481 ~ 482 页，北京：红旗出版社，1983 年 5 月版。

民生主义，就是要为全国一切抗日的人民谋福利，而不是只为一部分人谋利益。”① 这是1941年11月，毛泽东在边区第二届参议会上的演讲。国家主权和人民幸福，是中国革命的目的。为了达到这个目的，当前必须打倒日本帝国主义对中国的侵略。而要驱赶日本帝国主义出中国，实现中国主权独立，只能走国内各阶级各党派及无党派联合的道路，所以，在边区执行“三三制”抗日民主政权政策。很清楚，边区民主政权建设是斗争的手段，不是目的。从民众的大联合，到几个革命阶级的联合专政，再到各革命阶级的联合专政，毛泽东关于中国革命道路和目标的思想观念是前后一贯的。

此前，1940年1月，他论述新民主主义政治，“中国现在可以采取国民大会、省民大会、县民大会、区民大会直至乡民大会的系统，并由各级大会选举政府。但必须实行无男女、信仰、财产、教育等差别的真正普遍平等的选举制，才能适合于各革命阶级在国家中的地位，适合于表现民意与指挥革命斗争，适合于新民主主义的精神。这种制度即是民主集中制。只有民主集中制的政府，才能充分的发挥一切革命人民的意志，也才能最有力量的去反对革命的敌人”。他主张，新民主主义中国的“国体——各革命阶级联合专政。政体——民主集中制”②。民众、群众、人民，都是阶级斗争理论观念中带有价值判断的集合概念，表示的是中国革命所依靠的核心力量。毛泽东所理解的民权、民主，是融会在阶级斗争理论观念中的策略方法。平等比自由更重要。平等是诉诸个体的，革命队伍里有饭大家吃，有衣大家穿，有事大家做，有书大家读。自由却是集体的，是阶级民众的自由，即通过革命斗争实现革命阶级的解放和革命阶级的专政，绝非个体的自由。这个“革命阶级”的概念范畴，还可以依据不同历史时期做相应伸缩变化。作为集体的、阶级的自由，就是翻身解放，当家做主。所以，早在抗日民主政权建立之前，边区苏维埃政权就被认为是“人民已得完全

---

① 毛泽东：《在陕甘宁边区参议会的演说》（1941年11月6日），《毛泽东选集》第3卷，第807、809页，北京：人民出版社，1991年6月第2版。

② 毛泽东：《新民主主义论》（1940年1月），《解放》周刊（延安），第98、99期合刊。此处引文后来编入《毛泽东选集》时，“国民大会、省民大会……”改为“全国人民代表大会、省人民代表大会……”。

的民主"①。并且，"它是比资产阶级国会制度更高级的、更发达的和更现代的政治生活形式"，"对于工人、农民和知识分子，即人民，苏维埃制度是民主主义的登峰造极"。② 遗憾的是，苏维埃制度在苏联实行的结果，"以工厂苏维埃和农村苏维埃为基层的直接民主制，列宁生前已被工厂的一长制所代替；一切权力归苏维埃嬗变为一切权力属于党，再变为一切权力属于斯大林"③。失去制约的权力，只能走向专制集权，没有制约的执政党成为执政者官僚群体自身利益的代表。

1939年8月24日，中央政治局会议讨论边区文艺问题，关于新民主主义文艺发展方向，张闻天认为应当是民族化、大众化、民主化，周恩来提出"民主化是对的"④，毛泽东持保留意见。1940年1月5日，张闻天在边区文化界救亡协会第一次代表大会上做工作报告，论述中华民族新文化应当是"民族的、民主的、科学的、大众的"⑤。1月9日，毛泽东在此次会议上做讲演，认为新民主主义文化应当是"民族的，科学的，大众的"。"工作报告"是代表组织观点，"讲演"是个人意见。毛泽东把集体讨论中的"民主"省略了，在他看来民众的就是民主的。"这种新民主主义的文化是大众的，因而即是民主的。它应为全民族中百分之九十以上的工农劳苦民众服务，并逐渐成为他们的文化。"⑥ 对新民主主义文化中的民主理解，与对新民主主义政治中的民主理解，其精神实质是一致的。

按照这样的观点，毛泽东认为抗日民主政权建设中，以及"三三制"

---

① 谢觉哉：《边区政府的组织与建设》（1937年6月），《新中华报》（延安），1937年6月16、23、26、29日连载。

② ［苏］亚历山大罗夫：《论苏维埃的民主》，第19、20页，吉林：新中国书局，1949年4月第3版。

③ 顾准：《直接民主与"议会清谈馆"》（1973年4月），《顾准文集》，第361页，贵阳：贵州人民出版社，1994年9月版。

④ 张培森主编：《张闻天年谱》上卷，第617页，北京：中共党史出版社，2000年8月版。

⑤ 洛甫（张闻天）：《抗战以来中华民族的新文化运动与今后任务》（1940年1月），《解放》周刊（延安），第103期（1940年4月10日出版）。

⑥ 毛泽东：《新民主主义论》（1940年1月），《毛泽东选集》第2卷，第708页，北京：人民出版社，1991年6月第2版。

此处引文，《中国文化》创刊号（1940年2月15日）和《解放》周刊第98、99期合刊发表文本，都是"这种新民主主义文化是大众的。它应为全民族中百分之九十以上的工农劳苦民众服务，并逐渐成为他们的文化"。解释性的部分"因而即是民主的"，是后来收入《毛泽东选集》时修改增加的。

民主政权建设中的“民主”，就是走群众路线，从群众中来，到群众中去，既有民主又有集中，既有个人意志又有组织纪律的民主集中制。所谓制度设置上的三权鼎立，相互制衡，那是资产阶级法学的一套，不适合中国国情。经过延安整风运动所确定并坚持的中国现代革命民主政权思想，其最高原则是，“一切空话都是无用的，必须给人民以看得见的物质福利”。“在目前陕甘宁边区的条件说来，就是组织人民、领导人民、帮助人民发展生产，增加他们的物质福利，并在这个基础上一步一步地提高他们的政治觉悟与文化程度。为着这个，我们应该不惜风霜劳苦，夜以继日，勤勤恳恳，切切实实地去研究人民中间的生活问题，生产问题，耕牛、农具、种子、肥料、水利、牧草、农贷、移民、开荒、改良农作法、妇女劳动、二流子劳动、安家计划、合作社、变工队、运输队、纺织业、畜牧业、盐业等等问题，并帮助人民具体地而不是讲空话地去解决这些问题。”① 这一连串新名词是革命队伍面临的新形势，是必须熟悉掌握的新概念，它表达了一种实事求是的务实精神，颇有“多研究问题，少谈些主义”之风。

文明进程中的每一小步都是可敬的

中国近现代社会被侵略的历史，形成强烈的国家主权意识，并影响到自由、民主观念外延更多地倾向于民族国家和阶级阶层等集体范畴。从古代汉语到现代汉语，虽然很多双音节词因翻译西方近现代社会理论观念而衍生，但骨子里往往潜藏着某种中国传统文化因子。民主、自由，就存在着西方代议制民主与中国传统明君王道观念的语义交织，个体自由权利与阶级群体解放的差别。问题的复杂性在于，这些实际存在着的语义差别，使用的都是同样一个词语。

西方现代民主政治理论的典型代表人物孟德斯鸠，提出立法、行政、司法三权分置、相互制约理论的基点，是公民个体权利。“在一个有法律的社会里，自由仅仅是：一个人能够做他应该做的事情，而不被强迫去做他

① 毛泽东：《经济问题与财政问题》（1942 年 12 月），《毛泽东选集》，第 876、877 页，哈尔滨：东北书店，1948 年 5 月版。

不应该做的事情。”所谓公权，是从公民个体的人权，即私权中让渡出来的，所以，他们对集体公权力始终保持着非常谨慎的态度。“当立法权和行政权集中在同一个人或同一个机关之手，自由便不复存在了……如果司法权不同立法权和行政权分立，自由也就不存在了。”① 这里所说的“自由”，都是指的公民个体权利。为了确保这种建立在生命个体身上的每个公民的自由、人权，他们从理论到实践，经过广泛的社会论证，达到普遍认同，在高效率与社会公正之间，宁愿选择后者。“民主是一种社会管理体制，在该体制中社会成员大体上能直接或间接地参与或可以参与影响全体成员的决策。”② 其成本代价是，制度保证和程序公正需要耗时费事，速度缓慢。

中国现代革命运动努力争取的首先是国家主权，毛泽东关于抗日民主政权建设的出发点和归宿点，与西方现代民主政治理论是大异其趣的。在高效率与社会公正之间，在行政权威与民主制度之间，选择的是前者。用人民民主专政的国家政权，调动一切社会资源，集中力量办国家大事。个人利益与国家利益、集体利益相比，一直是倾向于国家和集体的。经过改革开放，直到21世纪初通过的《物权法》，才调整改变为个人、集体、国家利益共同保护，取得在操作层面上的平等地位。

从英国议会的代议制民主，经过孟德斯鸠的研究提炼，概括出三权鼎立学说，成为美国国父们建立新政权的理论依据，形成资本主义世界的民主范式。从巴黎公社的生产者自治组织，到俄国革命苏维埃政权的列宁模式及其后的斯大林模式，再到中国共产党领导的苏维埃政权，以及抗日民族统一战线形势下的“三三制”政权，抗战胜利后的一党领导、多党合作、民主监督、政治协商制度，1949 年后逐渐发展完善的人民代表大会制度、中国共产党领导的多党合作和政治协商制度、民族区域自治制度和基层群众自治制度，形成社会主义世界的民主范式。民主，作为一种绝对纯粹的政治理念，其实没有一个固定模式。

陕甘宁边区抗日民主政权建设，在有限的时间、有限的空间环境下，所进行的有限的民主政权实践活动，迅速地转变为对人民共和国政权设置

① ［法］孟德斯鸠：《论法的精神》上册，第154、156 页，北京：商务印书馆，1963 年3 月版。
② ［美］卡尔·科恩：《论民主》，第10 页，北京：商务印书馆，1988 年5 月版。

的经验依据。历史没有给我们留下更充分的时间做准备，我们没有机会像美国联邦党人那样进行更充分的理论研究和阐述，以形成思想认识上的理论共识。当“一元化”的效率追求取代“两权半”的权力制衡，人民民主观念的“民主”实际上仅仅是一种走群众路线的工作作风。“运用权力的‘人民’与权力所加的人民并不永是同一的……至于所谓人民意志，实际上只是最多的或者最活跃的一部分人民的意志，亦即多数或者那些能使自己被承认为多数的人们的意志。于是结果是，人民会要压迫其自己数目中的一部分；而此种妄用权力之需加防止正不亚于任何他种。”[①] 这种权力失去制约，导致群众不满，早在1942年整风运动实行“一元化”领导体制后就逐渐暴露出来。“人民对当地政府判决不服而上诉时，或对当地行政人员不满而越级控告时，有些地方政府的主管人员借口不合手续，或没有下级介绍信，加以阻抑，以至民情不能上达。”由此政权中滋生出官僚主义倾向，“只愿作群众的上司，不愿做群众的学生”，工作中但求“数量”不重“质量”，等等。[②] 这种官僚化的政治倾向，在第三届边区参议会政府工作报告中又一次被提出来。

---

① ［英］约翰·密尔：《论自由》，第4页，北京：商务印书馆，1959年3月版。

② 林伯渠：《边区民主政治的新阶段——陕甘宁边区政府对边区第二届参议会第二次大会的工作报告》（1944年12月），见陕西省档案馆、陕西省社会科学院合编《陕甘宁边区政府文件选编》，第8辑，第455页，北京：档案出版社，1988年12月版。

第五章

艰苦锻造团队执行力

JIANKU DUANZAO TUANDUI ZHIXINGLI

执行力就是战斗力。

抗日战争进入相持阶段，中国战胜日本帝国主义的战争前景逐渐清晰明朗。但是，国内政治前途波谲云诡，国共两党矛盾纷争不断，斗争形势日趋激烈。为了赢得战争的最后胜利，必须努力锻造革命队伍的团队执行力和战斗力。中国共产党在陕甘宁边区和其他抗日根据地获得长足发展的基础上，在延安掀起一场轰轰烈烈的整风运动，从思想上、组织上、作风上全面整肃，提高革命队伍令行禁止、步调一致的绝对执行力。

抗大学员在延安古城内露天上课

一

统一思想， 统一步伐

一流的事业，需要一流的人才，更需要一流的团队。团队集体的力量，主要体现在对于计划指令执行的能力。共同的精神信仰，高度一致的思想认同，是统一意志、统一行动、统一纪律的前提条件。延安整风运动首要的和重要的线索，是思想理论上坚持马克思主义与中国革命具体实际相结合，用马克思主义解决中国革命具体问题，坚决反对来自国外的洋教条主义和来自党内的土经验主义，探索建立中国特色社会主义道路的历史起点和中国特色社会主义理论的逻辑起点。

干革命是为了解决中国问题

整风运动是中国共产党在延安开展的一场声势浩大的党内斗争，其主要方式是进行思想斗争，实现全党领导层和中下层干部的彻底思想转变。革命队伍不是乌合之众。中国共产党领导无产阶级革命，是为了解决中国民族独立、人民生活安康、国家政权民主的问题。在强大的敌人面前，革命队伍必须团结起来，步调一致，形成合力，战胜敌人，争取胜利。这是整风运动合法性的基础所在。

战胜敌人，建立新中国是目标；统一全党思想、意志和行动是路径；整顿学风、党风和文风是具体的方式方法。

1942年2月1日，毛泽东在延安中央党校开学典礼上发表演说，明确提出要“反对主观主义以整顿学风，反对宗派主义以整顿党风，反对党八股以整顿文风”，从此拉开了全党整风运动的大幕。在此次演讲中，毛泽东阐明开展整风运动的原因，是为了提高团队战斗力。“为什么要有革命党？因为世界上有敌人存在，所以要有革命党。并且不但是普通的革命党，而且要是共产党这样的革命党。因为如果没有共产党这样的革命党，敌人的彻底打倒是不可能的。我们要打倒敌人，我们的队伍就要整肃，我们的脚步就要一致，兵要精，武器要好。”① 目标设置决定路径选择，也制约着措施和手段。

共产党领导中国革命所面对的敌人，除了帝国主义侵略者、封建统治压迫者，还有贫穷落后的社会生产力。“我们民族的灾难深重极了，唯有科学的态度与负责的精神，能够引导我们民族到解放之路。真理只有一个，而究竟谁是真理，不依靠主观的夸张而依靠客观的实践。只有得到千百万人民革命的实践，才是检验真理的尺度。”② 正视现实，认识现实，改变现实，才是领导中国革命的真理。这种务实的态度，实事求是的精神，是中国革命理论的真谛所在，也是毛泽东孜孜以求的革命理想所在。青年毛泽东在组织湖南青年学生赴法勤工俭学过程中，自己却放弃出洋机会，认为“吾人如果要在现今的世界稍为尽一点力，当然脱不开‘中国’这个地盘。关于这个地盘内的情形，似不可不加以实地调查及研究”。不了解中国国情，不解决现实危难，所有学位、学术、学问都是枉然。“中国出过洋的总不下几万乃至几十万，好的实在很少。多数呢？仍旧是‘糊涂’，仍旧是‘莫名其妙’，这便是一个具体的证据。”③ 毛泽东来自乡间，知晓乡村社会底层疾苦；常以“奇杰”自期，利用学校假期，结伴游历三湘社会，感知民间忧患。“来日之中国，艰难百倍于昔，非有奇杰不足言救济。”④ 强烈

---

① 毛泽东：《整顿学风党风文风》（1942年2月），见解放社编《整风文献》，第6、7页，上海：新华书店，1949年6月版。

② 毛泽东：《新民主主义论》，《解放》周刊（延安），第98、99期（1940年2月）。

③ 毛泽东致周世钊信（1920年3月14日），《毛泽东早期文稿（1912.6～1920.11）》，第474页，长沙：湖南出版社，1990年7月版。

④ 毛泽东致湘生信（1915年6月25日），《毛泽东早期文稿（1912.6～1920.11）》，第8页，长沙：湖南出版社，1990年7月版。

的现实感，让青年毛泽东走上一条特立独行、卓尔不群的读书治学、人生奋斗道路。从长沙到井冈山，从中央苏区到陕北延安，毛泽东都在寻求着政治上的高层同志和战友。1935年2月，遵义会议刚刚过后的一天下午，周恩来找到博古说服其服从大局，让出中共最高领导权时说：我们最直接的对手是蒋介石，“中国工农红军要取得胜利，非有一个比领导南昌起义的这些军事指挥官（包括我自己）更有才能的军事领导人来领导”。“从内心讲，你和我都是做具体业务的人，都不合适做领袖或主帅”，只有毛泽东可以担当此任。毛泽东个性太强，在中央苏区时期多次受到处分，两次在党代会上落选。“人无完人，战争需要他应用‘十六字诀’率领红军打败蒋介石，这是最重要的。”① 这里所说的“十六字诀”，是指红军早期在井冈山斗争过程中，总结出来的游击战术“敌进我退，敌驻我扰，敌疲我打，敌退我追”②。这不是来自教科书，而是来自斗争实践经验总结。在地形复杂、敌众我寡的情况下，这是非常有效的生存策略和斗争手段。毛泽东因此获得红军指战员的广泛信任和支持。

但是，中国现代革命遭遇的历史悖论在于，苏联和共产国际帮助和引导中国共产党成立起来并进行无产阶级革命，在组织关系上中共是共产国际的一个支部，其主要领导和重大行动都必须汇报请示批复。随着中共自身发展壮大，其在复杂形势下的斗争策略和手段，以及所承载的民族利益诉求，就必然会产生中共与苏共之间的矛盾冲突。从陈独秀、瞿秋白、李立三、博古、张闻天到毛泽东，历史注定要选择一位具有强悍人格精神者，担当扭转历史方向的重任，从跟着苏联共产党和共产国际的屁股后边，既接受物质援助，又接受理论指导，还要在民族国家利益面前忍气吞声，接受精神欺侮，到独立自主地走中国自己的路，探寻中国特色社会主义道路的历史起点和中国特色社会主义理论的逻辑起点，使双方在平等的基础上

① 秦福铨：《博古和毛泽东及中华苏维埃的领袖们》，第126、127、128页，香港：大风出版社，2009年3月版。

② 毛泽东：《中国革命战争的战略问题》（1936年12月），《毛泽东选集》第1卷，第204页，北京：人民出版社，1991年5月第2版。

有学者研究认为，“十六字诀”大约形成于1927年冬至1928年春的游击战中，由朱德率先提出，毛泽东加以宣传推广。参见郭军宁《游击战术“十六字诀”产生过程辨析》，《党的文献》（京），2010年第2期。

互助合作。如果说这是一种历史使命，那么，毛泽东就成了这个历史使命的执行人。

秋收起义失败后，他率领队伍放弃城市转而进入井冈山开展农村斗争。中央苏区成立后，很多曾在苏联学习归来的同志纷纷进入革命队伍工作，他们所学习掌握和运用的一整套理论方法，几乎全部是苏联和西方的经验。这些对于规范组织纪律，进行国家政权建设，具有重要的价值和意义；但是，对于在复杂的社会地理环境中开展革命斗争，尤其是与强大的敌人进行反“围剿”战斗，则往往捉襟见肘。人在社会群体中，全知全能是不可能的，天生我才，相互补充，形成团队战斗力，是更重要的制胜之道。青年毛泽东对于留苏留洋干部在军事指挥领域照本宣科的所作所为，采取不屑一顾、不愿合作的态度。“每次开高级军事会议，研究部队的军事行动，都得看毛的眼色，否则毛就各说各话，海阔天空，搞得你不知伊于胡底，甚至毛一走了之。”① 在自己处于弱势地位时，他利用一切闲暇，躲到庙宇里看古书，做田野社会调查，思考中国革命的根本问题。1935 年 6 月，红一方面军与红四方面军在四川懋功会师后，很快发生毛泽东与张国焘之间的关于红军何去何从的矛盾斗争，最后巧借张浩利用共产国际的名义，暂时化解危机。1936 年 6 月，为了取得共产国际对于红军北上路线主张的认可，经周恩来主持军政会议安排，并请示毛泽东同意，决定派邓发去莫斯科，“其中有一件事，就是向季米特洛夫阐明，中共中央有权更换代表团成员，取得季米特洛夫支持”。他认为中共中央与中共派驻共产国际的中共代表团之间的关系，一直以来都搞错了，本末倒置，“驻共产国际的中共代表团是中共中央的一个派出机构，是中共中央领导的一个部门，因此它的一切活动，都必须首先取得中共中央的批准，中共中央政治局可以根据需要撤换代表团成员”②。这在中共党内是一个石破天惊的思想，只有毛泽东敢于这么想，敢于这么问，也敢于这么做。虽然当时还不可能解决这个谁领导谁的问题，但是疑问已经提出，原来的秩序合法性基础就受到颠覆。

①② 秦福铨：《博古和毛泽东及中华苏维埃的领袖们》，第 12、151 页，香港：大风出版社，2009 年 3 月版。

如果说这是组织上的路线之争，那么延安整风运动就是思想上的路线之争。

1938年6月11日，共产国际代表团举行会议，讨论中国共产党的问题，通过一个支持毛泽东的决定。时在莫斯科治病的王稼祥受命返回中国，尽快传达会议决定。季米特洛夫特别叮嘱："应该告诉大家，应该支持毛泽东同志为中国共产党的领导人，他是在实际斗争中锻炼出来的领袖。其他人如王明，不要再去竞争当领导人了。"① 9月14日，中共中央政治局会议上王稼祥如实传达指示。会议决定召开六届六中全会，由王稼祥通知在武汉中共长江局的王明等人回延安。王明接通知后，出于政治斗争的敏感，电询有关细节情况，致电中央要求到武汉或西安开会。毛泽东大为光火：他抬我去我也不去，就在延安开！六届六中全会最终在延安召开，决定撤销长江局，王明任中央统战部部长、中央妇女委员会主任。

同年9月29日至11月6日，中共扩大的六届六中全会在当时作为中央党校礼堂的延安桥儿沟天主教堂召开。毛泽东在会上作政治报告《论新阶段》，分析总结中共成立十七年来的经验教训，提出"中国共产党在民族解放战争中的地位"问题，要把经验上升为理论，"使马克思主义在中国具体化，使之在其每一表现中带着必须有的中国的特性，即是说，按照中国的特点去应用它，……洋八股必须废止，空洞抽象的调头必须少唱，教条主义必须休息，代之以新鲜活泼的、为中国老百姓所喜闻乐见的中国作风和中国气派"。② 站在中国老百姓的情感立场上，一切从中国实际出发，形势、任务、步骤、目标、理论言说上已是一通百通，自圆其说，剩下的事情是如何贯彻实施。"政治路线确定之后，干部就是决定的因素。"毛泽东挑战性地号召搞一次全党范围的学习竞赛。

---

① 徐则浩编著：《王稼祥年谱》，第190页，北京：中央文献出版社，2001年12月版。

② 毛泽东：《论新阶段》（1938年10月），《解放》（延安）周刊，第57期（1938年11月25日）。收入《毛泽东选集》第2卷（北京：人民出版社，1991年5月第2版）的《中国共产党在民族战争中的地位》一文，是其中的第七部分。

干得好还要说得好

1942 年 2 月 8 日，毛泽东在延安中央党校开学典礼上发表演说一周后，又在中宣部召集的干部会议上做《反对党八股》的演讲。这两次演讲，是全党整风运动开始的标志。但是在当时的中共中央机关报《解放日报》上，分别被安排在次日第三版右下角或左下角三栏题的不显著位置，作为边区党务活动消息处理。

对此，毛泽东非常不满意。2 月 11 日，中央政治局会议讨论《解放日报》工作，毛泽东发言指出："报纸要以自己国家的事为中心，这正是表现一种党性。现在《解放日报》还没有充分表现我们的党性，主要表现是报纸的最大篇幅都是转载国内外资产阶级通讯社的新闻，散布他们的影响，而对我党政策与群众活动的传播，则非常之少，或者放在不重要的位置。《解放日报》应把主要注意力放在中国抗战、我党活动和根据地建设上面，要反映群众的活动，充实下层消息。"① 此前的报纸版面编排顺序为从国际新闻、国内新闻到根据地新闻，在没有自己通讯社稿源的情况下，不得不依赖接受其他通讯社信息。毛泽东认为，这是缺乏新闻独立精神的盲从主义，必须改变过来。共产党领导的根据地报纸，要以我为主，以共产党领导的抗日根据地新闻为主体。这是文风问题，也是学风问题，新闻版面语言风格的背后，是对于中国革命的思想认识问题。

此间，毛泽东多次反复强调，很多干部习非成是，纠正思想毛病，不能大而化之，必须形成一种风气，造成一河大水。这场在全党开展的思想改造运动，应该与五四新文化运动等量齐观。"中国有两个教条，一是旧教条，一是洋教条，都是思想上的奴隶。五四运动打破了旧教条的奴役，是一个重大的启蒙运动。大革命失败后，我们党犯了洋教条的毛病，现在开展反主观主义、宗派主义和党八股的整风运动，同样是一个重大的启蒙运

① 中共中央文献研究室编：《毛泽东年谱（1893～1949）》中卷，第 362 页，北京：人民出版社、中央文献出版社，1993 年 12 月版。

动，许多干部中毒很深，需要做启蒙工作。”① 但是，迟至 4 月 3 日，中宣部才发出《关于在延安讨论中央决定及毛泽东同志整顿三风报告的决定》，对在延安的党政机关学校全面开展整风运动，做出具体部署，规定 18 个文件作为整风学习的必读材料。4 月 16 日，中宣部又发出通知，增加 4 份整风学习材料，共计 22 个文件。

在这两个月时间里，延安各机关学校知识分子集中的单位和部门，由于没有及时对整风运动做具体安排指导，出现了普遍误解整风运动意图的现象，很多人都认为整风运动是要群众起来清算各单位领导作风问题。中央青年工作委员会在大砭沟口办的墙报《轻骑兵》和中央研究院的王实味事件，是其典型代表。

1942 年 4 月 20 日，毛泽东在中央学习组再做《关于整顿三风》的报告。如果说前次在中央党校学员们面前演讲，毛泽东循循善诱，措辞生动，气氛活跃；此次在身边党内领导干部面前演讲，再次强调开展全面整风运动工作的重要性，就显得声色俱厉，措辞尖锐，气氛紧张了。“我们首先要使在座的同志，还要经过在座的同志使延安所有的干部都懂得，我们现在做的是一件有很大意义的事情，是做一件有全国意义的工作，做一件建设党的事，使我们党的工作更完善更健全。”为了切实保障这项工作的开展，“中央各个部委除了一些日常的必要的工作外，其余的全部精力就是做这个工作”；学校里的一般课程可以停止，专心学习整风文件；其他各机关单位“要把二十二个文件的讨论、研究，以及工作检查、首先检查，放在第一位”。在时间安排上，“学校规定用两个月，机关规定用三个月。学校两个月如果不够，延长半个月，半个月不够，延长一个月。机关三个月不够，延长半个月，半个月不够，延长一个月。总而言之，要把反对主观主义这件事搞得彻底，一定要搞好，我们必须要下这样一个决心。如果搞得不好就再搞，再搞没有搞好还得重搞，要搞彻底”。“延安失掉了还没有什么，张家要独立，王家也要独立，那就不得了。所以就是延安失掉了，反主观主义也要搞，作战也要搞。总之，一定要搞，搞到哇哇叫也要搞，打得稀

① 中共中央文献研究室编：《毛泽东年谱（1893～1949）》中卷，第 366～367 页，北京：人民出版社、中央文献出版社，1993 年 12 月版。

巴烂也要搞。"① 这是拿出破釜沉舟的决心，以压倒一切的声势，开展整风运动。时间上可以不断延长，工作上可以不断让路，程度上一定要彻底，没有不搞好的理由，不留任何可以推诿的后路。

整风学习的主要材料是 22 个文件。"二十二个文件是何等之文件，是世界革命一百多年经验的总结，是中国共产党诞生以来中国革命二十年经验的总结。"学习文件，钻研历史，"要把理论和实际行动联系起来，把文件上讲的东西和自己的行动联系起来"。这里的"实际"，不是空泛的实际，而是具体的个人生长实际。"什么是实际？个人的历史实际，机关工作的历史实际，各个同志所想的、做的都是实际。"②把文件精神与个人实际结合起来进行反省检查的具体措施，就是写读书笔记、反省笔记、思想笔记。毛泽东非常严厉地说，"中宣部那个决定上说要写笔记，党员有服从党的决定的义务，决定规定要写笔记，就得写笔记。你说我不写笔记，那可不行，身为党员，铁的纪律就非执行不可……不管文化人也好，'武化人'也好，男人也好，女人也好，新干部也好，老干部也好，学校也好，机关也好，都要写笔记。首先首长要写，班长、小组长都要写，一定要写，还要检查笔记"③。拿笔写笔记，对于知识分子干部并非难事，对于那些工农干部却绝非一件容易的事。当时被安排在中国女子大学学习的部分工农干部，大都出身贫苦，没有上过学。"在家没得饭吃了，红军打到家门口，大家就跟着走喽。"习惯于行军打仗，戎马倥偬，已经过了读书识字的最佳时光，现在坐在窑洞里重新做起小学生，识字、读书、做加减算术题，他们中有人直着嗓子喊："日他娘老子的，这比长征难多了！"④

中央党校学员们在学习过程中，称之为"自己钻文件，又用文件来钻自己"⑤，就是把文件中的道理当作尺子，衡量自己的一言一行；当作镜子，对照检查自己的所作所为，然后开展小组讨论，进行批评与自我批评，再

①② 毛泽东：《关于整顿三风》（1942 年 4 月），《毛泽东文集》第 2 卷，第 413、413 ~ 414、414、416、415 页，北京：人民出版社，1993 年 12 月版。

③ 毛泽东：《关于整顿三风》（1942 年 4 月），《毛泽东文集》第 2 卷，第 416 页，北京：人民出版社，1993 年 12 月版。

④ 蒋巍、雪扬：《中国女子大学风云录》，第 155 页，北京：解放军文艺出版社，2007 年 5 月版。

⑤ 黄火青、王从吾等：《回顾延安中央党校的整风运动》，见《延安中央党校的整风学习》第 1 集，第 34 页，北京：中共中央党校出版社，1988 年 6 月版。

开展班级交流、学校交流，互相提意见，整改校正自己的言谈举止，务必符合党性规范要求。这实际上是通过组织开展群众运动的方式，来进行全党范围内普遍的思想改造运动。它给个人造成的精神压力是非常强大的，并且是很普遍的。中央党校二部进入反省阶段，很多学员出现失眠、梦魇现象，连平时不爱用脑子的“睡觉大王”，“这次总结学风，用脑子想了，想得经常失眠”。有位学员的个人总结报告先后修改8次，“由于用脑过度，晚间失眠，午睡遗精”。[①] 由此可以想见，处于整风运动中的人们其精神紧张状况。

用群众运动的方式解决思想认识问题，在很大程度上就是一种政治表态。这与整风运动的核心目标，中国革命呼唤中国革命理论，是互为表里的。延安时期翻译出版了更多的马列主义著作，阅读讲授的也较以前为更多，“但是按照中国革命运动的丰富内容来说，理论战线就非常之不相称，二者比较起来，理论方面就显得非常之低，非常之落后。一般来说，我们的理论还不能与革命实践相平行，更不去说理论应该跑到实践的前面去。我们还没有把丰富的实际提高到应有的理论程度，我们还没有对革命实践的一切问题，或重大问题，经过考察，上升到理论的阶段”。熟读马克思主义书本知识，那是一种过去斗争经验的总结，不能解决中国革命的实际问题。“我们所要的理论家是什么理论家呢？是要这样的理论家，他们能够依据马恩列斯的立场、观点、方法，正确地解释历史中与革命中所发生的实际问题，能够在中国经济、政治、军事、文化种种问题上给予科学的解释，给予理论的说明”[②]，找出其发展规律，从而为中国革命提供思想支撑和理论指导。

从这个逻辑起点出发，毛泽东重新界定了革命理论和理论家，以及文化知识与知识分子的概念。他认为“真正的理论在世界上只有一种，就是从客观实际抽象出来又向客观实际得到了证明的理论，没有任何别的东西可以称得起我们所讲的理论”。拿这个标准来衡量，“许多所谓的知识分子，

---

① 《中央党校二部学风学习总结》（1944年9月17日），见《延安中央党校的整风学习》第2集，第278页，北京：中共中央党校出版社，1989年5月版。

② 毛泽东：《整顿学风党风文风》（1942年2月），见解放社编《整风文献》，第8、9～10页，上海：新华书店，1949年6月版。

其实是比较最无知识的，工农分子的知识有时倒比他们多一点”。[①] 他把中央苏区时期的革命失败，归咎于思想理论上的主观主义作祟，一种是教条主义，一种是经验主义，流毒最重的是教条主义。他们将马列主义著作当作金科玉律、灵丹妙药，把马克思主义当作宗教教义。毛泽东对此深恶痛绝地嘲讽道：“对于这种人，应该老实的对他说，你的教条没有什么用处，说句不客气的话，实在比屎还没有用。我们看，狗屎可以肥田，人屎可以喂狗。教条吗？既不能肥田，又不能喂狗，有什么用处呢？”[②] 所以，整风运动在实际进行过程中，表现为党内高层路线斗争、全党思想改造运动和一般工农干部政治表态三个层级。其中，全党整风运动主要针对知识分子思想上的痼疾。

把革命斗争胜败归结为思想路线问题，再把思想认识问题归结为阶级立场、家庭出身问题，整风运动在思想理论上追求中国革命自身思想理论建树，从而获得合法性基础的同时，又带有明显的极端化、绝对化偏差倾向。

用中国话语向世界阐释中国

反对主观主义以整顿学风，开展调查研究，建立起实事求是的思想理论作风；反对宗派主义以整顿党风，增强党性修养，遵守党性原则；反对党八股以整顿文风，确立无产阶级立场，打造为中国老百姓所喜闻乐见的中国作风与中国气派。

开展调查研究，讲究实事求是，是毛泽东倡导建立中国革命理论的路径方法，也是形成中国特色社会主义理论的路径方法。不注重研究国内国际斗争形势发展现状，不注重研究国内国际历史发展规律，不注重把马克思主义普遍真理与中国具体实践相结合的应用研究，是五四新文化运动反对“老八股”过后，矫枉过正形成的一种“新八股”“洋八股”，影响到共产党内，就是“党八股”。“几十年来，很多留学生都犯过这种毛病。他们

①② 毛泽东：《整顿学风党风文风》（1942 年 2 月），见解放社编《整风文献》，第 13、11、16、16 页。上海：新华书店，1949 年 6 月版。

从欧美日本回来，只知生吞活剥地搬外国。他们起了留声机的作用，忘记了自己创造新鲜事物的责任。这种毛病，也传染了共产党。”① 早在整风运动之前的1941年5月，毛泽东就给这种“钦差大臣”式的“党八股”患者画像为：“墙上芦苇，头重脚轻根底浅；山间竹笋，嘴尖皮厚腹中空。”②不仅思想理论上是蹩脚的，而且道德伦理上是可耻的。整风运动中，1942年2月毛泽东更集中痛砭“党八股”为八宗罪孽：空话连篇，言之无物；装腔作势，借以吓人；无的放矢，不看对象；语言无味，像个瘪三；甲乙丙丁，开中药铺；不负责任，到处害人；流毒全党，妨害革命；传播出去，祸国殃民。“党八股里面藏的是主观主义、宗派主义的毒物”，“党八股这个形式，不但不便于表现革命精神，而且非常容易使革命精神窒息”。③ 两种思想理论主张，两条思想组织路线，彼此不能取长补短，相得益彰，只有水火不容，势不两立。

为了应对“留学派”的主张，救治“党八股”的危害，毛泽东极力倡导并身体力行调查研究之风。“没有调查，就没有发言权。”虽然曾被讥讽为“狭隘经验论”，毛泽东坚持认为这是正确的思想路线行为。因为“群众是真正的英雄，而我们自己往往是幼稚可笑的”。思想认识行为的背后，追溯到历史观的高度，问题的严重程度就非同寻常。所以，毛泽东在延安时期为其在中央苏区时期所做《农村调查》重新作序时，强调指出做好调查研究的前提条件，是要“眼睛向下，不要只是昂首望天。没有眼睛向下的兴趣和决心，是一辈子也不会真正懂得中国事情的”④。只有先做群众的学生，才能做群众的先生。只有充分认识社会现实，才有可能改造社会现实。

调查研究是认识社会现实的最好方法，认识世界的思想理论武器工具，是马克思主义。这与“洋八股”的区别在于中国革命立场的有或无，强或

---

① 毛泽东：《改造我们的学习》（1941年5月），见解放社编《整风文献》，第51页，上海：新华书店，1949年6月版。收入《毛泽东选集》第3卷，北京：人民出版社，1991年6月第2版，文字有出入。

② 毛泽东：《改造我们的学习》（1941年5月），见解放社编《整风文献》，第53页，上海：新华书店，1949年6月版。

③ 毛泽东：《反对党八股》（1942年2月），见解放社编《整风文献》，第37页，上海：新华书店，1949年6月版。

④ 毛泽东：《〈农村调查〉序言二》（1941年3月），见解放社编《整风文献》，第46、45页，上海：新华书店，1949年6月版。

弱。只有坚定地站在中国社会现实面前，代表最广大的社会民众的利益诉求，致力于改变中国社会现实，造福千百万人民大众，以此为目的，寻找马克思主义的思想理论指导，才能在中国无产阶级革命斗争实践中，归纳总结出属于中国自己的革命思想理论，从而指导中国革命走向胜利。所以，毛泽东认为对待马克思主义的正确态度，应该是“有的放矢”，开创中国革命思想理论新天地的有效途径是“实事求是”。“的”就是中国革命，“矢”就是马克思列宁主义。

> 我们中国共产党人之所以找这根“矢”，不是为了别的，是专门为了要射中国革命与东方革命这个“的”的，否则这“矢”就不过是一个徒供玩好的古董，一点什么用处也没有。这种态度，就是实事求是的态度。“实事”就是客观存在着的一切事物，“是”就是客观事物的内部联系，即规律性，“求”就是我们去研究。我们要从国内外、省内外、县内外、区内外的实际情况出发，从其中引出其固有的而不是臆造的规律性，即找出周围事变的内部联系，作为我们行动的向导。而要这样做，就须不凭主观想象，不凭热情，不凭书本，而凭客观存在的事实，详细占有材料，从这些事实中材料中引出正确的结论。这种结论，不是甲乙丙丁的现象排列，也不是夸夸其谈的滥调文章，而是科学的结论。这种态度，有实事求是之意，无哗众取宠之心。这种态度，就是党性，就是理论与实际统一的马列主义的作风，就是一个共产党员起码应该具备的态度。①

能否坚持“实事求是”的思想理论路线，彻底改变主观主义学风和“党八股”文风，不是简单的思想认识方式方法问题，而是民族立场、阶级情感问题。整风运动由此从学理上的革命，转向洗心革面的人生改造。

1942 年 5 月的延安文艺座谈会讲话，就是对革命知识分子发起人生改造的号召令。

按当时中央集体领导、分工负责的原则，洛甫（张闻天）以中央书记

① 毛泽东：《改造我们的学习》（1941 年 5 月），见解放社编《整风文献》，第 54～55 页，上海：新华书店，1949 年 6 月版。

处书记身份兼任中央宣传部部长，分管宣传文化教育工作，毛泽东分管军事、外交工作。1937 年 12 月 9 ~ 14 日中央政治局会议决定，中央实现集体领导并有分工，日常来往电报，“党的交洛，军交毛，统战交王，王外出时交洛”①，即，党的工作电报交给洛甫处理，军事方面交给毛泽东处理，统战方面交给王明处理，如果王明外出，则由洛甫代为处理。1938 年 9 月至 11 月中共六届六中全会后，毛泽东以中央书记处书记身份主持中央日常工作，兼任中央军委主席；洛甫同样以中央书记处书记身份，兼任中宣部部长，分管宣传、文化、教育工作。整风运动之前，毛泽东参加一些文艺活动，主要是出于个人爱好，或集体政治活动组织需要。1941 年 9 月至 10 月中共中央政治局扩大会议上，毛泽东发起对党史问题，特别是土地革命时期的政治路线问题讨论，矛头所指是作为“教条主义”代表的博古和作为“本本主义”代表的洛甫。1942 年初，洛甫率领“延安农村工作调查团”离开延安，到陕北晋绥地区做为期一年多的调查研究，党的宣传文化工作最高领导岗位空缺了。1942 年 4 月，毛泽东对萧军说，最近“感到这文艺政策很重要，也开始留心这些问题，也要懂得些”②。不久，毛泽东约请老朋友萧三谈话时更直白地说，自己在党内工作分工上本来是不管文艺的，现在分管领导张闻天走开了，文艺界的问题找上门来了，不能不管一下。③在经过比较充分的谈话了解情况后，1942 年 5 月，以毛泽东和中宣部代理部长凯丰的名义，邀约在延安的百余名知名文化人士召开文艺座谈会。

相比较于陕甘宁边区文化协会正式代表大会，这是一次非正式会议。形式上以座谈讨论的方式，就延安文艺界存在的诸多问题展开自由讨论，甚至是激烈争论。会议先后召开三次。5 月 2 日下午，第一次会议，先由毛泽东做开场发言，提出问题，引起讨论。“今天邀集大家来开座谈会，目的是要和大家交换意见，研究文艺工作和一般革命工作中间的正确关系，求得革命文艺的正确发展，求得革命文艺对于其他革命工作的更好协助，藉以打倒我们的民族敌人，完成民族解放任务。”开宗明义，毛泽东是从革命

① 张培森主编：《张闻天年谱》上卷，第 529 页，北京：中共党史出版社，2000 年 8 月版。

② 萧军：《萧军日记》（1942 年 4 月 7 日），《人与人间——萧军回忆录》，第 369 页，北京：中国文联出版社，2006 年 6 月版。

③ 参见陈晋《文人毛泽东》，第 229 页，上海：上海人民出版社，1997 年 12 月版。

事业的总体要求出发，把文艺工作纳入无产阶级革命斗争事业的全局大局之中，谋求文艺工作对于其他革命工作的协助发展。“我们今天开的会，就是要使文艺很好地成为整个革命机器的一个组成部分；作为团结人民、教育人民、打击敌人、消灭敌人的有力武器，帮助人民同心同德地和敌人作斗争。”① 毛泽东形象地概括这种关系为，在我们为中华民族解放的斗争中，有各种战线，其中最主要的是文武两个战线，一个是鲁司令领导的队伍，一个是朱司令领导的队伍。即，鲁迅领导的拿笔杆子的革命文化队伍，朱德为总司令的拿枪杆子的革命武装队伍。要实现两支队伍武器不同，战场不同，目标一致，殊途同归，必须解决文艺工作者的立场问题、态度问题、工作对象问题、工作问题和学习问题。

毛泽东发言后，接着就开始自由讨论，谁有意见和感想，只要举手示意，经会议主持人凯丰同意后，就可以站起来直抒己见。

5 月 16 日，第二次会议，继续大会发言讨论，毛泽东全程参加，认真听会，偶有插话，没有发言。

5 月 23 日，第三次会议，先是下午继续讨论，晚饭后由毛泽东做总结发言，回答三次会议上讨论最集中的几个热点问题。会议形式轻松，会场气氛热烈，伙食招待上乘，但是毛泽东的讲话内容深刻，观点犀利，态度颇为严肃。

毛泽东把延安文艺界存在问题的解决方案，锁定在文艺“为什么人”和“如何为”两个关键点上。这个“人”不是一般的社会群体，而是“人民群众”。“我们的问题基本上是一个为群众与如何为群众的问题。不解决这个问题，或这个问题解决得不适当，就会使得我们的文艺工作者与自己的环境、任务不协调，就使得我们的文艺工作者从外部从内部碰到一连串的问题。”② 文艺工作的核心任务是为政治服务，这满足了革命斗争的需要，同时也彻底取消了文艺的主体性。

---

① 毛泽东：《在延安文艺座谈会上的讲话》（1942 年 5 月），见解放社编《整风文献》，第 286、287 页，上海：新华书店，1949 年 6 月版。此文最初发表于延安《解放日报》（1943 年 10 月 19 日），收入《整风文献》时文字未做修改，收入《毛泽东选集》时文字有较大修改。

② 毛泽东：《在延安文艺座谈会上的讲话》（1942 年 5 月），见解放社编《整风文献》，第 293 页，上海：新华书店，1949 年 6 月版。

从阶级论角度，毛泽东进一步提出革命文艺存在的价值和意义，在于其全心全意地为人民大众的革命斗争服务。

> 什么是人民大众呢？最广大的人民，占全人口百分之九十以上的人民，是工人、农民、兵士与小资产阶级。所以我们的文艺，第一是为工人的，这是领导革命的阶级。第二是为农民的，他们是革命中最广大最坚决的同盟军。第三是为武装起来了的工农，即八路军、新四军和其他人民武装队伍的，这是革命战争的主力。第四是为小资产阶级的，他们也是革命的同盟者，他们是能够长期地和我们合作的。这四种人，就是中华民族的最大部分，就是最广大的人民大众。还在抗日的地主阶级、资产阶级，我们应该联合他们，但是他们不赞成广大的人民大众的民主。他们都有为他们自己的文艺，我们的文艺不是为着他们，他们也拒绝我们的文艺。①

服务目标越具体，参加革命斗争的业绩就越明显，但是对于文艺创作的局限性也就越突出。由此引发的题材决定论，呼之欲出。这是中国革命文艺发展的严重悖论，也是中国现代文艺生存环境的残酷性所在。

一切革命的文艺家，一切有出息的革命文艺工作者，必须抛弃自己中产阶级以上家庭出身所带来的近乎“原罪”的思想情感和审美观念，脱下知识分子体面的“裤子”，割掉资产阶级和小资产阶级的“尾巴”，把属于剥削阶级的立场迁移到无产阶级这边来，在精神思想上完成脱胎换骨的人生改造。

> 有许多同志，因为他们自己是从小资产阶级出身，自己是知识分子，于是就只在知识分子的队伍中找朋友，把自己的注意力放在研究与描写知识分子上面……对于工农兵，则缺乏接近，缺乏了解，缺乏研究，缺乏知心朋友，不善于描写他们；倘若描写，也是衣服是工农兵，面孔却是小资产阶级。他们在某些方面也爱工农兵，也爱工农兵出身的干部，但有些时候不爱，有些地方不爱，不爱他们的感情，不爱他们的姿态，不爱他们的萌芽状态的

---

① 毛泽东：《在延安文艺座谈会上的讲话》（1942 年 5 月），见解放社编《整风文献》，第 295 页。

文艺（墙报、壁画、民歌、民间故事、民间语言等）。他们有时也爱这些东西，那是为着猎奇，为着装饰自己的作品，甚至为着追求其中落后的东西而爱的。有时就公开地鄙弃他们，而偏爱知识分子，偏爱小资产阶级乃至资产阶级的东西。这些同志的屁股还是坐在小资产阶级方面，或者换句文雅的话说，他们的灵魂深处还是一个小资产阶级的王国……要彻底解决这个问题，非有十年八年的长时间不可。但是时间无论怎样长，我们却必须解决它，必须明确地彻底地解决它。我们的文艺工作者一定要完成这个任务，一定要把屁股移过来，一定要在深入工农兵、深入实际斗争的过程中，在学习马列主义和学习社会的过程中，逐渐地移过来，移到工农兵这方面来。只有这样，我们才能有真正为工农兵的文艺。①

为工农兵服务，为人民服务，为某个人服务，都不是简单的容易事。只有一腔情愿是不够的，必须有本事获悉对方的迫切需要，掌握其接受援助的口味爱好，提供恰如其分的帮助，才能把好事做好。毛泽东自己从一个读书人转变为一个职业革命者，在革命过程中实现了与工农大众打成一片的人生意愿，对于革命知识分子必须经历的人生改造之艰难性，是知道深浅的。不同的是，毛泽东本人是主动地自觉地实现了人生转变，而参加整风运动的其他革命知识分子，则是被动地，很多是不自觉地进行人生改造。“知识分子要与群众结合，要为群众服务，这个过程可能而且一定会发生许多痛苦、许多磨擦，但是只要大家有决心，这些要求是能够达到的。”②一场重塑灵魂的思想改造运动，在延安革命知识分子中已经拉开序幕。

作为整风运动的重要内容，抗战以后奔赴延安进入革命队伍的知识分子，无一例外地参加和风细雨的学习运动，暴风骤雨的审干运动，浊浪滔天的抢救运动。他们中的绝大多数经历过整风运动后，都可以做到至少在言行举止上服从革命利益的大局需要，在政治上与党中央保持高度一致。

---

①② 毛泽东：《在延安文艺座谈会上的讲话》（1942 年 5 月），见解放社编《整风文献》，第296～297、318、318 页，上海：新华书店，1949 年 6 月版。

可是，受到惊吓，习惯于服从的心灵，显然已经变得迟钝，难以繁荣茁壮，参长天萌大地。

二

思想纯洁， 组织纯洁

人是有思想的社会动物。只有思想上的高度一致，才能做到统一意志，统一行动，步调一致，从而实现组织纯洁性、集体凝聚力、团队执行力和革命战斗力。作为整风运动的22个纲领性学习文件，其中毛泽东的文章有6篇，另有6篇中央有关整风运动的政策决定都是经由毛泽东起草或修改的，共计12篇。其他为斯大林3.5篇、季米特洛夫1.25篇、刘少奇1篇、康生1篇、陈云1篇、列宁0.75（0.5+0.25）篇，另外还有相关材料辑录选编。毛泽东的文章从1937年9月至1942年5月，时间跨度很大，最初是个人著作或演讲报告，现在作为整风学习文件，就转变为组织行为，要求参加整风运动的每个人都必须强制性地学习对照检查自己。作为组织行为的文件学习，有任务，有纪律，有检查，有考评，从清洁思想，到清算历史，再到纯洁组织，让每个人在整风运动中都受到精神洗礼。

让每个人的思想都充分表现出来

学习文件，清查历史，组织处理，是整风运动普遍经历的三个阶段。为了达到思想纯洁的目的，整风运动开展之初的学习文件阶段，延安各机关、学校单位都出现了一个空前民主活跃的自由讨论、集体辩论时期。

为了贯彻执行《中共中央关于延安干部学校的决定》，延安中央党校实行改组，由原先是进行党的基础知识和政策教育的党的干部学校，改组为党的中高级干部进行整风学习和路线教育的机构。1942 年 2 月 1 日重新开学的中央党校，定性为“培养地委以上及团级以上具有相当独立工作能力的党的实际工作干部及军队政治工作干部的高级与中级学校”，行政管理体制上，“中央党校直属中央党校管理委员会”。① 3 月 2 日，中央书记处办公厅发出《关于政治局对党校组织及教育方针之新决定的通知》，决定“停止过去所定课程，在本年内教育与学习党的路线；军事学院高级班并入中央党校；延安各机关学校高级干部（包括高级学习组）共以 300 至 400 人为限度，参加党校学习”。同时决定，中央党校直属中央书记处，其政治指导由毛泽东负责，组织指导由任弼时负责，取消原中央党校管理委员会；邓发继续担任校长，主持校务会议，彭真为教育长，主持政治教育会议，林彪主持军事教育会议。② 一年后，1943 年 3 月 20 日，中央政治局通过《中共中央关于中央机构调整及精简的决定》，毛泽东任中央书记处主席，对于书记处会议中所讨论的问题，主席有最后决定权。毛泽东兼任中央党校校长，彭真任副校长。③ 随着办学宗旨和管理体制的变化，学校规模不断扩大，由开学时的 1 个部逐渐发展为 7 个部。其中，一部学员是在原党校学习的地委和旅级领导干部，以及七大代表，地址位于延安北关小沟坪，原陕北公学旧址；二部学员是在原党校学习的地方中级干部和部队团级干部，地址在王家坪北侧，原中国女子大学（延安大学）旧址；三部学员是 1942 年 5 月 4 日根据中央决定，中央研究院撤销后并入中央党校参加整风运动的知识分子和文化人，地址仍在蓝家坪，马列学院（中央研究院）旧址；四部学员是从二部学员中筛选下来的文化程度比较低的红军老干部和工农干部，地址在大砭沟，原军事学院和民族学院旧址；五部、六部是 1944 年初

---

① 《中共中央关于延安干部学校的决定》（1941 年 12 月 17 日），见解放社编《整风文献》，第 62 页，上海：新华书店，1949 年 6 月版。

② 《中央书记处办公厅关于政治局对党校组织及教育方针之新决定的通知》（1942 年 3 月 2 日），见中央档案馆编《中共中央文件选集》第 13 册，第 354 页，北京：中共中央党校出版社，1991 年 6 月版。

③ 中共中央文献研究室编：《毛泽东年谱（1893～1949）》中卷，第 431 页，北京：人民出版社、中央文献出版社，1993 年 12 月版。

中央西北局党校撤销后并入中央党校的同志，地址在七里铺和马家湾，原西北局党校和自然科学院旧址。

二部和四部学员的文化程度相对较低，“中央与校部决定不在二部、四部进行‘抢救’，从而保证了二部整顿党风的健康进行”①。普遍整风运动的重点对象，是张闻天、博古、王明等曾经分管工作过的部门和单位，以及抗战后奔赴延安的青年知识分子。但是，在党校二部、四部开展的整风运动依然很热烈。

二部学员有747人，第一批200余人于1943年5月到校，第二批100余人于同年7月到校，以后陆续增加，实际参加学风学习的学员仅500余人。由于不参加“抢救运动”，二部学员有更多的时间开展学风学习，组织自由讨论。1943年10月，正式开始学风学习活动，为期三个月时间，文件学完了，收获并不大。很多学员满足于“思想上有毛病，政治上无问题”，彼此差不多，何必太较真。教务处分析认为，不能走过场，“决定复习学风，办法是充分发扬民主，切实领导同学们自由思想，大胆发言，广泛联系实际，开展热烈讨论，从这当中，解决同学们的思想方法问题”。② 经过大约一个月的酝酿，领导带头，二部副主任安子文自我检查，向学员们公开介绍自己的经历，寻找工作中的失误及其思想根源，对照学习整风文件，写出读书笔记，送请毛泽东审阅。很快学员各支部中第十三党支部率先讨论起来。于是，组织各支部派人观摩十三支部讨论会，要求依样学样。1944年3月底，在大礼堂召开全部大会，由各支部组织学员自由报名，自由发言，“知无不言，言无不尽”，“有话就说，有屁就放”。③ “那时真正做到了知无不言、言无不尽，言者有错、谁都不怪。”“愿讲什么就讲什么，

---

① 傅雨田：《党校二部整风学习的回忆》，见《延安中央党校的整风学习》第1集，第84页，北京：中共中央党校出版社，1988年6月版。

② 《中央党校二部学风学习总结》（1944年9月17日），见《延安中央党校的整风学习》第2集，第274页，北京：中共中央党校出版社，1989年5月版。

③ 曹冠群：《我得益于延安中央党校的整风学习》，见《延安中央党校的整风学习》第1集，第62页，北京：中共中央党校出版社，1988年6月版。

又见孙克悠：《我的几点体会》，《延安中央党校的整风学习》第2集，第163页，北京：中共中央党校出版社，1989年5月版。

没有发言稿，也不用领导审批发言内容”，[1] 大会不设记录席，不搞秋后算账。先后发言者有70～80人，持续时间40余天。

发言讨论中提出很多激烈的问题，有学员提问：“毛泽东同志有没有主观主义？”在学员中引起震动。二部主任张鼎丞亲自回答，他没有直接给个结论，而是启发大家开动脑筋一起去研究这个问题。他说：“一看毛泽东领导中国革命斗争的实践，二看他有关文章和讲话。通过观察和比较，是否有主观主义，自然会得出正确的答案。”[2] 他号召大家进一步发扬民主，深入学习文件，分清是非，提高认识，坚持真理，修正错误，全场报以热烈的掌声。

适逢共产国际宣布解散，二部领导给学员们提出问题是：“共产国际解散好不好？”要求大家讨论。各种意见都有，莫衷一是。多数学员不同意解散，少数学员同意解散。正当两种意见相持不下之时，中央为此做出决定，《解放日报》发表社论，同意共产国际解散。二部组织学员们学习党报社论和中央决定，统一思想认识。

除了讨论这些政治敏感问题，也有学员提出很多具体生活问题，包括一些牢骚或阴阳怪气的话。有一位年轻同志在全校大讨论会上说：“你别看身体外表壮得一塌糊涂，可我身体内部弱得也一塌糊涂。”他的意思是抱怨伙食还不够好，要求学校给他生活补助。一支部学习委员刘火对此很看不惯，认为现在吃饱了喝足了，在安静的环境下不好好读书学习，太不应该了。他把这种情况报告了二部领导，希望给予批评。没想到在下一次全校大会上，二部副主任安子文讲话中，不是批评那位发牢骚的学员，而是不点名地批评报告情况的学员，“不是从实际出发，而是从主观愿望出发”。刘火听了很不以为然，后来仔细思索，重读文件，觉得自己看问题方法不对。“整风学习所以要发扬民主，号召大家‘有话就说’，目的是把真实思想讲出来，对的加以肯定，错的加以批评。这样才能做到从学员的实际情

---

① 秦纯一：《我所体会的延安整风精神》，见《延安中央党校的整风学习》第2集，第245页，北京：中共中央党校出版社，1989年5月版。

② 张旭东整理：《一次深刻的思想教育——党校二部部分学员、工作人员的回忆》，见《延安中央党校的整风学习》第2集，第115页，北京：中共中央党校出版社，1989年5月版。

况出发，加以引导，通过批评和自我批评，达到转变思想，提高认识的目的。”① 无论动机和结果如何，有这种雅量是难能可贵的。

党校二部全校大讨论的高潮，是九支部学员窦尚初一个人讲了 8 个小时，上午没讲完，下午接着讲。他从晋察冀抗日前线来到延安学习，对会客来访要经过收发室登记、传呼、等待，感觉是对革命同志的不信任，说这是“收发专政了”，在前方没有这些，日本鬼子都挡不住，上去刺刀一冲就把他冲垮了。学习之余，周末文艺晚会上跳交际舞，“我满以为，像前方一样，是让小孩子们穿上舞衣跳；结果一看，三双两对抱着出来了。我说糟了，把外边资产阶级的东西带到党内来了。什么交际舞，男女混乱，艰苦奋斗到哪里去了，真是乌七八糟!”星期天，到延安南门外新市场去转转，“见到女同志歪戴帽子，腰中系小绳子，胸前三个小纽扣，我说这股子妖怪劲，真是在大街上卖风流！我用白眼珠子瞪了她们几眼”。② 凡是看不惯的，他就谩骂待之。尤其是对于已婚夫妻“过礼拜六”，感觉对自己刺激太大。他说自己身上有七八个窟窿（枪弹负伤），还比不上人家身上一个窟窿。“他在小会上讲了，又在大会上讲，讲得女同志抬不起头来。可是学校没有制止他，也没有批评他。这个问题汇报到毛主席那里，毛主席笑了。”③

窦尚初，安徽霍邱人，1914 年生，1929 年参加革命，曾任红四方面军团政委，长征途中投靠红一方面军，抗战后先在八路军一一五师任职，后任晋察冀军区三分区二十团团长。他在抗大二分校毕业后，经组织安排来到延安，进入中央党校学习。在革命队伍里长期生活工作中难免会有一些人事纠纷或不愉快的事情，他觉得自己看透了，要么身上带两颗手榴弹，随时准备用一颗去炸死敌人，留一颗给自己结束生命；要么就转到新四军，“心想苏杭二地的美女，假若到了新四军，岂不早就解决了吗？家乡（安徽）妇女也多呀”！④转入党校二部参加整风运动，他开始并没有想说什么，是在领导的一再启发下，才决定豁出去，把憋在心里的怨气痛快淋漓地倒

---

① 刘火：《整风，对我政治生活的规范指导作用》，见《延安中央党校的整风学习》第 1 集，第 99 页，北京：中共中央党校出版社，1988 年 6 月版。

②④ 窦尚初：《学风学习初步总结——1944 年 8 月 17 日在二部大会上的发言》，见《延安中央党校的整风学习》第 1 集，第 236 ~ 237、233 页，北京：中共中央党校出版社，1988 年 6 月版。

③ 刘路明、史笑贻等：《党校二部整风学习的几点体会》，见《延安中央党校的整风学习》第 1 集，第 92 页，北京：中共中央党校出版社，1988 年 6 月版。

出来。长篇大论的最后，他明确提出要求学校领导给他找个“老婆”，条件有三：一是人，二是活人，三是女人，但是不要麻子脸。他性格直爽，语言生动，问题提得很尖锐很直白，“代表了一部分在战争年代历经艰苦，生活不稳定，年龄又大了的同志没有爱人的苦闷情绪”，说出了这部分人想说而不敢说的话，所以会场气氛非常活跃，每到精彩之处，都爆发出哄堂大笑。

窦尚初发言后，很多学员纷纷登台，持批评反对意见的居多。有的说，你窦尚初找老婆的条件超过“三大要求，八项注意”了；有的说，你这一整天的发言，把大会闹得乌烟瘴气；有的说，你窦尚初一有法西斯主义思想，二有皇帝老子思想，三有……四有戈尔洛夫①思想，自高自大，目空一切。但是，二部领导认真分析了窦尚初的历史情况后认为，“他的情况确实值得同情，需要帮助的”。会后，领导上帮助他在中央医院找了一位对象，经过互相了解，很快结了婚。考虑到还有很多和窦尚初情况类似的干部，“便从冀中调来了20多位青年女同志到二部工作或学习，创造条件，使这些光棍们结成夫妇”②。老婆要找，思想更要进步。思想进步了，老婆更好找。校领导在解决学员实际问题的过程中，因势利导地做思想教育工作。

1944年8月17日，中央党校二部整风学习总结阶段，窦尚初再次登上二部大会场讲台，表示“从开始到现在，部的领导、支部的领导，都是善意地帮助我；彭校长（彭真副校长，引者注）的报告，我听了非常感动。有了以上主观上的斗争，同学们和领导上的帮助，再加上自己在对问题的认识上提高了一步，所以促成了自己的转变，最后下了决心，力求进步，改造自己，继续革命下去，而且要比从前做得更好”③。同时，在大会上他公开表示向曾经谩骂羞辱过的女同志们道歉。

中央党校一部学风学习阶段结束考试题，经过毛泽东亲自修改：什么是党的学风中的教条主义？你所见到的最严重的表现是哪些？你自己在学

---

① 戈尔洛夫，是苏联话剧《前线》中的人物，老资格的布尔什维克，他有功劳，对党忠诚，打仗勇敢，但故步自封，骄傲自大，对新生事物抵触不愿接受。

② 秦纯一：《我所体会的延安整风精神》，见《延安中央党校的整风学习》第2集，第246页，北京：中共中央党校出版社，1989年5月版。

③ 窦尚初：《学风学习初步总结——1944年8月17日在二部大会上的发言》，见《延安中央党校的整风学习》第1集，第236～237页，北京：中共中央党校出版社，1988年6月版。

习和工作中曾否犯过教条主义错误？如果犯过，表现在哪些方面？已经改正了多少？今后将如何改正或预防？考试时间为 10 天，此间学校谢绝参观，除星期日以外，停止会客。

二部学员中有 84% 完成学风学习总结，有 90% 的学员真正进行了自我批评。在总结过程中大部分学员都是想了写，写了又想，再三修改，最多的修改 13 遍。还有学员表示，参加革命十几年来，这次是最用脑子的一次，比在前方反扫荡时还费脑子。

五部在学习文件，对照反省阶段，着重检查自己的缺点错误，归纳起来共有 11 个方面的问题：

1. 参加过党派派别的，如哥老会、同善社和一些迷信组织，过去没讲，总结学风中想通了，坦白出来，卸下了思想包袱。

2. 自首问题，有些同志是在敌人威胁下被迫自首的，自己觉得不好，又不敢向组织讲，放在心里很沉重，在整风总结学风中讲出来，卸下了包袱。

3. 政治上动摇，思想上动摇，有些同志在恶劣工作环境中动摇，贪生怕死，有的开小差，有过退伍退党思想，现在都坦白清楚了。

4. 解决了地域观念、家庭观念问题。

5. 总结了过去轻视群众工作、技术工作，表现出做一天和尚撞一天钟的错误态度。

6. 总结了过去入党动机不纯，有的打算升官发财或光宗耀祖，不是为了革命、为无产阶级服务。

7. 反省了过去不正确的工作态度和学习态度。

8. 对党的政策错误的理解，特别是对“三三制”“精兵简政”等政策的错误认识。

9. 反省宗派思想倾向和山头主义情绪，不能团结干部，有亲有疏等。

10. 贪污钱财，私吞公物，有的生活腐化堕落。

11. 平均主义、自由主义思想。①

---

① 强晓初：《学风与个人思想总结》（1944 年 9 月 3 日），见《延安中央党校的整风学习》第 2 集，第 310 ~ 311 页，北京：中共中央党校出版社，1989 年 5 月版。

谁总结得好，谁就能进步。坦白思想，就是对党忠诚的表现。中央党校五部开学之初报到学员 432 人，参加学风学习者 223 人，因病休养、产假、中途被调走者 27 人，应参加学风学习总结者 201 人，实际参加学风学习总结的为 174 位学员。他们中有 14 人次坦白地讲出自己过去曾向敌人自首，有 60 人次讲出自己过去在思想上曾发生动摇、悲观失望想退伍，71 人次讲出自己有家庭观念、地域观念，有 29 人次讲出自己有宗派主义现象，有 42 人次讲出曾经贪污腐化，有 14 人次讲出曾经被捕，还有入党思想动机不纯者。[①] 几乎每个学员都坦白出自己思想深处曾经有过的对于党和革命组织的不忠不洁意念。

好在中央党校二部、四部不开展抢救运动，思想坦白是为了清除污染，治病救人。把曾经不忠不洁的意念说出来，晒出来，个人真诚反省，组织既往不咎，就可以放下思想包袱，开动继续革命的机器，更好地为党工作，为革命献身。

从每个人的经历中查找疑点和污点

中央党校二部、四部是属于整风运动中的特例。其他各机关、学校单位在开展学风学习总结过程中，形成个人反省材料，包含思想情感历程，也包括个人生活经历。这样，在开展学风整顿的同时，就为开展党风整顿，在组织上审查每个人的政治历史创造了条件，提供了基本档案依据。

1942 年 6 月 2 日，中共中央总学习委员会宣布成立，虽然只是一个临时性机构，却拥有超越所有正常组织机构之上的绝对政治权威。总学委决定学习时间普遍延长，学校由两个月增加到四个月，机关由三个月增加到五个月。整风运动的目的，对于一般党员干部也变得越来越清楚了，即："不但要克服旧有的三风不正的残余，而且还要克服新的小资产阶级的不正的思想。不但要从老干部老党员身上去掉这种非共产主义的思想，而且还要从新干部新党员身上同样去掉这种思想。""一定要把这个思想改造工作

---

① 《中央党校五部学风学习总结》（约 1944 年 11 月底），见《延安中央党校的整风学习》第 2 集，第 289 页，北京：中共中央党校出版社，1989 年 5 月版。

进行到底，不惜精力、时间、费用，达到无产阶级思想在全党内克服小资产阶级思想的目的。”①

实际上，在延安的各机关、各学校单位，组织开展整风学习的时间都是一年左右。此间，中央研究院开展了批判王实味的斗争，中央党校接着开展批判李国华、批判吴奚如的斗争，延安文艺界座谈会召开，《解放日报》改版，西北局高干会议召开，大生产运动……有点有面，点面结合，停止一般日常工作，将整风学习时间一而再，再而三地延长。时至 1943 年 6 月，即延安整风学习已经进行了一年多的时间后，毛泽东致电时任中共中央北方局代理书记、八路军副总司令彭德怀，才明白地道出其中原委：

> 党风最后阶段还应发动各人写思想自传，可三番五次地写，以写好为度。最后则发动坦白运动（可在冬季），叫各人将一切对不住党的事通通讲出来。发动填“小广播”表格及社会关系表，在这两个表上，叫各人将平日所作一切带政治性而不应泄露的“小广播”及本人历史上各种社会关系通通填上去。在此阶段内应着重提出反对自由主义错误，从思想上纠正党内自由主义。直待党风学完后（文风应和学风一起学）才实行审查干部（主要是清查内奸），应在明年上半年了。如能在今年一年真正做好整风，明年一年真正做好审查干部，就算是了不起的成绩，我党百年大计即已奠定，请你紧紧抓住此关键。②

从思想认识入手，使延安革命队伍里的每一个同志都保持在言谈举止上与党中央的高度一致，这还不是整风运动的最后目标。填写“小广播”调查表，写个人自传，清查每个革命同志的家族、社会历史，挖掘出非无产阶级的思想根源，斩断一切与党和革命组织的现行政治、政策不相称的精神文化源流，是整风运动对革命同志的更进一步要求。

1942 年 12 月，依据中央总学委发出的《关于肃清延安“小广播”的

---

① 《延安一个月学习运动的总结》，《解放日报》（延安）社论，1942 年 6 月 5 日。

② 毛泽东致彭德怀电函（1943 年 6 月 6 日），见中共中央文献研究室编《文献和研究》（1984 年汇编本），第 22 ~ 23 页。

查中共中央文献研究室编《毛泽东年谱（1893 ~ 1949）》中卷，第 444 页，北京：人民出版社、中央文献出版社，1993 年 12 月版。同一日毛泽东两次致电彭德怀，内容各异，一则见此，另一则收入《毛泽东文集》第 3 卷，北京：人民出版社，1996 年 8 月版。

通知》（以下简称《通知》）精神而设计的“小广播”调查表，要求每个人都如实填写，然后由学习委员会层层上缴报告至中央总学委。此“小广播”调查表的具体表格形式至今没有见到，但大体内容包括：

> 1. 将党内政治、军事、党务、组织、经济、教育、锄奸、情报等等秘密消息与机密行动都泄露出去，破坏了党内有关生命的机密；
>
> 2. 散布对苏德战争、中日战争的悲观言论，甚至于“广播”对敌有利的谣言；
>
> 3. 对党内同志任意污蔑造谣中伤；
>
> 4. 散布整风是为了打击某些人的谰言；
>
> 5. 替反革命分子“广播”反党思想，制造反党谣言。

《通知》认为，有三种人最容易犯有这种传播“小广播”的毛病：

> 其一，他们在思想上组织上存在着浓厚的自由主义，把党的机密当作表现个人的宣传品，……主张个人的言论自由，甚至于厌恶党的原则、组织纪律，与秘密工作制度；
>
> 其二，他们讲温情私交，论友谊，对个人的“私交”可以无所不谈，即使党的最机密的消息也可以冲口而出，对党的组织可以欺骗隐瞒，甚至听到反革命的言论，也可以不报告组织；
>
> 其三，喜欢溜门子，专门调查党内的秘密作为“广播”的资料，打听个人的生活起居，加以评头论足［者］。

为此，《通知》要求“各机关学校，应根据上面的主要问题与本机关的具体情况制发‘小广播’调查表，分发每个同志填写，以调查本机关的工作人员向外广播了一些什么，及由外向本机关人员广播了一些什么”。“号召每个党员深刻的反省自己与严正的批评别人，检查自己和别人是否犯了‘小广播’的错误，曾泄露了一些什么秘密，向外广播了一些什么消息，向党隐瞒了一些什么问题，听到了一些什么不利于党的消息没有向党汇报，对于这些问题每个党员应向党诚恳坦白的报告出来。各学委会应把这种反省与揭发当作学习考试与学委检查的尺度之一。”①

---

① 《中央总学委会关于肃清延安“小广播”的通知》（1942 年 12 月 6 日），见《中共中央文件选集》第 12 卷，第 163 ~ 165 页，北京：中共中央党校出版社，1986 年 11 月版。该文件语言凌乱，上引所列条目系笔者梳理出的。

“小广播”是个形象性的说法，是指与党的路线方针政策等正式宣传的“大广播”口径不相一致，同志间茶余饭后的私下言论。填写这个“小广播”调查表的关键点在于，“你自己或者别人说了什么应当注意的话，何时何地，何人在场，如此等等，所有这些，如果你填了，固然可以给你带来某些麻烦，严重的甚至可能如一句顺口溜所说：‘坦白从宽，牢底坐穿’。但是如果别人填了而你没填，你就更被动了。往轻里说，是你这个人嗅觉不灵、嘴巴不紧、警惕性不高、政治上不强。往重一点说，那就是你这个人不老实、不忠诚、对党有二心！再往前一步就是，你这样的人一定还有重大的隐瞒，你赶快交代吧，赶快坦白吧。你再不坦白交代，党就来‘抢救’你。如果你再不听党的话，拒绝‘抢救’，你又如何得了！”①

每个人反复交代书写的个人材料，如果被发现有出入，那就是进一步审查的理由。整风运动中康生在陕甘宁边区行政学院举办的审干干部训练班授课时谈道：

> 调查研究在延安有几种新的创作，叫作三种自传。刚来时写的自传，整风时写的自传，[即] 审检时写的自传，到反省机关写的自传，把这三种自传一对照，矛盾百出。有怕出毛病怕斗争，先留下一个大纲，有大纲写一百遍还不错。你叫他当面写自传，在这里写自传，他的大纲在家里，在这里就有漏洞。还有一个叫作年表大事记，哪一年干什么，从小一年一年的接起来。还有叫作月表，哪一月干什么。这个月表有好处，可以找到毛病。把那个表放审讯室里，故意把表画的那样大，在审犯人的时候，你讲我看你的年表，看对不对。他想审判官把他的年表列出来了，不讲不行了。②

干部审查通常采用的是群众揭发与组织谈话两种方式，群众揭发的都是日常生活里的作风道德问题，而代表组织谈话的则是各个单位的主要领导人，政治忠诚实际上就是要忠诚于自己所在单位部门的领导人。

如果说反省笔记是属于校正个人的思想认识，那么，填写“小广播”

---

① 李普：《两个相反的典型——谈李锐并范元甄》，《同舟共进》（穗），2001 年第 12 期。

② 《康生关于整风审干问题的报告》（1943 年 8 月），记录稿，第 58 页，北京：中共中央党校党史教研室存。

调查表就意味着“更深入到个人的私生活领域，调查党员的私下言行和个人间的交往”①。延安革命队伍里的公家人同志不仅在行动上坚决执行党的路线方针政策，而且在言语上必须遵循操持党的意识形态。此前，出现在王家坪桃林里的“桃林茶社”②，出现在机关单位“窑洞俱乐部”里的“废话公司”，③ 那种无拘无束、轻松随便、自由快乐、机智幽默的闲谈玩笑再也见不到了。

现在，同志之间在工作时间里当然只谈工作，工作之外很少来往。即使是熟识的人，在道路上遇见了，也只是点点头，或眉目示意而已，甚至干脆面无表情，如同陌生人。1943 年 9 月，新从太行山前线转移来到延安，被安排在鲁艺美术系任教的莫朴，兴奋喜悦之中拜访同事，看望老友，孰料碰到的都是冷遇。“有回，他看到某个熟悉的人，正准备上前打个招呼呢，那人却连忙车转脸，像个陌生人似的走了。开始，莫朴还以为是时间隔长了，那人贵人多忘事，把自己给忘了。可是接着一连发生了好几起，而那些不敢同自己打招呼的朋友身后往往总跟着一个人。后来有一回远远看到贺绿汀，正想去问个究竟，贺绿汀竟然也往另一条路叉了开去。”④ 回避熟悉的旧友，既是怕节外生枝，又是尽量避免连累无辜者，用心良苦。

个人自传并非整风运动才有，整风运动中拿个人自传做出文章来，是将已经装入个人档案里的不同时期所写的自传进行比照，找出前后有出入或者有矛盾的地方，重点突破，穷追猛打，让你与过去划清界限，与旧我划清界限，义无反顾地投身无产阶级革命事业。

把党性原则变成每个同志的自觉行为

反对宗派主义以整顿党风，其目标是为了贯彻执行党性原则，先在延

① 高华：《红太阳是怎样升起的——延安整风运动的来龙去脉》，第 409 页，香港：中文大学出版社，2000 年版。

② 韦君宜：《我对年轻人说》，第 177 页，北京：人民文学出版社，1995 年 8 月版。

③ 师哲回忆，李海文整理：《在历史的巨人身边：师哲回忆录》（增订本），第 139 页，北京：中共中央党校出版社，1998 年 3 月版。

④ 黄仁柯：《鲁艺人——红色艺术家们》，第 115 页，北京：中共中央党校出版社，2001 年 12 月版。

安革命队伍里，然后推广至全党上下，普遍建立起令行禁止、步调一致的高度组织纪律，最终实现把党性原则变成每个党员的自觉行动。

向党闹独立性的“个人主义”，只顾本单位本部门利益的“本位主义”，不能兼顾眼前利益与长远利益的“山头主义”，都是缺乏大局意识，缺乏党性原则的表现。“要提倡顾全大局，每一党员，每一局部工作，每一次的言论、文字或行动，均必须以全党利益为出发点，绝对不许可违反这个原则。”清除党内宗派主义的残余势力影响，达到“以党的利益高于个人与局部的利益为出发点，使党达到完全团结统一的地步”。[①] 这种大局意识，需要经过共产党员的党性修养培育出来。共产党员必须百折不挠地执行党的决议，“不仅在日常工作中要忠实于党的决议，而且在困难中，在生死关头时，忠实于革命，忠实于党的决议；不仅在有党监督时，而且要在没有党监督时忠实于革命与党的决议；不仅在胜利时，而且要在失败时坚持执行党的决议；只有这样坚定与顽强的英雄主义气概，才配称为一个好的共产党员”[②]。这种对党的政治信仰，是高于个人生命，高于任何局部利益的。每个共产党员入党誓词中都说“为共产主义事业奋斗到底”，何为“到底”？“底”在何处？时任中共中央组织部部长的陈云回答，这个“底”就是棺材底，鞠躬尽瘁，死而后已。

置生死于度外，何论个人利益。延安整风运动中特别强调的中国共产党人的党性原则，是对历史革命经验的总结，又是革命斗争残酷环境的必然要求。

> 一个共产党员应该在任何时候、任何问题上都要估计到党的整个利益，都要把党的利益摆在前面，把个人利益摆在服从的地位。党的利益高于一切，这是我们党员的最高原则。每个党员在思想意识中应该坚强地建立这个观念。这就是我们常说的“党性”或“党的观念”“组织观念”。应该使自己的思想中，只有党与党的利益，而没有个人的打算。要使自己个人的利益完全与党的利

---

① 毛泽东：《整顿学风党风文风》（1942 年 2 月），见解放社编《整风文献》，第 18、21 页，上海：新华书店，1949 年 6 月版。

② 陈云：《怎样做一个共产党员》（1939 年 5 月），见解放社编《整风文献》，第 85 页，上海：新华书店，1949 年 6 月版。

益一致，以至溶化。在党的利益与个人利益发生矛盾时，可以毫不踌躇、毫不勉强地服从党的利益，牺牲个人。为了党的、阶级的、民族解放的事业而牺牲个人，以至牺牲自己的生命，而毫不犹豫，以至感觉愉快，这就是最高的共产主义道德的表现，这就是党员最高原则性的表现，这就是党员无产阶级意识的纯洁的表现。①

纪律是一个组织集体对个人的外在要求，道德则是一个社会组织对个人行为的褒奖和肯定。如果说前者是努力执行之，不得不为之；那么，后者则是主动为之，自觉为之。把党性原则化为党员自觉行动，随心所欲而不逾规矩，那就不仅仅是党性原则，更是一种道德精神的体现。"党员是有他个人的利益，个人的发展，而且这种个人利益在某种时候可能与党的利益发生矛盾对立，这时候，要求党员无条件地牺牲个人利益，而不能牺牲党的利益（不论在任何形式的掩盖与藉口之下）来服从个人。"②人用血肉之躯承载精神意志，一己之私与生俱来，牺牲个人献身集体公益事业，是需要不断修养、锤炼、净化的。

党内斗争之所以必要，是由于在党的发展过程中及无产阶级斗争过程中产生了党内原则上的分歧；这时候，"只有为了拥护这个或那个原则而实行斗争，为了确立这个或那个斗争目标来进行斗争，为了选择这一个或那一个达此目标的斗争方法而进行斗争"（斯大林语），才能征服这种分歧，解决这种矛盾，任何妥协都无济于事，党内斗争就是必要的，而并不是由于我们嗜好斗争，欢喜争辩。这就是说，当着问题已经发展到原则的高度，非用斗争来解决不可的时候，我们应毫不躲避地进行党内斗争，来解决这些问题。③

这种党内斗争是整个革命斗争中不可缺少的部分，每个党员干部都必须学会在斗争中锻炼自己，甘于牺牲自己，自觉遵守革命纪律，维护集体利益，捍卫党的团结统一。"这样，就要求我们的党更进一步的成为思想

①②③ 刘少奇：《论共产党员的修养》（1939年8月），见解放社编《整风文献》，第91～92、95、124页，上海：新华书店，1949年6月版。

上、政治上、组织上完全巩固的布尔什维克的党，要求全党党员和党的各个组成部分都在统一意志、统一行动和统一纪律下面，团结起来，成为有组织的整体。没有这样坚强的统一的集中的党，便不能应付革命过程中长期残酷复杂的斗争，便不能实现我们所担负的伟大历史任务。因此今天巩固党的主要工作是要求全党党员，尤其是干部党员，更加增强自己党性的锻炼，把个人利益服从于全党的利益，把个别党员的组成部分的利益服从于全党的利益，使全党能够团结得像一个人一样。”① 如何实现全党意志和行动的高度统一？就是严格检查一切决议决定的绝对执行程度，提高全党的团队执行力。“个人服从组织，少数服从多数，下级服从上级，全党服从中央”②，是中国共产党组织纪律的基本原则。用批评和自我批评的方法，用学习反省的方法，来自觉改造自己；同时辅之以检查监督、组织审查等方法，来强制改造自我。

位于清凉山上的新华社、解放日报社、中央印刷厂等单位的整风抢救运动，总的领导机构是分学委会，下面则是按党支部系统分组进行。夜幕降临，解放日报社工作人员的山上窑洞宿舍里一般没有灯光，没有声音，静寂一片。但是，那些曾经在其他单位坦白过关，被安排到报社参与组织整风抢救，起着整风联络员作用的某些支部小组长所住的窑洞里，却是灯火通明，笑声浪语，还有煮枣炖肉的香味，飘出窑门，游荡在耿耿难眠的被抢救的同志们面前。③

1943 年 4 月 1 日清晨，中央印刷厂三位职工王书枫、丁锐、冯应功突然被边区保安处秘密逮捕。当时印刷厂同事都不知道什么原因，他们本人也不明白为什么被秘密关押起来。处在整风审干“抢救运动”的特殊时期，谁也不敢去过问，去打听，仿佛人间蒸发一样。据王书枫后来回忆，“我被关押后，一直没有人理我，从未受到审讯，只是在我的要求下才有同志和我谈了半个小时的话。约三个月放我出来。随后，留我在保安处一科工作。1944 年组织做结论，是自由主义，大概是指参与办《自由谈》的事”。丁锐也回忆说，“几个月后，把我从集训大队抽调到保安处审讯科工作。1945

---

①② 《中共中央关于增强党性的决定》（1941 年 7 月），见解放社编《整风文献》，第 131、133 页，上海：新华书店，1949 年 6 月版。

③ 黎辛接受朱鸿召采访记录，2001 年 11 月 24、25 日，南京百草园。

年1月19日由保安处作出的审查结论是：恢复组织生活，审查期间党龄连续计算；参与办《自由谈》是极端民主化思想”。[①] 原来是他们此前参与创办本厂墙报，被视为极端民主化思想，而受到秘密缉捕和审查。革命队伍里不否定民主，但不能容忍“绝对民主化思想”。

这个《自由谈》墙报，是1942年夏天，整风运动开展之初，在一次党支部活动分子会议上，经提议并为全体与会同志一致拥护同意后创办的，旨在配合整风学习文件，交流心得体会，并为文艺爱好者开辟一个发表习作的园地。运作机制上，采取“民办官助”，即由普通党员群众编创，党支部同意出资，并建立一个组织机构，指定郑汉夫为负责人，王书枫、丁锐、赵崑等五人担任编辑工作。每期墙报发表的稿件内容，连同“编者的话”，都由党支部领导审查后，才张贴出去，前后共出五六期。编辑“失踪”后，《自由谈》也就解散了。只是很长时间里，印刷厂职工都不知晓这三位同志的去向。

1943年春节过后一个月，也是新婚蜜月刚过，在西北公学参加整风运动的杜惠，“因认为整风总结空洞无物，要求重新总结”，被怀疑为“特务”，监禁在中央社会部的监狱里达两年五个月，其间“单独关押，戴过脚镣”，有一段时间经常每天半夜被提审。直到抗战胜利后，才得到审查结论为：“没有政治历史问题，恢复党籍，分配工作”。[②] 在此关押期间，夫妻双方不通音信，经历着一段长久的分离和痛苦的煎熬。

如此经历，无须惊惶，不得声张，都是一个共产党员接受组织审查，参加党内思想路线斗争的必修课程。1942年9月，中央政治局对于各根据地党组织提出纪律要求，“在这里，应当再一次的提醒各根据地党政军民领导同志的注意，各级党委及政府军队民众团体中的党员负责同志，不得中央许可，不得发表带有全国意义和全党全军意义的宣言、谈话及广播，各级领导同志的文章，凡带有全国及全党意义的，应事先将主要内容报告或电告中央。各地不应再直接对外广播，应统一于延安新华社”。该决定中特别强调指出，“应当深刻认识，一个当地负责高级干部，不经过同级或上级

① 张彦平编：《延安中央印刷厂编年纪事》，第131页，西安：陕西人民出版社，1988年9月版。

② 杜惠：《恋歌》，见郭晓惠编著《一个人和一个时代：郭小川画传》，第41页，北京：作家出版社，2009年9月版。

一定组织的同意，而擅自发表政见，是何等违反党的组织原则，何等妨碍党的统一的恶劣行为！”① 当事人不说，执行者不说，其他人不知晓，也不许过问，很多思想路线斗争的艰险磨难都是秘而不宣的。对党内斗争的保密程度，本身就是考验党员党性原则的重要内容之一。

据陈四益介绍，他有一位大姑妈在南京读大学时，因为参加“一二·九”运动被开除学籍，来到北平当旁听生，1937 年 7 月卢沟桥事变爆发，便辗转奔赴革命圣地延安。不久，又托人带信，把妹妹也接到延安，参加革命。1949 年新中国成立后，家人团聚，其乐融融。“大姑妈天性乐观，整天笑呵呵的。有时候同我们这些孩子讲一些延安的事情，也都是毛主席如何英明呀，边区的大生产运动怎么热闹呀，教我们唱的歌也都是歌颂领袖和党的。我怎么也想不到，她到延安不久，就被社会部无端怀疑为特务而关押了六七年之久。她的革命经历，竟有一半是坐牢的经历。我的二姑是接到大姑的信后‘奔向光明’的，但她到了延安受到的第一个打击，就是动员她奔向光明的姐姐竟被当作特务关押于黑暗的囹圄，不能再见面了。她心脏病的根子就是那时候种下的。大姑得到甄别时，已是 1943 年了，一同甄别的还有一大批冤案的受害者。”一经甄别，他们“便把多年的冤屈丢到了九天云外，心中毫无芥蒂，全心为党为国，这又是何等的胸怀”。②

半个多世纪过后，今天回望那一代人的理想信念和追求，陈四益不由得不感叹，“他们那一代革命者，真是伟大的理想主义者。他们对党、对党的领袖、信仰的主义，忠诚到了无以复加的地步。他们宁可自己吃苦、遭打击、受冤枉，甚至抛头颅、洒热血，也不愿让党、领袖、主义受到一丝一星的损害。因此，对于革命过程中出现过的种种错误乃至罪恶，只要有可能损及他们钟爱的一切，便缄口不言，像是保守重要的机密”③。他们也真心地相信这样的错误乃至罪恶只要认识了，就再也不会重犯。这样的忠诚，造就了一个具有绝对战斗力的政党，一个崇高伟大的革命领袖，但也掩盖了革命过程中实实在在存在过的恶，和曾经作恶多端的人。

把外在纪律内化为行为准则，把党性原则转化为个体自觉意识，其历

---

① 《中共中央关于统一抗日根据地党的领导及调整各组织间关系的决定》（1942 年 9 月），见解放社编《整风文献》，第 142 页，上海：新华书店，1949 年 6 月版。

②③ 陈四益：《不该忘却的历史——读〈思痛录〉》，《大公报》（香港），1998 年 7 月 6 日。

史功效堪比化“周礼”为“仁义”，其集体事业崇高伟大与个体生命挤压扭曲是并存的。

三

审查干部，审查作风

为了确保革命队伍的纯洁性，清除可能混入革命队伍里的阶级敌人，促使奔赴延安的革命知识分子由“半条心”变成“一条心”，从资产阶级或小资产阶级知识分子转变为无产阶级革命战士，平时由各级组织部门负责政治审查工作；如果有敌特嫌疑，则由安全保护机构立案侦查。这是党的组织工作的一项常规性任务。整风运动学习阶段过后，在思想反省基础上，转入大规模群众政治运动的方式来进行干部审查，是谓“抢救运动”。脱下“裤子”，大家帮助你割除资产阶级或小资产阶级思想杂念的“尾巴”，成为一场秋风扫落叶式的肃杀的政治风暴，一时间，吞没了整风运动思想理论上的合理性。

从“惩前毖后”到“治病救人”

延安整风运动是一场轰轰烈烈的思想改造运动，也是一场影响深远的政治运动。自 1941 年 9 月至 1945 年 4 月的三年多时间里，整风运动大体可以分为三个层面、三个阶段交织进行的。三个层面是：中共党内领导核心层的整风学习和路线斗争；全党普遍开展的整顿学风、党风和文风，统一思想，统一意志，统一步伐；主要针对知识分子的思想改造、精神清洁，人生重塑。三个阶段是：首先是学习文件，对照检查，个人反省，集体辩论的学习讨论阶段；其次是组织审查，梳理历史，清理队伍的审干阶段，又叫“审干运动”；再次是逮捕，关押，劳动改造的抢救阶段，又称“抢救运动”。

党内领导核心层的整风学习和路线斗争，以 1941 年 9 月和 1943 年 9 月的两次政治局扩大会议（又称两次“九月会议”）为标志。

1941 年 9 月 10 日至 12 月 22 日，中共中央举行政治局扩大会议，讨论党在历史上特别是土地革命时期的政治路线问题。此前近一年时间，毛泽东亲自主持编选被称为“党书”的中共六大以来的文件汇编，后来内部出版时名为《六大以来》，收录从 1928 年至 1941 年间 518 篇党内文献，共计 280 余万字。胡乔木当时参与此项工作，他回忆说：“在编辑过程中，毛主席愈来愈深入地从中找出他要提出的问题——两条路线斗争。”围绕着党内正确路线和错误路线的两条路线斗争线索，开展对六大以来的历史进行梳理，成为这些历史文献的编选体例。“当时没有人提出过（六届）四中全会后的中央存在着一条‘左’倾路线。现在把这些文件编出来，说那时中央一些领导人存在主观主义、教条主义就有了可靠的根据。有的人就哑口无言了。”① 参加整风运动的杨尚昆回忆说：“我们系统地读了‘党书’，有一个鲜明的比较，才开始认识到什么是正确路线，什么是错误路线；什么是创造性的马克思主义，什么是教条主义。‘党书’在延安整风中确实发挥了巨大作用，是犀利的思想武器。”② 毛泽东后来回顾说，“‘党书’一出许多同志解除武装，才可能召开 1941 年 9 月会议，大家才承认十年内战后期中央领导的错误是路线错误”③。参加此次政治局扩大会议的有 28 人，先后开了 5 次会议，毛泽东发起对王明、博古、洛甫（张闻天）所代表的错误路线的正面进攻。毛泽东在第一次会议上做主题报告，明确提出长期以来党内存在着两条路线斗争，现在必须清算错误路线。以后的会议上，参加会议的所有代表逐一发言，都表示拥护毛泽东的报告，认为在中央内部开展反对主观主义和宗派主义的斗争，对于党的路线的彻底转变具有极大的意义。张闻天第一个做检讨，对中央苏区工作历史总结，完全同意毛泽东的

---

① 胡乔木：《胡乔木回忆毛泽东》，第 48 页，北京：人民出版社，1994 年 9 月版。

② 杨尚昆：《杨尚昆回忆录》，第 206 ~ 207 页，北京：中央文献出版社，2007 年 7 月第 2 版。

③ 中共中央文献研究室编：《毛泽东年谱（1893 ~ 1949）》中卷，第 469 页，北京：人民出版社、中央文献出版社，1993 年 12 月版。

估计，照单接受，承认其方针路线是错误的。

> 对中央苏区工作，同意毛主席的估计，当时路线是错误的。政治方面是“左”倾机会主义，策略上是盲动的。军事方面是冒险主义（打大城市、单纯防御等）。组织上是宗派主义，不相信老干部，否定过去一切经验，推翻旧的领导，以意气相投者结合，这必然会发展到乱打击干部。思想上是主观主义与教条主义，不研究历史与具体现实情况。从“九一八”、大水灾、冲破三次“围剿”、四中全会（中共六届四中全会，引者注）等决议开始，便已发生了严重的错误，这些错误在五次反“围剿”中发展到最高峰，使党受到很严重的损失。我是主要的负责者之一，应当承认错误。特别在宣传错误政策上我应负更多的责任。我们的错误路线不破产，毛主席的正确路线便不能显示出来。①

博古、王稼祥、李维汉也都公开表态。唯有王明坚持认为，六届四中全会的政治路线是正确的，博古是苏维埃后期错误的最主要负责者。意见仍然不能统一，会议中间的 9 月 26 日，中央做出《关于高级学习组的决定》，要求在延安和其他根据地都成立高级学习组，学习和研究马克思主义的思想方法、党的历史和中国革命的基本问题，在更大范围内开展高级干部的整风运动。10 月 7 日，毛泽东偕王稼祥、任弼时找王明私下交谈。10 月 8 日，毛泽东主持召开中央书记处工作会议，王明提议检查中央政治路线，关于苏维埃后期错误问题，停止讨论。② 毛泽东表示坚决不能接受这个提议，希望王明回到政治局会议上对六届六中全会以前的政治问题做出说明。10 月 22 日，王明突然宣布有病，不能参加政治局会议。这次“九月会议”便只能就此打住。此后，王明在延安也几乎再没有公开露面活动了。

张闻天也表示，“为了不阻碍毛主席整风方针的贯彻，同时为了使自己多多少少同实际接触一番，所以决心出发、考察一时期”，张闻天于 1942 年 1 月 26 日，率“延安农村工作调查团”下乡去了，“以为我好好的调查

---

① 张闻天：《缺乏实际工作经验要补课》（1941 年 9 月），《张闻天文集》第 3 卷，第 163 页，北京：中共党史出版社，1994 年 12 月版。张闻天在此次“九月会议”上先后两次发言，9 月 10 日、29 日各一次。目前的文章题目是《张闻天文集》编选组加的。

② 参见中央档案馆党史资料研究室《延安整风中的王明》，《党史通讯》（京），1984 年第 7 期。

研究工作，实际接触群众，也就等于整风了”。[1] 整风运动在中央高层出现对手缺席局面，思想理论学习竞赛怎么进行？

于是，一方面掀起全党普遍整风运动。1942 年 2 月 1 日，毛泽东在中央党校开学典礼上演说《整顿学风党风文风》，2 月 8 日，毛泽东又在延安干部大会上演说《反对党八股》，4 月 3 日，中共中央宣传部发出开展整顿三风的决定（即第一个“四三决定”），对学习内容、方式方法、时间节点都做出具体安排，特别强调，中央关于加强党性、开展调查研究的决定，以及毛泽东关于整顿三风的报告，是党在思想上的革命。“为了使干部充分掌握中央决定与毛泽东同志报告的精神和实质，并在工作中运用这一武器，必须认识这是一个长时期的思想上教育与行动上实践的问题，如果以为讨论一次就解决了问题，是没有那样容易的事情的。”[2] 鉴于以前在学习加强党性和开展调查研究决定时的走过场现象，这次必须认真对待，深入学习，对照检查，人人过关。要造成一河大水，让每个革命干部都投身其中，在思想精神上洗个澡。同日，中央书记处会议接受毛泽东提议，对延安开展整顿三风运动实行分工负责：中央直属系统由康生、李富春负责，军委直属系统由王稼祥、陈云负责，中央党校由毛泽东负责，各学校（军事学校除外）由何凯丰负责，陕甘宁边区系统由任弼时、高岗负责。4 月 18 日，中央直属机关和军委直属系统联合举行整风学习动员大会，康生对中宣部做出解释：学习不是一般意义上的学习，而是对特定内容，即指定的整风文件的学习；学习方式不是个人随意的学习，而是集中组织领导下的学习。6 月 3 日，正式成立“中共中央总学习委员会”，毛泽东、康生分别担任正副主任，下设 5 个系统学习委员会，各单位各部门都相应成立学习委员会，具体负责执行整风运动。7 月 4 日，毛泽东致信晋察冀边区的聂荣臻，“此次整风是全党的，包括各部门各级干部在内，所谓各部门，就是不但有地方，还有军队，所谓各级，就是不但有下级，而且主要与首先的对象是高中两级干部，特别是高级干部，只要把他们教育好了，下级干部的进步就

---

① 张闻天：《反省笔记》（1943 年 12 月），手稿，中央档案馆存。

② 《中共中央宣传部关于在延安讨论中央决定及毛泽东同志整顿三风报告的决定》（1942 年 4 月），见解放社编《整风文献》，第 1 页，上海：新华书店，1949 年 6 月版。

快了"①。表明全面开展整风运动，中高级干部的思想整顿和政治路线问题是目标重点所在。

另一方面，毛泽东继续研究六届四中全会以来党的历史文件，为中央高层路线斗争做准备。他在第一次"九月会议"后，起草了《关于四中全会以来中央领导路线问题结论草案》，又撰写了一篇题为《关于1931年9月至1935年1月期间中央路线的批判》的长文章，大约5万字，对六届四中全会以来的9个文件逐一做有针对性的分析批判，既相互关联，又可以独立成篇，故称"九篇文章"。"这些文件大致反映了王明等人的指导思想和主要政策的内容。毛泽东的批判着重从政治路线和思想路线方面展开。"胡乔木当时担任毛泽东政治秘书，阅读过这9篇文章。他回忆说："'九篇文章'的确写得很尖锐。它不仅点了几位政治局委员的名，而且用词辛辣、尖刻，甚至还带有某些挖苦。它是毛主席编辑《六大以来》时的激愤之作，也是过去长期被压抑的郁闷情绪的大宣泄，刺人的过头话不少。后来虽几经修改，然而整篇文章的语气仍然显得咄咄逼人、锋芒毕露。这与1942年初开始的普遍整风运动中他所倡导的'惩前毖后，治病救人'的方针很不协调。"②

1943年4月3日，中共中央做出《关于继续开展整风运动的决定》（即第二个"四三决定"），指出一年来的整风运动不仅改造了干部中不正确的思想作风，而且清查出了暗藏在党政军民学机关里的大批面目不清的奸细分子。"一年的经验证明：整风不但是纠正干部错误思想的最好方法，而且是发现内奸与肃清内奸的最好方法。"因此，将整风运动再继续开展一年时间，"整风的主要斗争目标，是纠正干部中的非无产阶级思想（封建阶级思想，资产阶级思想，小资产阶级思想）与肃清党内暗藏的反革命分子"。③这是第二个"四三决定"不同于第一个"四三决定"的关键点，就是从思想认识问题转移到政治路线斗争，在革命队伍里进行"革命"与"反革

---

① 《整风的主要对象是高中级干部》（毛泽东致聂荣臻的信，1942年7月4日），见中共中央文献研究室编《文献和研究》（1984年汇编本），第21页，北京：人民出版社，1986年1月版。

② 胡乔木：《胡乔木回忆毛泽东》，第212、214页，北京：人民出版社，1994年9月版。

③ 《中共中央关于继续开展整风运动的决定》（1943年4月），见中央档案馆编《中共中央文件选集》第14册，第29页，北京：中共中央党校出版社，1992年3月版。

命”的甄别斗争。毛泽东说，“整风是思想上清党，审干是组织上清党”①。这样，整风运动就由当初的学习反省阶段，进入组织审查阶段。

> 纠正错误思想与肃清内奸分子，是在整风过程中互相联系着，但在性质上又互相区别，绝对不能混同的两件事。因此，在进行程序上，在各地整风的初期与中期，除领导机关的主要负责人应十分注意外，在公开号召中，必须绝对不提审查干部与肃清内奸的任务，只提纠正错误思想与检查工作的任务。否则，不但干部的错误思想难于纠正，内奸亦不能发现与肃清。因此，在领导策略上，各地在今年继续整风的第一阶段，必须极大地提倡民主，公开号召参加整风的一切同志大胆说话，互相批评，提倡各学习单位出墙报写文章，批评领导，批评工作，而一般地（特殊情况例外）绝不加以抑制。……不论同志的错误思想与内奸的反党表现，领导人员对之均要镇静忍耐，不慌不忙，以便冷静地正确地观察与辨别谁是有错误思想的同志与谁是反党的内奸分子。②

从倡导自由言论，鼓励批评与自我批评，到从自由言论中寻找“内奸”“反党分子”“反革命分子”，从“惩前毖后”到“治病救人”，普遍整风运动增添了严厉肃杀的气氛，并迅速演变为一场风声鹤唳、草木皆兵的“抢救运动”。

1943 年 9 月 7 日召开的中央政治局扩大会议（即第二次“九月会议”），分三个阶段进行，实际上成为中央政治局整风会议。参加会议的所有代表都先后发言，表示心悦诚服地承认毛泽东所代表的正确政治路线。博古、张闻天、李维汉纷纷再次自我检讨，周恩来、朱德、任弼时、彭德怀等领导也都公开检讨，深刻反省自己参加革命以来，特别是土地革命战争时期的思想路线错误，愿意接受中国革命领袖毛泽东同志的正确路线领导。王明委托其夫人孟庆树代笔，本人签字，以致毛泽东并中央政治局诸同志信的方式，明确表示，“我完全放弃我自己的那些意见”，“一切问题以党的领袖毛主席和中央大多数同志的意见为决定”。放弃了自己的政治主

---

① 杨尚昆：《杨尚昆回忆录》，第 213 页，北京：中央文献出版社，2007 年 7 月第 2 版。

② 《中共中央关于继续开展整风运动的决定》（1943 年 4 月），见中央档案馆编《中共中央文件选集》，第 14 册，第 30 ~ 31 页，北京：中共中央党校出版社，1992 年 3 月版。

张，还要表达对于新的政治权威的绝对忠诚。“我愿意做一个毛主席的小学生，重新学起，改造自己的思想意识，纠正自己的教条主义宗派主义错误，克服自己的弱点。”①

此次政治局扩大会议，中间穿插召开西北局高干会议，断断续续直到1944年2月24日，在统一对于六大以来五个问题的认识后，才宣告结束。

1945年5月21日，中共六届七中全会召开，在这五个问题统一认识的基础上，形成并原则通过《关于若干历史问题的决议》，认定毛泽东所代表的中国革命正确政治路线。

至此，整风运动中中央高层政治路线斗争终于尘埃落定。

从“帮助坦白”到“抢救运动”

在中央高层路线斗争的两次“九月会议”之间，全党普遍整风运动进入审查干部阶段，爆发了“抢救运动”。

延安“抢救运动”直接根源于敌情观念和“反特”斗争，是在党内开展思想清洁和组织清洁过程中，直接转向对敌斗争，用敌我斗争的方法处理党内矛盾，造成大面积严重误伤。这种通过肉体惩罚的方式是实现思想改造、组织清理的目的，其手段与目标之间是错位的。

1941年1月，国民党特务机关为配合发动皖南事变，决定开展“高级特情突击运动”，针对共产党及其领导的八路军、新四军进行秘密逮捕，强制说服，发展为内线，再秘密释放，为其所用。“限定1941年10月起至12月25日止，为突击竞赛时间，以1942年1月为工作总结时期”②，优胜者将给予重奖。中共中央社会部获悉后，1942年2月初发出《为反对国特高级特情突击竞赛给各地的指示》，指出国民党特务机关不惜以最大的力量，发动此次高级特情突击，如稍有成就，对我党危害至大。因此，“值得全党严重注意和高度警惕”，“我党我军必须加强保卫工作，严加

① 转引自胡乔木《胡乔木回忆毛泽东》，第298页，北京：人民出版社，1994年9月版。

② 参见中共中央党校教育史研究组《延安中央党校的审干工作》，第2页，北京：中央文献出版社，2003年3月版。

防备”。对待特务嫌疑分子要分别处置：“对内奸分子的处理，其执迷不悟者，实行坚决镇压；对动摇被骗分子，实行一打一拉鼓励其回心向善；对痛悔前非而愿为我积极服务者，得迅速秘密说服争取；借机深入突击者，应加紧教育，促其警惕；已被敌人说服成功者，应尽最后努力，劝其悔悟；对被敌密捕释放者，应注意调查监视，酌情处理。”①这是国共双方隐秘战线上的斗争。

特务，是执行“特别任务”“特殊任务”或“特种勤务”的简称。“民国特务政治及其组织之开始，始于民国北京政府袁世凯统治时期，到了蒋介石的南京国民政府时期得到了急剧的发展，形成了正式的规模，开展了频繁的活动，在历史上留下了深刻的印迹。”② 抗战时期，国共合作，双方都开展特务活动。国民党中央委员会调查统计局（即“中统”）和国民政府军事委员会调查统计局（即“军统”）特务机关分别在陕甘宁边区周边设置据点，派遣特务人员多批次、多形式、多途径潜入延安和陕甘宁边区，企图进行暗杀破坏活动。1938 年 4 月，军统局成立不久，戴笠就指示军统上海区行动组长程慕颐，在浙江丽水举办一个专门对付共产党根据地的“特别培训班”，成立“特别侦察组”。1939 年 9 月，迁址汉中，以“天水行营游击干部训练班”的名义，在汉中郊区陈家营办班集训，代称“汉训班”。戴笠亲自为“汉训班”学员训话，“汉训班的学员都是特殊人才，都要作出特殊贡献”。他交给学员们的历史使命是，“要从共产党手中拉回群众，从日本人手中拉回汉奸”。为了不辱使命，他要求学员们“都要做无名英雄，都是政党的灵魂，领袖的耳目”，“要信仰领袖到迷信，服从领袖到盲从”，“都要做蒋委员长的忠诚卫士，一不要父母，二不要妻室子女，天天都要记住一个人，那就是蒋委员长，为蒋委员长而生，为蒋委员长而死，生的惊天动地，死的英勇壮烈”!③所以，“汉训班”又称“死间训练班”。该班先后举办 6 期，学员经过特训后，分别被派遣到共产党领导的各抗日根据地，主要是陕甘宁边区。另外，国民党特务机关举办的其他训练班，如重庆的“渝训班”、兰州的“兰训班”、贵州息烽的“息训班”学员，也

①③ 转引自郝在今《中国秘密战——中共情报、保卫工作纪实》，第 183、178 页，北京：作家出版社，2005 年 1 月版。

② 马振犊：《国民党特务活动史》，第 3 页，北京：九州出版社，2008 年 3 月版。

有受派潜入延安和陕甘宁边区的。

这些特务受派到延安和陕甘宁边区时，大多数是背靠背，各自执行任务，暗号联络。1941 年 10 月，已经升任陇东教育科科长的吴南山，因对军统局的专制作风不满，特别是皖南事变促使他对国民党本质有了新认识，同时受到边区进步环境的感染，逐渐改变了对共产党的看法，主动自首特务身份。通过吴南山，边区保卫处慢慢掌握了这批潜伏特务的部分线索。1942 年 5 月开始收网，同年 12 月该案大体告破，共发现军统潜伏特务 32 人，其中主动交代 1 人，经过侦查发现 20 人，被捕人员供出 11 人，物证 7 件。"国民党军统的'死间'大量打入边区，不能不引起保卫系统的高度警惕。延安审干中，越来越强调反特锄奸任务。而一些军统特务主动被动的投诚，又使得中共更加强调运用坦白政策。"① 一个特务案情，强化了中共领导人的反奸意识，促使整风运动转向审干抢救运动。

1942 年 6 月 29 日，《解放日报》发表时任西北局秘书长贾拓夫的文章，强调在抗日根据地加强党的秘密工作的必要性和重要性，提醒"在党与非党群众联系的任何场合，必须保守党的某一部分秘密，不能把不应当向党外泄漏的党的秘密，向党外人士及群众随便谈论"，不能只图一时痛快，口无遮拦，给党和革命事业造成莫大损害。"对违反、破坏党的秘密的党员，必须视其情节之轻重，予以适当的纪律制裁，直到开除其党籍"②，严加惩罚。

同年 11 月，康生在西北公学制造出"张克勤案件"。该校二班学员张克勤，原名樊大畏，1936 年 10 月在西安参加民族解放先锋队，抗日战争爆发后由八路军西安办事处派到兰州做地下工作，并在兰州入党。1940 年 6 月中共甘肃省委被敌人破坏，张克勤的身份受到怀疑，经中共甘肃省委和中央代表林伯渠同意，调往延安。国民党特务随即抓走了他在兰州的父亲樊执一和妻子朱方兰。他们都是共产党员，被捕后都屈服了。1942 年整风运动中，延安保健药社接到重庆邮寄给张克勤的一份国民党刊物《中央周刊》，据张克勤回忆分析，可能是和他妻子待过的特务故意所为。适逢鲁艺

---

① 郝在今：《中国秘密战——中共情报、保卫工作纪实》，第 190 页，北京：作家出版社，2005 年 1 月版。

② 贾拓夫：《加强边区党的秘密工作》，《解放日报》（延安），1942 年 6 月 29 日。

转来一份检举张克勤是特务的材料，加之张克勤本人平时学习生活中爱提批评意见，于是，康生下令把他看管起来，进行审讯。经过六天六夜的“车轮战”，时年19岁，身体瘦弱的张克勤，屈打成招，在“坦白了可以保留党籍”的诱逼下，承认所谓的甘肃省委是打着红旗反红旗的“红旗党”，“假共产党”的供词。① 张克勤案件，预示着一场对可以被“抢救”的敌特分子的广泛搜查运动。

接着，康生又接手中央研究院整风运动中的“王实味事件”，把王实味定性为“托派反革命分子”“国民党特务”。并且，由此开始，延安出现了从文学作品里、从作家思想上发现敌情的先例。

12月6日，中央总学习委员会发出肃清“小广播”的通知，要求参加整风学习的每个人都填写“小广播”调查表，从思想反省、历史反省到自我坦白、帮助坦白。在小组会上，个人坦白自己的生活经历和思想轨迹，接受其他人质疑，并给予回答。如果发现有回答不了的问题，那就是政治疑点，需要进一步反省，再次回答。仍然过不了关者，就会被遣送中央社会部或边区保卫处等专业机构接受调查审讯。

12月16日，康生在西北局高干会议上做《关于锄奸问题》的报告，提出“特务如麻”。为什么有这些“特务，一种是打进来的，例如戴笠派来的特务；还有一种是拉出去的，也就是在我们的队伍里发展了他们的人”。②

1943年2月，中共西北中央局对锄奸保卫工作发出指示，“要有计划有系统的进行调查边区周围反共特务机关其内部情形及其人物状况，并分别研究，决定具体对策”。与此同时，“应在整风运动中发现坏人，使整风运动与锄奸工作适当的配合起来”。③

4月1日，胡宗南秘书胡公冕因公要来延安，时任中共中央社会部部长、中央情报部部长、中央总学委副主任的康生，担心一些在审查干部中发现有问题的人与之联络，因此调动边区政府保安到处抓人。当时担任保

---

① 参见王素园《陕甘宁边区“抢救运动”始末》，《中共党史资料》第37辑，第209页，北京：中共党史出版社，1991年3月版。

② 转引自师哲回忆、李海文整理《在历史巨人身边——师哲回忆录》（增订本），第220页，北京：中共中央党校出版社，1998年3月版。

③ 《西北局关于目前锄奸问题的指示（初稿）》（1943年2月），见《中共中央西北局文件汇集》甲编第3卷，第3637页，中央档案馆、陕西省档案馆编印，1994年11月。

安处一局局长的师哲回忆说：

> 一天晚上，康生手里拿着一个名单，一边同我们谈话，一边在名单上作记号，又圈又点，说这个是“复兴”，是“CC”，那个是“特务”，是“汉奸”，是“叛徒”，是“日特”等等。最后叫我们把打了“○”的人都抓起来；打了“·”的送进边区行政学院。
>
> 我问：“要抓的这些人有没有材料？没有确切的材料，我们怎么抓人？怎么审问？”
>
> 康生说：“有材料还要你们审问干什么？!”
>
> 从这一天晚上一直忙到第二天，整整一夜没有休息，一夜之间抓了260多人。同时，李克农、汪金祥（中央社会部二室主任）负责抓中央直属机关的嫌疑分子。①

这些所谓的“特务嫌疑分子”，分别被关押在枣园后沟的中央社会部拘留所或位于凤凰山上的边区保安处拘留所。“拘捕行动从4月1日夜开始，从中央直属机关共捕了二百人左右，有的押往后沟拘留所，有的送往边区保安处，也有的不是拘捕而是送到西北公学接受审查。”②

又过了一天，1943年4月3日，中央发布《关于继续开展整风运动的决定》，即第二个“四三决定”，要求把整风运动与干部审查、肃清内奸相结合。

4月9日、12日，中央书记处分别召开中央直属系统和西北局系统干部大会，时任中央书记处书记、中央秘书长的任弼时，作《特务的活动与中央对特务的方针》工作报告，介绍延安抓捕特务情况，敦促更多的人尽早坦白。“根据我们长期侦察的结果，根据改过自新分子的报告，根据这次检举中被捕人犯的供词，知道国民党和敌伪特务机关都有着很庞大的计划，要打入我们抗日根据地的党政军民学中进行暗害破坏的特务活动，特别是集中注意对陕甘宁边区进行活动。为着这样一个目的，他们花费了很多经费，用了各种各样的办法训练和培植了一批青年男女混入我们边区，其中

① 师哲：《在历史巨人身边》，第249～250页，北京：中央文献出版社，1995年4月第2版。
② 修来荣：《陈龙传》，第143页，北京：群众出版社，1995年9月版。

一部分重要分子已被我们逮捕起来。但在中央和边区直属机关内，还隐藏有这类分子，我们现在还未加以逮捕。”① 康生后来说，这个消息一宣布，“有些同志的脸也白了”②。

为了启发引导更多的人坦白，中央社会部安排张克勤骑上高骏马，戴上大红花，先在西北公学做“坦白报告”，现身说法。随即又被安排到中央大礼堂、八路军大礼堂、绥德抗大分校、绥德师范学校等单位做巡回报告。

张克勤后来回忆：“在西北公学召开的号召坦白的大会上，一个一个地盯住看，看着像就叫谁承认是‘特务’。承认了‘特务’就叫你上台‘坦白’，结果大礼堂坐着的一大半人都成了‘特务’。”③

西北公学由直属中央社会部的专业培训情报、保卫干部的学校，转变为审查干部的一个集中点。“每天不读书，不上课，沉在会议的汪洋大海之中，不是开大会，就是开小会。什么‘坦白大会’、‘控诉大会’、‘抢救大会’、‘规劝会’，夜以继日，常常通宵达旦。负责审查的人，轮流吃饭、休息，被审查的人不能休息，不能睡觉，甚至连喘口气的时间也不给，提出的问题一个接一个，要被审查的人作出肯定的答复。连续几天几夜，被审查的人弄的疲惫不堪，身体无法支持，就胡编乱造，瞎说一通。学校为了‘鼓励坦白’，凡是‘坦白者’，发给一碗挂面，两个鸡蛋，并受表扬。”④一夜之间，昨天的“同志”就变成了今天的“敌人”；昨天是审查别人的人，今天却变成了被审查的人。坦白出来的罪名繁多，“国特”、“日特”、“汉奸”、“叛徒”、“CC 分子”、“复兴社”、“蓝衣社”，等等，凡是能够想得出的都被坦白出来。西北公学很快成了特务叛徒成堆的地方。

组织安排，典型示范，群众参与，延安各系统各单位纷纷开大会、小会、规劝会、斗争会、控诉会，掀起一阵“坦白”热潮。边区行政学院九班有一组学员，全部坦白成“叛徒”“特务”“反革命”，大获全胜，大伙

---

① 任弼时：《特务的活动和中央对特务的方针》（1943 年 4 月），见《军队政治工作历史资料》第 8 册，第 237～238 页，北京：战士出版社，1982 年版。

② 康生：《关于整风审干问题的报告》（1943 年 8 月），记录稿，第 37 页，北京：中共中央党校党史教研室存。

③ 转引自王素园《陕甘宁边区“抢救运动”始末》，《中共党史资料》第 37 辑，第 212 页，北京：中共党史出版社，1991 年 3 月版。

④ 慕丰韵：《往事的回顾》，第 88 页，北京：群众出版社，2000 年 5 月版。

儿捐钱买来花生、红枣，庆祝共同的“新生”。他们还邀请其他组没有坦白的人来观摩，听他们漫谈自己的心路历程，启发没有坦白者赶紧回去坦白。边区政府总务处有一批勤杂人员，出身贫苦，历史清白，文化程度较低，苦于没有什么问题可以坦白的，老处长因此弄得吃不下，睡不好。总务处里的同志平时关系融洽，看到老处长日子难熬，便私下商量集体“坦白”，于是大家全部“坦白”成“特务”，还受到戴红花、吃饼干的奖励。这样，坦白者没有感到压力，老处长也笑逐颜开。

1943 年 4 月 28 日，中央政治局会议决定成立“中央反内奸斗争委员会”，刘少奇、康生、彭真、高岗为委员，刘少奇任主任。毛泽东就肃清内奸问题谈到，我们一方面要肃清内奸，另一方面要培养锄奸干部，教育群众，要实行首长负责，亲自动手；今年以来拘捕的特务共有 400 人，审讯时不要动刑，不要轻信口供，要重证据。① 有指示，有组织，有典型，有经验，审干抢救运动随着酷热严暑迅即在延安和陕甘宁边区展开。

5 月 17 日，高岗在陕甘宁边区党群系统工作人员会议上做《关于宽大政策的报告》，明确指出，“最近延安捉了几百人，大家都是知道的，现在还在检查每个人的历史和思想。因此，过去或多或少有些问题的干部就害怕、恐慌、动摇、抑郁、痛苦、不安起来，感觉到非常苦闷”，这种顾虑是不应该有的。为什么要号召大家坦白？“同志们，讲出了以后，这就是破坏国民党的特务政策，知道他用什么方法糟蹋青年，逼写东西，要青年给他们做特务。党可以研究如何对付他。这件事对你本人有好处，就是对党也有好处，也就是说堵死了国民党的特务政策，争取青年站在我们这方面。宽大政策的目的，就是在争取青年站在党的这方面，继续为党工作，为革命奋斗，为中国人民解放奋斗。”“要知道，只要你痛改前非，以后坚决为党工作，我们对这些人是同情的，痛恨的是日特、国特，这有什么害怕呢？以后就是睡觉也可以睡得好，吃饭也可以吃得饱，干部仍然是干部，党籍［员］仍然是可做党员。”② 高岗讲得很动情，也很生动，似乎为坦白者方

---

① 胡乔木：《胡乔木回忆毛泽东》，第 276 页，北京：人民出版社，1994 年 9 月版。

② 《高岗在边区党群系统工作人员会议上关于宽大政策的报告》（1943 年 5 月 17 日），见《中共中央西北局文件汇集》甲编第 3 册，第 224、228、229 页，中央档案馆、陕西省档案馆编印，1994 年 11 月。

方面面都考虑得很周到。这样入情入理地把理说透，把话讲尽，结果是要把工作做到极致，为坦白运动推波助澜。

5 月 22 日，陕甘宁边区政府系统在边区政府大礼堂召开坦白大会。“形式上，个人自觉反省与集体帮助相结合，似乎是审干的一种好办法，容易取得‘成绩’。事实上，‘逼、供、信’开始抬头，调查研究退居次要地位，是一种摇摆的表现。”①

6 月 29 日，刘少奇指示新四军将领陈毅、饶漱石：“国民党的特务政策已经是非常精明，非常广泛使用的政策，是国民党目前反对我们的主要斗争方式。大后方的党几乎全部被国民党破坏，并还有成千的特务与自首分子派进各根据地来。如果我们不能现在学会反对国民党特务与日本特务的全部艺术，我们一定失败无疑。我们要把反特务斗争看成和军事政治经济斗争一样的重要，必须使全党一切忠实党员都学会特务斗争，但你们今天还绝对不宜提倡这个任务。”② 这种对国共两党之间特务形势的基本判断，尤其是国统区大后方的地下党组织情况估计，明显受到了中央社会部制造“张克勤案件”和“红旗党”的影响。

在国共双方团结御侮、一致抗日的民族统一战线中，互为敌情是客观存在的。但是夸大敌情观念，用强化了的外部敌对势力来推动内部工作开展，尤其是思想整肃和组织清理，形成团队执行力，是一种非常有效的政治手段。有效性与合法性，突然性与应然性，往往是不能统一的。

从“思想改造”到“人生重塑”

1943 年 7 月，对于延安革命队伍来说是一个敏感的多事之秋。

7 月 1 日，毛泽东致信康生，指出防奸工作的两条路线问题，“正确的路线是‘首长负责，自己动手，领导骨干与广大群众相结合，一般号召与个别指导相结合，调查研究，分清是非轻重，争取失足者，培养干部，教

---

① 李维汉：《回忆与研究》下册，第 511 页，北京：中央党史资料出版社，1986 年 4 月版。

② 《对反特政策与方法指示》（刘少奇致陈、饶的信，1943 年 6 月 29 日），见《中共党史教学参考资料》第 17 册，第 379 页，北京：中国人民解放军国防大学党史党建政工教研室编印，1985 年 10 月。

育群众'。错误路线是'逼、供、信'。我们应该执行正确路线，反对错误路线"①。并要求将此信刊登在《防奸经验》杂志第6期上，以引起各级领导重视。这说明毛泽东已经注意到普遍出现的反奸斗争过火现象，但箭在弦上，不能不发，并没有制止。"审干""抢救"运动像一河大水浩浩荡荡，在延安各单位各部门之间横冲直撞，肆虐泛滥。

共产国际正式宣布解散后，国民党借此大做文章。中央通讯社发表电文，称西安各文化团集会，讨论国际形势，"决议联名电延安毛泽东先生，促其自觉，及时解散共党组织，放弃边区割据"②。为了回应这种对中共政权的严重政治挑衅，延安《解放日报》7月6日发表刘少奇的文章《清算党内的孟什维主义思想》，7月8日发表王稼祥的文章《中国共产党与中国民族解放的道路》，7月13日发表博古的文章《在毛泽东的旗帜下，为保卫中国共产党而战!》，一致拥护毛泽东为中国共产党的正确路线代表，是中国的真马克思主义者。"一切干部，一切党员，应该用心研究二十二年来中国党的历史经验，应该用心研究与学习毛泽东同志关于中国革命的及其他方面的学说，应该用毛泽东同志的思想来武装自己，并以毛泽东同志的思想体系去清算党的孟什维主义思想。"③ 作为中国的马克思主义代表，已经形成的思想理论体系就是"毛泽东思想"。"中国民族解放整个过程中——过去现在与未来——的正确道路就是毛泽东同志的思想，就是毛泽东同志在其著作中与实践中所指出的道路。毛泽东思想就是中国的马克思列宁主义，中国的布尔什维克主义，中国的共产主义。""中国共产主义，毛泽东思想，便是马克思列宁主义与中国革命运动实际经验相结合的结果。"④ 有了正确的革命道路，有了正确的革命理论，也有了正确的革命领袖。"毛泽东同志，他的方向就是我们全党的方向，也是全国人民的方向，他总是在最艰难困苦之中，领导党和人民走向胜利与光明。"⑤ 这些无以复加的思想理论结论，在形成高度统一的精神意志和集体行动步伐的同时，也创造了

---

①② 中共中央文献研究室编：《毛泽东年谱（1893～1949）》中卷，第448、450页，北京：人民出版社、中央文献出版社，1993年12月版。

③ 刘少奇：《清算党内的孟什维主义思想》，《解放日报》（延安），1943年7月6日。

④ 王稼祥：《中国共产党与中国民族解放的道路》，《解放日报》（延安），1943年7月8日。

⑤ 博古：《在毛泽东的旗帜下，为保卫中国共产党而战!》，《解放日报》（延安），1943年7月13日。

一个新时代的精神神话。

在关于国民党将发动第三次反共高潮，胡宗南、傅作义南北夹击，袭击延安的危急敌情判断下，1943年7月9日，延安各界举行纪念抗战六周年大型群众集会，紧急动员全边区人民制止内战，保卫边区，并向国内外发出通电，要求蒋介石等立即撤退包围陕甘宁边区的国民党武装，避免内战，严惩挑拨内战的反共特务和通敌叛国汉奸。延安倾城出动，群情激奋，对边区之外的蒋介石恨透了，对边区之内的特嫌分子恨透了。

7月12日，《解放日报》发表毛泽东撰写的社论《质问国民党》。

7月13日，中央政治局会议决定，在进行揭露国民党种种罪恶行径与反动思想政策的同时，“加紧进行清查特务奸细的普遍突击运动与反特务的宣传教育工作”①。次日，中央党校召开全体师生员工大会，时任党校副校长，主持学校工作的彭真做审查干部动员报告。

> 我们现在为了胜利地结束这次反共高潮，胜利地把这次反共高潮打下去，必须把我们内部搞清楚，就是把内部的奸细一定要坚决彻底干净地肃清，一定要达到这个目的。我们要把进攻边区的军队彻底消灭；那些打入我们里边的奸细，都要肃清。我们的政策是两面的，宽大和镇压相结合。宽大，就是争取，能够争取的尽量争取，不管形势多么紧张，考虑一个时期再讲也可以。我们这个宽大之门，是对着一切愿意自觉、愿意觉悟、愿意改正的人开着的，现在是一个很好的机会，今天在国民党进攻边区的紧急时刻向党讲了，表明自己对国民党认识清楚了，有决心要革命，党更相信你。……共产党是与人为善的，但是宽大是有限度的，不然我们就成了右倾机会主义了。②

主动坦白，就是自觉。不坦白，就不宽大，强制执行收容关押。7月15日，一场更大规模的反特斗争大会在中央大礼堂举行，中央直属机关所有干部都参加会议。会议由彭真主持。他开门见山地说，延安形势危急，国民党军队纠集日本侵略者正在包围陕甘宁边区，企图消灭共产党和抗日

---

① 中共中央文献研究室编：《毛泽东年谱（1893～1949）》中卷，第456页，北京：人民出版社、中央文献出版社，1993年12月版。

② 田酉如主编：《彭真年谱》上卷，第222页，北京：中央文献出版社，2002年10月版。

根据地。"有大批'国民党间谍'已经暴露，并已逮捕。""特务部没法抓住大批来到延安的所有间谍人员。因此，本部呼吁共产党员，大家要帮助这件非常重要的事。"① 这里所记的"特务部"，应当是指由康生负责的中共中央社会部和情报部，具体承担审查干部，肃清内奸，开展"反特"斗争。

开场白之后，接着就有12个所谓的"间谍特务分子"鱼贯登台，公开坦白自己混进延安，破坏革命的罪行。在他们每个人登台下台之际，都有一阵阵热烈的掌声迎接或欢送。

早已被树立为坦白典型的张克勤，神情严肃地介绍自己怎样在国民党的"红旗政策"下，参加了国民党的特务组织，再潜回革命队伍，从兰州来到延安。在此"红旗政策"下，甘肃的中共地下党组织已经成为"红旗党"，是打着红旗反红旗的反革命组织。依此类推，陕西、河南、四川、浙江、湖北、贵州等地的党组织也都成了"红旗党"，从这些地方来的党员干部和群众，都值得怀疑，都必须接受严格的政治审查。这已经不是他的第一次坦白，但在这样的场合、这样的氛围中再次出现，仍然具有强大的震慑力。

绥德师范学校的一名女学生徐曼丽，坦白自己"失足"又"失身"，加入国民党特务组织，带着任务再混进革命队伍，用"美人计"进行特务活动。说着说着，她声泪俱下地控诉国民党特务政策强奸她精神和肉体的罪恶，并大喊大叫要挖掉国民党特务的眼睛，剥他们的皮，抽他们的筋，喝他们的血。台上痛不欲生，台下情绪激昂，整个会场亢奋极了。

典型坦白之后，彭真概括出如何识别国民党间谍特务的方法，并表明态度，凡是坦白讲出来的人，都可以既往不咎，重新做人。

会议主题内容是康生做《抢救失足者》动员报告。他说，"今天的会议，是紧急时期的会议，是军事动员时期的会议"，对于敌特分子的宽大和耐心都是有限的。渲染军事形势是强调在一个非常环境下采取非常手段的合理性。"三个月来，经过所有共产党员与非共产党人的努力，促使许多失

---

① 转引自李维汉《回忆与研究》下册，第512～513页，北京：中共党史资料出版社，1986年4月版。

足被害的青年接受了党的号召，起来控诉日寇与国民党杀害青年的罪恶，到今天为止，已经有450人向党坦白悔过了。不管他们其中尚有许多人未彻底觉悟，但我们应该欢迎他们这种进步，因为他们已经给了我们一个可能，使我们可能引导他们跳出罪恶的泥坑，走向新生的道路。”① 这说明延安整风运动自1943年4月就转变为审查干部，肃清内奸的“坦白运动”“审干运动”。

他认为开展此项斗争的合理性，除了击退国民党军队对于延安的进攻企图，还在于抢救落水失足者，改造人生。“还有一些失足的人至今没有向党坦白，他们除了一部分少数甘心为敌人作第五纵队的人们外，其中大多数是在他们的脑子中尚有许多问题没有解决。他们过去想不通，我们尚有时间等待，但是现在是军事时期，我们应该赶快的促使他们觉悟。今天开会的重要意义就在这里。”②最后，他严正警告那些还没有坦白的人。

> 我们的宽大政策是有一定限度的，是有镇压政策的另一方面的。因此，我们警告那些执迷不悟的特务分子，快快觉悟转变吧！为了挽救失足青年，我们有菩萨的心肠，但为了坚决镇压特务，我们又有钢铁意志。如果他们绝对坚决，不愿改悔，甘为敌人第五纵队，那我们必须以严厉办法坚决镇压之。③

这次会后第二天，中央直属机关各单位各部门立即行动起来，铺天盖地的“抢救运动”席卷整个延安。

林伟当时在延安自然科学院预科读书，他后来回忆，该校1943年4月3日凌晨抓了5个人，然后就转入坦白运动。“号召坦白，坦白了的，吃一顿汤面条或带红花。好些干部子弟也去‘坦白’了。4月12日（星期一）开始审查我，我是预科中第一个被审查的，大学部被审查的首先是彭尔宁。7月16日，来了个‘抢救运动’，在边区大礼堂听了报告，听完报告就不让回来了，由学校送饭去，第二天天亮才宣布回学校继续搞。开始是决定突击‘抢救’10天，当时把一些思想问题、说几句怪话看得很重，当成政治问题来搞。负责搞审查的人工农干部较多，他们对边区外边的情况不太了

---

①②③ 康生：《抢救失足者》（1943年7月15日），见《中共党史教学参考资料》第17册，第380、381、384页。北京：中国人民解放军国防大学党史党建政工教研室编印，1985年10月。

解，曾闹出了不少笑话。例如有的单位有人问：‘你如何来延安的?’‘坐谁的火车?’‘你不是国民党员，为什么能坐上国民党的火车?’等等。10 天没有‘抢救’完，又延长了 5 天，以后转入正常。抢救后大学部和预科合起来了，有四五十人，一起搞到年底，没挨整的寥寥无几。”①

在中央党校一部参加整风运动的曾志，先在小组里用五六天时间报告自己的经历。“最初小组同志只是听，偶尔询问一两句，待我交代完了就让我休息了几天，他们则对我的报告进行研究、分析，提出疑点和问题。一星期后，转入小组内的面对面责问，人问我答，许多事情都要反复询问，我也必须反复回答。……这样大约又是一个星期，他们没有从我身上‘突破’什么，于是认定我属于顽固不化分子。小组便集中火力对我实行逼供，仍无进展，又扩大为全支部都来逼供，还是车轮战，白天黑夜不让休息，每天都要搞到下半夜两三点，有时则要通宵。所提问题都是事先作过分工的，只要我的回答不合他们的意，就有人用手敲我脑袋，或把我像皮球那样推来推去，甚至揪头发踢腿。比较有‘创意’的办法是把板凳翻过来，逼我坐在凳腿上。”②

在抗大具有“创新”的坦白花样有：即席坦白、示范坦白、集体劝说、五分钟劝说、个别谈话、大会报告、抓水萝卜（外红内白），等等。“更可笑的是所谓‘照相’。开大会时，他们把人一批一批地叫到台上站立，让大家给他们‘照相’。如果面不改色，便证明没有问题；否则，即是嫌疑分子、审查对象。”③ 这样，搞出特务分子、嫌疑分子 602 人，占全校排以上干部总数的 57.2%；干部队 496 人中，揪出特务和特嫌 373 人，占 75%以上。

这些都只是在单位部门里同志之间开展的抢救运动。如此抢救中如果获得什么重大“突破”，则可以作为该单位部门的重大成绩，“大喜事”，上报上级领导机关之外，则是将被抢救的个人送交中央社会部或边区保安

---

① 林伟：《忆自然科学院发展中的一些情况》，见《延安自然科学院史料》，第 430 页，北京：中共党史资料出版社、北京工业学院出版社，1986 年 12 月版。

② 曾志：《一个革命的幸存者——曾志回忆录》下册，第 335 页，广州：广东人民出版社，1999 年 12 月版。

③ 徐向前：《历史的回顾》，第 462 页，北京：解放军出版社，1988 年 10 月版。

处关押起来。

据不完全统计，抗战后到延安的新知识分子，有 80% 被抢救成特务。[①]其中：

延安大学教职学员 1877 人，坦白者 440 人；

鲁迅艺术学院共有 300 多人，267 人被打成“特务”，90% 以上的人受到审查；

边区行政学院教职学员 1000 余人，691 人被打成“特务”，85% 的人受到审查；

自然科学院（连同中学部）共有 100 多人，97 人受审查，68 人被打成“特务”；

新华社 100 余人，有 10 多人被抓起来；

中央秘书处 60 余人，被抓起的“特务”10 多人；

延属各县共抓了 2463 个“特务”。

这些人集中在三个地方：一是涉及重大案件者，被关押在边区保安处和中央社会部（枣园后沟）；二是在中央党校（文艺系统）、行政学院（边区系统）和西北公学（中央直属系统和军委直属系统）关押一部分人，学习、反省；三是有问题，但不严重，或是有嫌疑者，大多留在本单位由学习小组或工作组进行“劝说”、教育，然后组织参加工农业生产劳动，放弃思想精神产品生产，转而从事物质生活资料生产，进行人生改造。

到 1944 年甄别平反后，还有 100 多个“犯人”，长期关押在边区保安处。1947 年 3 月，胡宗南占领延安，这些“犯人”随队撤离，被带到山西境内，经请示有关部门领导批准，秘密杀害了。王实味便在此列。

在整个审干抢救运动中，“发生过为了逼出口供，对被审讯人员施以各种各样的肉刑或变相肉刑，甚至把人打死的情况”[②]。据关中分区一个县统计，他们采用过车轮战、压杠子、打耳光、举空甩地、捆绑吊打等 24 种刑

① 李锐：《毛泽东的早年与晚年》，第 125 页，贵阳：贵州人民出版社，1992 年 12 月版。又见胡乔木《胡乔木回忆毛泽东》，第 279 页，北京：人民出版社，1994 年 9 月版。

② 王素园：《陕甘宁边区“抢救运动”始末》，《中共党史资料》第 37 辑，第 216 页，北京：中共党史出版社，1991 年 3 月版。

法。仅延安一地自杀身亡者有五六十人。①

这是一段惨痛的历史，也是一段沉痛的教训。延安整风运动从改造思想到重塑人生，从触动灵魂到触动肉体，用群众运动的方式解决思想认识问题和组织纯洁问题，可以锻造革命队伍的执行力，也带来极大的自我损伤。

从 1944 年元旦到 1945 年七大召开期间，毛泽东在延安不同场合向整风抢救运动中被抢救者公开道歉，以此表示自己承担责任。康生在 1945 年 5 月 2 日的七大第六次会议上，做对毛泽东政治报告的认识和两年多反奸工作经验教训的发言，未做一字的自我批评，引起与会代表，尤其是受到抢救运动冲击的代表们的强烈不满。但 5 月 3 日，他仍然作为第七次会议执行主席主持当天的会议。会议选举时，经毛泽东做工作，康生仍然被选为中央委员和中央政治局委员。不久，他被免除中央社会部和情报部部长职务。1946 年 12 月，康生出任中央土改工作团团长，先到陇东地区考察土改情况，次年 3 月又从陇东到晋绥分区的山西临县郝家坡主持土改工作。毛泽东让其爱子毛岸英跟随锻炼，既是安抚，也是莫大的信任。

历史不可以假设，但假设可以开阔我们的视野和思路。如果在我们的党史研究和革命史教育中，能够真实面对诸如苏区“肃反”、延安“抢救运动”的历史叙述，就能让更多的人理性思考，并引以为戒。

---

① 王素园：《陕甘宁边区“抢救运动”始末》，《中共党史资料》第 37 辑，第 222 页，北京：中共党史出版社，1991 年 3 月版。

又见张宣《凤凰惊梦——延安“抢救运动”亲历记》，《红岩春秋》（渝），2000 年第 4 期。

第六章

民生是政府最大的脸面

MINSHENG SHI ZHENGFU ZUIDA DE LIANMIAN

民生，是人民群众的日常生计，基本生存与生活水平。民生是国家政权合法性赖以成立的根本所在。所以，民生很小，其实很大。

革命只是手段，目的是为了创造一个更美好的社会。共产党领导的无产阶级革命，是为了实现国家独立自主，人民生活安康幸福。在实际工作中，人民不是抽象的概念，是具体的活生生的个体生命存在。他们生活在社会底层，柴米油盐，衣食住行，往往就是天大的事情。无产阶级革命必须通过给予人民群众看得见的实际利益，才能够赢得他们对革命的支持和信任。只有得到千百万人民群众的信任和支持，才是一个政党或政权合法性存在的基础。并且，这种合法性基础不是一劳永逸的，需要不断通过实际行动和有效结果去维护、去完善。

富裕后的农民吴满有（左）赶着毛驴来到枣园，为毛泽东代缴公粮（1943 年，徐肖冰　摄影）

一

给群众看得见的实际利益

抗日战争时期，共产党人在陕甘宁边区局部执政环境下，明确提出必须给群众看得见的实际利益，各级政府必须时刻关心与解决群众的切身问题。“只有关心与解决群众的切身问题，才能动员群众积极参加革命战争。”“要使群众在新的民主的生活中切身感觉到，革命是同他们血肉相关的问题，是他们自己的事；他们自己是革命的主人翁，是当权的人；他们完全有权利任用真正能够为他们服务的‘自家人’，而罢免那些违反他们利益的坏蛋。”要坚决防止和抵制在革命队伍里和执政环境下滋生的“党老爷”作风，脱离群众，对立群众，把党所领导的组织当作凌驾群众头上的“办差机关”、“官僚机关”。[①] 强调在实际工作中，兼顾局部利益与整体利益、眼前利益与长远利益的关系，不得以任何借口和名头损害群众利益。

群众不喜欢空洞的大道理，他们需要看得见的实际利益。“在目前陕甘宁边区的条件说来，就是组织人民、领导人民、帮助人民发展生产，增加他们的物质福利，并在这个基础上一步一步地提高他们的政治觉悟和文化程度。为着这个，我们应该不惜风霜劳苦，夜以继日，勤勤恳恳，切切实实地去研究人民中间的生活问题，生产问题，耕牛、农具、种子、肥料、水利、牧草、农贷、移民、开荒、改良农作法、妇女劳动、二流子劳动、

① 洛甫（张闻天）：《更多的关心群众的切身问题》（1940 年 6 月），《共产党人》（延安），第 8 期（1940 年 7 月 20 日出版）。

安家计划、合作社、变工队、运输队、纺织业、畜牧业、盐业等等重要问题，并帮助人民具体地而不是讲空话地去解决这些问题。”① 视老百姓为天，群众利益就无小事。共产党在陕甘宁边区局部执政环境下，通过发展生产，提高劳动生产力水平，改善农村生产关系，从根本上化解社会矛盾，满足人民群众不断增长的物质和精神需求，从而赢得最广大人民群众的拥护和支持。

农民曾经咒骂毛泽东

1941 年 6 月 3 日下午，陕甘宁边区政府县长联席会议正在边区政府小礼堂举行。燥热的天气乌云翻滚，“突然天空阴雨，电光闪闪，一声巨响，雷电从东面屋角穿入会议室内，所有到会人员受巨雷声震动，头脑皆晕，纷纷逃出室外。时会议室内突然传出‘救命’呼声，林主席（陕甘宁边区政府主席林伯渠，引者注）当即派人入室，将触电人员携出。延川县四科科长（代县长）李彩荣触电过重，经多方救治无效，遂以殒命！延安市高市长、志丹县赵县长、延长县白县长也受电击，经有效救护，已脱离险境……”②

这次意外的自然事故，造成一死七伤的惨痛伤害。③ 为了表示哀悼，6 月 5 日下午在延安城南门外广场举行追悼会。孰料这次自然伤害事故传到边区老百姓口中，却成了转达、发泄对政府、对共产党不满情绪的某种“天意”。

当时有一位到延安南门外新市场赶集的农民听到噩耗，不但没有悲哀

① 毛泽东：《经济问题与财政问题》（1942 年 12 月），《毛泽东选集》，第 877 页，哈尔滨：东北书店，1948 年 5 月版。

又见《毛泽东文集》第 2 卷，第 467 页，北京：人民出版社，1993 年 12 月版。文字有出入。

② 《前日雷电中，李代县长触电惨死，今日举行追悼大会》，《解放日报》（延安），1941 年 6 月 5 日。

③ 《谢觉哉日记》1941 年 6 月 4 日记载，“昨日下午大雨时边府会议室触雷电，县长联席会正在开会，有八人中电，延川代县长（现四科科长）李彩云最重，当即身死……”见谢觉哉《谢觉哉日记》上卷，第 314 页，北京：人民出版社，1984 年 4 月版。李彩云，应为李彩荣。

另据《林伯渠在陕甘宁边区活动大事记》载：“雷电击断室内一根柱子，延川县代县长李彩荣触电殒命，林伯渠极为难过，深切哀悼。”见郭林、阎树声主编《林伯渠与陕甘宁边区》，第 220 页，西安：陕西人民出版社，1996 年 12 月版。

之意，反而借机发泄道："老天爷不睁眼，咋不打死毛泽东？"①

另有一说，与此同时，雷电还打死了农民一头驴。这个农民借故发泄对公粮负担过重的不满，逢人便说："老天爷不睁眼，咋不打死毛泽东？"②

还有一说，陕北清涧县有一个叫伍家婆姨的寡妇，丈夫支援前线时死在黄河上，家中留下一个瘫痪的老母亲、三个幼小的娃。她一年忙到头，仍然不够一家人吃饱肚子。两孔土窑已经破旧，雨天漏水，无力修补。村干部又赶来催缴公粮，双方争吵中她指天怒骂："老天爷，你不开眼！咋不打雷，咋不把毛泽东劈死？"③

一个传说的三种版本，可以理解为当时边区民怨存在的某种普遍性。值得欣慰的是，三个不同版本的传说的结果是一致的，那就是保安部门迅速拘捕了胆敢咒骂革命领袖的陕北农民，然后一封报告送呈毛泽东，请示处理意见。毛泽东在窑洞里陷入了沉思，为什么老乡们要让雷公公打死我毛泽东呢？……有果必有因，其因何在？他指示有关部门：不要为难老乡，事出必然有因，这事要详细调查一下。

于是，由中共中央西北局宣传部部长李卓然带队，组成六人考察团，深入固临县的安河乡、张家村、临镇乡、庆元乡等农村，开展登门入户调查，用两个月时间详细了解农民实际生活状态。最后写成《固临调查》，比较真实地反映了农民负担过重的情况。

据陕甘宁边区财政厅资料显示，历年来边区政府征收公粮数及农民负担为：

1937 年计划征收 1 万石，实征 1. 4197 万石，人均负担 1 升多，占年收获量的 1. 27%；

1938 年计划征收 1 万石，实征 1. 5955 万石，人均负担 1. 2 升，占年收获量的 1. 32%；

1939 年计划征收 5 万石，实征 5. 2251 万石，人均负担 4 升多，占年收获量的 2. 98%；

---

① 参见宋金寿、李忠全主编《陕甘宁边区政权建设史》，第 337 页，西安：陕西人民出版社，1990 年 12 月版。

② 参见《林伯渠传》，第 254 页，北京：红旗出版社，1986 年 1 月版。

③ 参见张行《惊雷乍响之后》，《湘潮》（长沙），2002 年第 3 期。

1940 年计划征收 9 万石，实征 9.7354 万石，人均负担 7 升多，占年收获量的 6.38%；

1941 年计划征收 20 万石，实征 20.1617 万石，人均负担 1.48 斗，占年收获量的 13.85%。

1942 年计划征收 16 万石，实征 16.5369 万石，人均负担 1.22 斗，占年收获量的 11.14%；

1943 年计划征收 18 万石，实征 18.4123 万石，人均负担 1.3 斗，占年收获量的 10.16%；

1944 年计划征收 16 万石，实征 16 万石，人均负担 1.1 斗，占年收获量的 8.83%；

1945 年计划征收 12.4 万石，实征 12.4 万石，人均负担 7.7 升，占年收获量的 7.75%。①

边区农民负担最重的 1941 年，人均负担 1 斗 4 升 8 合，占年收获量的 13.85%。在劳动生产力处于牛耕人种极其低下水平时，这意味着农民生活难以维持温饱。当年边区农民人均粮食拥有量仅为 1 石 1 斗 1 升，缴纳公粮后，人均余粮不足 1 石，再扣除种子粮，农民实际粮食消费每天只有六七两。② 平均数如此，在平均线以下者的日子就非常艰难了。加之 1940 年、1941 年陕北整体年景为平年，③ 局部地区遭遇严重自然灾害，粮食歉收，

---

① 陕甘宁边区政府财政厅：《历年农业负担基本总结》（1949 年），见《抗日战争时期陕甘宁边区财政经济史料摘编》，第 6 编（财政），第 152 页，西安：陕西人民出版社，1981 年 6 月版。部分数据取自西北财经办事处《抗战以来的陕甘宁边区财政概括》（1948 年 2 月），见《抗日战争时期陕甘宁边区财政经济史料摘编》，第 6 编（财政），第 13 页，西安：陕西人民出版社，1981 年 6 月版。两份材料部分数字略有出入。当时度量单位石、斗、合之间为十进制，每石 300 斤，每斗 30 斤，每升 3 斤。参见《陕甘宁边区政府关于仓库统一用斗的通令》（1940 年 10 月），见《陕甘宁边区政府文件选编》，第 2 辑第 479 页，北京：档案出版社，1987 年 7 月版。

② 据陕甘宁边区政府 1941 年 8 月的调查分析，农民的消费量主要由两部分构成：其一，每人每年食粮 1～2 石，大小口每月 1 斗；其二，衣、食盐、人情费平均每人每年 80 元，含棉 1 斤、布 3 丈、食盐 2 升、人情费若干，折合粮食 3 斗。"按以上收获量减去平均负担量加消费量，所余不足 1 石，每月每人仅有 8～9 升之谱。"参见《陕甘宁边区人力畜力物力动员第一次调查草案》（1941 年 8 月），见《陕甘宁边区政府文件选编》第 4 辑，第 154 页，北京：档案出版社，1988 年 2 月版。

③ "如果以每垧地产量在 3 斗以下的叫荒年，3 斗到 4 斗叫歉年，5 斗 6 斗叫平年，7 斗到 8～9 斗叫丰年，1 石左右叫大丰年"，那么，陕北地区 1938、1939 年为丰年，1940、1941 年为平年，1942 年为丰年。参见张闻天等《米脂县杨家沟调查》（1942 年 11 月），见《张闻天晋陕调查文集》，第 260、261 页，北京：中共党史出版社，1994 年 6 月版。

导致部分群众生活发生极大的困难。甚至出现志丹县群众哄抢粮食，安塞县农民逃荒迁徙现象。志丹县发生多起抢粮事件后，报告边区政府并请求救济援助，得到的回复是，“抢粮事件在志丹普遍的发生，确是非常严重的现象。除个别坏分子借机煽惑外，还有我们下级干部参加领导，区级干部坐视不理，这不仅是灾荒问题，而且是政治问题”。分析其原因，“去年（1940 年，引者注）志丹收成最不好的是六、七区，其他各区还并不十分严重，甚至还有部分地区很不坏”。年景收成不是抢粮事件发生的最主要原因，那么，其主要原因实际上就是过重的公粮收缴负担，导致基层干部群众对政府的怨恨情绪。“政府今天财政正在困难关头，延市许多机关没粮吃，由公粮内抽出来救济，是困难的。”① 边区政府无力救济，把难题推回到县区基层，部分基层干部也参与抢粮活动，就不难理解了。

聚众抢粮，毕竟不是所有农民都有胆量敢于参加的，有些懦弱善良的农民不堪承受公粮负担，便陆续迁徙逃荒，离开边区。1941 年粮食征收过重，农民们到次年春天就遭遇了难耐的春荒。安塞县高桥区三乡三村，原有农户 84 家，人口 401 人，黄牛 81 头。1942 年春荒期间，减少农户 4 家，减少人口 17 人，带走黄牛 15 头，其中耕牛 8 头。“因为农民在今年春初，有不少因为避免公粮负担，互相移动，生产情绪不高，生活上也不安定的缘故，这村子有 6 户人家移走，2 户移来”②，劳动生产力受到一定的削弱。

1942 年前，造成农民负担逐年增加的原因，是边区财政来源主要依靠外援，1941 年初皖南事变发生后，外援断绝，经济封锁，只有增加公粮征缴数量。

抗战初期边区财政来源与支出情况为：

1937 年岁入 52.6302 万元，其中外援占 77.2%，岁出 49.7883 万元，盈余 2.842 万元；

1938 年岁入 90.7943 万元，其中外援占 51.69%，岁出 81.4563 万元，盈余 9.338 万元；

---

① 《陕甘宁边区政府关于志丹发生抢粮事件制止办法的批复》（1941 年 7 月 24 日），见《陕甘宁边区政府文件选编》第 4 辑，第 58 页，北京：档案出版社，1988 年 2 月版。

② 陕甘宁边区银行：《1942 年边区农贷的初步总结》（1942 年 11 月），见《抗日战争时期陕甘宁边区财政经济史料摘编》第 9 编（人民生活），第 49 页，西安：陕西人民出版社，1981 年 6 月版。

1939 年岁入 660.271 万元，其中外援占 85.79%，岁出 654.95 万元，盈余 5.321 万元；

1940 年岁入 973.0995 万元，其中外援占 70.5%，岁出 968.2107 万元，盈余 4.8888 万元；

1941 年岁入 1960.5133 万元，外援断绝，岁出 2528.7832 万元，透支 568.2699 万元。①

国共两党第二次合作，工农红军改编为国民革命军第八路军和第十八集团军，陕甘宁边区财政来源以接受外来援助为主。“在收入上，是依靠中央协款、八路军军饷和国外华侨、后方进步人士捐款，总之是依靠外援；在支出上是规定一定的标准，在规定的标准下，经费开支绝对统一，完全由中共中央财政部负责统一筹划，财政厅（边区政府财政厅，引者注）只做会计预决算等工作，就是边区政府的财政经济委员会也只有 500 元以内的权限，超过 500 元要由中财部决定。”八路军最初编制 4.5 万人，每月军饷 50 万元；再加新四军军饷，每月共计 60 万元。这些军饷领取后，由中共中央财政部统筹安排，其中有一定数额划拨陕甘宁边区政府财政厅。“1940 年 9 月国民党就一度停发每月 60 万元的抗日军饷，再加物价上涨，已造成财政上的支绌形势”，皖南事变后，每月 60 万元军饷停发了，海外华侨及后方进步人士捐款停止汇兑，“边区财政遭遇空前的危机”。②

毛泽东在边区高级干部会议上谈到财政经济问题时说：

> 最大的一次困难是在 1940 年及 1941 年，两次反共磨擦，都在这一时期。我们曾经弄到几乎没有衣穿，没有油吃，没有纸，没有菜，战士没有鞋袜，工作人员在冬天没有被窝。国民党用停发经费与封锁经济来对待我们，企图把我们困死，我们的困难真是大极了。③

---

① 西北财经办事处：《抗战以来的陕甘宁边区财政概况》（1948 年 2 月），见《抗日战争时期陕甘宁边区财政经济史料摘编》第 6 编（财政），第 89、13 页，西安：陕西人民出版社，1981 年 6 月版。该材料附表统计数字与文章叙述所列数字，略有出入。

1937 ~ 1940 年数字以法币为单位，1941 年数字以边币为单位。

② 西北财经办事处：《抗战以来的陕甘宁边区财政概况》（1948 年 2 月），见《抗日战争时期陕甘宁边区财政经济史料摘编》第 6 编（财政），第 14、15 页，西安：陕西人民出版社，1981 年 6 月版。

③ 毛泽东：《经济问题与财政问题》（1942 年 12 月），《毛泽东选集》，第 748 页，哈尔滨：东北书店，1948 年 5 月版。

财政经济困难，影响到边区群众的生活，表现为粮食紧缺和公粮缴纳负担过重。主持边区财政厅工作的南汉宸后来坦言：

> 在粮食上，1940 年对军需的严重性估计不足，还没有改变单纯的量入为出的财政方针，仅征公粮 9 万石。1941 年春，人数增加，缺粮太多，四月初即闹粮荒，又无通盘计划，曾被迫下令，两次借粮，一次征购，个别地区如延安、鄜县，借粮有达八、九次的，扰民太甚。但粮食供给，仍不能保证，有的部队曾两天没有吃上饭。①

另外，抗战初期大量吸纳接受革命知识分子，加上边区防务力量增加，当时陕甘宁边区的各级各类机关、学校、军队脱产人员数量不断扩大。

1937 年为 1.4 万余人，占边区人口总数将近 200 万人的 0.7%；

1938 年为 1.6 万余人，占边区人口总数将近 200 万人的 0.8%；

1939 年为 4.9686 万人（边区人口总数不详）；

1940 年为 6.1144 万人（边区人口总数不详）；

1941 年为 7.3117 万人，占边区总人口 136.254 万人的 7.29%；

1942 年为 7.2454 万人，占边区总人口 136.254 万人的 7.15%；

1943 年为 7.5611 万人，占边区总人口 141.4786 万人的 6.34%；

1944 年为 11.2205 万人，占边区总人口 144.8818 万人的 8.93%；

1945 年为 10.7294 万人，占边区总人口 159.5065 万人的7.54%。②

边区人口总数处于变动之中，主要是因为当初国民政府拟订边区所辖 26 个县，人口将近 200 万人，但随后又陆续侵占削减 6 个县，减少人口约 50 万人。其间，国共双方在边区领地问题上不断发生拉锯式争夺战。除领地人口变迁外，1937 年至 1940 年的“公家人”数量增加主要是奔赴延安的

---

① 南汉宸：《陕甘宁边区的财经工作》（1947 年），见《抗日战争时期陕甘宁边区财政经济史料摘编》第 6 编（财政），第 32 ~ 33 页，西安：陕西人民出版社，1981 年 6 月版。

② 1937 ~ 1938 年的边区人口总数，参见《陕甘宁边区实录》，第 1 页，延安：解放出版社，1939 年 12 月版。又见林伯渠《陕甘宁边区政府对边区第一届参议会的工作报告》（1939 年 1 月），收入《陕甘宁边区政府文件选编》第 1 辑，第 118 页，北京：档案出版社，1986 年 5 月版。

1939 ~ 1940 年数据，参见宋金寿、李忠全主编《陕甘宁边区政权建设史》，第 279 页，西安：陕西人民出版社，1990 年 12 月版。

1941 ~ 1945 年数据，参见西北财经办事处《抗战以来的陕甘宁边区财政概况》，见《抗日战争时期陕甘宁边区财政经济史料摘编》第 8 编（生产自给），第 3 页，西安：陕西人民出版社，1981 年 6 月版。

在共产党局部执政的陕甘宁边区，农民群众温饱健康，财旺人旺，劳动光荣，体面尊严，每个人的脸上都有灿烂阳光，每个人的心里都充满着对于美好未来的热烈憧憬。

为了减轻边区农民的赋税负担，中共中央号召所有党政军学校等“公家人”都要选择适当的方式，参加生产劳动，先后开展“生产运动”和“大生产运动”（摄影 吴印咸）

大生产运动中，八路军三五九旅战士在南泥湾垦荒劳动休息时间，开展整风学习活动（摄影 徐肖冰）

1946年元宵节，延安县川口乡农民代表到王家坪拜年，给毛泽东送来“人民救星”金字匾额，以表达对共产党政权的拥护和革命领袖的爱戴之情

青年学生；1941 年的“公家人”数量增加，主要是从前线撤防回到边区的军队。在 1944 年的 11.2205 万边区脱产人员中，军队系统 7.5011 万人，占 66.84%，含原有留守部队 1.82 万人，1939 年为对抗国民党第一次反共高潮而调回边区加强警卫的 5.6811 万人；中央机关工作人员 1.4035 万人，占 12.5%；边区党政系统 0.9704 万人，占 8.65%；其他方面 0.1955 万人，占 1.3%；地方党政系统 1.1482 万人，同比减少 0.23%。在生活资料不能自给的情况下，“公家人”数量的增加，直接导致农民负担过重。当大生产运动兴起后，军队、机关、学校都参加垦荒劳动，实现粮食自给或半自给，这不会导致农民负担增加，相反会使农民负担减轻。

为了保障供给，适当控制农民负担，中共中央曾规定各根据地党政军脱产人员不能超过人口总数的 3%。而 1941 年陕甘宁边区总人口为 136.2254 万人，脱产人员占人口总数的 5.37%，大大超过了中央规定的警戒线。在经济困难情况下，其他财政支出可能紧缩，但 7 万多“公家人”和 8120 匹马骡及其他牲口（1 匹马相当于 2～3 人的消费量），不能一天不进食。除了少量的生产自救外，唯有以增加群众负担来缓解燃眉之急。

所有这些都造成了边区群众负担过重，农民怨声载道，甚至铤而走险。

善待每一位外来务工者

1941 年在艰难中度过后，1942 年中央号召开展全面整风运动和大生产运动，从思想上改造人，在劳动中重新塑造人，要求各级各类机关、学校、军队通过开垦荒地，多种经营，生产自救，逐步实现“耕三余一”、“耕二余一”，即耕作三年或两年，有一年余粮的目标。到 1945 年日本投降前夕，边区当年垦荒面积超过 100 万亩，其中军队承担 20 多万亩，约占 22%，机关、学校承担近 20%。同时，先后三次开展“精兵简政”，减少行政机关人员职数。多管齐下，减少和降低“公家人”对于公粮供给的依赖度，相应地，边区农民的负担得以减轻。

与此同时，在广大的边区农村轰轰烈烈地组织开展优待难民、开垦荒地、发放农业贷款、改良种植技术、减租减息、鼓励劳动合作、奖励劳动模范等一系列活动，通过政策引导、政府扶持、技术支撑、典型示范等切实有效的措施，极大地提高了农业生产力，初步改进了农业生产关系，并在一定程度上改变了人们的劳动生产观念，从而推动了边区农业生产发展，比较好地解决了农民温饱问题。

陕甘宁边区地广人稀，生产力低下，经济上处于半自给自足状态。发展农业生产的第一要务就是充实劳动力，大量吸收引进因战乱和灾荒而逃来的难民和移民，是边区各级政府的工作任务。早在 1940 年 3 月，边区政府就颁布《优待外来难民和贫民之决定》，制定优惠政策吸引难民移居边区，并参加农业生产。1941 年 1 月，边区政府出示布告，用通俗易懂的话语宣传优待移民政策。

本府去年三月，决定优待移民；时间不到一年，成绩确实惊人。
单是延安甘泉，移民两万有零。为了抗战胜利，扩大这种精神；
边区荒地宽广，开垦就要移民。华池二将川地，以及延安临镇；
划作两大垦区，政府补助移民。不论战区灾区，难民或是贫民；
愿意移进边区，一律都是欢迎。办理登记手续，各级政府都行；
军民机关任务，帮助介绍移民。官荒任其开垦，公粮三年免征；
租借私人荒地，免纳三年租金；缺少农具籽种，政府一定相帮；
没有窑洞食粮，借助依靠乡邻；至于从事工商，保护另有明章；
民主权利共享，新户老户不分；义务劳动负担，一律予以减轻；
欺压客户之徒，政府法纪以绳。特此晓谕大众，务须遵照执行!①

当时担任延安县委书记的王丕年回忆，“从 1940 年起，提出延安县每年安置移民 1 万人，开荒 7 万亩，并制定了移民安置的三大政策：凡持有移民证的移民，他们的土地、住房、口粮、工具、种子皆由政府帮助解决；移民开荒三年不出租；三年内不负担公粮。有了这些政策，一大批横山、米脂的移民来延安落了户”②。

延安县的工作走在全边区的前边，真正将优待移民政策落实到位，是 1942 年 2 月以后，明确划定延安、甘泉、鄜县（富县）、志丹、靖边、华

① 《陕甘宁边区政府优待移民的布告》(1941 年 1 月)，见《陕甘宁边区政府文件选编》第 3 辑，第38～39 页，北京：档案出版社，1987 年 12 月版。

② 王丕年：《延水东流——王丕年同志革命回忆录》，第 20～21 页，哈尔滨：黑龙江省直机关离休干部写作协会《晚霞》编辑部，1997 年 12 月印。

陕甘宁边区第一届劳动英雄及模范生产工作者代表大会，台上摆放的劳动英雄画像，与领袖画像同等规格，这是历史上的第一次（1943年11月）

中央印刷厂、解放日报社和新华社等机关单位所属清凉山卫生所医生，响应中央号召，到农村出诊，深受农民欢迎（1943年）

农业贷款到了，工作人员认真核实数目，拿到钱款的农民喜上眉梢（1943年）

池、曲子等七个县为移民开垦区，在各地区专员公署和县政府设立移民站，负责接待安排移民工作。并再一次制定颁布优待移民政策，强调对新移民“实行三年免收救国公粮，并减轻其义务劳动”；帮助解决住宿窑洞、种子、农具、口粮、柴火等日常生计问题；“移民安家以后，如缺乏耕牛，应帮助向银行取得耕牛贷款”；“移民站发给移民之路费、补贴费，由边区政府支出，按月向边区政府报销”。① 实际工作执行中，“这时候延安县首先注意这一问题，所以在几年的开荒运动中，收到很大的成绩，全县人口增加一倍，户数增加一倍以上。可是全边区则尚在自流阶段”②。同年 12 月，边区高干会上，重申优待移民工作的重要性，其他各县相继跟进。一年后，边区政府又一次颁布优待移民难民垦荒条例，共计 19 条，全面系统地梳理规范“优待移民难民垦荒，发展农业，安定民生，增长抗战力量”的政策规定，对移民生活、生产、政治、经济、文化、卫生、安全等一切权利都做了详细规定。其中对于垦荒土地和移民生活生产条件规定如下：

> 甲、经移民难民自力开垦或雇人开垦之公荒，其土地所有权概归移民或难民，并由县政府发给登记证，此项开垦之公荒三年免收公粮；经开垦之私荒，依照地权条例，三年免纳地租，三年后依照租佃条例办理，地主不得任意收回土地。
>
> 乙、移居垦区之移民难民，如因种菜或种料，需少许熟地，得呈请区乡政府视可能情况，酌予调剂。
>
> 丙、移难民无力自行打窑洞，或在未打好窑洞之前，得由县政府就当地公私窑洞或房屋予以调剂暂住，待该移难民自行建有窑洞或房屋后归还之。
>
> 丁、凡移难民无力购买耕牛、农具、种子，或缺乏食粮者，得由县政府呈请边区政府优先予以农贷帮助。如农贷尚不足需要时，得由乡政府帮助向老户借贷，或发动老户互助解决之。
>
> 戊、移难民自移入边区居住耕种之日起，对于运输公盐、运

---

① 《陕甘宁边区政府命令——为公布优待移民实施办法》（1942 年 2 月），见《陕甘宁边区政府文件选编》第 5 辑，第 212～213 页，北京：档案出版社，1988 年 5 月版。

② 中共中央西北局调查研究室：《边区的移民工作》（1944 年），见《抗日战争时期陕甘宁边区财政经济史料摘编》第 2 编（农业），第 633～634 页，西安：陕西人民出版社，1981 年 6 月版。

输公粮、修公路等义务劳动，第一年全免，第二年第三年分别家庭经济状况酌减，如第二年第三年仍然生活困难者，将全免。①

这种垦区相当于特区，执行特殊的优待移民难民政策。并且政策设置得很有人情味，很体贴细致。生活有着落，生产有条件，生命安全有保障，生病有公共医院免费医疗，政治权利公正平等，不会受到老户欺负，让每个走进边区的新移民难民都有家的温暖感和归属感。政府将管理融入服务中，对移民难民进行严格的登记制度，进行档案跟踪管理。

1943 年 3 月，延安县委书记王丕年和县长刘秉温联合署名，以公开信的方式邀请绥德、米脂移民来延安县垦荒种地，开列三项保证条件：“一、负责解决移民的一切困难；二、开荒三年不出租，不负担公粮公盐；三、绝对不‘扩兵’。”最后一条是针对谣言来的，即不在移民中扩充兵源。“亲爱的乡亲们！春耕开始了，快快到延安县来开荒吧！快下延安县来发财吧！和我们一起来建设丰衣足食的生活！”② 这两位领导本身就是横山、米脂移民，这封信言辞恳切，条件优越，不能不让人动心。

1944 年 3 月，曾经协助陶行知经办南京晓庄师范，及生活教育社、国难教育社，1942 年参加新四军，然后来到延安的张宗麟（1899 ~ 1976），在延川县视察时看到下面这样一幕情景，大为惊叹。

有一位移民来找区长。区长起身说：“我是区长。”来人就坐在区长的长凳上。

区长关心地询问：“你们几人？”

“四个，一个婆姨两个娃娃。”

“住进窑没有？露地难受。”

“住进窑了。”

“带的粮够否？”

“还有。”

“那么，明天替你雇牲口。”

“好！”

---

① 《陕甘宁边区政府命令——公布〈陕甘宁边区优待移民难民垦荒条例〉》（1943 年 3 月），见《陕甘宁边区政府文件选编》第 7 辑，第 141 页，北京：档案出版社，1988 年 12 月版。

② 《邀请绥米移民垦荒》，《解放日报》（延安），1943 年 3 月 16 日。

张宗麟原先以为来人是区长熟悉者，后来看见区长找移民登记簿，才知道并非熟悉的朋友，而是新近移民。①

1943年11月，萧军不满于整风运动中的某些人与事，一怒之下，不吃“公粮”，携妻带子来到延安县川口乡碾庄村、刘庄村，就是以移民的身份争取到乡政府帮助，救济三个月口粮，“每人每月以1斗1升6合，他家三口人，共应领粮1石4升4合”，并调剂镢头一把。② 加之老乡们或赠送或出卖一些杂粮，他本人上山打柴，全家借宿废弃的旧窑洞，得以生存。

经过整风运动后，政治权力更加集中，政令自上而下更加畅通。优待移民政策在促进边区农业生产发展中的作用得以充分发挥。移民难民人口的增加，带来外来务工者的集聚，边区劳动生产力数量直线上升。据不完全统计：

1941年边区移民7855户，约20740人；

1942年边区移民5056户，约12431人；

1943年边区移民8570户，约30447人；

1944年边区移民6813户，约22197人。③

移民难民属于非自然增长人口，主体部分为成人青壮年，其成年劳动力比例相对较高。如1941～1943年接收的6万多移民难民中，劳动力大约1.83万个。按照当时的劳动生产力水平计算，一个劳动力平均耕种20亩土地，就可以扩大耕地面积36.6万亩；再按每亩平均收获粗粮2斗计算，每年可以增加粮食7.32万石。这些移民难民人口的流动，加上边区内部对人口与土地不均衡的调剂平衡，以及大量境外农业人口向边区流动，既可以地尽其利，变荒山为良田；又可以人尽其才，变穷汉为富农。在当时的陕甘宁边区，确实扩大了耕地，增加了粮食，改善了民生，得到了群众的拥护，起到了积极的社会作用。

根据有关方面对延安县柳林区157户移民的经济发展情况调查显示，“从生产方面看：第一年，一面开荒，一面安庄稼或打短工，卖柴，或作手

---

① 参见谢觉哉《谢觉哉日记》（1944年3月20日）上卷，第592～593页，北京：人民出版社，1984年4月版。

② 萧军：《人与人间——萧军回忆录》，第411页，北京：中国文联出版社，2006年1月版。

③ 《陕甘宁边区农业》（1945年），见《抗日战争时期陕甘宁边区财政经济史料摘编》第2编（农业），第644、645页，西安：陕西人民出版社，1981年6月版。

艺；第二年，就可以添置农具，喂牲畜，完全自己种地，不再打短工；第三年，就可以安牛犋，大量生产。从生活方面来看：第一年，一半靠借粮，一半靠自己劳动所得；第二年，只靠少数周济粮，大多数可自给；第三年，就可以完全自给自足”①。这是就移民难民中起点最低者而言，实际上移民中存在一部分自身条件较好者，可以带来一定的生产物资。另据有关方面统计，1943 年延安县接收 885 户移民，带来牛 45 头、驴 21 头；移居盐池县的 99 户移民，带来骆驼 14 峰、牛 13 头、羊 564 只；移居庆阳县的 51 户移民，带来牛 42 头，来到后随即就买地耕种。相对来说，这些具备一定生活生产条件的移民，主要是为了逃避当地政治经济压迫剥削，为边区优惠的农业经济政策所吸引过来的。

张书学，1942 年冬从外地移民鄜县（富县）张村驿区二乡寺峪村，全家四口，靠他一人劳动。初到时，什么也没有，乡长帮助他解决生活困难，并劝导他开垦荒地。原计划开荒 10 亩，结果开荒 20 亩，种糜子 12 亩，收获 4.8 斗；谷子 8 亩，收获 2.4 斗；麻子 2 亩，收获 4 斗；共计 7 石 6 斗。另外，还在河边修整水田 2.5 亩，收获稻子 3.5 石。这样，当年就解决了全家温饱，过上比较安稳的日子。

胡文贵，夫妻二人，1942 年 11 月底从湖北来到淳耀县。冬天自己上山打柴、烧木炭，媳妇在家编草鞋，变卖后维持生计。开春后，在政府帮助下开荒种地，拟订农户计划，并推动他和别的农户开展劳动竞赛，结果开荒 47 亩，收获苞谷 10 石、糜谷 7 石、豆子麻子 1 石多、洋芋 3000 多斤、蔬菜 800 多斤，还同邻里合伙喂养一头猪，年底分得猪肉三四十斤。家里缝制了新被子，添置了新衣服。仅仅一年时间，就从饥寒做到温饱，并有余粮。其本人被推举为关中分区难民劳动英雄，出席边区劳动英雄代表大会。

李志伦，一家五口，1943 年春从河南逃荒来到志丹县。来时随身带了十几包针，准备做些小买卖。受当地政府帮助，安居下来后，其本人上山背柴，女婿走村串户用针换鸡蛋再到集市出售，老婆、闺女、媳妇在家收拾破布做鞋底，全家齐努力，两个月就积攒 5000 元本钱，由李志伦摆小

---

① 中共中央西北局调查研究室：《边区的移民工作》（1944 年），见《抗日战争时期陕甘宁边区财政经济史料摘编》第 2 编（农业），第 648 页，西安：陕西人民出版社，1981 年 6 月版。

摊。后来，他们有的弹棉花，有的纺线，有的摆小摊，有的做鞋袜，当年就赚得13.1万元。一年后，家中购置缸大小3口、铜盆2个、毯子3条、货箱1对，麦子、荞麦、小米都有了。伙食是三天吃荞麦面一次，十天吃白面和肉菜一次。全家五人各缝制新棉衣一套，比有些老户还穿得整齐。

这样的移民致富案例，在当时的《解放日报》上比比皆是。截至1943年初，“五年来迁入边区内的移、难民，在10万以上。……虽然当他们来时是那样的贫苦，枵腹破衣，双手空空，但现在就是发展得最慢的，也能饱食暖衣，变成了自耕农，至于那些发展快的，则上升为富农”①。五年来，边区扩大耕地240多万亩，其中有200多万亩是靠移民难民开荒种植的，承担了边区粮食60%的生产任务。

这些移民难民，都属于外来务工者。善待移民的政策，像一个有力的杠杆，掀开了边区农业生产的新篇章。新移民难民劳动温饱致富后，声讯相传，介绍更多的亲友结伴而来。原有老农户在政府组织的劳动竞赛中，受新移民劳动热情的推动，也纷纷焕发出劳动致富的冲天干劲。

经年战乱，造成陕北地区地广人稀。处在牛耕人种的农业生产发展阶段，外来务工者是最主要的劳动生产力要素。陕甘宁边区为了发展农业生产，大量招募移民、难民，制定一系列优惠政策，善待每一位外来务工者，让土地与农民最广泛密切地结合起来，支持鼓励农民通过自己的诚实劳动，当年温饱，来年安居，三年致富，让农民获得看得见的物质利益，从而妥善地解决了共产党在边区局部执政环境下社会稳定、人心所向的政权合法性问题。

贷款给最贫穷的劳动者

如果说优待移民难民政策，有效地解决了边区农业生产劳动力问题，那么及时发放农业贷款、推广农业科学技术等政策措施，则有效提升了边区农业生产力，促进了农业生产水平的提高。

边区自主创设农业贷款，始于1941年12月。鉴于优待移民、开荒垦

---

① 《大量移民》，《解放日报》（延安）社论，1943年2月22日。

地、发展生产的实际需要，1941年12月15日召开的边区政府政务会，接受边区银行提案，讨论通过设立农业贷款事宜，决定成立由李鼎铭、高自立、南汉宸、刘景范、朱理治等组成的边区农贷委员会，负责农贷发放的研究、指导工作。随即，颁布县乡两级农贷委员会组织条例，依托政府行政体系，广泛吸收抗敌后援会、参议会、所在地银行办事机构、合作组织，以及“当地素有威望及了解农民情况之人士”参加，“均为无给制”，组成农贷委员会，县长为农贷委员会常委会主任，以确保其公正、公平、公道，以及对于还贷的号召力和约束力。

1941年12月18日，边区政府批准发放首批农业耕牛贷款23.5万元，定向延安、甘泉、安塞、安定四个县，由边区银行具体办理。“凡属以从事生产为目的的而缺乏耕牛之贫苦农民及新来之移民，均可视其实际需要，按章贷与资金，以为购置耕牛之用。”① 1942年随着春耕运动的大规模兴起，农业贷款逐渐扩大规模和数量。3月底，边区政府农贷委员会决定在绥德分区发放棉纱纺织贷款50万元。“确定该项贷款以棉纱折还，规定如用该项贷款生产出的棉纱特别优良者，可免除利息。”② 到7月底，农贷发放规模和种类又有突破，“边区政府自去冬迄今，发放了耕牛农具、植棉、小麦青苗三种农贷，总数共达300万元；发放地域包括边区各主要农产县区”③。农贷发放对象，主要是直接从事农业生产劳动的贫农、雇农和移民难民。据安塞县统计，1942年接受农贷者中，贫雇农占80%，移难民占10%，中农占7%，富农占3%，照顾到农业生产各阶层利益。

其实，陕甘宁边区农民对农业救济并不陌生，对农业贷款概念却是模糊的。早在1936年2月，中华苏维埃政府西北办事处为动员农民春耕，责成中华苏维埃国家银行西北分行向农民发放贷款10万余元，解决农业生产中的种子、农具缺乏问题。此项贷款因环境变化没有收回，但对农民春耕起到扶持作用。1938年，陕甘宁边区政府商请国民政府所属陕西省合作委员会，从中国农民银行给边区划拨农贷20万元（法币）。该款项名为贷款，

① 《陕甘宁边区政府关于迅速办理农贷的指示信》（1941年12月），见《陕甘宁边区政府文件选编》第4辑，第375页，北京：档案出版社，1988年2月版。

② 陕西省档案馆编：《陕甘宁边区政府大事记》（1942年3月23日），第145页，北京：档案出版社，1991年5月版。

③ 《继续发放农贷》，《解放日报》（延安）社论，1942年7月29日。

实际很难收到利息，甚至本金也很少能够收回。与此同时，还有国民政府通过中国农业促进会发放给陕甘宁边区的垦荒救济款，无须归还。1939 年后，国民党限制异党活动，国民政府对边区的农贷中断了。但边区政府为吸引外来移民难民，曾在延安、固临、志丹、华池、甘泉、鄜县等部分地区，划拨专项救济款，同样无须归还。对于边区农民来说，有些钱无须归还，有些钱需要归还；需要归还的钱款中，还有本金与利息之分，他们觉得颇为复杂。于是，在部分干部群众中形成一种模糊的认识，“农贷就是救济，放了就算了，何必还要收回呢?”不能收回的农贷，只是有去无回的善行，其功能效率是有限的。为了充分发挥金融资本滚动周转对于推进农业生产发展的良性带动作用，经过 1942 年的农贷发放实践探索，1943 年 2 月，边区政府决定农贷工作由以银行为主体划归建设厅，更加依托政府行政体系，简化农贷办理手续，政府确定对象后，农民无须申请，由贷款人出具收据，写明用途，即行放款。同时，加强贷款观念校正引导工作，分清贷款与赈济款的区别。3 月颁布《陕甘宁边区农业贷款章程》，重申农贷“以勤劳之贫苦农民为对象”，明确“贷款利率长期以年利 1 分（周年 10%）计算，短期以月利 1 厘（1%）计算之”，“农贷由建设厅主管，由区、乡政府发放，并由乡政府负监督用途及督促归还之责”。① 采用一定的奖惩办法，对如期还贷者和不守信用者给予相应的不同处理。

边区政府农贷人员在具体工作过程中，还与文艺工作者合作，创造性地编写了《农村贷款三大纪律八项注意》的歌曲，由宣传文艺部门组织群众广为传唱，家喻户晓。

农村贷款大家要牢记，三大纪律八项要注意：
第一反对包办耍私情，民主讨论群众来决定；
第二贷款数字要公布，区乡负责不许打埋伏；
第三到期保证要收回，有借有还年年有贷款。
八项注意时时要宣传，贷款才能收到好成绩：
第一大家到处要宣传，银行贷款为发展生产；
第二归还一律要边币，谁用法币政府不允许；

---

① 《陕甘宁边区政府命令——公布〈陕甘宁边区农业贷款章程〉》（1943 年 3 月），见《陕甘宁边区政府文件选编》第 7 辑，第 117 页，北京：档案出版社，1988 年 12 月版。

第三放款要适合农村，过迟过早一律都不好；
第四放款数目要适宜，帮助解决群众的问题；
第五放出切记要检查，用途不当收回再另放；
第六放款手续要简单，太得麻达群众不喜欢；
第七账目切实弄清楚，一分一毫也不让漏掉；
第八依照农村的利息，十成咱们最多收四成。
这样贷款群众最欢迎，发展生产都过好光景。①

1943 年，边区政府总共发放农业贷款 3700 万元，分三次贷出：第一次为 1 月份放贷 2080 万元，其中耕牛农具贷款 1480 万元、植棉贷款 300 万元、青苗贷款 300 万元；第二次为 4 月增拨移民难民贷款 500 万元；第三次为 9 月从上年回收的农贷中划拨 200 万元，用于救济鄜县、甘泉两县牛疫损失。此外，还发放机关生产农业贷款 920 万元。所有这些贷款，当年实现部分收回，收到良好的社会效益和经济效益。

延安县柳林区所辖 5 个乡 138 户农民，1943 年共接受农贷 49.095 万元，平均每户贷款 3557.6 元。这些农贷用于购买耕牛 131 头，增加耕地 936 垧，估计可收细粮 330 石，按当时市场价格每石 1.5 万元计算，共计约 500 万元。除耕牛转变为较长期的固定生产力外，仅借助农贷所得收益已达农贷成本的十倍以上。②

志丹县的农贷工作报告中说："我们在贷款过程中，从群众中得来的反映不少，他们真的认识了公家是帮助他们的，解决了群众在青黄不接时的困难，……同时抵制了商人和高利贷的剥削。"

安塞县报告中反映："农民称银行是'青天'的呼声相当普遍。"③

1944 年，边区发放农贷增加到 1 亿元，其中耕牛农具贷款 6000 万元，占农贷总数的 60%；移民难民贷款 2000 万元，改良耕作技术贷款 2000 万元，各占农贷总数的 20%。发放管理办法，除继续依托政府行政系统外，部分地区试行通过农村合作组织发放。

---

① 参见《延安地区金融志》，第 86 ~ 87 页，延安：《延安地区金融志》编纂委员会，2000 年 10 月印。

② 《1943 年边区农业工作总结》，见《陕甘宁边区政府文件选编》第 7 辑，第 533 页，北京：档案出版社，1988 年 12 月版。

③ 边区银行：《农贷工作初步总结》（1943 年 7 月），见《抗日战争时期陕甘宁边区财政经济史料摘编》第 5 编（金融），第 440 页，西安：陕西人民出版社，1981 年 6 月版。

1945 年，边区粮食生产与供应已进入良性发展阶段，边区政府停止农贷发放，部分县用回收以前贷款自行发放。

穷人比富人更需要钱。在经济状况困难之际，陕甘宁边区政府接受提案，敢于发放农业贷款，并且是主要面向贫困农民的贷款，是卓有远见和胆识的一次经济创举。

把“二流子”改造成劳动者

随着陕甘宁边区农村发展生产，大量吸引移民、难民来垦荒种地，政府大力扶持农民扩大再生产，原先游荡在村庄里的闲散人员就显得很另类。为了增加生产劳动力，边区政府开展改造“二流子”运动，把那些游手好闲的人改造成自食其力的劳动者。

“二流子”，是对陕北农村不务正业，不事生产，以鸦片、赌博、偷盗、阴阳、巫神、土娼等为活，搬弄是非、装神弄鬼、为非作歹的各种人的统称。此前，他们被村民们称为“爬鬼”、“地痞”、“牛毛”（流氓）、“二流答瓜”。大约 1940 年春，在延安县的一次生产动员大会上，两位对农村情况非常熟悉的干部胡起林、王庆海最早提出，要拿出有效办法，迫使农村“二流答瓜”的那种人参加生产。这个提议很快得到执行，并且取得很好的效果。

据统计，延安县 1937 年有“二流子”1629 人，到 1941 年已改造 1173 人，占总数的 72%。与此同时，劳动力迅速增加，荒地得到开垦，粮食收入日益增多。仅该县川口区第六乡调查显示，1937 年开荒 328 亩，产细粮 471 石；至 1941 年相应数字为 2733 亩，3793 石。这其中当然有许多其他因素起作用，但与“二流子”改造运动在农村所激发起的广泛的劳动热情有直接关系。

随着生产运动由八路军延安留守部队初步尝试，并由三五九旅在南泥湾成功实践，1943 年，乘着上一年全党整风运动的浩大声威，一场全民参加的大生产运动在延安机关、学校和陕甘宁边区农村轰轰烈烈地开展起来。朱德在延安各机关学校生产总动员大会上指示：“贪污、腐化、浪费是生产运动的敌人。在生产中，不许有一个败家子、一个二流子。"① 延安县为执行大生产运动指示，绝大多数农村沿用"吃各伙"的旧例，全村合吃一羊或一猪，当场规定若干公约，互督互助，积极生产，"不许再有一个二流子，不让再有一个劳动力站在生产圈外"，违者除罚出羊资或猪资外，另并接受公议的处罚。②

《解放日报》为此发表社论《改造二流子》，积极推广延安县改造"二流子"的经验。这样，在延安全民大生产运动中就出现了一个有声有色的农村改造"二流子"运动。

作为一项政治任务，边区各县将任务分解到各乡村，按照上级指示和报纸提供的经验，按图索骥，对号入座，首先划定"二流子"名单。1943年初，边区属下10个县，约150万人口中，共划分出"二流子"约9500人，占总人口的近1/150。如果除去总人口中的"公家人"（军人和干部学生），那么，在农村"二流子"所占人口的比例还要高。不过，当这项政治任务演变为群众性政治运动时，也出现了扩大化倾向。很快，《解放日报》发表王丕年的文章，重新界定划分"二流子"的标准，"看他是否有正当职业和他对生产的态度，这是根本的"③。并要求分出层次，有"二流子"，还有"半二流子"、"民选二流子"，区别对待。

1943年4月15日深夜，甘泉县六里庙乡自卫军和干部一起，深入山沟村落，捉出事先圈划好的11名"二流子"。第二天下午召开全乡群众大会，领导讲话动员，群众发言揭发，"二流子"表态宣誓改过自新，并寻出担保人，订出生产计划。其中，就有道佐铺街上的女"二流子"冯老婆。群众对孤立起来的女"二流子"分外关注，当乡长刚宣布处理意见后，会场里的人就吵起来，笑起来。"先叫冯老婆向我们宣誓！"大家快活地呼叫着。

冯老婆从那边墙角里走出来，她细瘦的身材，黄黄的脸蛋，看来三十多岁的样子，羞得连头都抬不起来。她走到台前，惭愧地低声说："我改过，我自新，你们看我再吃洋烟，活剥我……"

"不行！"她的话被台下有力的呼喊打断了。

---

① 《延安举行生产总动员，建立革命家务》，《解放日报》（延安），1943年3月6日。

② 《延安县村民公约，互督互助积极生产》，《解放日报》（延安），1943年2月25日。

③ 王丕年：《谈农村二流子》，《解放日报》（延安），1943年6月4日。

冯老婆怔了一会儿，又惶恐地说："我保证制车子、纺线……"

"得寻保人！"大家向她喊叫。

她一时茫然地向台下张望一眼，又低头无助地说："叫我寻谁作保呢？"

会场立时寂静了，大家你看着我，我看着你，都怕做她的保人。在难堪的沉默中，终于站起了一个红脸的老头——她的丈夫冯开文。"我保你，你是真改过？"冯开文板着面孔，认真地问。

"真……真的，我改过……"冯老婆眼角里挤出了泪花。①

对于宣誓愿意改过的"二流子"，由政府安排，分配或联系租借一定的土地、种子和农具，扶助监督他们参加农业生产或其他劳动。边区劳动英雄杨朝臣同庄有个李同德，从前做巫神，一亩地都懒得种。现在不能下神了，夫妇二人挨饥受寒。杨朝臣劝他："如果你今年耕种，我借三斗粮和一把锄头给你，不要报酬。"李同德感动地哭了起来。

距离杨朝臣庄上10里远的张同华，曾经也是个"二流子"，竟日游手好闲，邻里说这个人是无法教育的。杨朝臣得知后，主动找他，耐心说服，并借给牛和镢头，帮他订出生产计划：开荒10垧，12岁女儿可送饭、拾粪，老婆照顾家庭副业。计划订好后，怕他不努力，杨朝臣又和他变工。不久，张同华革除恶习，开出荒地，养起鸡鸭，连看戏也不去，怕误工。有人问他："老张，为啥变得这样好？"张同华总是感激地说："没有老杨哥救我，我这辈子都完了。他把我从梦中唤醒了。"

劳动英雄杨朝臣、申长林等的模范带头和榜样作用，使不少"二流子"思想开朗了，他们觉得弃暗投明，前面有奔头。尤其是曾经也是"二流子"的申长林改过自新成为劳动英雄的事迹宣传以后，很是激励了"二流子"们改过的信心。同住在蟠龙川的"二流子"刘生贵，自己跑到申长林家登门拜访，痛说前非，保证改邪归正。安塞县的"二流子"刘四有表示："别人能学好，咱就不能转变吗？"他春天下地劳动，秋季就有收成，报纸为他发表通讯《刘四有转变了》。

对一般宣传教育和帮助监督改变不了的"二流子"，则采取大会训斥、当众羞辱和强制改造。

---

① 北群：《改过》，《解放日报》（延安），1943年5月20日。

在吴旗市的一次群众大会上，王县长厉声训斥着“二流子”：“高长腿，你站出来，你讲为啥不生产?”

蹲在地上的高长腿紧缩着头颈站起来，把身上穿的破羊皮短袄一束，脸色黄得像焦棒，眼睛呆望着地下。

“你不该偷偷地从友区买大烟来吸，啥也不干。”老县长数落着他。

高长腿懒惰成性，不事生产，靠两个儿子给人揽工挣的钱，每天躺在床上抽大烟。

“今年要规定你生产，你要种五垧地，有啥困难，全村都帮助你，能不能成?”王县长对他说，大家的眼睛都集中瞪着他。停了一会儿，他才瘪着嘴说：“成，我种六垧。”

“要你戒烟，你是愿意自己戒，还是住在政府的窑洞里来戒?”

“戒！自己戒!”

“要多少日子?”

高长腿先说要一百来天，当王县长逼迫一步问到底要多少天，他改为50天。

“不成！50天要到5月份，生产时间都全误了。”王县长最后说，“30天。”

延安市划定“二流子”110人，其中女“二流子”39人，以南区最多。“二流子”家的门上和身上被强迫佩戴有“二流子”的徽章标志，只有在真正参加生产之后才被准许摘取。对女“二流子”，规定她们受家人严格束缚，帮助丈夫整顿家务，如有不改，则丈夫打骂，政府不管，也不准离婚。①

绥德分区各县、区在奖励劳动英雄的大会上，同时斗争“二流子”。身上戴着白布条，低垂着脑袋，“二流子”被一个一个地拉到台前。台下群众都报以哄堂大笑。这对有的“二流子”就造成了强烈的刺激。“二流子”蒋生俊、辛振有就是被公众讥笑以后，回家彻夜不眠，因而痛下决心，改做好人的。在政治、道德、思想、文化一元化的社会里，群众舆论是种无所不在的强大力量。吴堡县王县长在后胡家山村开会宣布“二流子”的可

① 张汉武：《谈延市二流子的改造》，《解放日报》（延安），1943年5月24日。

耻，邻村“二流子”王岭来村上串门，一个瞎子听说他到了，当他面向地上吐口唾沫，说“呸!”。这口唾沫对王岭产生极深的影响，从此他开始走上正路。

在营造社会舆论上，边区政府不仅取得“二流子”家庭其他成员的积极支持，而且还组织利用群众所熟悉的各种艺术形式，编写出《兄妹开荒》《二流子变英雄》等街头短剧以及民歌童谣，深入乡村巡回表演。

绥德市第七区就广为流传着这样一个童谣：

> 二流子，李克明，好吃懒做不务正，嫖赌抽都干，不管家小与亲邻。七区个个讨厌他，全市二流子挂牌，他是第一名。①

《解放日报》上曾公开发表过依“顺天由”（即“信天游”）的调式填写的歌词《笑话二流子》，并注明是“农村妇女儿童嘲笑二流子唱的”：

> 鸡娃子叫来狗娃子咬，看那二流子过来了，快来看他那球样子！你撒泡尿来照照面目，好好的庄稼你不种，常年像老鼠钻地洞。爹娘养你不成材，你又抽洋烟又耍牌。捉定什吗吃什吗，人家说你是贼娃娃。睡到太阳照屁股，醒来吃上些糠糊糊。吃净了粮食吃籽籽，二流子你早晚要讨吃。有饭给你不胜喂狗，凭什么养你这二流子。你婆姨也恨来你儿也嫌，二流子顶个球不蛋。不要上我家串门子来，怕你把懒劲串进来。二流子你长得也像个人儿，为甚不好好的过年景儿？二流子二流子快回头，劳动起来甚也不愁。②

对顽固不化的“二流子”，采取的是集中管制、强迫劳动的办法。绥德市“二流子”戒烟所就是有组织地收容改造被称作“社会的寄生虫”的“二流子”的。早上六点钟起床，由所长领导着到操场上跑步，上午都集中在一个院子里捻毛线。午饭休息后，下午上课。“那曾经是枯黄的肮脏的脸，现在泛出了红色，头发和胡须，都剃得干干净净。”③ 他们操着不熟练的姿势，被迫过着有秩序的生活，但饭可以随便吃。一个叫马生荣的高个

---

① 韦君宜：《警区二流子的改造》，《解放日报》（延安），1943 年 7 月 12 日。

② 真夷：《笑话二流子》，《解放日报》（延安），1943 年 4 月 24 日。

陕甘宁边区政府曾设置区级绥德市。参见《绥德县志》，第 51 页，西安：三秦出版社，2003 年 7 月版。

③ 岳瑟：《人的改造——记绥德市二流子戒烟所》，《解放日报》（延安），1943 年 4 月 30 日。

子青年，婆姨死了，只剩下瞎眼母亲和一个孩子，自己靠偷窃为生。进所后他饭量增加了五倍，一天早餐竟吃了八碗干面。享受着生活优待，接受过思想教育后，他决心改造自己，善待母亲，教养孩子。

戒烟所对每个“二流子”都造册登记，张榜公布，犯何前科，改造计划，内容日期，一一在目，经所长考察鉴定，并经众人评议合格后，才可出所。

这场全社会动员，方方面面配合，步调一致、口径一致地改造“二流子”的运动，是卓有成效的。在1943年至1944年这短短一年时间里，陕甘宁边区共改造“二流子”6400余人，占原划定“二流子”总数的2/3，并逐渐达到百分之百的改造目标。

改造“二流子”的运动，除了提供农村劳动生产力，推动大生产运动的顺利开展外，还提供了通过农业生产劳动来改造人、重新塑造人的经验。“几年来我们不仅进行了经济、政治、文化各方面的改造和建设，而且还进行了‘人’的改造和建设。旧社会遗留给我们的渣滓——二流子，大部分都改换了原来的面貌，变成健康勤劳的农民。”① 一个主要由健康勤劳的农民组成的社会，是温饱的、稳定的、纯朴的、净化的。通过劳动获得温饱并致富，逐渐成为一种崭新的蓬勃向上的时代风尚。

二

群众拥戴就是执政基础

执掌政权需要群众基础。倾注民生，倾情民心，旗帜下有人响应，政策举措有人拥戴，就是执政的群众基础。

① 《改造二流子》，《解放日报》（延安）社论，1943年2月24日。

黄河之滨，黄土高原，这里是中华民族的发祥地。“龙从这里腾飞，始祖轩辕的陵墓屹立在这块土地。先民曾歌舞生息于斯，也呻吟喘息于斯。龙腾飞之后，这里便永远失去了宁静祥和，战云弥漫，历久不散，刀光剑影频闪不息，碧血如潮似海，越陌度阡，染红沤透了高原。炎火焚如，备逞其极，黄土地曾无数次饿殍载道，白骨遍野，十室九空，千里断绝人烟。每一处沟壑墚峁，每一粒黄土沙砾，都记下了五千年的苦痛和战栗，悲怆和挣扎。纵观陕北的演进史，凋敝多于繁荣，战乱多于和平，灾难多于幸福，黑暗多于光明。”① 延安农民，陕北老乡，他们是纯朴厚道的。谁让农民温饱安康，生活有保障，做人有尊严，发展有希望，他们就拥护谁、信任谁、支持谁。

劳动致富体面又光荣

在当地旧有观念中，从事农业生产劳动，素来是没有社会地位的，陕北方言称其为“下苦的”，下地做苦活的。为了更有效地推动边区农业生产发展，必须改变人们对农业生产劳动的鄙弃思想，消除千百年来根深蒂固的旧观念。陕甘宁边区政府对大生产运动中埋头苦干、劳动成绩优秀者，授予“劳动英雄”的荣誉称号，给予很高的政治待遇，形成劳动光荣的新观念。

“怎样去提高各项生产建设工作的劳动效率，用最少的人力和时间完成较大的任务，这是一个很重要的问题。我们所说到劳模运动，就是针对这问题提出来的方法之一，利用这种组织形式和工作方法来推动各种生产建设工作前进一步。”陕甘宁边区大生产运动中的实践证明，这是非常有效的方法。并且，“劳模运动是思想上的革命——纠正‘劳动下贱’为‘劳动光荣’和纠正‘穷是命里注定’为‘劳动致富’”。②

1938 年 12 月，边区政府建设厅曾举办过劳动英雄评选活动，奖励 19 位当选的劳动英雄。1939 年 4 月，边区政府颁布《陕甘宁边区人民生产奖

① 兰一斐：《忧患元元——陕北灾难述略·引言》，陕西延安书社，1998 年 9 月印。

② 《陕甘宁边区劳模运动》（1945 年后），见《抗日战争时期陕甘宁边区财政经济史料摘编》，第 2 编（农业），第 752、753 页，西安：陕西人民出版社，1981 年 6 月版。

励条例》《陕甘宁边区督导民众生产运动奖励条例》和《机关、部队、学校人员生产运动奖励条例》，“刺激了一部分群众的生产情绪，但未进行组织生产运动”。大规模的、群众运动式的争创劳动模范、表彰劳动英雄，是从 1942 年大生产运动中开始的。“1942 年生产发展，劳动英雄不断涌现，工厂中发现了赵占魁，农村中发现了吴满有，军队中发现了李位，机关中发现了黄立德，合作社中发现了刘建章。政府把他们当做了典型，在群众里宣传推广，组织群众生产运动，收到很大效果。”① 而延安县柳林区二乡吴家枣园村农民劳动英雄吴满有，是这场影响深远的边区劳动英雄运动的领跑者。

吴满有（1894～1959），原籍陕西横山县石湾镇麻地沟村，出身贫苦，从小就给人拦羊。1928 年横山大旱年馑，他携家眷逃荒到距离延安城东 60 多里的吴家枣园，租地耕种，打柴佣工，勉强维持生存。迫于生计，他曾以 24 元价格将 11 岁大女儿卖给北峁村一个张姓“独眼龙”，又以 5 升糜子将 3 岁小女儿让人带走。贫困交加中，妻子病饿致死，自己却因短交捐税，被官府衙役抓进牢狱，捆绑吊打。幸亏 1935 年底中央红军来到延安，他被释放出狱，分得土地一架荒山，大约 70 多垧。他送二弟参加红军，自己带领孩子勤奋耕种。到 1938 年，他家收获粮食 20 石，养牛 2 头、驴 1 头、马 1 匹、羊 50 只。1941 年，他家开荒种地 33 垧，收粮 34 石，缴公粮 14.3 石、公草 1000 斤，购买公债 150 元、公盐代金 665 元。② 当时 1 垧土地约 3 亩。这在边区经济最困难时期，是非常令人惊叹的义举行为。

1942 年初，在延安县各区区长检查春耕联席会上，柳林区区长介绍了吴满有的先进事迹，“地种得多，荒开得多，粮打得多，缴公粮踊跃争先，数量既多，质量又好，是一个抗属，模范的农村劳动英雄”。并且，声望高，影响好，“有了他，公事就好办，他一个人的行动，比一百张嘴的解释还有效”。③ 说者有意，听者更有心。旁听会议的《解放日报》记者莫艾，

---

① 刘景范：《更加推广劳动英雄和模范工作者的运动——在边区劳动英雄和模范工作者代表大会上的总结报告》（1945 年 1 月），见《抗日战争时期陕甘宁边区财政经济史料摘编》第 2 编（农业），第 756～757 页，西安：陕西人民出版社，1981 年 6 月版。

② 参见《横山县志》，第 689 页，西安：陕西人民出版社，1993 年 7 月版。

部分数字来源，见《吴满有和吴家枣园》，《解放日报》（延安），1944 年 1 月 1 日。

③ 李锐：《劳动英雄吴满有真的叛变投敌了吗?》，《炎黄春秋》（北京），1995 年第 4 期。

抓住了这个新闻线索，随即专门找到吴家枣园去采访。

4月30日，《解放日报》头版头条显著位置发表长篇通讯，报道吴满有是种庄稼的好手，积极开荒，深耕勤锄，多养牲畜，肥多粮多；也是模范公民，自己多缴公粮公草，帮助难民开荒生产；自己是抗属，却辞谢公家对他的优待，反而为乡里其他抗属实行代耕代种。他是乡邻们公认的劳动英雄。① 同时，配发社论《边区农民向吴满有看齐》，号召全边区农民“抓紧时机，努力开荒，努力生产，向吴满有看齐”。这引起中央领导层的关注。毛泽东专门约请莫艾到自己住处长谈四个多小时，指出只有自力更生，发展生产，保障供给，才能冲破国民党的经济、政治、军事封锁，坚持抗战到最后的胜利，这是宣传吴满有的战略意义之所在。

与此同时，边区政府、边区政府建设厅、延安县政府纷纷授予吴满有奖状和奖品。5月1日，又在延安县柳林区二乡南庄召开群众大会，正式宣布吴满有为边区模范劳动英雄、模范抗属、模范公民，给予奖励。边区政府主席林伯渠、副主席李鼎铭通令边区干部群众，开展向吴满有学习运动。②

1942年5月6日，《解放日报》再次发表社论《吴满有——模范公民》，进一步发掘吴满有典型塑造的意义。从劳动英雄、模范抗属，到模范公民，吴满有的典型形象超出了其他模范先进人物。“简单讲，就是因为他能够把自己的命运跟边区群众的命运紧密地结合在一起，他能够把自己的命运跟昨天的土地革命、跟今天的民族抗战紧密地结合在一起——他是典型的抗战中的模范公民。”

一石激起千层浪。在热火朝天的春耕浪潮中，吴满有在有关方面的支持鼓动下，公布自己全年生产计划目标。安塞县农民、复员军人杨朝臣，率先提出挑战。吴满有积极应战的同时，提出建设“劳动英雄庄”，开展村与村之间的劳动竞赛，将个人劳动、家庭致富扩大为集体致富。由于杨朝臣是退伍复员军人，属于预备役人员，这样，引发了开展军民劳动英雄大

① 《模范农村劳动英雄吴满有，连年开荒收粮特多，影响群众积极春耕》，《解放日报》（延安），1942年4月30日。

② 《边府号召边区农民，向吴满有看齐，政府予以奖励，各机关纷纷送礼》，《解放日报》（延安），1942年5月5日。

竞赛，丰衣足食，争取抗战胜利的倡议。双方的挑战书、应战书经《解放日报》公开发表后，朱德总司令立即电令边区所有部队积极响应，多生产一粒粮食，就是多增加一份抗日的力量。贺龙接到电令后，连夜打电话给南泥湾屯垦部队，迅速接受吴满有、杨朝臣的友谊挑战。西北局和边区政府也分别通知各地党政机关，把学习吴满有，响应生产劳动竞赛号召，迅速推广到每个乡村群众中。

5 月 23 日，朱德参加延安文艺座谈会最后一次会议发言时说，《解放日报》发表关于吴满有的新闻报道，其社会价值不下于 20 万石救国公粮，相当于 1941 年陕甘宁边区征收公粮的总数。①

天公有情遂人意。1942 年陕北全境欣逢丰年，边区生产任务顺利完成。吴满有一家三个劳动力，另外雇用一个长工、一个拦羊娃、半个拦牛娃，种地 77 垧，收获粮食 42 石，饲养牛 5 头、马 2 匹、驴 1 头、羊 200 只。吴家枣园全村 16 户人家，组成一个大变工队，计划开荒 80 余垧，实际开荒 120 垧，种地 263 垧，收获粮食 141.5 石。缴纳公粮公草后，全村每户农民生活都达到温饱水平。

1942 年底，毛泽东在陕甘宁边区高干会议上讲话，大量援引《解放日报》关于吴满有的系列报道内容，充分肯定他由一位贫雇农发展成为一位有觉悟的边区新富裕农民的经验，高度称许他把自己的命运与共产党、八路军、边区政府的命运联系在一起。“一切空话都是无用的，必须给人民以看得见的物质福利。我们还有许多同志的头脑没有变成一个完全的共产主义者的头脑，他们只是做了一个方面的工作，即是只知向人民要这样那样的东西，粮呀，草呀，税呀，这样那样的动员工作呀；而不知道做另外一方面的工作，即是用尽力量帮助人民发展生产，提高文化。为了革命，为了抗战，我们向人民要东西是完全合理的，……但这只是做了一个方面的工作，而且还不是第一个方面的工作。我们的第一个方面的工作并不是向人民要东西，而是给人民东西。我们有什么东西可以给予人民呢？在目前陕甘宁边区的条件说来，就是组织人民、领导人民、帮助人民发展生产，增加他们的物质福利，并在这个基础上，一步一步地提高他们的政治觉悟

---

① 莫艾：《吴满有在大生产运动中》，见艾克恩主编《延安记者》，第 476～477 页，西安：陕西人民教育出版社，1993 年 3 月版。

和文化程度。"①

按照毛泽东的这个讲话精神，1943 年 1 月 11 日，《解放日报》又一次发表社论《开展吴满有运动》，将"吴满有精神"概括为"肯劳动、会经营、会计划、公民模范"。明确指出，"吴满有这种响应政府号召，努力生产、周密计划的精神，是值得大家学习的。他的方向，就是今年边区全体农民的方向"。号召全边区农民都以吴满有为榜样，争做劳动好、打粮多、开荒养畜、植棉织布的劳动英雄模范。

这个社论发表后不久，报社收到读者赵长远的来信，质疑"能不能把富农的方向（吴满有的方向）当做今年边区全体农民的方向"？这涉及对边区大生产运动带来的社会性质和革命方向的认识判断问题。报社呈请中央党务研究室给予解答，主持工作的王若飞同志组织研究，最后以"本报编辑部"名义公开回复。"吴满有是在新民主主义政权下一种新型的富农，他与旧式的富农，在本质上是有区别的。因为吴满有之所以成为今日的吴满有，是从得到革命利益而发展起来的。他曾经是因受半封建社会的压迫，吃树皮，吃糠秕，逃到边区参加革命斗争的难民。他的弟弟过去和现在都是八路军的战士，他自己又是一个模范的抗属。因此，他在经济上虽然是富农，但在政治上却是共产党员，他对革命是坚决拥护的。"这不是普通的富农，而是革命的富农。边区奖励这些革命的富农，同时保护雇农的利益。吴满有的方向就是边区农民的方向，"就是要全边区农民都能努力劳动发展生产，使雇农升为贫农，贫农升为中农，中农升为富农"。② 这是一个振奋人心的认识高度，尽管当时乃至此后相当长时期内，都不可能实现每个农民都发展成富农的目标，但理想的美比现实的美更诱人，更能鼓舞人心。

又是一年春耕早，在大生产运动中初尝甜头的农民们，劳动热情高涨。为顺应形势发展，促进农业生产再上新台阶，2 月 9 日，边区政府发布命令，重申继续执行 1939 年 4 月颁布的鼓励边区人民生产奖励条例，要求各分区专员、各县市长，"调查历年来农业生产中的劳动英雄应予以奖励"③。

---

① 毛泽东：《经济问题与财政问题》（1942 年 12 月），《毛泽东选集》，第 876～877 页，哈尔滨：东北书店，1948 年 5 月版。

② 《关于吴满有的方向——复赵长远同志的信》，《解放日报》（延安），1943 年 3 月 15 日。

③ 《陕甘宁边区政府关于调查历年来农业生产中的劳动英雄予以奖励的命令》（1943 年 2 月），见《陕甘宁边区政府文件选编》第 7 辑，第 78 页，北京：档案出版社，1988 年 12 月版。

这是边区政府给政策，将奖励权下放给各县、各区，扩大奖励范围和社会影响。10月，边区政府又发布筹备召开各级劳动英雄和模范生产工作者大会的通知，要求层层选拔，层层表彰，借以“总结生产经验，扩大生产教育，准备明年进一步发展边区生产”①。通知规定全边区劳动英雄和模范生产工作者代表名额150～200名，具体指标分配至各分区。再由各分区分配至各县，由各县负责落实具体人选。

1943年11月26日至12月16日，陕甘宁边区第一届劳动英雄暨模范生产工作者代表大会，与第三届边区生产展览会，在延安南门外隆重举行。这个在当时被称颂为“在中国历史上第一次出现的劳动英雄及模范生产工作者代表大会”，“在三万人空前欢欣热烈的气氛中同时揭幕。参与大会者，除二百余位劳动英雄及模范生产工作者之外，有各机关、部队、学校、团体和民众，从附近三十里以外的乡村闻讯赶来的农民，亦在千人以上”。大会计划于下午二时开始，但十二点半宝塔山下的会场上，“即林立着红缨枪，全体到会人员，均着崭新冬装，精神饱满，步伐整齐，进入会场。国旗及红色、蓝色、白色的大旗在耀眼的阳光下随风飘荡”。主席台前排放置着吴满有、申长林、黄立德、李位、冯云鹏、张振财、刘玉厚、赵占魁、郭凤英、张芝兰、贺保元等劳动英雄的大幅肖像画。下午1时许，劳动英雄们佩戴大红花，在喧天的锣鼓声中来到边区政府门前广场，观看延安大学宣传队组织的文艺演出。《向劳动英雄看齐》《赶骡马大会》《兄妹开荒》等现实题材的新秧歌剧，有的是为这些劳动英雄们专门创作的，将会前暖场的气氛烘托得非常热烈。演出节目告一段落，劳动英雄代表们跟随在毛泽东、朱德、高岗、贺龙、林伯渠、李鼎铭的巨幅画像队伍后，踏着乐曲和鼓声，正式进入会场，掌声如潮，欢声雷动，大家都沉浸在无限的欢腾里。

会场上，劳动英雄和革命领袖的画像摆放在一起。林伯渠、朱德、贺龙、高岗等领导发言后，国民党前辈续范亭激动地说：“向劳动英雄代表致敬，比向老师行礼、向家长行礼都要快乐，他们才真正是人民的代表。”他

① 《陕甘宁边区劳动英雄和模范生产工作者及其代表的选举办法》（1943年10月），见甘肃省社会科学院历史研究室编《陕甘宁革命根据地史料选辑》第1辑，第374页，兰州：甘肃人民出版社，1981年5月版。

追述自己抗战初期在南京中山陵前忧国自杀的沉痛事件，欣慰地说："自从有了共产党，有了毛主席，中国就有办法了，中国就不会亡了。"他还说自己50岁了，第一次看见劳动成为英雄这样的事情。

会场下，一位来自杜甫川的农民兴高采烈地称颂这些受表彰的劳动英雄们是庄稼汉中的"状元"，是咱种地人的光荣。①

会议期间，在185名劳动英雄和模范生产工作者代表中，评选出25位特等劳动英雄，每人荣获奖金3万元，并得到毛泽东等领导的亲笔题字。②中共中央在杨家岭中央大礼堂举行招待会，招待劳动英雄们。中央主要领导全部到会，向劳动英雄们表示祝贺。

劳动成英雄，生产受表彰，极大地提高了边区农民的生产积极性。1944年春季到来时，自庆阳至曲子之间百余里大道上，粪和土都被扫集成堆，准备给地里庄稼施肥。"拾粪在庆阳市、曲子市机关人和群众无形中起了拾粪竞赛热潮，争的抢占公共厕所，天不明就起来。分区拾粪还有女同志参加，她们不嫌臭，而且在大街上抬上粪走，起初还羞羞搭搭，以后就不以为意。拾粪的人多了，粪就拾不下了。还有公营商店的同志，也拾起粪来。曲子市拾粪的比拉粪的还多，起的太早拾的拾不下时，把石块拾在筐里还不知道，有的挖老百姓厕所，有时把百姓的妇女惊骇的不敢到厕所去。"③ 这是陇东分区政府科长联席会上的正式工作总结材料，时风时俗，可见一斑。

帮助农民财旺人也旺

农民们生产发展了，生活温饱问题解决后，提出了如何解决"财旺人不旺"的问题。边区政府积极改善农村医疗卫生条件，利用农闲时间，推广农民识字扫盲，提高边区社会民生水平。

抗战时期，延安相继成立或改建了边区医院、中央医院、白求恩国际

---

① 《中国劳动人民空前荣典，两大盛会昨隆重开幕》，《解放日报》（延安），1943年11月27日。

② 《两大盛会隆重举行闭幕典礼，劳动英雄光荣受奖》，《解放日报》（延安），1943年12月19日。

③ 《陇东群众生产动员工作初步检讨》（1944年3月），见《抗日战争时期陕甘宁边区财政经济史料摘编》第2编（农业），第775页，西安：陕西人民出版社，1981年6月版。

和平医院、八路军留守兵团野战医院，各机关单位设有卫生所（室），医疗条件和水平逐年改善，妇幼保健工作不断受到重视。但是，所有这些都是主要面向革命队伍里的“公家人”，在“公家人”里也存在轻重之分。陕甘宁边区农民群众大多数都处于缺医少药、靠传统中医和巫术治病状态，特别是妇婴卫生很差。有的孕妇被安排到厕所里生孩子；有的产妇生产后，要在炕土或草木灰上坐三天三夜；有的接生婆用碎瓦片为产妇割断婴儿脐带；有的孕妇难产时，接生婆竟然用秤砣子坠在胎盘上，甚至请来巫婆变法，让产妇推磨……导致产妇和婴儿死亡率居高不下。

根据延安市13个村庄的调查统计，1943～1944年间，人口自然出生率为82‰，死亡率为59‰，而同时期国内其他地区人口自然死亡率为30‰，日本为17.7‰，英国为12‰。在延安市这些死亡人口中，传染病占47%，而各级各类机关学校里的“公家人”死亡率比乡村农民低30个百分点，说明农民死亡的主要原因是由于不讲卫生所致。在死亡人口中，婴幼儿死亡又占了大多数，部分地区婴儿死亡率达到60%。① 白家坪的一位老太婆在看了延安市卫生展览后说：“我活了50多岁，生了13个娃，只活了2个，要是现在的话，我那13个娃都可以长大了。”②

延安市北郊乡34个婆姨，平均每人生7个孩子，死亡5个孩子。全乡儿童死亡率为出生的60%以上，人口为负增长。③

1944年，延安市出生人口183人，自然死亡人口224人。边区文教会上分析其主要原因是，“外来难民，衣食住均薄又太无卫生常识，死亡以他们为多”。

志丹县三区四乡1943年出生率58‰，死亡率81‰；1944年上半年出生率为30‰，死亡率为140‰。④

另据统计，1939～1947年的八年间，延安中央医院共接受各级各类机

---

① 张铁夫：《医务界的创作——记延市卫生展览会》，《解放日报》（延安），1944年7月23日。张潮：《结束愚昧迷信的生活——在卫生展览会上》，《解放日报》（延安），1944年8月11日。李鼎铭：《文教工作的方向》，《解放日报》（延安），1944年12月10日。

② 《卫展移延大继续展览，群众要求卫展下乡》，《解放日报》（延安），1944年8月5日。

③ 徐特立：《卫生展览会的重要意义》，《解放日报》（延安），1944年8月13日。婆姨，是陕北话对女人的泛称，特指妻子或已婚妇女。

④ 谢觉哉：《谢觉哉日记》（1944年10月11日）上卷，第695页，北京：人民出版社，1984年4月版。

关、学校、部队孕妇住院生产3000余例，产妇无一死亡。“初生婴儿，除了畸形和不足月的以外，极少有死亡者。”① 同一个时期，两种完全不同的情况，源自生活环境、医疗条件和卫生意识的差别。

早在1941年1月，边区政府就颁布《关于保育儿童的决定》，“各级政府的卫生工作，应以进行产妇的卫生教育，保育产母及婴儿健康为中心工作之一。为鼓励人民保育婴儿健康起见，凡人民生育婴儿，应向乡政府登记，满一周岁时，经检查认为健康强壮者，每儿发给奖励金二元”②。并设立保育行政组织，举办保育人员训练班。关于产妇待遇、婴儿保育、托儿所、保姆等规定，显然是针对边区所属机关学校单位，即“公家人”有用，而对边区广大农民是没有用的。1942年4月，边区政府民政厅发布《儿童妇女待遇办法》，规定凡在延安工作的女同志，无论职位高低，在怀孕分娩时均可获得免费检查和接生；并且，可以领取50元生育补贴，休养2个月；儿童自出生至5个月，每月发奶费25元，6个月至1岁小孩每日发小米6两；等等。③ 同样是不关乎农村妇女的。

1942年底，毛泽东在接见西北局高干会表彰的劳动模范时，询问他们生活中还有什么困难，来自农村的劳动英雄代表说：现在我们有吃有穿，日子过得很好，就是婆姨生娃娃活不了，财旺人不旺，请毛主席想想办法。④

毛泽东回答，要做好群众卫生工作，做到人财两旺。并指示中央卫生处协同边区政府，组织巡回医疗队下乡，开展群众性卫生救治防疫工作。同时，号召延安各大医院、各级各类机关单位卫生所，敞开大门，负责所在地农村群众的卫生工作，划定区域，分片包干。“群众的卫生工作是每个医院、医务所的重要业务之一。医务干部做群众工作，是每一医务战线的共产党员革命者应有的品质。”这是将群众卫生工作上升到党性原则的高度来对待的。“今后无条件的为老百姓看病，及办理乡村卫生，是每一个卫生

---

① 黎平：《中央医院妇产科忆事——回族好大夫金茂岳》，见《白衣战士的光辉篇章——回忆延安中央医院（1939.4～1950.8）》，第71页，西安：陕西人民出版社，1995年9月版。

② 《陕甘宁边区政府关于保育儿童的决定》（1941年1月），见《陕甘宁边区政府文件选编》第3辑，第34页，北京：档案出版社，1987年12月版。

③ 《民厅规定，儿童妇女待遇办法》（1942年4月），《解放日报》（延安），1942年4月25日。

④ 参见《延安市妇女运动志》，第135页，西安：陕西人民出版社，2001年3月版。

单位的任务。"①

中央医院坐落在延安城西北大约四公里的李家坬村，在拥军、拥政、爱民运动中，1943 年除收治各级党政机关病人外，还收治了老百姓 140 人。在所有病人中，中共中央和中央军委直属机关病人占 50%，边区政府系统病人占 36%，八路军留守兵团病人占 7%，老百姓占 6%。1944 年，接受群众住院人数占入院总数的 15% 以上。"因为群众住院也是全部免费的，所以据 1944 年 1～5 月统计，中央医院在五个月中，为此而开支的医药费就达 246 万元边币。"② 时任中央医院院长的傅连暲为此撰文指出，"这说明了本院不只是照顾中直军直的病人，而对政、军、民各界也义不容辞的担负起他们部分的治疗工作。"他还特别强调，"老百姓来住院的，是一年多似一年，今年就更多些。侯家沟川里有一个老百姓，过去生了三个娃都死了，今年第四胎入院生产活了。于是那个村中，今年在本院生产的就有五个产妇，都笑嘻嘻的带了一个胖娃娃回去"。③

1946 年 11 月，中央医院疏散到子长县途中，坚持为边区群众诊疗治病，开展卫生防疫工作。具体措施有三：一是利用集市宣传访问，演出新编秧歌剧《护士拜年》《赵老太太转变》等，倡导科学，反对迷信；二是与乡村干部结合，成立卫生委员会，领导各村卫生工作；三是开展冬季大扫除，搞好环境卫生，受到当地农民群众的热情拥护和欢迎。

白求恩国际和平医院，位于延安城东约七公里的柳树店，属于中央军委系统的军队医疗机构，主要为中央军委所属单位和驻延安地区各部队，以及从前线转送到延安的伤病员服务。搬迁到刘万家沟后，积极响应中央号召，在继续服务军队的同时，增加对边区群众服务。1944 年 1～6 月，为周边群众门诊、出诊病人 1096 人。"当时门诊和住院都不收费，药费、检

---

① 傅连暲：《群众卫生工作的一些初步材料》，《解放日报》（延安），1944 年 4 月 30 日。

② 刘潍：《卫生秧歌轰动了瓦窑堡——在子长农村开展卫生工作》，见《白衣战士的光辉篇章——回忆延安中央医院（1939.4～1950.8）》，第 215 页，西安：陕西人民出版社，1995 年 9 月版。

1944 年 4 月，鉴于就诊病人太多，边区政府有关部门规定，"各地医院及各地机关部队学校的卫生所均应替附近群众看病，除特殊情形外，并可酌情收取医药费。"见《开展反对巫神的斗争》，《解放日报》（延安）社论，1944 年 4 月 29 日。

③ 傅连暲：《中共中央医院的四周年》，《解放日报》（延安），1943 年 11 月 14 日。该院正式名称为"中央医院"，此处"中共中央医院"疑有误。

验费、手术费都是免费。住院交不起饭费时，也是免费。”① 被救治好了的病人及其家属，春节期间纷纷来到医院，为医生护士们拜年，军民极为亲热。

有一年除夕之夜，大雪纷飞。担任和平医院医务主任的黄树则和家人都在马海德医生家团聚。晚饭后，大家正谈得热闹，忽然有人敲门，是附近农村一个老乡，说家里有个重病人，要医生去看。黄树则马上赶到医院办公室，拿上出诊器具药物背包，就随老乡前去看病。到老乡家，看过躺在炕上的老大妈，诊断后，黄医生正要给病人打针时，从他身后伸过一只手，帮助按住病人的胳膊。这是一只熟悉的手，黄树则回头一看，果然是他——原来马海德也冒着大雪跟在他们后面一起赶到了。他们相视微笑，彼此感动。病人休息后，他们没有马上就走，而是盘腿坐在老乡的炕上，和老乡们一起拉起了家常，一直等到老大妈好转才离开。② 推开窑洞的门，天色已是微明。

清凉山中央印刷厂卫生所医生阮雪华、白浪，经常主动登门到附近群众家里走访看病，如果有群众来请，不管白天黑夜，刮风下雨，没有不到的。她们医术高明，为人热情，还为群众献血，义务为群众看病，“已成为东关一带群众中最受欢迎的女医生了”，“她们处处关心群众，爱护群众；群众也把她们看成自家人”。③ 1944 年 1 月，请她们看病的群众有 72 人，2 月有 245 人，3 月增加到 360 人。

妇女干部下乡工作时，也都积极向农村妇女宣传介绍妇婴卫生常识。

1944 年 2 月，中央卫生行政会决定，所有机关医院“今后无条件的为老百姓看病及办理乡村卫生，是每一个卫生单位的任务”④。4 月，中央卫生处和西北局进一步落实让边区群众“人财两旺”的指示精神，决定开展更广泛的卫生防疫运动，并逐渐确定“预防第一，减少疾病，掌握技术，

---

① 《艰辛的历程，难忘的七年》，见《延安白求恩国际和平医院》，第 209 页，北京：解放军出版社，1986 年 12 月版。

② 黄树则：《人生七十不老——写给马海德同志》，见《春晖寸草集》第 197 ~ 198 页，郑州：河南科学技术出版社，1982 年 12 月版。

③ 《阮雪华、白浪二女医生，热心为群众看病》，《解放日报》（延安），1944 年 4 月 6 日。

④ 傅连暲：《群众卫生工作的一些初步材料》，《解放日报》（延安），1944 年 4 月 30 日。

减少死亡，以增强生产中的劳动力”的卫生防疫工作方针。[1] 各分区筹办助产训练班，尽快做到每个区都有一位接生医生。7 月，经过两个月精心筹备的延安卫生展览会在杨家岭中央大礼堂揭幕，观众踊跃，通往展览会的大道小路，行人络绎不绝，空前热闹。

延安县委书记王丕年和县长徐天培，亲自带领 20 多位中医和 30 多位已经坦白的巫神巫婆们，以及下属各区、乡宣传员，冒着暑热赶来集体参观。上午观展，午饭后，就在杨家岭大餐厅举行座谈会，让大家谈感想，说认识，表态度，今后相信医学，讲究卫生，不搞巫术。[2]

延安市北郊乡乡长高文亮，在安排各村选举卫生小组长时现身说法，“毛主席领导咱们丰衣足食，生活过美了，现在他又要我们讲卫生，做到‘人财两旺’。咱们想一想，咱们在旧社会，穿破裤子，虱子一串串，饭吃了上顿没下顿；那时候，就也没法讲清洁。现在情形变了，咱们生活都过美了，可是病痛多得过余。譬如黑龙沟村有 11 个婆姨，养了 67 个娃娃，死掉的就有 45 个，存活的 22 个中，还有 2 个在病着，这就叫‘财旺人不旺’”。他从自己家里搞好卫生开始，以身作则。儿子上山务庄稼，儿媳妇每天打扫窑洞内卫生，外院子归他和婆姨两人打扫，婆媳还负责洗被子、洗衣服。自家门内门外都干净了，他便动员邻舍文生荣、江树两家搞好卫生，人家不买账，他就带领本村的变工队帮助他们打扫，坚持数日，江树不好意思了，赶紧自己动手，带动文生荣也坐不住了。家家户户卫生搞好了，高文亮又发起北郊乡与北关乡开展卫生竞赛、文化竞赛活动，提出 10 条具体卫生指标：

1. 全村居民受卫生小组长领导，进行卫生工作；
2. 每家挖一个厕所，一家或两家挖一个垃圾坑；
3. 不喝冷水和吃腐烂了的瓜果；
4. 每月大扫除三次，窑内外经常保持清洁；
5. 每月洗衣服两次；
6. 每年拆洗被子两次；

---

① 钟兆云、王盛泽：《毛泽东信任的医生傅连暲》，第 156 ~ 157 页，北京：中国青年出版社，2006 年 8 月版。

② 参见《延县中医参观卫展，已坦白的巫神表示相信医药》，《解放日报》（延安），1944 年 7 月 19 日。

7. 每天洗脸洗手；

8. 每家做一个蝇拍子打苍蝇；

9. 牲口都圈起来；

10. 有病请医生，不请巫神。①

这是一个卫生防疫工作先进乡村的典型经验，需要主要行政领导高度重视，率先垂范，组织机构建立，用群众运动的方式去推动，就能发挥极大的社会效能。

但当时边区大部分乡村卫生防疫工作还处于初始阶段，为此，又引起边区参议会的关注。1944 年 11 月，边区文教大会通过《关于开展群众卫生医药工作的决议》，规定“今后各分区各县、区、乡村的卫生医药工作，是否深入，是否有效，将成为边区政府对各地考查工作成绩的重要标准之一，各旅、团卫生部门对地方卫生医药工作帮助的大小，亦将成为联司（即陕甘宁边区联防军司令部，引者注）考查工作成绩的标准之一”②。12 月召开的陕甘宁边区第二届参议会第二次会议批准了这个决议。同时，边区参议会收到刘奋生等 25 位参议员提交的关于“加强医药卫生工作提案”，并以 152 票多数通过审查意见，交由民政部门参照执行。

在缺医少药的陕北地区，革命队伍里的医疗机构及其服务能力是有限的。为了实现惠及边区全体人民群众的医疗卫生保障体系，延安探索以西医为主体，团结广大中医人才，充分利用当地中草药资源，走“中西医合作”的道路，坚持“预防为主，防治结合”的方针，受到陕甘宁边区广大农村群众的热烈欢迎。

让农民识字读报有文化

有了温饱和健康，有了财旺和人旺，陕甘宁边区政府开始高度重视农民文化生活，积极组织冬学识字活动，努力提高农民精神文化素质。

---

① 《边区经济繁［荣］后的新气象——延市涌现大批卫生模范，家家要做到人财两旺》，《解放日报》（延安），1944 年 7 月 1 日。

② 《关于开展群众卫生医药工作的决议》（1944 年 11 月），《解放日报》（延安），1945 年 1 月 8 日。

抗战初期，为了把陕甘宁边区创办为“模范的抗日民主根据地”，中共中央有关方面高度重视群众文化教育工作。1937 年 4 月，中央苏维埃政府西北办事处文化教育建设委员会就拟订了《关于群众的文化教育建设草案》，指出，“目前党的中心任务是争取全国一致的抗日战争和全国一致的民主政治。首先在自己直接领导的陕甘宁特区建立抗日的模范，它的主要工作之一是把广大的群众从文盲中解放出来，普遍的进行普及教育。使每个特区人民都有受教育的机会，扫除一切教育上的垄断和畸形发展，普及教育是目前的中心口号之一”。这里所说的教育，不仅是学校教育，还有社会教育，包括学龄儿童和普通群众。“小学教育免收学费书籍费，中等以上的学校免收学膳等费，使学生不致因生活问题妨碍学习，同时使已在社会服务的人员得以暂时抛弃谋生职业，学习更高的学问。”“夜学校的灯油费和教员的津贴或由政府开支或由地方筹措，看地方情形决定。”① 同时，注意到应该选择适合客观自然条件的方式方法。

1938 年 4 月，边区教育厅为落实国防教育会议精神，提出“在最近三个月内消灭 1 万个文盲，增加 8000 个小学生”的口号②，计划分配到各县，划片包干。8 月 5 日，边区政府颁布《陕甘宁边区各县社会教育组织暂行条例》，明确各基层组织要通过举办识字组、识字班、夜校、半日校、冬学、民众教育馆等六种形式，切实搞好农村社会教育。1938 年参加各类社会教育的人数占边区总人口的 6%，比入学儿童人数多三倍。其中延安县成绩最优秀，全县组织群众 7450 人参加各类教育活动，占全县人口总数的 25%。③ 1939 年 12 月，在边区第二次党的代表大会上，通过《关于发展边区教育　提高边区文化的决议》，进一步明确要将尚未入学的学龄儿童全部入学，“广大的进行扫除成年文盲的运动，以冬学、夜校、识字组等原有组织为基础，有计划有步骤的来扫除现在边区成年人民中近 90% 的文盲”④。为了实现这一目标，可

---

① 《关于群众的文化教育建设草案》（1937 年 4 月），《新中华报》（延安），1937 年 4 月 29 日。

② 《边区教［育］厅召开各县第三科长联席会议，对今后边区教育工作有具体决定》，《新中华报》（延安），1938 年 5 月 15 日。

③ 参见刘宪曾、刘端棻主编《陕甘宁边区教育史》，第 335 页，西安：陕西人民出版社，1994 年 5 月版。

④ 《中国共产党陕甘宁边区第二次代表大会关于发展边区教育提高边区文化的决议》（1939 年 12 月），见《陕甘宁边区抗日民主根据地·文献卷》下册，第 377 页，北京：中共党史资料出版社，1990 年 10 月版。

以采用群众喜闻乐见的戏剧、民歌等形式，促进社会教育工作开展。边区教育厅派出社教指导团，分赴各区县检查督促工作。于是，“突击识字运动月”“识字提灯大会”“识字竞赛”“识字小先生”等活动纷纷被创造出来。有的乡村干部为了完成上级下达的识字任务，强制要求群众参加冬学，统一食宿，个人承担一部分费用。农民们感觉经济负担过重，又不愿意离开家庭，就采取上有政策，下有对策，轮流应卯地去应付政府安排的识字差事；有的农民干脆把娃娃送到友区，以逃避读书；还有的农民把送娃娃读书误解为准备当兵，花钱雇用别人的娃娃去顶替。

这里存在着一定的做过头现象，但边区群众是受益的，尤其是学龄儿童可以享受到比较普遍的免费义务教育，从根本上改变了此前穷苦人家的孩子无法入学的状况。

历年来边区在校小学生人数和农民参加识字扫盲人数如下：

1937 年秋在校小学生 1.0396 万人，参加识字扫盲人数 1.0337 万人；

1938 年秋在校小学生 1.5348 万人，参加识字扫盲人数 6.4791 万人；

1939 年秋在校小学生 2.3089 万人，参加识字扫盲人数 5.3266 万人；

1940 年秋在校小学生 4.3625 万人，参加识字扫盲人数 5.9953 万人；

1941 年春在校小学生 4.0366 万人，参加识字扫盲人数 4.7073 万人；

1942 年春在校小学生 4.0845 万人，参加识字扫盲人数（缺）；

1943 年秋在校小学生（缺），参加识字扫盲人数（缺）；

1944 年秋在校小学生 1.8161 万人，参加识字扫盲人数（缺）；

1945 年秋在校小学生 3.4004 万人，参加识字扫盲人数 3.0113 万人。①

这里除了边区人口总数一度减少因素外，无论是学校教育还是社会教育，都呈现出先上升再下降又上升的走势。考虑到边区教育的起点是极低

---

① 1937～1940 年义务教育数据来源，《陕甘宁边区的教育工作——过去成绩和今后方针》（1941 年 10 月），见《陕甘宁边区教育资料（教育方针政策部分）》上册，第 213 页，北京：教育科学出版社，1981 年 1 月版。

1937～1941 年社会教育数据来源，《陕甘宁边区五年来教育工作概述》（1942 年 11 月），见《陕甘宁边区教育资料（教育方针政策部分）》下册，第 342 页，北京：教育科学出版社，1981 年 1 月版。

1942 年数据来源，《陕甘宁边区五年来教育工作概述》（1942 年 11 月），见《陕甘宁边区教育资料（教育方针政策部分）》下册，第 340 页，北京：教育科学出版社，1981 年 1 月版。

其他数据来源，李之钦《抗日战争时期陕甘宁边区的教育》，见《陕甘宁边区抗日民主根据地·回忆录卷》，第 328、329、335 页，北京：中共党史资料出版社，1990 年 10 月版。

的，全边区适龄儿童约10万人，1937年春在校小学生只有5600人，尔后迅速发展，陕北农民的文化教育权利得到了很大的尊重和满足。

随着整风运动的开始，原先分管宣传文化教育工作的中央总书记张闻天，离开自己的岗位，带队到陕北农村进行社会调查，使得边区教育工作一度受到削弱，很多做法被当作教条主义受到批判。此前诸多做法被视为“义务教育的空想害人不浅”。《解放日报》在报道边区文教大会时称，“代表们都认为这是教育上的主观主义、命令主义、官僚主义、形式主义的顶点”①。但是，边区劳动群众对于政府办教育总是欢迎的，大生产运动中解决了基本温饱问题后，群众产生了对文化的新需求。“救命第一，我们大会特地把群众卫生运动放在群众文教工作的第一位，教育、报纸和文艺，都要充分反映和指导这一运动。”“这一切工作，现在都还在开始，但已预示了灿烂的前途。群众创造力的闸门，被打开了。我们已经发现了不少模范医生、模范医药组织，各卫生模范村、各模范小学与识字组，各模范黑板报、读报组、工农通讯员、模范秧歌队……”② 这是时任边区政府秘书长的罗迈（李维汉）在陕甘宁边区文教大会总结报告中所做的陈述。

经过校正后的边区社会教育，更加注重教育与农村相结合，“农民参加学习，要求能够读报，看路条、信件、便条、钞票等，能记账，写信，开路条和便条，打算盘。解放区的民众学校和小学，就教给他们这些东西。农民很高兴”。更加注意教育与生产相结合，根据农村生产四季忙闲不一的特点，利用生产空闲时间开展教育活动，不误农时。农村学校教育也因时、因地、因人制宜，根据不同季节、不同对象，灵活调整教学实践和方式。“到麦收特别忙的时节，家里需要儿童帮忙收麦，学校不是放农忙假，就是减少教学时间，整日班改为半日班，半日班改为早、午班。放假制度也改变了，一般不放暑假，改放麦假和秋假，以适应农事生产的需要。”③ 由于实行了这些改革，农民群众不但愿意送孩子入学，他们自己也高兴地参加

---

① 《今年是发展改造的一年——边区文教大会检查边区教育历史》，《解放日报》（延安），1944年11月5日。

② 罗迈：《开展大规模的群众文教运动》（1944年11月），《解放日报》（延安），1944年11月20日。

③ 董纯才：《解放区教育建设的道路》，见《老解放区教育工作经验片段》，第18、19页，上海：上海教育出版社，1979年3月版。

识字扫盲活动。

1944 年 3 月，毛泽东在中央宣传工作会议上信心百倍地预计，“边区 35 万户，145 万人，十年之内消灭全部文盲。一天识一个字，一年 365 天识 365 个字，十年识 3650 个字。十年又可以分作两个五年计划，一个五年计划识 2000 字左右，如果能够识 2000 字，就接近消灭文盲了。在这个基础上，我们提出 145 万人在五年之内都可以看《边区群众报》。即使再推延五年，十年之内人人都可以看《边区群众报》，也可以”①。

在边区财政经济比较困难的情况下，无论是学校教育，还是社会教育，其费用主要都是由政府承担或动员社会力量承担，广大农民群众受教育的权利能够得到普遍的保障。1937 ~ 1938 年，边区教育经费主要由边区政府划拨；1939 年开始，各县建立教育基金，争取经费自给，其不足部分由边区政府酌情补发；1944 年 10 月，边区文教会议确定“民办公助”政策，政府引导，鼓励劳动模范、变工队长等有威望人士出面组织社会教育，动员群众力量解决办学经费。无论是通过什么方式筹措教育经费，对于边区农民群众而言，孩子上学基本上是免费的。

可惜的是，历史给予陕北乡村农民们享受共产党的安民、富民、健民政策时间是有限的。其他一些美好的政策设想，如乡村敬老院、粮食信用社、合作义仓等农民最低生活保障制度，均未能充分展开实施。

1947 年 4 月，胡宗南占领延安后，为了炫耀武功文治，特地组织中外记者团赴延安采访。面对意识形态完全敌对的记者采访，留在延安的老百姓坦陈：对于八路军的军纪都相当赞扬，因为他们自给自足，不打骂老百姓，不拿老百姓的东西；但非常反对政治“斗争”和“清算”，因为这种办法只有流氓地痞才能得到好处；对空洞的“开会”也很反感，从大老远的地方跑来，听干部说一大套他们听不大懂的话，既费时间，又没有意思。延安老百姓对共产党记忆特别深刻的是，“看病和娃娃们读书都不要钱”②。温饱之后，“看病”不要钱，是生命健康的保障；“娃娃读书”不要钱，关系着子孙后代的前途命运。

---

① 毛泽东：《关于陕甘宁边区的文化教育问题》（1944 年 3 月），《毛泽东文集》第 2 卷，第 114 页，北京：人民出版社，1996 年 8 月版。

② 徐宗懋：《1947 年春：中外记者团延安之行》，见刘瑞琳主编《温故》第 14 辑，第 100、101 页，桂林：广西师范大学出版社，2009 年 1 月版。

陕北农民们的生活观念是很实际的，也是很朴实的。他们受益不忘，知恩图报。

把陕北乡村建成人间福地

从劳动生产率的提高，到劳动生产关系的改进和生活方式的改善，共产党在陕甘宁边区局部执政环境下，极大地推动了陕北农村社会的文明进程。

劳动互助，发展农村合作组织，改变农民个体劳动习惯，改进农业生产关系，是一场更大的农村社会变革的前奏。

1942 年春耕时节，延安县为了完成开荒 8 万亩任务，利用陕北农村传统的“扎工”（亦作“札工”）、“变工”方式，组织 487 个扎工，吸收 4937 个强壮劳动力参加集体劳动，占全县劳动力的 1/3，在开荒期间的三分之一时间里，就突击完成了 58% 的开荒任务，[①] 显示出农民集体劳动比个体劳动的明显高效率。

时任延安县委书记的王丕年回忆，“延安全县当时只有 5 万多人口，劳动力仅 1 万多一点，靠一家一户种几垧薄地，粮食生产不可能有大的作为。经过广泛的调查研究，曾在群众中流行过的扎工队、变工队等劳动组织形式，可以把分散的劳动力组织起来，从而提高劳动效率，增加粮食产量”。其中，该县川口区六乡王家沟村，春耕期间组织起一个 14 人参加的变工队，只用了几天时间，各家的地就全种上了。其他村民看到变工队的各家地种得这样快，就纷纷效仿，陆续组织起 4 个变工队。很短的时间里，全区各乡普遍组织起规模不等的扎工队、变工队，顺利完成全区春耕任务。“实践证明，扎工队、变工队这种劳动组织形式节省劳动力，大大提高了生产效率，同时还培养了农民的集体主义精神。”[②]

扎工，又称“唐将”“唐将班子”，原先是由土地不足的农民组成“扎

---

① 中共中央西北局研究室：《陕甘宁边区的劳动互助》（1944 年），见《抗日战争时期陕甘宁边区财政经济史料摘编》第 2 编（农业），第 423 页，西安：陕西人民出版社，1981 年 6 月版。

② 王丕年：《延水东流——王丕年同志革命回忆录》，第 19 页，哈尔滨：黑龙江省直机关离休干部写作协会《晚霞》编辑部，1997 年 12 月印。

工队”，靠农忙时节集体出卖劳动力获得一定的报酬，彼此之间也相互变换工时互助合作。变工，就是换工，是农民相互之间调剂劳动力的方法，有人工换人工、牛工换牛工、人工换牛工等形式。参加变工队的农民，各以自己的劳动力或畜力，集体轮流地为本队各户耕种，结算时，一工抵一工，多出了人力或畜力的，由少出的补给工钱。出于自然状态的农村变工、扎工，一般只限于本族、亲戚、朋友之间，规模很小，人员不固定，多为临时性互助合作。苏维埃政权时期，中央苏区曾组织过“优红代耕队”“耕牛合作社”“劳动互助社”等农村互助合作组织，寻找探索革命导师列宁所论述的农村集体化组织实现途径。边区政府将陕北农村传统社会资源，从自在自为状态转化为积极推动的有组织状态，更有效地把农民们组织了起来。

延安县的经验，得到西北局高干会议的充分肯定。“我们必须学习延安县的模范［经验］，对于组织劳动力这一重要问题，放弃消极的自流现象，采取积极的领导提倡。不仅仅鼓励组织‘扎工’，而且要更多更普遍的组织‘变工’；由旧的比较狭小范围内的组织，转到有组织的新的‘变工队’。”①不仅强劳动力如此，而且弱劳动力、妇女、儿童中都要推广这种劳动互助组织。

截至1942年底，边区全劳动力约35万个，经常组织在集体劳动中的变工队、扎工队的已有3万余人，占全部劳动力总数的10%。而部分区县的临时性劳动互助，如延安县已经达到70%。②

1943年，全边区参加劳动互助的全劳力有8.1128万人，占劳动力总数的27.7%。③

1944年，全边区有全劳力和半劳力共计47.2964万人，参加变工、扎工的达21.9928万人，占劳动力总数的46%，有些地区夏耘时节达到80%。④

---

① 《把劳动力组织起来》，《解放日报》（延安）社论，1943年1月25日。

② 毛泽东：《论合作社》，见《抗日战争时期陕甘宁边区财政经济史料摘编》第2编（农业），第418页，西安：陕西人民出版社，1981年6月版。

③ 《边区农业统计表（1940～1943）》（1944年），见《抗日战争时期陕甘宁边区财政经济史料摘编》第2编（农业），第435页，西安：陕西人民出版社，1981年6月版。

④ 西北局调查研究室：《边区经济情况简述》（1948年2月），见《抗日战争时期陕甘宁边区财政经济史料摘编》第2编（农业），第420页，西安：陕西人民出版社，1981年6月版。该统计数据比较宽泛，包括一些领导不好、有名无实的变工队、扎工队。

1945年，“据不完全统计，边区今年参加变工组织的劳动力，一个地区多至占全劳动力的45%，少至占全劳动力的28%，在锄草时候，有些县份，竟占了全劳动力的80%。这一劳动力的组织，把边区散漫的个体农村经济在生产力上大大提高了一步，因而大大提高了农业生产效力［率］。在一定意义上可以说，这是农业生产上的一个革命”①。

由变工队到互助组，陕北农村逐渐被重新组织起来。

延安县川口区六乡好义沟村，有64户农家，224口人，其中42户是居住不过三年的移民难民。该村全劳力76人，耕牛18犋，种地约500垧。1942年收获粮食280石，缴纳公粮87.7石。“按户口、劳动力、经济发展及负担上看，六乡是比较富裕的村庄。”1943年春耕时节，村党支部召集党员和群众代表开会，讨论各户生产计划和全村任务。“当时干部及群众中有的说计划不顶事，原因是怕麻烦，没人写；有了根据怕给加负担，所以初次计划全村连开荒共种地500垧。”上报到区里，区委书记范怀银认为这个计划订得太保守，对其进行修改，并帮助村民细细计算，合情合理地制订出新计划。其各项任务细分如下：

（一）种地、开荒、产粮

1.18犋牛，每犋牛跟两个劳动力，种地35垧，共种634垧；

2. 其余40个无牛的劳动力，每人种地6垧，共种240垧；

3. 再开崖畔沟洼荒地20垧；

共种地890垧。在荒地增产及改良农作上，每垧增产2升，平均每垧以4斗细粮计，则共可收细粮356石，增产76石，将可抵去年公粮之数。平均每人可分细粮1.6石。

（二）组织变工队3队，由党员高金富、高和尚和群众吴春光领导，吸收20名移难民领头人参加，使他们的耕地平均从三、四垧，增加到五、六垧。

（三）改良农作法：普遍的挖水沟、锄畔、溜崖、上粪。夏耘时在春耕变工的基础上扎4个工，每工要有10~13人，由庄稼多者当工主，办到谷子杂田锄3~4次，糜子锄2次。

---

① 《介绍陕甘宁边区组织集体劳动的经验》，《解放日报》（延安），1943年12月21日。

（四）畜牧：牛原有37条，增3条，骡增2头，马2匹，羊羔120只。

（五）转变二流子吴满贵。

（六）妇纺：有会纺妇女11人，每人教会3人，其中有1人会织，教会4人。①

从种地500垧，增加到890垧，几乎增长一倍。另有增产、增收、纺织、畜牧等方面的任务。如何才能顺利完成这些任务呢？其主要方法是党员带头，变工互助，调动每个人的劳动生产积极性。

1. 党员做模范：由高金富、高守汝总领导，小组会10天左右一次，小组长5天对组员检查生产一次，能力强的党员帮助4~5户，弱的帮助1~2户群众生产。

2. 村民会每月一次，由村长召集，讨论锄地、撒籽等生产经验，批评坏的，奖励好的，在天阴、下雨或晚间开，不误生产。

3. 村中移难民吃的没问题；3家锄头，由本村解决。②

在小组会上，还对每个党员的帮扶对象做具体划分，提出对二流子吴满贵的严厉批评，并立下规矩强制他揽工，参加生产劳动。

通过如此组织，好义沟村实际完成开荒150亩，其中变工队开荒120亩，超过原订任务。当年共种地920垧，比计划超出30垧，比最初计划超出420垧。由此可见，通过变工队、互助组，不但极大地提高了农村劳动生产率，而且改变了农村生产关系，也改变着农民们几千年来的劳动生产方式和生活方式。

与传统的农村“唐将班子”相比，现在的“变工队”具有新特征。其一，他们取消了过去的剥削关系，完全成为换工性质，参加者之间彼此是平等的。其二，包头（核心人物，相当于老板）、领头（受包头指派管理日常事务，相当于领班）、书头（受包头指派，专司记账工作，相当于会计）等领导人选都由民主选举产生，“参加人在工作上及生活上有任何意见，向包头提出，大家得空进行讨论。包头等三人，形成委员会性质的领导，三人商量决定的事大家要绝对服从”。其三，“照顾全班子各户的利益，在山

①② 王丕年：《好义沟村的春耕》，《解放日报》（延安），1943年6月8日。

头开荒或是在村子附近的川里开荒，由各户自己确定”。其四，“用班子的集体和互助的力量，保证全班子各户所订的生产计划全部完成。因此，班子的任务不仅是开荒，而且必需扩大至农民劳动互助的各方面，必需这十二个人‘全年不散伙’的团结在一起”。[①] 这是《解放日报》根据关中马栏区史家窑村的情况总结出的经验，也是整个陕甘宁边区农村劳动互助组织的特色所在。

劳动英雄吴满有所在的村庄——延安县柳林区吴家枣园，是实现变工互助最充分的典型。他在回应劳动英雄杨朝臣的挑战书上，提出创建模范村庄。这样，从吴满有一个劳动模范，到模范村庄，引出杨朝臣等一批劳动英雄，进而引发一场普遍参加的军民生产劳动竞赛运动。在轰轰烈烈的劳动生产竞赛运动中，农村社会组织化程度不断加强。

为了鼓励劳动竞赛，边区政府开展劳动模范评选和奖励活动，促进各条战线劳动英雄和模范工作者层出不穷。这些措施极大地推动了边区大生产运动的开展，农民生活水平有了极大的提高。吴满有所在乡农民，五年中有 200 户人家是从陕北神木、山东、河南逃荒而来，“政府帮助他们窑洞、土地、农具、贷款，他们发展了，100 户人已成了中农和富农”。到 1944 年底，这个曾经贫穷的陕北农村面貌已经焕然一新。

> 全乡不但庄稼收获多，达到耕一余一；而且他们发动种冬麦，试种棉花，种树护林，组织妇纺，开展文化卫生运动。全乡现在有 291 个妇女（全部妇女是 375 名）参加了纺织，有 188 架纺车，其中两架是“七七”纺纱机，今年她们纺了 330 斤线子，五月全村举行了一次纺纱大竞赛，比赛一小时，最高纪录：头等线 6 钱。她们之中产生了纺织模范叶开有。全乡八月间开始了文教运动，现有民办小学二处，吴家枣园、麻塌、梢园梁三地自动成立了农民学校，有 200 个青年男女参加，他们采用了民教民的教学方式，解决了教员的困难。全乡因为瘟疫传染有 100 多人患病，死了 41 人，人民头脑里还保留了迷信思想，因此巫神乘机骗钱敛财，干

① 《史家窑的唐将班子》，《解放日报》（延安），1943 年 5 月 15 日。

部就发动大家起来反对巫神，政府也派遣了医疗队下乡为人民诊治。①

这是一幅丰衣足食、逐步走向文明进步的陕北农村生活画卷。

吴家枣园全村16户人家，组成一个大变工队，农忙时集体合作，农闲时识字读报。全村开荒120垧，缴纳公粮后，每户农民生活都达到温饱水平。胡绩伟当年担任《边区群众报》主编，他经常到吴家枣园去蹲点采访。“那时，吴家枣园是陕甘宁边区的模范村，是丰衣足食的典型。”半个世纪过后，胡绩伟再次来到吴家枣园，所见所闻，却让这位老报人“深感不足和歉疚”②。当年那种火热的劳动场面，冲天的革命干劲，全村男女老少团结互助、共同富裕的精神面貌和勃勃生机，是令人难以忘怀的。

实行劳动互助，可以更好地调剂使用有限的人力和畜力，减少浪费，延长有效劳动时间。安塞农民说：“一个人上山锄地，要一个人送饭，变工五人锄地，一人送饭就行了。一犋牛犁地，要一个人播种，变工后两犋牛犁地，一人播种就可以。”③ 据三边分区统计，1945年春耕期间，由于组织农民变工，每天节省2006个工，一个月就可以节省60180个工。“实行互助的效果，一般的二人劳动可抵三人，个别最好的一人可抵二人。”④ 通过劳动互助，农民们在集体劳动中，可以开展比学赶帮超的相互竞赛活动，形成一种轰轰烈烈的劳动热潮。新正县三区二乡别岭村唐将班子领头人李长青对《解放日报》记者描述集体劳动的情景说：

有时还比赛骂，唱着骂，我们到堡子湾做活时，和堡子湾的班子赛过。第一天赛锄得快，一人一天锄二亩，太阳还有两竿，我们就锄完了。第二天赛骂，你骂过来，我骂过去，到第三天，我们声都哑了。赛骂的好处，是少歇，一天只歇一次，有时连饭都不愿吃，“他们不回去，我们回去不是给人家骂下啦！”真是热

---

① 林间：《从吴满有乡看边区人民的民主和幸福》，《解放日报》（延安），1944年12月27日。

② 胡绩伟：《宝塔山下的徘徊》，《胡绩伟自选集》第6卷，第200页，香港：卓越文化出版社，2006年9月版。

③ 《介绍陕甘宁边区组织集体劳动的经验》，《解放日报》（延安），1943年12月21日。

④ 西北局调查研究室：《边区经济情况简述》（1948年2月），见《抗日战争时期陕甘宁边区财政经济史料摘编》第2编（农业），第421页，西安：陕西人民出版社，1981年6月版。

闹，简直不觉得疲倦。①

这是乡村粗野的生活热情，是民间纯朴的劳动娱乐，老乡们正是在这种山呼地动、打情骂俏的集体劳动中，尽情享受着被解放了的冲天干劲和喜悦。

这种劳动互助组织发展的最高阶段，是全村组织成一个大变工队。如吴家枣园，全村22个全劳动力，全部参加变工，按劳动力强弱及相互关系分为三个小组，从春季开荒，夏季耘草，到秋季收割，全年变工不散。这为农村自然经济条件下的农民个体劳动转变为集体劳动，实现农业生产方式变革，提供了一次有益的尝试。这也是即将到来的农村土地改革运动后，迅速走上农业合作化道路的一段激动人心的序曲。

农民们唱起了《东方红》

从饥饿到温饱，从逃荒避难到开荒移民，机关学校军队开展大生产运动后，"公家人"全部或部分生活自给，减轻了农民的负担；边区政府再辅之以一系列扶持鼓励农业生产、引导农民发家致富的政策，农民们很快就从咒骂毛泽东转而歌颂毛泽东。

1942年开展大生产运动，各级各类机关、学校、军队生产成绩显著，农民负担大为减轻。

1943年，实征公粮18万石，生产自给粮4.6万石，占公粮总数的28.75%；

1944年，实征公粮16万石，生产自给粮8.6万石，占公粮总数的57.75%；

1945年，实征公粮12.4万石，生产自给粮2.1万石，占公粮总数的17%。②

其中三五九旅屯垦南泥湾，仅1944年生产的粮食，除本部队全部自给外，还上缴公粮1万石。在粮食生产普遍上升的情况下，边区政府及时调

① 《新正三区二乡别岭村唐将班子》，《解放日报》（延安），1943年12月19日。此文由李长青口述，记者记录整理。

② 王政新：《陕甘宁边区的粮食工作》，见《陕甘宁边区抗日民主根据地·回忆录卷》，第274页，北京：中共党史资料出版社，1990年10月版。

整粮食征收政策，从偏重富有者负担，转变为按条例累进征收，降低起征点，各阶层合理负担，做到合情合理，团结抗战。

负担减轻后的边区农民，生活温饱了，用“信天游”那高亢嘹亮的曲调抒发着歌唱的欲望。1943 年 7 月，《解放日报》就收集发表了农民歌颂共产党和毛泽东的民谣，其中唱道：

今年的生产大号召，
哪一个百姓不说好！
又利公来又利家，
日子越过越美扎。

水有源，树有根，
麻雀儿还报奶娘的恩；
共产党对咱这样好，
叫咱八辈子也忘不了。①

1944 年春天，佳县城关三乡农民屈增全、李增正率领着一支 70 多人的移民队伍，从佳县经绥德迁移到延安。时任绥德专署副专员的杨和亭主持接待并举行欢送仪式，绥德地委机关报《抗战报》主编田方安排记者陈伯林采写了一篇《移民歌手》的通讯，记录了民间歌手李有源（1903～1955）仿照“骑白马，挂洋枪”的曲调，编创新民歌《毛主席领导穷人翻身》，称赞边区移民政策。

太阳升，东方红，
中国出了个毛泽东，
他为人民谋生存，
他是人民大救星。

山川秀，天地平，
毛主席领导陕甘宁，
迎接移民开山林，

---

① 寒枫：《农民谣》，《解放日报》（延安），1943 年 7 月 24 日。

咱们边区满地红。

三山低，五岳高，
毛主席治国有勋劳，
边区办得呱呱叫，
老百姓颂唐尧。①

后来，延安大学鲁迅艺术学院音乐工作者对此进行加工改造，编创了红遍全国、唱响几代人的革命歌曲《东方红》。

曾经饥寒交迫，才懂得温饱的珍贵。吃得饱，穿得暖，住得安，健康有保障，孩子能读书，陕北农民将这样的日子视为天堂。他们切实感受到，“边区的天是明朗的天，边区的人民好喜欢，民主政府爱人民呀”②。他们将共产党比作太阳，称颂毛泽东为人民救星。

1946 年春节，劳动英雄杨步浩等发起倡议，以延安县川口区六乡农民的名义，给毛泽东献匾。征得乡亲们同意后，不几天，一块五尺长、三尺宽，上书“人民救星”四个大字的大红金匾做好了。2 月 16 日，农历正月十五，他带领全乡秧歌队敲锣打鼓来到王家坪，向毛泽东献匾。毛泽东高兴地接过金匾，并愉快地观看了他们的秧歌表演，中午在中央军委大礼堂留待这些农民朋友们共进午餐。

杨步浩（1905 ~ 1977），陕西怀远（今横山县）人，家境贫寒，从小就帮人家揽工，1929 年逃荒到延安县碾庄乡石家畔村落户。1935 年陕北红军解放了石家畔，他分到了窑洞和土地，心里感激共产党，并认准跟着共产党闹革命就会过上好光景。1936 年，他加入中国共产党，并担任村干部，积极完成各项任务。边区大生产运动中，杨步浩带领全家早出晚归，精耕细作，生产成绩突出，主动缴纳公粮支持抗战，1943 年被评为“劳动英

① 陈伯林：《移民歌手》，《解放日报》（延安），1944 年 3 月 11 日。
李有源为李增正的叔叔，他们叔侄皆以擅长编秧歌、唱道情闻名当地。此曲也有观点认为是李增正所编创。见《陕甘宁老根据地民歌选》，第 299 页，上海：新音乐出版社，1953 年 11 月第 2 版。

② 这是歌曲《边区的天》中的歌词，刘西林编创。刘西林（1919 ~ 1998），河北沧县人，1937 年参加八路军，任一二〇师战斗剧社演员、编剧、导演，1942 年进入延安鲁艺学习。延安文艺座谈会后，他随战斗剧社返回晋绥边区，1943 年按冀东民歌曲调编创新民歌《边区的天》。后来在流传过程中，歌词被改为“解放区的天”。

雄”。同年 2 月，他参加劳动英雄去南泥湾慰问八路军三五九旅活动，听王震旅长介绍毛泽东主席、朱德总司令同战士们一样要完成生产任务，便主动要求为毛主席、朱总司令代耕。得到县委同意后，他便托人给毛泽东写信。很快他就收到了回信，毛泽东表示感谢。1944 年麦收后，杨步浩赶着两头毛驴，将晒干的一石小麦送到中共中央驻地杨家岭，代毛泽东缴纳公粮。毛泽东亲切地接见了他，当问到他为什么要代自己和朱老总耕田时，杨步浩含泪介绍了自己的苦难身世后说：“吃米不忘种谷人。我现在翻了身，不能忘记共产党和您的恩情呀！”

在毛泽东的关怀和鼓舞下，他的生产劲头更足了，给毛泽东和朱德代耕一直坚持到 1947 年。1945 年，杨步浩被评为陕甘宁边区甲等农业劳动模范。同年 11 月 28 日，杨步浩四十岁生日时，毛泽东、朱德特意派代表前往祝贺。当接过毛泽东、朱德赠送的“与人民同寿”的大红绸幛和 20 万元边币的贺礼时，他激动地对送礼的同志说：“毛主席、朱总司令工作那么忙，还把我这普通农民的生日记在心里，我实在感激不尽。”从此，他与毛泽东、朱德等中共中央领导人及陕甘宁边区政府、延安县政府的负责人来往更多了。逢年过节，或得知哪位领导有病，他就设法前去看望。

1947 年初，陕甘宁边区严阵以待准备撤离延安前夕，有记者要采访农民代表的意见。毛泽东推荐杨步浩去接待记者。他对记者说：“胡儿子要进攻边区，我们‘欢迎’！全边区群众男女齐武装，老少都动员，叫敌人来一个死一个，来两个死一双，管叫他们几十万军队都埋在边区肥田。”① 毛泽东称赞他回答得好，长了边区人民的志气，灭了反动派的威风。

得民心者得天下。农民是近现代中国社会的主体，谁解决了农民的温饱，赢得了农民的爱戴，谁就可以取得天下政权。

---

① 孟广泰：《毛主席和陕甘宁边区劳动英雄杨步浩》，《中华魂》（北京），2006 年第 9 期。

第七章

塑造新人生，缔造新社会

SUZAO XIN RENSHENG DIZAO XIN SHEHUI

人是社会主体，也是一切社会革命和政治运动中的最大变量因素。通过改造人，塑造新人生，实现推翻旧世界、缔造新社会的革命目标，是延安革命队伍的一大历史创举。延安整风运动在思想理论上的重大突破，是形成了马克思主义与中国革命实践相结合的毛泽东思想；在农村社会建设上的重大贡献，是塑造了劳动致富、急公好义的新型农民，为农村社会走上集体化道路奠定了基础；在精神文化上的重大影响，是用阶级论观点对知识分子进行人生改造，打破了几千年中国社会“文统”、“道统”、“政统”分置的格局，从而改变了文化生产、传播机制，形成一种崭新的现代汉语认知格局，规划调整了几代中国人的精神想象空间和社会理想模式。

毛泽东等中央领导同参加座谈会的文艺工作者合影

一

延安文艺座谈会的前因后果

延安十年，中共中央召开过两次正式的文化工作会议，分别是1940年1月的陕甘宁边区文协代表大会和1944年10月至11月的边区文教代表大会。1942年5月召开的延安文艺座谈会，则是一次非正式的文艺界座谈、讨论、交流会议。三次会议既有因果关联，又有各自不同的历史情景。特别是延安文艺座谈会，作为整风运动的一个组成部分，会议内容是包容的，会议形式是开放的，会场气氛是活跃的。其根本任务，是要让那些特立独行、自由散漫的文化人，转变为无产阶级革命队伍里的文艺战士，提高革命队伍的团队执行力，从而对延安文艺、对中国现代文化发展产生了深刻的历史影响。

“鲁总司令” 与 “朱总司令”

1942年5月2日、16日、22日，延安文艺座谈会分三次召开，提出问题，广泛讨论，归纳总结。这是一次名副其实的座谈会、讨论会，与会者就文艺的立场、态度、对象、材料、生活、学习等六个问题展开讨论，先后有40多人次发表意见，相互争论，畅所欲言。毛泽东做主旨讲话和最后总结，也是以平等的身份、商量探讨的语气出现的。

5月2日下午，在杨家岭中央办公厅小洋楼一楼会议室，召开第一次会议。会场没有悬挂会标横幅，主席台就是一张普通的条桌。毛泽东、朱德、凯丰坐在主席台条桌边，会议由中宣部代理部长凯丰主持。大约百余位文艺工作者代表应邀出席会议，中央有关领导也参加会议。

凯丰宣布会议开始，请毛泽东发表主旨讲话。毛泽东很风趣地说，在我们为中国人民解放的斗争中，有两支军队，一支是朱（德）总司令的，一支是鲁（迅）总司令的。要取得革命的胜利，这两支队伍必须团结合作，协同作战。后来正式发表的文本中，改为我们“有文武两个战线，这就是文化战线和军事战线”，“手里拿枪的军队”和“文化的军队”。“今天邀集大家来开座谈会，目的是要和大家交换意见，研究文艺工作和一般革命工作中间的正确关系，求得革命文艺的正确发展，求得革命文艺对于其他革命工作的更好协助，藉以打倒我们的民族敌人，完成民族解放任务。”开宗明义，会议形式是座谈讨论，主要内容是文艺工作与一般革命工作的关系，会议召开的目的，“就是要使文艺很好地成为整个革命机器的一个组成部分；作为团结人民，教育人民，打击敌人，消灭敌人的有力武器，帮助人民同心同德地和敌人作斗争”。为此，提出六个问题：文艺立场、文艺态度、文艺对象、文艺素材（写什么）、文艺工作（如何从生活中取得材料）、学习问题，“当作引子，希望大家在这些问题及其他有关的问题上发表意见”。①

第一次会议从下午 1：30 开始，招待晚饭后，继续讨论到晚上 10：30 结束，持续大约九个小时。毛泽东主旨讲话后，与会代表开始讨论。一时有些冷场，毛泽东提议请萧军先说。丁玲鼓动道：“萧军，你是学炮兵的，你就第一个开炮吧！”萧军从座位上站起来，习惯性地挽了挽衣袖，第一个发言，足足讲了约 40 分钟。他在当天的日记中写道：“对于每个问题，我给了自己的说明，同时阐明了政治、军事、文化应该如何彼此接近和理解。”② 此外，他又就作家与外界的关系，作家与内界的关系，作家与自己

---

① 毛泽东：《在延安文艺座谈会上的讲话》，《解放日报》（延安），1943 年 10 月 19 日。在讲话整理后正式发表的文本中，毛泽东在“引言”部分提出的问题被归并为五个，即立场问题、态度问题、对象问题、工作问题和学习问题。

萧军当天日记记载是六个问题，即立场、态度、对象、材料（写什么）、如何搜集材料（和各方接近）、学习。见《萧军日记》（1942 年 5 月 2 日），《萧军全集》第 18 卷，第 614 页，北京：华夏出版社，2008 年 6 月版。

② 萧军：《萧军日记》（1942 年 5 月 2 日），《萧军全集》第 18 卷，第 614 页，北京：华夏出版社，2008 年 6 月版。

姊妹艺术的关系，作家与革命的、非革命的、自由主义作家的关系问题，谈了自己的观点见解。其中，谈到文艺与政治、军事的关系，他认为，“红莲、白藕、绿叶是一家，儒家、道家、释家也是一家，党内人士、非党人士、进步人士是一家，政治、军事、文艺也是一家。虽说是一家，但它们的辈分是平等的，谁也不能领导谁”①。并引鲁迅为例，表示要用自己的一支笔，监督国共两个党。这种文艺独立的观点，显然是与中共主张相背离的。于是胡乔木起来反驳：“文艺界需要有组织，鲁迅当年没有受到组织的领导是不足，不是他的光荣。归根到底，是党要不要领导文艺，能不能领导文艺的问题。”② 萧军毫不示弱，马上回应，双方当场就争执起来。两个回合后，胡乔木照顾大局，没有再接茬，而是让更多的人发表意见。

胡乔木晚年回忆，第一次会议后，毛泽东叫胡乔木到他那里去吃饭，庆祝斗争胜利，表明毛泽东不同意萧军的文艺独立观点，但在与萧军频繁交往过程中，没有当面指正，而是启发、鼓励别人与之斗争。

看到双方争得不可开交，时任中央研究院文艺研究室主任的欧阳山，觉得自己有责任给大家阐述清楚一些文学艺术的基本概念和范畴，避免不必要的无谓争吵，让大家站在同一个认识平台上进行交流。于是，他主动发言，拉开阵势，从什么是文学艺术的定义讲起，谈到文学现实主义、阶级性、形象性、典型性等一系列问题。开始人们还静静地听着，慢慢地会场上就出现了窃窃私语。大约讲了一个小时后，就有人高声喊道：“主席，我们这里不是开训练班！”“他大概是怕我们中央的同志不了解文学概论，来上课的。”这么一叫，会场上顿时就开了锅，欧阳山也就中止了发言。

第一次会议上，鲁艺音乐系教师向隅发言批评周扬有宗派主义，说自己提交入党申请已经有三年了，至今都没有得到解决。坐在一边的周扬没有马上应答。

在这次会议上发言的还有李伯钊、何其芳、艾青、吴亮平等人。其中，何其芳讲话特别快，带有四川口音，他情绪非常激动地说：“听了主席刚才的教诲，我很受启发。小资产阶级的灵魂是不干净的，他们自私自利，怯懦、脆弱、动摇。我感觉到自己迫切地需要改造。”他的发言，赢得了毛泽

① 转引自高杰《流动的火焰——回顾延安文艺座谈会始末》，《传记文学》（京），1997 年第 5 期。
② 胡乔木：《胡乔木回忆毛泽东》，第 54 页，北京：人民出版社，1994 年 9 月版。

东会心的一笑。但知识分子当时的反应并不一致称赞，在回到各单位组织的小组讨论会上，有人开玩笑地说："你这是带头忏悔啊！"①

5月16日，第二次会议全天讨论。毛泽东全程参加，认真听讲并做记录，偶尔插话，没有正式讲话。

丁玲首先发言，结合自己在主编《解放日报》文艺栏时的工作，谈对作家立场问题的认识，表示"我虽然参加革命时间也不短了，但是从世界观上来说，还应该脱胎换骨"②。

曾经是"创造社"、"狂飙社"成员，到延安后长期率领陕甘宁边区民众剧团在各地乡村巡回演出的柯仲平，介绍该团坚持走通俗化道路。在延安文艺界热衷演大戏、"关门提高"受到批评的舆论环境里，他颇为得意地说："这两年在演大戏的过程中，好些人把给老百姓看的小戏给忘了，我们民众剧团就是演《小放牛》。你们瞧不起《小放牛》吗？老百姓却很喜欢。剧团离开村庄时，群众都恋恋不舍地把我们送得好远，并送给很多慰问品。你们要在哪些地方找到我们剧团？怎么找呢？你们只要顺着鸡蛋壳、花生壳、水果皮、红枣核多的道路走，就可以找到。老百姓慰劳我们的鸡蛋、花生、水果、红枣，我们吃不完，装满了我们的衣袋、行囊和马褡。"③

柯仲平留着一把大胡子，喜欢喝酒，热衷于倡导街头诗歌，讲话嗓门很大，时常陶醉在酒的微醺与诗的沉醉境界里。他那种洋洋得意的神情，逗得会场上许多人都哈哈大笑。毛泽东也乐了，插了一句：你们吃了群众慰劳的鸡蛋，就要更好地为群众服务，要拿出更好的节目来为群众演出，不要骄傲自满。你们如果老是《小放牛》，就没有鸡蛋吃了。④

接着，是八路军一二〇师"战斗剧社"社长欧阳山尊发言。他上次会议没有发言，当时既感到有很多话要说，又觉得自己懂得太少，水平太低，在这么多中央负责同志和文化名人面前，没有勇气发言。开完会回到自己

---

① 参见肖云儒、高杰《延安文艺座谈会写真》，《陕西日报》（西安），1992年7月2日。

② 参见于学伟《我们从感情上起了变化》，见王海平、张军锋主编《回想延安·1942》，第197～198页，南京：江苏文艺出版社，2002年10月版。

③ 转引自何其芳《毛泽东之歌》，《何其芳全集》第7卷，第420～421页，石家庄：河北人民出版社，2000年5月版。

④ 孙琴安：《毛泽东与柯仲平》，见《柯仲平纪念文集》第2卷，第103页，昆明：云南人民出版社，2002年5月版。

住的窑洞，他心里久久不能平静。经过几天的思考，终于鼓起了勇气，他把自己想到的一些意见写了出来，寄给毛泽东。主要内容“大概是建议加强党对文艺工作的领导和动员作家艺术家们到实际斗争中去，到抗日的前线上去”。没几天，他接到毛泽东的回信，正文只有一句话七个字：“你的意见是对的。”这给了他极大的鼓励，于是，这次会议就大胆地举手发言了。

鲁艺戏剧系主任张庚发言中直言不讳地说：我不赞成主席的有些意见，提高是非常必要的，我们共产党的文化运动搞了那么多年，难道不要提高吗？因此，他主张普及与提高来个分工，像文工团、演出队，去做普及工作；像鲁艺这样的学府，能不能主要去做提高的工作呢？

鲁艺音乐系教员张贞黻发言中希望延安重视乐器生产工作。

周扬发言时，明确维护毛泽东的观点。而吴奚如的发言，却受到朱德的点名批评。①

第二次会议上引起争论的焦点人物仍然是萧军。他继上次会议发言大走调后，又尖锐地指出：你们共产党现在又开文艺座谈会，又在整风，我觉得你们的整风是“露淫狂”。你们现在整“三风”，将来总有一天会整“六风”。你们为什么不在十年以前就提出来呢？意思是说，你们早就应该整了，而且还要整得厉害一点儿，但这样整风能不能整得好，他表示怀疑。此前，他在与毛泽东的频繁交往过程中，毛泽东曾经动员过他申请入党，但他拒绝了，表示自己个性太强，与党的组织纪律性难于相容，还是在党外自在些。

这种更尖锐的言论，激起胡乔木、吴亮平、李又常、李雷、罗烽、郑景康等人的回应，或针锋相对地反驳，或旗帜鲜明地赞同，唇枪舌剑，烽烟四起。会场上笑声、掌声、争吵声不断。

此次会议发言中，有人提出文艺的基本出发点是人类之爱；有人认为人性是文艺的永恒主题；有人说还是杂文时代，需要鲁迅笔法；有人提出文艺和政治都是为人民大众谋福利，为大多数劳苦人类而奋斗，彼此殊途同归；有人说学习马列主义辩证法，老是觉得影响创作情绪……

---

① 参见朱鸿召《延安文艺座谈会上的激烈争论》，《延安日常生活中的历史》，第115～116页，桂林：广西师范大学出版社，2007年7月版。

5月23日，第三次会议召开，下午继续讨论，临近结尾时，朱德再次发言。他不点名地批评萧军的观点，然后现身说法，认为参加革命，思想就要有转变。“岂但转变，我说就是投降。就拿我来说，也一样。我是一个从旧军人出身的人，我原来不是无产阶级，因为无产阶级代表的是真理，我就投降了无产阶级。我投降无产阶级，并不是想来当总司令。我只是替无产阶级打仗、拼命、做事。后来仗打多了，事情做久了，大家就推我做总司令。”① 针对歌颂与暴露的争论，他说：“共产党、八路军，就是有功有德，为什么不该歌，不该颂呢？”平时和蔼可亲的朱德，这次发言却颇有些疾言厉色。他用通俗的大白话，一语道破了文艺界整风的实质，就是要实现知识分子和文学艺术家由资产阶级或小资产阶级，向无产阶级工农兵大众的根本转变。

会议讨论到朱德讲话为止，晚饭前全体到会人员集体合影，晚饭后会议移至中央办公楼外边的空地上，临时支起一盏煤气灯，由毛泽东做总结发言。

参加会议的罗工柳回忆，他个子小，当时就席地坐在临时放置的小讲桌旁边，听到毛泽东拿出提纲讲稿的时候，自言自语地说了一句话：“哎呀，这个文章难做啊。”

暮春时节的延安夜晚，清爽宜人。会场静悄悄的，一百多人似乎都在屏息倾听。毛泽东依然用他那柔绵细长的湖南腔抑扬顿挫地说：“同志们，座谈会开了三次，开得很好。可惜座位太少了，下次多做几把椅子，请你们来坐。我对文艺是小学生，是门外汉，向同志们学习了很多。前两次是我出题目，大家做文章。今天是考我一考，大家出题目，要我做文章。题目就叫‘结论’。”然后，他接着说：“朱总司令讲得很好，他已经作了结论。中央的意见是一致的，有些问题我再讲一点。什么是我们的中心问题呢？我们的问题基本上是一个为群众的问题和如何为群众的问题。我的结论就以这两个问题为中心……”②

这段话没有写入后来公开发表的正式文本，但从中透露了召开这次座

① 参见何其芳《朱总司令在延安文艺界座谈会上》，《新华日报》（渝），1946年11月30日。
② 于学伟接受中央电视台采访记录，2002年4月23日。
又见艾克恩编纂《延安文艺运动纪盛》，第364页，北京：文化艺术出版社，1987年1月版。

谈会，不是毛泽东个人的偶然行为，而是经过中央政治局集体讨论通过的决定，是延安整风运动的一个组成部分。

毛泽东把这次座谈会讨论的所有问题，归结为一个中心，就是革命文艺“为群众与如何为群众的问题”，又称“文艺是为什么人的”与“如何为法”的问题。然后，针对发言讨论中提出的各种观点，普及与提高的关系、文艺与生活的关系、文艺与政治的关系、文艺批评中的政治标准与艺术标准的问题，以及“人性论”“人类之爱”“杂文时代”“鲁迅笔法”“歌功颂德”“暴露黑暗”等等，一一做出解答，最后亮明表态：

> 我们延安文艺界中存在上述种种问题，这是说明一个什么事实呢？说明这样一个事实，就是文艺界中还严重地存在着三风不正的东西，同志们中间还有唯心论、洋教条、空想、空谈、轻视实践、脱离群众等等的缺点，需要一个切实的严肃的整风运动。①

所谓“三风不正”，是1942年2月1日，毛泽东在中央党校开学典礼上讲话发动全面整风运动时，提出的革命队伍里存在着的学风、党风、文风问题，主张“反对主观主义以整顿学风，反对宗派主义以整顿党风，反对党八股以整顿文风”②。文艺座谈会上再次强调这一点，非常明确要在文艺界开展整风运动，用群众性政治运动的方式方法解决作家的立场、观点问题。

“笔杆子” 配合 “枪杆子”

相对于1940年陕甘宁边区文协代表大会和1944年边区文教代表大会，1942年的延安文艺座谈会是一次非正式会议。但是，其社会历史影响却远远超过了此前此后的会议。

召开延安文艺座谈会，是毛泽东提议，经过中央书记处工作会议和政治局会议讨论通过的。不过，会议实际执行讨论的议题，并非中央会议通过的全部内容。

---

① 毛泽东：《在延安文艺座谈会上的讲话》，《解放日报》（延安），1943年10月19日。

② 毛泽东：《整顿党的作风》（1942年2月），《毛泽东选集》第3卷，第812页，北京：人民出版社，1991年6月第2版。

参加文艺座谈会的正式代表，早在1942年4月27日就陆续收到一份油印在粉红色油光纸上的会议请柬，内容为："为着交换对于目前文艺运动各方面问题的意见起见，特定于5月2日下午一时半在杨家岭办公厅楼下会议室内开座谈会，敬希届时出席为盼。"落款为"毛泽东、凯丰"。

邀请函是以个人名义发出的，其背后代表着一种组织行为。文化工作本来不属于毛泽东分管，洛甫（张闻天）离开延安一年多时间里，此项工作在中央领导层暂时处于无人过问状态，加之文化人主动找上门来，毛泽东才以个人名义，过问此事，并将其纳入全党普遍整风运动。

毛泽东为召开这次座谈会，做了充分的准备。

大约从萧军致信毛泽东，多次见面会谈开始，毛泽东就有意识地约请或走访在延安的文艺家们，征询他们对文艺问题的意见。在持续近一年的时间里，他先后接触了延安文艺界"两个阵营、三大系统、四个山头"的主要人物，有的还多次谈话，委托收集不同观点和材料。其间，4月10日前，主要关注"文艺方针诸问题"；4月13日开始，广泛"搜集反面意见"；4月17日后，在搜集反面意见的同时，开始征集正面意见；4月18日后，主要与党员骨干作家交流"讲话"、"结论"部分所涉及的主要内容，包括与萧三的交谈，与刘白羽的最后一次交谈，与鲁艺党员作家的交谈，等等。与此同时，毛泽东在中央书记处工作会议和政治局会议上，数次提议并获得通过召开文艺座谈会。

1942年4月10日，中央书记处工作会议上，毛泽东正式提议并获准通过关于召开文艺座谈会的决定，准备以毛泽东、博古、凯丰的名义召集这个座谈会，"拟就作家立场、文艺政策、文体与作风、文艺对象、文艺题材等问题交换意见"①。后来，因为博古忙于其他工作，未能参加座谈会筹备事宜，所以座谈会是以书记处书记毛泽东和中宣部代部长凯丰的名义召开的，请柬上也就署了他们两个人的名字。

值得注意的是，4月10日书记处会议上拟订的文艺座谈会议题，"五个问题都是相对独立的文艺学问题。特别是'文体与作风'和'文艺题材'两个问题几乎可说是纯文艺学问题。这就意味着4月10日所拟议题是本着

---

① 中共中央文献研究室编：《毛泽东年谱（1893～1949）》中卷，第374页，北京：人民出版社、中央文献出版社，1993年12月版。

文艺学的特殊规律性提出来的，对于这些议题的讨论也只能在文艺学的语境中展开”①。

4 月 17 日，中央政治局会议讨论延安的学习与检查工作时，毛泽东提出延安文艺界的情况：“现在必须纠正平均主义和极端民主等问题。文艺界对整风是抵抗的，如晋东南文艺界及萧军等。现在我们进行全党的整风运动，文艺界的党员也应如此，《解放日报》要考试，乘此机会讨论党的文艺政策。”参加会议的康生接着说：“许多文化人说中共无人性，延安不顾青年人的人性，说延安青年是政治青年。国民党特务称赞《轻骑队》为延安专制下的唯一呼声，说延安言必称鲁迅，许多新知识分子把鲁迅作为教条。这是一股歪风。”博古、陈云发言，认为“对文艺界的人，要尽量不伤害，对《轻骑队》的七八个编者，要找他们谈话”，对文协的丁玲、萧军等人，采用个别谈话最好。② 对于当时文艺界存在的诸多问题，党内领导同志之间存在明显不同意见。

文艺座谈会后，5 月 28 日，毛泽东在中央高级学习组报告中谈到延安文艺界问题时说，抗日根据地吸引了一大批文学家、艺术家，这是一种很好的现象，绝对不是坏现象。“中央关于知识分子的决定，这是我们党正面地肯定地说应该欢迎大批的知识分子，只要是抗日的就应该吸收。最近准备作一个关于文学艺术工作者的决定，召开了三次座谈会，目的是解决文学家、艺术家、文艺工作者和我们党的结合问题，和工人农民结合的问题，和军队结合的问题。要结合，就必须克服资产阶级、小资产阶级思想的影响，转变到无产阶级思想，这样才能够在思想上与无产阶级、与工农大众相结合，如果这个问题不解决，总是要格格不入的。”③ 同时，提到在具体方式方法上，不能用粗暴的态度。

---

① 高浦棠（高杰）：《延安文艺座谈会讨论议题形成过程考察》，《中国现代文学研究丛刊》（京），2007 年第 1 期。

② 转引自陈晋《文人毛泽东》，第 226 页，上海：上海人民出版社，1997 年 12 月版。

《轻骑队》是整风运动初期，中共中央青年工作委员会机关的几个同志业余编辑的一份墙报，大约每两周一期，每期七八篇文章，张贴在位于延安北门外文化沟口的一块大木牌上。主要内容为批评延安革命队伍里的不合理现象，揭露生活中的阴暗面，影响甚广。“轻骑队”最初是苏联共青团组织在工厂里开展“青年监督岗”活动的一个名称，后来经一些在苏联学习的中国留学生引进革命根据地。

③ 中共中央文献研究室编：《毛泽东年谱（1893 ~ 1949）》中卷，第 384 页，北京：人民出版社、中央文献出版社，1993 年 12 月版。

这里所说的“中央关于知识分子的决定”，是指1940年10月，中宣部、中央文化工作委员会颁布的《关于各抗日根据地文化人与文化人团体的指示》，以及八路军总政治部与中央文化工作委员会联合颁布的《部队文艺工作的指示》。这些决定强调指出，“应该重视文化人，纠正党内一部分同志轻视、厌恶、猜疑文化人的落后心理。”“应该用一切方法在精神上、物质上保障文化人写作的必要条件，使他们的才力能够充分的使用，使他们写作的积极性能够最大的发挥。”“应该在实际上保证他们写作的充分自由。给文艺作家规定具体题目，规定政治内容，限时、限刻交卷的办法，是完全要不得的。”① 要求并希望各抗日根据地继续设法召集大批文化人，使他们安心工作，求得自己进步，使根据地成为文化人施展天才的场所。

随后，《解放日报》接连发表社论：《奖励自由研究》（1941年6月7日）、《欢迎科学艺术人才》（6月10日）、《提倡自然科学》（6月12日）、《努力开展文艺运动》（8月3日）等等，进一步阐明、解释、宣传这个文艺政策，申明“中国共产党对于思想言论之自由发展是非常重视的”，并将“奖励自由研究”一项写入中共边区中央局5月1日颁布的施政纲领里。在此背景下，延安和各根据地及有关部门相继执行非常宽松、自由的文化工作政策。

所有这些宽松、自由的文化工作政策，其主要依据是1940年1月，洛甫（张闻天）在陕甘宁边区文化协会第一次代表大会上②，以中央书记处书记、中宣部部长的身份作的“文化政策报告”——《抗战以来中华民族的新文化运动与今后的任务》。该报告提出，在抗日民族统一战线的旗帜下，进一步发展新文化的各部门、各方面，使之更能为抗战建国服务。他特别强调文化统一战线工作要针对“文化的特点”和“文化人的特点”去做，“统一战线内部的意见上的某种不一致、意气之争、门户之见，一般是不可避免的，应经过民主的方式来解决各种争论。应当提倡自由辩论与讨论的风气。争论一时不能解决也不要紧，不必过早作结论。对某个文化人

---

① 《关于各抗日根据地文化人与文化人团体的指示》，《共产党人》（延安），第12期（1940年12月）。

② 当时该会议正式名称为“陕甘宁边区文化协会第一次代表大会”，意味着今后还将继续召开第二、第三、第四次大会。实际上，后来没有再按照这个思路继续下去。参见《陕甘宁边区文化协会第一次代表大会宣言》，《中国文化》（延安）第1卷，第2期（1940年3月）。

的缺点的提出，也要经过适当的方式”。要善于尊重文化人“其人格、其事业、其创作与意见。要同他们有真诚恳切的交谊，要有大气量，要谦逊，要能求大同而弃小异”。①

这个“文化政策报告”为整风运动前中共开展文化统一战线工作，延安及各抗日根据地文艺政策确定了原则基调。

1942 年 5 月，毛泽东主持召开的延安文艺座谈会，重新确立了战争环境下党对文艺、文化工作的方针政策。

根据毛泽东安排，博古没有参加延安文艺座谈会的具体会务筹备工作，而是在落实《解放日报》改版任务的同时，特设“马克思主义与文艺”专栏，选译列宁的《党的组织和党的文学》《论文学》，恩格斯的《论现实主义》，鲁迅的《对于左翼作家联盟的意见》等经典文章，配合座谈会的召开，也为会议代表的讨论学习提供理论材料。发表这一组文章的意义，就是要参照苏联的经验，将文学艺术当作革命事业的一个组成部分，通过文艺界整风运动，使之成为革命这架机器上的“齿轮与螺丝钉”。

但是，无论是苏联的经验，还是延安整风运动后的文艺实践，都没有提供用政治手段解决文艺问题的正面答案。延安文艺座谈会召开后不久，一般的文艺杂志都相继停刊了，唯一存在的《解放日报》副刊版面，也出现严重稿荒。1942 年 9 月 20 日，毛泽东不得不亲自拟订征稿条例，近乎行政摊派，分配写稿任务，责任到人。② 这是一件颇为尴尬的事情，作为有过诗词创作经验的毛泽东，应当多少知晓文学创作的真谛。所以，延安文艺座谈会过后，其讲话整理稿推迟一年多才公开发表，并且一直表示“对这篇东西很不满意，自己没有兴趣看它”③，表明毛泽东对解决文艺方针政策问题的谨慎态度。

1943 年 10 月 19 日，鲁迅逝世七周年之际④，延安《解放日报》用两

---

① 洛甫：《抗战以来中华民族的新文化运动与今后的任务》，《解放》周刊（延安），第 103 期（1940 年 4 月 10 日）。

② 参见中共中央文献研究室编《毛泽东年谱（1893 ~ 1949）》中卷，第 405 页，北京：人民出版社、中央文献出版社，1993 年 12 月版。

③ 转引自陈晋《文人毛泽东》，第 243 页，上海：上海人民出版社，1997 年 12 月版。

④ 1937 年至 1942 年，每逢鲁迅逝世之忌日，延安都举行纪念活动。“自 1942 年鲁迅逝世六周年纪念大会后，延安再没有开过类似的大会。”参见潘磊《“鲁迅”在延安》，第 92 ~ 93 页，桂林：广西师范大学出版社，2008 年 8 月版。

个整版加一个半版的超常规篇幅，全文发表毛泽东《在延安文艺座谈会上的讲话》。次日，延安整风运动最高领导机构——中央总学习委员会发出通知，称《讲话》“是中国共产党在思想建设、理论建设的事业上最重要的文献之一，是毛泽东同志用通俗语言所写成的马列主义中国化的教科书。此文件绝不是单纯的文艺理论问题，而是马列主义普遍真理的具体化，是每个共产党员对待任何事物应具有的阶级立场与解决任何问题应具有的辩证唯物主义、历史唯物主义思想的典型示范。各地党组织收到这一文章后，必须当作整风必读的文件，找出适当的时间，在干部和党员中进行深刻的学习和研究，规定为今后干部学校与在职干部必修的一课，并尽量印成小册子送到广大的学生群众和文化界知识界的党内外人士中去”①，这个通知完全以政治手段，并且是压倒一切的政治手段，将《讲话》当作开展政治运动的法宝，只能照章执行，不允许发表不同意见，从而偏离了《讲话》本身对于文学艺术的探索精神。

半个月后，11 月 7 日，中宣部发布《关于执行党的文艺政策的决定》，提出四条贯彻执行意见，指出《讲话》“规定了党对于现阶段中国文艺运动的基本方针。全党都应该研究这个文件，以便对于文艺的理论与实际问题获得一致的正确的认识，纠正过去各种错误和认识”。这是将《讲话》直接当作党的文艺工作方针政策，是判断一切文艺作品和文艺主张的准绳。并且，“毛泽东同志讲话的全部精神，同样适用于一切文化部门，也同样适用于党的一切工作部门”。② 这个决定进一步把《讲话》精神上升为一种普遍真理，以增加贯彻执行的力度。

这两个中央文件，把《在延安文艺座谈会上的讲话》尊奉为党的文艺工作的指导性文件、最高纲领。

1943 年，延安文人普遍下农村，进工厂，到军营，参加大生产运动。劳动成为一个时代的文艺主题、审美倾向。

用体力劳动代替精神思考，手提肩扛，摩顶放踵，四肢不停，行为动作可以充斥心灵空间；生产纺纱，劳累汗水，成绩收获可以挤占一个文人的全部心思。当一辆纺车放在陈学昭面前，她简直感到了一种类似失望的

---

① 《中央总学委通知》（1943 年 10 月 20 日），《解放日报》（延安），1943 年 10 月 22 日。

② 中共中央宣传部：《关于执行党的文艺政策的决定》，《解放日报》（延安），1943 年 11 月 8 日。

心情："这样原始的工具！"从不耐烦、轻视、害怕、抱怨，到终于"很耐心地"坐在纺车旁边纺起纱来了——

在纺纱中，我学到了一门实实在在的学问，这是除了共产党的书报上，古今中外的书本上都没有的，他（它）教你耐心，教你不要主观，要切切实实；你要偷巧也是不可能的，你不可能今天第一天去纺就纺出匀细净洁的头等线来，你不可能一步登天；必得耐心地，加上时间和精神，好好地纺，从一根一根的纱里得到进步，得到技术的提高。这就是毛主席所指示我们的，教我们学习的，老老实实的学问，实践的学问。①

延安自然科学院自1944年1月开始，组织师生从事生产劳动。有一部分人离开学校去种菜、种棉花，校部成立了农业合作社；一部分身体不好的在家纺线。"这实际还是审干运动的继续，搞'劳动改造'。"当时参加者回忆说："我们在生产中劳动很紧张，没有休过星期天，每天天不亮即到地里劳动，落日才归，风雨无阻，什么课也没有上，只是晚上看看报纸。"②彻底改造的决心，长期生产的准备，不断劳作的过程，慢慢地改造着一个小资产阶级知识分子的狭隘偏见，就能体验到毛泽东论证过的"最干净的还是工人农民，尽管他们手是黑的，脚上有牛屎，还是比大小资产阶级都干净"③ 的思想境界。

鲁艺对于被审查出来的"特务"或"特嫌分子"，拒不坦白者大多数被送进边区保安处关进"黑窑"或中央社会部所属的西北公学临时看守所，主动坦白或经"规劝""抢救"而坦白者，大多数被安排调进"工农合"，即鲁艺工业生产合作社、农业生产合作社。"有些同志在讨论康生同志的报告时很愤慨，说这里是劳动营、集中营，和国民党一样。当然这种话是过火的，但是'工农合'在客观上会使人产生这样的感觉。不可否认，'工农合'在鲁艺生产任务的完成上是起了重要的作用的，对知识分子思想意识

---

① 陈学昭：《体验劳动的开始》，《解放日报》（延安），1944年3月8日。

② 林伟：《忆自然科学院发展中的一些情况》，见《延安自然科学院史料》，第431页，北京：中共党史资料出版社、北京工业学院出版社，1986年12月版。

③ 毛泽东：《在延安文艺座谈会上的讲话》，《解放日报》（延安），1943年10月19日。收入《毛泽东选集》时，文中"大小资产阶级"改为"资产阶级和小资产阶级知识分子"。

的锻炼亦有某些作用。”①

整风抢救清洁精神，生产劳动能改造人。小资产阶级知识分子只有经过清洁与改造，才能成为无产阶级革命战士，中国的共产主义者。

1943 年 2 月 15 日，诗人艾青来到吴家枣园找到劳动英雄吴满有，并住了一夜，将长诗《吴满有》念给这位老年的农民听。“我坐在他身边，慢慢的，一句一句，向着他的耳朵念下去，一边从他的表情来观察他接受的程度，以便随时记下来加以修改。……直到我问他‘还有没有意见?’，他说‘没有意见了。几十年的事，被你一下写光了’，我的朗诵才算结束。”② 几经修改，经过吴满有认可后的长诗共九章，在《解放日报》第四版上以整版的篇幅发表。1945 年 1 月，边区群英大会给（授）奖典礼，艾青被授予“甲等模范文化工作者”，获奖金 5 万元及边区政府奖状。

丁玲此间停止了一切文学创作，只有重大纪念日的纪念文章和通讯报道偶尔见诸报端。她“又像上前线一样，打背包，裹绑腿，到柳林同老乡一起纺线，改革纺车，帮盲艺人韩起祥创作新节目，学习柯仲平、马健翎的‘民众剧团’创作的民族化、大众化的经验，还采访了许多先进人物”③。1944 年 7 月 1 日，毛泽东致信丁玲与欧阳山，为丁玲的一篇介绍边区合作社模范工作人员的文章《田保霖》所表现出的“新写作作风”庆祝。

何其芳 1944 年 4 月被安排到重庆做文艺界调查工作，宣传毛泽东《在延安文艺座谈会上的讲话》精神，1945 年初回延安，8 月再去重庆，至 1947 年 3 月调往延安任朱德秘书。1948 年 1 月到河北平山县农村参加土改。

刘芝明撰文认为，“虎和狮子是封建统治意识形象化的典型，它的威风是封建威风的形象，它的膂力是封建势力的形象，它行走起来是一阵寒风扫败叶，这就形象封建统治的普遍与严酷”。与虎和狮子相对应的是马。“马是比较进步的交通工具，也是进步的战争工具，因之，它是代表‘文明’的，而虎与狮则是表示一种更原始更野蛮的工具。”④ 能对虎、狮与马做出落后与进步、野蛮与文明之分，那么，对春花秋月、青山绿水、草木

① 《延大鲁艺三年来审干运动总结》（1945 年 10 月），油印件，陕西省档案馆存。
② 艾青：《吴满有》附记，《解放日报》（延安），1943 年 3 月 9 日。
③ 周良沛：《丁玲传》，第 448 页，北京：北京十月文艺出版社，1993 年 2 月版。
④ 刘芝明：《虎·狮与封建文艺》，《解放日报》（延安），1942 年 11 月 3 日。

虫鱼乃至世间万物做出革命与不革命的二分法裁决，也就成了理所当然。文艺创作上题材决定论呼之欲出，审美风格上孔武强壮、刚毅硬朗成为必然趋势。

延安文人由劳心者变成劳力者，延安知识分子概念发生着改变。小资产阶级思想被清除后，个人主义、温情主义、自我意识、自由精神都在“小我”的灭亡中葬送了，汇入“大我”集体中的是会识字的人民群众之一分子。

1943 年春节前后，延安文艺面貌焕然一新，到处活跃着红色革命秧歌。锣鼓队、秧歌队、宣传队等近百个文艺团体，竞相表演，“踢场子”、“推小车”、“跑旱船”、“挑花篮”等传统民间艺术形式，经过革命化改造后被赋予崭新的内容。继之而起的是新编秧歌小剧、新编秧歌剧，用工农兵所喜闻乐见的文艺形式，表现人民革命的斗争精神，掀开了中国革命文艺的新篇章。

1944 年 10 月 11 日至 11 月 16 日召开的陕甘宁边区文教代表大会，总结整风运动和大生产运动开展以来边区文化、教育、卫生工作经验成就。“我们的一切工作的总目标就是打倒日本帝国主义。日本帝国主义和希特勒一样是快要灭亡了，但是它还有力量，中国人民尤其中国解放区必须继续努力，才能达到最后消灭敌人的目的。这个努力首先是战争，其次是生产，然后便是文化。没有生产的军队是饥饿的军队，没有文化的军队是愚蠢的军队，而愚蠢的军队是不能战胜日寇解放人民和建设工业化的新中国的。所以我们必须有文化。”边区文化应该是新民主主义的文化，“也就是人民大众反日、反汉奸、反黑暗封建传统的文化”。在陕甘宁边区存在 100 多万文盲、2000 多个巫神的情况下，“边区文教会的任务，无论教育、艺术、卫生、报纸哪一项，就都是要告诉边区一百五十万人民自己起来和自己的封建、迷信、文盲、不卫生等旧习惯作斗争”。[①] 文化工作方面，是新知识分子深入农村工厂部队，与工农兵打成一片，洗心革面重新做人，团结改造民间艺人和民间艺术、传统艺术，结成文化统一战线。

这次规模浩大的边区文教代表大会，主要成就是推动了教育与生产劳动相结合以及中西医团结合作，文化工作则是强调贯彻落实中央文件对于

---

① 《毛主席在边区文教大会讲演——文教统一战线方针》，《解放日报》（延安），1944 年 11 月 1 日。

《在延安文艺座谈会上的讲话》精神的政策规定，没有在思想理论上提出更新的要求。

不久，《讲话》传到重庆，郭沫若认真阅读后，认为这里有经有权，既有可以成为真理的基本原则，也有一些属于特定历史环境下的权宜之计。对此，毛泽东表示认可。

二

《解放日报》改版的历史影响

1942 年 4 月至 1944 年 2 月，在抗日战争环境和整风运动中，延安《解放日报》改版，确立了一系列党报原则、运行机制和操作规则，开始形成了一整套中国特色社会主义新闻观，规范了现代汉语语境下的人民政府信息传播方式，影响了几代中国人的视听内容和记忆习惯。当战争环境和党的任务都发生了根本变化，我们重新梳理这段历史往事，发现延安《解放日报》改版既是一个新闻改革事件，又是特殊历史语境下的政治事件，更是产生深刻社会影响的文化事件。

在新闻传播中执行党性原则

作为中共中央机关报，延安《解放日报》1941 年 5 月 16 日创刊。

整风运动中的延安《解放日报》改版工作，实质上就是解放日报社的整风审干抢救运动，是在毛泽东亲自领导下进行的。“毛泽东同志把整顿《解放日报》作为整风运动的一个重要的组成部分，通过整顿《解放日报》

来推动整风运动。”[①] 所以，延安《解放日报》改版，不单纯是版口、版式、版面和错别字等技术层面上的新闻业务问题，而是在技术问题的背后连接着新闻工作的思想路线和组织路线问题。

延安《解放日报》改版工作，最初是1942年1月24日，毛泽东在中央政治局会议上提出的。“社论、新闻、广播三者应并重。重视社论与专论，并出题目分配中央同志写文章，报社要组织写文章的工作。报纸的第三版和第四版应贯穿党的政策，题材应切实，文字应通俗。要组织新闻，在新闻中表现党的路线。”[②] 这里所说的“社论、新闻、广播三者应并重”，是指报纸版面上出现的表达思想观点的社论文字、记者采访撰写的新闻稿件、通过无线电收听翻录的电讯文稿。据说，在此次会议上，毛泽东让人宣读了当时在中央办公厅工作的师哲对于《解放日报》版面内容安排上的意见，认为把主要篇幅用于国际新闻，并配发社论，而对于国内新闻，尤其是边区新闻报道太少，“希望能在政治局会上提一下，以便提高党报的质量”[③]。此举让博古感到非常震惊。

中央政治局根据毛泽东的意见，随即做出决议：“同意毛主席指出今后《解放日报》应从社论、专论、新闻及广播等方面贯彻党的路线与党的政策，文字须坚决废除党八股。并决定由中央各部委（中央同志在内）及西北局每月供给广播新闻消息一件，写社论或专论一篇。”[④]

时任中央政治局常委兼解放日报社和新华社社长的博古参加此次政治局会议后，在1月26日报社编委会上，及时传达了中央对报纸的意见，并具体分析了报纸存在的问题：新闻未能很好地贯彻党的策略、路线；报纸上很少反映党的活动和中央决议；改写后的外国电讯仍带“尾巴”；有些社论让人看不懂，语言不通俗，常常文白夹杂；国内栏枯燥；文艺栏内容应更广泛

---

① 吴冷西：《增强党报的党性——清凉山整风运动回忆》，见《我们同党报一起成长——回忆延安岁月》，第20页，北京：人民日报出版社，1989年5月版。

② 中共中央文献研究室编：《毛泽东年谱（1893～1949）》中卷，第356页，北京：人民出版社、中央文献出版社，1993年12月版。

③ 参见吴葆朴、李志英：《秦邦宪（博古）传》，第364～365页，北京：中共党史出版社，2007年6月版。

④ 《中共中央政治局关于给〈解放日报〉写稿与供给党务广播材料的决议》（1942年1月24日），见中国社会科学院新闻研究所编《中国共产党新闻工作文件汇编》上卷，第118页，北京：新华出版社，1980年12月版。

些;新华社以后要编自己的新闻;报社同志要研究新闻学。[①] 此后，编委会连续召开会议，讨论如何执行中央政治局决议对报纸的指示精神。

2月1日，毛泽东在中央党校开学典礼上做《整顿学风党风文风》的报告，明确提出“反对主观主义以整顿学风，反对宗派主义以整顿党风，反对党八股以整顿文风”，标志着普遍整风运动的开始。“我们党内的主观主义有两种：一种是教条主义，一种是经验主义。”危害最严重的是教条主义。[②] 一周后的2月8日，毛泽东又在中宣部召集的延安干部会议上发表《反对党八股》的演说，指出“党八股”是主观主义和宗派主义的表现形式和宣传工具，“党八股也就是一种洋八股”[③]。这两次会议报告和演说，都对《解放日报》改版工作形成更紧迫的舆论环境压力。而当时的《解放日报》按照国际新闻、国内新闻、边区新闻、文艺副刊的版面排列，将这两次会议报道都安排在第三版右下角和左下角的次要位置。稍后，这被认为是政治上的错误做法。

2月11日，中宣部发出《关于进行反主观主义反教条主义反宗派主义反党八股给各级宣传部的指示》，强调整风运动是当前全党的中心任务，“因此，提醒各级宣传部，务必以极大的力量集中来宣传解释中央的这一思想，务必把目前一切宣传活动和工作，以宣传解释党中央这一思想为中心，务必在这一思想之下改造自己的宣传教育工作，检查干部学习教育，检查在职干部教育，检查报纸刊物，务必达到在党的全部工作中贯彻中央的这一思想”[④]。

与此同时，2月11日，毛泽东在中央政治局会议讨论报纸工作时，要求“《解放日报》应把主要注意力放在中国抗战、我党活动和根据地建设上面，要反映群众的活动，充实下层消息”。“提议根本改变《解放日报》现

---

① 1942年1月26日延安《解放日报》编委会会议记录。转引自王敬主编《延安〈解放日报〉史》，第29页，北京：新华出版社，1998年4月版。

② 毛泽东：《整顿党的作风》（1942年2月），《毛泽东选集》第3卷，第812、819页，北京：人民出版社，1991年6月第2版。

③ 毛泽东：《反对党八股》（1942年2月8日），《毛泽东选集》第3卷，第830页，北京：人民出版社，1991年6月第2版。

④《中央宣传部关于进行反主观主义反教条主义反宗派主义反党八股给各级宣传部的指示》（1942年2月11日），见中央档案馆编《中共中央文件选集》第13册，第314页，北京：中央党校出版社，1991年6月版。

在的办报方针，使它成为贯彻我党政策与反映群众活动的党报。”① 会议同意毛泽东的意见，决定委托博古根据会议精神，拟出改革方案，提交中央讨论。在新方案实施以前，先行改良。

当时参加改版工作的同志回忆介绍，对党中央和毛泽东对报纸的意见，编委会上有人急于检讨，有人推诿，还有人指责群众缺乏责任感……在这种情况下，博古虽然心情沉重，头脑却十分冷静清醒。他一面主动承担责任，说“中央的批评主要指的是我”，一面及时提出“对于《解放日报》严重缺点，不必在下面叫喊，对于编辑部的同志，要采取鼓励教育方针，培养他们树立每一消息、每一字句都代表党的观念”。② 他连续召开编委会，研究增强党的观念，如何从组织上加以保证。编委会讨论制定了一系列具体的规章制度，如编委会成员分工负责联系党政军领导机关，建立审稿、检查、看大样清样制度，以及内部奖惩办法，等等。

3 月 11 日，中央政治局会议专题讨论博古提交的《解放日报》改革方案。会议对此方案没有提出具体的修改意见，应当说是原则上通过了。毛泽东发言讲得很宏观很策略：“党报是集体的宣传者与组织者，对党内党外影响极大，是最尖锐的武器。要达到改造党的目的，必须首先改造党报的工作。”“党报要反映群众，执行党的政策。党性是一种科学，是积极性的彻底表现，是代表党的利益的，无论什么消息都要想想是否对党有利益。”③

3 月 16 日，中宣部根据毛泽东在此次政治局会议上的发言意见，专门发出关于改造党报的通知，强调“把报纸办好，是党的一个中心工作，各地方党部应当对自己的报纸加以极大注意，尤应根据毛泽东同志整顿三风的号召，来检查和改造报纸”。同时，要求“各地高级党的领导机关，必须亲自注意报纸的编辑工作，要使党报编辑部与党的领导机关的政治生活联成一气”。④ 这个通知经《解放日报》公开发表后，更加放大了毛泽东在政

---

① 中共中央文献研究室编：《毛泽东年谱（1893 ~ 1949）》中卷，第 362 页，北京：人民出版社、中央文献出版社，1993 年 12 月版。

② 王敬：《博古与延安〈解放日报〉改版》，见《我们同党报一起成长——回忆延安岁月》，第 10 ~ 11 页，北京：人民日报出版社，1989 年 5 月版。

③ 中共中央文献研究室编：《毛泽东年谱（1893 ~ 1949）》中卷，第 368 页，北京：人民出版社、中央文献出版社，1993 年 12 月版。

④ 《中共中央宣传部为改造党报的通知》（1942 年 3 月 16 日），《解放日报》（延安），1942 年 4 月 1 日。

治局会议上的发言意见，形成对作为中央机关报《解放日报》改版工作更普遍的舆论影响。

3月17日，解放日报社召开编辑部全体会议，博古公开检查《解放日报》创办十个月来存在的主要缺点：贯彻党性和群众性不够，联系实际不够，缺乏党报应有的战斗性……实际上，是将几次中央政治局会议上毛泽东对于《解放日报》的批评意见照单接收。会议动员全体编辑、记者积极参与报纸改版工作。同时，在报纸上公开征求读者对报纸宣传的意见，还派出记者深入各行各业征询对报纸的意见和建议。①

3月30日，《解放日报》公开刊登署名“罗李王”的读者来信，尖锐地提出对报纸的意见：“把贵报各版读过之后，总觉得它有一个最大的毛病，即是立论空泛，和我们建设边区的实际工作似乎相距太远了些。我们觉得今后应该痛改这种作风，应当把怎样使读者具体了解我党的政策、怎样能更具体的帮助各干部执行党的政策，怎样能将边区各方面工作中好的与坏的经验传给全党。”“对副刊，我们提议把‘文艺’、‘中国妇女’、‘中国工人’、‘青年之页’、‘军事’五副刊合并为一个综合性质的副刊，使它成为一个反映实际生活、解决实际问题的刊物，使它在我们这个充满了斗争的社会生活中成为一面褒贬建设的旗帜，把它的篇幅扩大使占第四版的三分之二，以公诸大众。”② 敢于刊登如此尖锐的意见和建议，足见出报社领导对于报纸改版的诚恳态度和公正之心。后来的事实证明，此意见和建议很多都被接受并实现了。

3月31日，毛泽东和博古在杨家岭中央办公厅礼堂召集延安各部门负责人和作家共70多人参加座谈会，讨论《解放日报》改版工作。博古汇报报纸情况并做自我批评，请求大家给予指教和帮助。时任陕甘宁边区政府副主席李鼎铭、教育厅厅长柳湜、教育厅副厅长贺连城、作家萧军、诗人柯仲平，以及徐特立、谢觉哉、朱德等都踊跃发言，提出很多中肯意见和建议。毛泽东最后讲话，“共产党的路线就是人民的路线。现在共产党推行抗日民族统一战线的政策，就是合乎人民公意的政策。在执行这个政策中，常常要遇到许多障碍，比如主观主义、宗派主义、党八股等。为了纠正这

---

① 参见莫艾《本报革新前夜访询各界意见》，《解放日报》（延安），1942年4月2日。

② 罗李王：《对本报的一些意见》，《解放日报》（延安），1942年3月30日。

些不良作风，我们提出了整顿三风。但要达此目的，非有集体的行动，整齐的步调，不能成功"，"经过报纸，把一个部门的经验传播出去，就可推动其他部门工作的改进。我们今天来整顿三风，必须要好好利用报纸"。[①]

1942 年 4 月 1 日，经过数月准备，反复研讨，多方征询意见后，《解放日报》正式改版。

把报纸办成人民的教科书

改版后的《解放日报》，最明显的改变体现在版面内容安排、典型报道和内部各项管理制度建立上。

改版后的版口顺序和内容安排改变为：

第一版（头版），国内外重大新闻，国内新闻以我党、政、军和陕甘宁边区及其他根据地的重要新闻为主，国际新闻中国化，即站在中国共产党的立场上，对国际新闻进行经过价值判断的有选择的报道。如果没有中国共产党和中国人民的参与，一般国际新闻绝对不上头版头条。

第二版，边区新闻和国内新闻，以及有关党政军和其他根据地的新闻，也有少数敌占区的新闻。

第三版，国际新闻，有时也发表有关国内政治、经济和理论学习研究的文章。

第四版，综合副刊，包括"卫生""敌情""科学园地""文艺"等内容。

从新闻报道的数量上看，改版前，自 1941 年 5 月 16 日至 11 月 16 日的半年时间，头版头条国际新闻达 180 次，国内新闻仅有 4 次，其中的两次是我党关于国际问题的评论和声明。改版后，1942 年 4 月的一个月时间，头版头条刊载国内新闻 20 次，占 2/3，主要是围绕党政军和边区的重大工作，包括整风运动、边区生产、军队征粮、我军战报等。国际新闻只有 10 条，占 1/3，所占分量大大缩小。

这样的版口顺序和内容安排，逐渐形成此后中国报纸版面内容以我为

---

① 毛泽东：《在〈解放日报〉改版座谈会上的讲话》（1942 年 3 月 31 日），《毛泽东文集》第 2 卷，第 409 页，北京：人民出版社，1993 年 12 月版。

主、次第排列、国际新闻中国化、中国新闻本地化的传统。与此同时，出现了新闻观念上以价值判断取代事实判断的倾向，以正面报道和典型报道作为新闻传播的主导原则，特别是正面的典型报道。

正面的典型报道是改版后的《解放日报》的一项重大新闻发现。围绕党的中心工作方针路线和政策，寻找足以体现该方针路线和政策的典型人物、集体或事例，用声情并茂的长篇通讯，配以用楷体字加方框突出的代表官方立场态度的社论、言论，以及相关的图片，集中宣传报道某个典型，形成压倒一切的舆论氛围，达到宣传党的方针路线和政策的目的。

1942 年 4 月 30 日，《解放日报》头版头条发表记者莫艾采写的长篇通讯《模范农村劳动英雄吴满有连年开荒收粮特多》，介绍吴满有从一个佃农发展成为新富农的致富经历，同时配发社论《边区农民向吴满有看齐》。5 月 1 日，陕甘宁边区政府召开群众大会，正式宣布吴满有为全边区模范劳动英雄、模范抗属、模范公民。以此为起点，掀起一个轰轰烈烈的“吴满有运动”。这种以发起组织群众运动的方式来开展经济建设，是借鉴苏联的“斯达哈诺夫运动”经验，在公有制经济体制下，以劳动竞赛代替生存竞争，借以调动劳动者生产积极性的有效办法。在农业生产中，继吴满有之后，报纸又相继树立起刘玉厚、申长林、马杏儿、郭秉仁、贺保元、马海旺、张清益、杨朝臣、郭凤英等一系列边区农民劳动英雄形象。

与吴满有英雄形象和“吴满有运动”并驾齐驱的，是工业战线上的劳动英雄赵占魁形象和“赵占魁运动”；作为典型事件宣传的突出案例是南泥湾屯田，提炼出“南泥湾精神”；作为典型集体宣传的是南区合作社，成为发展公有制商业经济的楷模。这些劳动英雄的典型宣传经验，直接影响了此后作为执政党的中国共产党对内进行社会动员的方式。开动全国的宣传机器，在一个特定的时间里，形成绝对的舆论集中力量，发现并塑造正面英雄形象，如雷锋、焦裕禄、陈永贵、王进喜……组织开展相应的社会群众运动，如“农业学大寨”“工业学大庆”，推动党的路线方针和政策的贯彻执行。

为了加强管理，报社编委会主持制定了多项规章制度，以保证改版后的办报思想能够顺利地贯彻落实。其主要规章制度有四：

其一，党政军领导负责审稿制度。鉴于《解放日报》同时作为中共中央和中共中央西北局机关报的双重性质，有关政权建设方面的稿件，除直接报中央重要领导审查外，涉及边区政权的要送报边区政府主席林伯渠负责审读；涉及军队方面的稿件要送报陕甘宁晋绥联防军司令员贺龙审读；涉及边区重大问题的稿件，要送报西北局领导审读；一般新闻稿件，由报社负责人审读签字后才能发排。

其二，建立报纸内部差错检查问责制度。报纸出版后，及时自查并接受读者监督，公布检查结果，发现差错，发稿部门必须回答是怎么错的，谁错的，本人也可以有不同意见。

其三，建立严格的版样签字与校对制度。出报过程设置严格的看大样制度，有关主管人员签字后才能制版。一、二、三版头条新闻由曹若茗签字，其余稿件分别由张映吾、邓友星、吴冷西签字，四版由舒群签字，社论由陆定一签字，专论由余光生签字。大样由陆定一负责，各版版样由曹若茗同意后发。校对负责初校，复校清样由编辑部负责。

其四，健全办公制度。编辑部工作人员上下班签到，主要稿件退稿由陆定一签字，一般稿件退稿由各部负责人签字。①

改版后的《解放日报》更突出的标志，是确立了党报的党性原则和人事调整。

经过近半年的改版，1942 年 8 月 29 日，毛泽东在中央政治局会议上发言，肯定了《解放日报》改版方向，"《解放日报》今年四月改版后是有进步的"，同时提出更严格的纪律要求，"今后日常政策问题报社应请示中央"，"要使《解放日报》成为中共中央的机关报，还需要作很大的努力"。② 同时，要求"各机关、学校负责人必须管理所属机关、学校人员在报上发表的消息和稿件，不得任其随便乱发，以明责任"③。

同日，中央政治局根据毛泽东的发言意见，做出对《解放日报》改版工作的新决定：

> 第一，同意毛主席指出的《解放日报》自 4 月改版以来，有较大的进步，但尚未做到完全成为中央的机关报。有些重大的新

① 参见王敬主编《延安〈解放日报〉史》，第 41 页，北京：新华出版社，1998 年 4 月版。

② 中共中央文献研究室编：《毛泽东年谱（1893～1949）》中卷，第 401 页，北京：人民出版社、中央文献出版社，1993 年 12 月版。

③ 参见《胡乔木回忆毛泽东》，第 452 页，北京：人民出版社，1994 年 9 月版。

问题未能提出与中央商量，而报社所采取的立场有不妥当者，今后在这方面必须实行改善。报社的日常政策，须在中央会议上报告，其它事项须做明确规定者，委托博古、定一同王稼祥、陈正人起草党报工作条例与报馆管理规则，交中央讨论。

第二，各机关、学校负责人，必须管理机关学校人员在报纸上发表的消息和稿件，不得任其随便乱发，以明责任。

第三，《解放日报》是中央机关报，同时在一定范围内又是西北局的机关报。西北局应积极管理边区范围内的事项，并决定陈正人参加中央党报委员会。①

王稼祥时任中央军委副主席（主席毛泽东）、中央党刊委员会委员（主任张闻天）、中央高级学习组副组长（组长毛泽东）、中央清算过去历史委员会委员（负责人毛泽东），代表整风运动领导者参与党报改版管理工作。陈正人时任中央西北局组织部部长，代表西北局参与机关报管理工作。

此前，1942 年 4 月 7 日，根据毛泽东的安排，陆定一从前线抽调回延安，准备去中央党校担任教务长，还没到任，便被改派参加《解放日报》改版工作，先是配合整风运动编辑一个“学习”专刊（1942 年 5 月 13 日至 1943 年 1 月 16 日，共刊 24 期），8 月 15 日被正式任命为报社总编辑，8 月 18 日到任。他后来回忆说，“在这个时期里，关于报社的整风，特别是办报问题，我经常要去向毛泽东同志请示汇报，有什么事情，他也直接找我。我和毛泽东同志有较多的接触，是从这个时候开始的”，“报社名义上是中宣部领导，实际上是毛泽东直接管，他还亲自来报社看望同志们，检查工作”。② 陆定一和博古都是江苏无锡人，同在上海大学和苏联学习过。虽然同属国际派，但陆定一回国后从上海到江西苏区一直受到打击，先后被撤销团中央宣传部部长和《青年实话》主编职务。红军长征后曾任《红星》报主编。现在，陆定一被任命为《解放日报》总编辑后，与博古同在一起吃小灶，很多时候取代了博古以中央政治局委员的身份参加中央政治局会议和西北局会议的资格。在整风审干抢救运动中，陆定一担任解放日报社

① 转引自王敬主编《延安〈解放日报〉史》，第 39～40 页，北京：新华出版社，1998 年 4 月版。

② 转引自陈清泉、宋广渭《陆定一传》，第 258、270 页，北京：中共党史出版社，1999 年 12 月版。

整风领导中心组组长，直属中央机关学习委员会领导。

9月5日，陆定一在新华社编委会第22次会议上传达毛泽东对改版后的《解放日报》的具体意见。认为七七宣言、印度问题、参议会会议、自卫军等几篇社论都有错误。另外，有些消息，如党校学生自杀是不应该刊登的。“报纸的总路线是对的，但还没有做到与中央息息相关。以后凡是新的重要问题，小至消息大至社论必须与中央商量，报社内部必须注意。”“报纸不能有独立性，应当在党中央统一领导下进行工作。”[①] 这个传达意见，把中央政治局决定中那些讲得很原则的话全部落到实处，听到传达后，与会者的心情都很沉重。

9月15日，毛泽东约见博古，做长时间谈话。博古汇报了改版工作情况、自己的思想认识，以及报纸因整风运动而出现的严重稿荒问题。毛泽东当即致信时任中共中央宣传部副部长、代理部长的何凯丰，“今日与博古谈了半天，报馆工作有进步，可以希望由不完全的党报变成完全的党报”[②]。同时拟订约稿对象和内容、字数等要求。

此间，经历了1942年5月延安文艺座谈会的召开，博古全力配合毛泽东，亲自组织翻译并及时编辑刊载“马克思主义与文艺”系列文章，有力地支持了毛泽东对于文艺界的整风运动。那么，毛泽东提出的“不完全的党报”与“完全的党报”的区别是什么呢?

早在《解放日报》筹办时期，博古就提出，“党报工作者对党报重要性要有认识。我们是党中央的机关报，是以党的立场来分析认识世界，这是方向。办好报纸，首先应随时注意敌、我、友的态度。其次，应注意与群众的联系，反映群众的生活情形。因为党中央是运用党报来组织群众、团结群众的”。因此，他要求党报工作者“在政治上把握马列主义的立场”，要有充分的国际国内知识，要努力提高自己的业务技术水平，文字要生动。[③] 这些要求基本涵盖了改版后的党报党性原则的理论要点。问题在于这

---

① 转引自吴葆朴、李志英《秦邦宪（博古）传》，第369页，北京：中共党史出版社，2007年6月版。

② 毛泽东致凯丰信（1942年9月15日），《毛泽东书信选集》，第202页，北京：人民出版社，1983年12月版。

③ 博古：《党报工作者对党报重要性的认识》（1941年5月14日），无锡市史志办公室编《秦邦宪（博古）文集》，第450页，北京：中共党史出版社，2007年5月版。

个“马列主义的立场”，经历着延安整风运动，正在由书本上的马克思、恩格斯、列宁、斯大林思想理论，转变为当前实践中的中国马克思主义，即毛泽东思想。

1942年4月1日，《解放日报》改版当天，博古代表报社起草的《致读者》，对报纸创办十个月以来的工作进行总结，实际上是做公开检讨。他对党报的理论属性认识已经很到位，“不仅要在自己一切篇幅上，在每篇论文、每条通讯、每个消息……中都能贯彻党的观点、党的见解，而且更其重要的是报纸必须与整个党的方针、党的政策、党的行动密切相连，呼吸相通，使报纸成为实现党的一切政策、一切号召的尖兵、倡导者”。他对党报的定义依据列宁和斯大林的观点——党的报纸应当成为“真正的集体宣传者、集体鼓动者和集体组织者”。[①] 这个集体正在形成自己严格的“一元化”组织原则，但还没有将其融会到报纸的管理运行中。“党是无产阶级的先锋队和无产阶级组织的最高形式，他［它］应该领导一切其他组织，如军队、政府与民众团体。”“在这里，下级服从上级、全党服从中央的原则之严格执行，对于党的统一领导，是有决定意义的。”9月1日，中央政治局特别重申，“各级党委及政府、军队、民众团体中的党员负责同志，不得中央许可，不得发表带有全国意义和全党全军意义的宣言、谈话及广播，各级领导同志的文章应经过同级党委或党团适当人员的审阅”。[②] 9月9日，中央西北局通过《关于〈解放日报〉工作的决定》，同意接受中央关于《解放日报》既是中共中央机关报，同时也作为西北局机关报的决定。

9月22日，博古撰文，经毛泽东审定的《党与党报》，作为《解放日报》社论公开发表。文章澄清党报是“集体宣传者、集体鼓动者和集体组织者”的“集体”含义，“绝不是指报馆同人那样的‘集体’，而是指整个党的组织而言的集体”。“党经过报纸来宣传，经过报纸来组织广大人民进行各种活动。报纸是党的喉舌，是这一个巨大集体的喉舌。在党报工作的同志，只是整个党的组织的一部分，一切要依照党的意志办事，一言一行

---

① 《致读者》，《解放日报》（延安），1942年4月1日社论。

② 《中共中央关于统一抗日根据地党的领导及调整各组织间关系的决定》（1942年9月1日），见中央档案馆编《中共中央文件选集》第13册，第427、433、434页，北京：中央党校出版社，1991年6月版。

一字一句都要照顾到党的影响。”“党报不但要求忠实于整个党的总路线、总方向，而且要与党的领导机关的意志呼吸相关、息息相通，要与整个党的集体呼吸相关、息息相通，这是党报工作人员的责任。”① 党的“领导机关”的意志，在党内民主生活不健全的情况下，就有可能蜕变成该机关主要领导者的个人意志。

1943 年 3 月 20 日，中央政治局会议讨论通过《中央机构调整及精简的决定》，在中央政治局和书记处之下，设立中央宣传委员会、中央组织委员会。中央宣传部、解放日报社、中央党校、中央文化工作委员会、中央出版局统归宣传委员会管理，毛泽东任书记，王稼祥任副书记，博古、凯丰为成员，胡乔木任秘书长。

1943 年 9 月，在经过普遍整风运动后再次举行的党的高级干部整风审干会议，即第二次“九月会议”上，博古多次彻底检讨，回顾自己家庭出身、接受教育、参加革命工作以来的详细经历，全盘接受所有关于自己执行教条主义路线的指责和批评，并且自动上纲上线。其中关于《解放日报》创办期间的情况，完全按照毛泽东等人在历次会议上的批评意见做自我检讨。

> 在《解放日报》的工作中，初期（1942 年 4 月改版前）把报纸办成一个缺乏明确党的立场的，有时替资产阶级通讯社作义务宣传的报纸。在报纸的篇幅上，充满了替外国资产阶级宣传和各通讯社及中央社的电讯，完全脱离边区的、生动的实践和党的政策与生活。对于边区群众的生活与斗争毫无反映，尤其严重的是以党报的篇幅供给了反革命分子进行反党的宣传（《野百合花》等）。在报馆组织及和党的领导机关的关系上，当时报纸完全脱离党政军民各领导机关，而由少数小资产阶级出身的知识分子关门办报，实际上是向党的领导闹独立性。报馆内部同样的没有一元化，而凭其各自为政。因之，初期的《解放日报》完全不是名副其实的党报，而是带着某些资产阶级性［质］的报纸。经过中央的讨论和严厉的纠正之后，才有四月改版。但是继四月改版之后，

① 《党与党报》，《解放日报》（延安），1942 年 9 月 22 日社论。

报上仍然登载了许多错误的、有毒素的文字，政治上还有许［多］违反党的政策的错误（印度问题，前年七七宣言的讨论，边区的政策问题，大后方消息等）。我对报纸的领导，还存在着强调技术，忽视政治，依赖职业记者，忽视工农通讯员，全党办报的方针没有坚持贯彻，以及形式主义的许多错误。在毛主席的经常的指导督促下，报纸才逐渐有些改进。定一同志来后，更改善了许多。①

此后，在党的第七次代表大会上，博古又一次做全面的深刻的洗心革面的自我检讨。同时，在报纸组织舆论反击国民党第三次"围剿"期间，博古在《解放日报》上公开发表文章，称颂"我们有党的领袖，中国革命的舵手——毛泽东同志，他的方向就是我们全党的方向，也是全国人民的方向，他总是在最艰难困苦之中，领导党和人民走向胜利与光明"，"我们将更紧密地团结在毛泽东同志为首的中央周围，在毛泽东的旗帜下战斗，并且取得胜利！"② 此文发表前曾送呈毛泽东本人审阅，毛泽东表示满意后才在报纸头版半个版面的显著位置上刊登。

1944 年 2 月 16 日，时值《解放日报》创刊一千期，改版近两年时间，博古代表报社起草社论，经毛泽东审阅同意后发表——《本报创刊一千期》，标志着《解放日报》改版工作的结束。文章说，"这一年又十个月中间，我们的重要经验，一言以蔽之，就是'全党办报'四个字。由于实行了这个方针，报纸的脉搏就能与党的脉搏呼吸相关了，报纸就起了集体宣传者与集体组织者的作用，报纸就能经过党的组织组成了在边区的包含六百余人的广大的通讯网，并能改革了文风，改进了技术"。同年秋，博古在报社工作人员会议上，强调指出，"我们要成为党的喉舌，必须要贯彻党性、群众性、组织性、战斗性"。③

所以，《解放日报》改版确定的党报的党性原则，对上是全党办报，对下是群众路线。全党办报是党报必须严格遵守党的组织纪律，以马克思主

① 博古：《我的初步反省》（1944 年 1 月），手稿。

② 博古：《在毛泽东的旗帜下，为保卫中国共产党而战！》，《解放日报》（延安），1943 年 7 月 13 日。

③ 博古：《党报记者要注意些什么问题》（1944 年），无锡市史志办公室编《秦邦宪（博古）文集》，第 488 页，北京：中共党史出版社，2007 年 5 月版。

义中国化的最新理论成果——毛泽东思想为立场，报社一切重大问题必须经过所属党委主要领导的同意。群众路线是发展基层通讯员队伍，通讯员所在的单位领导要加强对通讯员的管理，并负责对本单位通讯员及群众向报社投稿的审读把关工作。

最抢手的精神食粮

建立在党性原则上的新闻传播实践，是战争环境下的特殊历史语境的产物，在历史发展过程中被泛化为整个社会的新闻传播理念，深深地影响了我们几代人的精神生活。

当中国现代革命选择了武装夺取政权的道路，革命阵营就拥有文武两支队伍，即拿枪的武装队伍和拿笔的文化队伍。两支队伍分兵合作，目标只有一个，都是为了中国革命的胜利。在战争环境下，在革命队伍里，包括新闻出版在内的文化工作，都被深刻地烙上了绝对服从命令、听从主帅指挥的组织纪律原则。

红军长征到达陕北一年后，丁玲来到保安，发起成立中国文艺协会。1936 年 11 月 22 日，毛泽东在其成立大会上讲话："过去我们是有很多同志爱好文艺，但我们没有组织起来，没有专门计划的研究，进行工农大众的文艺创作，就是说过去我们都是干武的。现在我们不但要武的，我们也要文的了，我们要文武双全。因为现在中国有两条战线，一条是抗日战线，一条是内战。要结成抗日民族统一战线，把日本帝国主义赶出去，争取中华民族的独立解放，首先我们就要停止内战。但现在有人不愿停止内战，反而来进攻抗日主力的人民红军，要消灭抗日的领导者和核心的苏维埃，要消灭一切抗日力量，抗日的文艺也要消灭。所以我们要抗日，我们首先就要停止内战。怎样才能停止内战呢？我们要文武两方面都来，要从文的方面去说服那些不愿停止内战者，从文的方面去宣传教育全国民众团结抗日。"①

---

① 《毛主席讲演略词》（1936 年 11 月 22 日），《红色中华》（保安），1936 年 11 月 30 日。该讲演收入《毛泽东文集》（第 1 卷，人民出版社，1993 年 12 月版）时，更名为《在中国文艺协会成立大会上的讲话》。

1938年6月，毛泽东在延安视察中央印刷厂时说："印刷厂生产精神食粮，办好一个印刷厂，抵得上一个师。"① 稍后，中央指示："每一较大的根据地上，应开办一个完全的印刷厂，已有印刷厂的要力求完善与扩充。要把一个印刷厂的建设看得比建设一万几万军队还重要。"②

1942年5月2日，毛泽东在延安文艺座谈会第一次会议上讲话，再次重申，在我们为中国人民解放的斗争中，有两支军队，一支是朱（德）总司令的，一支是鲁（迅）总司令的。后来正式发表的文本中，改为我们"有文武两个战线，这就是文化战线和军事战线"，"手里拿枪的军队"和"文化的军队"。③ 解放日报社社长博古参与此次会议筹备工作，采访部主任丁浩川，采访部通讯科科长郁文，记者黄钢、莫艾，副刊主编舒群，副刊部编辑陈企霞，美术编辑张谔等参加会议。5月23日，朱德在第三次会议发言中，特别称赞《解放日报》改版后发表的莫艾采写关于劳动英雄吴满有的长篇通讯，认为其社会价值不下于20万石救国公粮，即1941年陕甘宁边区征收公粮总数。

将文艺、新闻、出版、印刷等宣传文化工作纳入革命队伍，提出听从最高统帅的指挥命令，是战争环境下的历史必然要求。作为延安整风运动一个重点单位的《解放日报》改版，提出党报的党性原则，就体现在要严格执行中共中央的意见，在当时就是遵照经整风运动被推举为中央书记处主席，负有对一切重大思想、政治、军事、政策和组织问题最后决定权的毛泽东同志的意见。

问题在于，当报纸执行上级领导的指示与来自下层群众的意见相矛盾，或记者采访到的事实与党组织的某项决议相冲突的时候，如果始终是以执行党组织决议或上级领导的指示为党性原则要求，那么就走向了事实的反面，判断认识真理的标准就不是客观事实了。从自信共产党代表了历史的发展方向和人民的根本利益，进而要求党报成为"党的教科书"和"人民

---

① 张彦平编：《延安中央印刷厂编年纪事》，第30页，西安：陕西人民出版社，1988年9月版。又见赵海编著《毛泽东延安纪事》，第55页，西安：陕西人民出版社，1993年8月版。文字略有出入。

② 《中央关于发展文化运动的指示》（1940年9月10日），《六大以来》下册，第819页，北京：人民出版社，1981年2月版。

③ 参见艾克恩编纂《延安文艺运动纪盛》，第350页，北京：文化艺术出版社，1987年1月版。

的教科书”，并设想“人民的希望就是读教科书，并且要是有兴味的日新月异的教科书，这才配让他们读一辈子”。向着这个目标，党报新闻工作者“光会写文章是不顶事的，光有一套‘新闻学常识’也不够，一定要熟悉人民的生活和人民的心，要熟悉党的方向、政策和工作的具体过程，要跟党有十分密切的联系，要绝对忠实于党的意图和党的指挥”。[①] 这样就引出了对新闻材料的价值判断与事实判断问题。

“我们革命的新闻工作者，既然有唯物的社会观，就一定承认每个新闻归根结蒂具有政治性。但是我们认为，这种政治性比起那包含这种政治性的事实来，乃是第二性的、派生的、被决定的，而第一性的东西，最先有的东西，乃是事实而不是什么‘政治性’。”这里“政治性”与“包含政治性的事实”是可以相互融通的概念。广大的通讯员提供自己亲身参与的事实，专业记者既做学生又做先生，在技术上加工制成完全的新闻，实现报纸与人民群众的密切结合。“只有把尊重事实与革命立场结合起来，才能做个彻底的唯物主义的新闻工作者。”[②] 价值判断建立在“本质真实性”基础上，即代表了历史发展方向的事实，尽管还处于萌芽状态或尚未发生，但从本质上说是有未来的，因而是真实的。只反映事物“表象”和“假象”，不反映事物本质的新近发生的事实，属于“客观主义”和“自由主义”的“虚假真实性”。[③]

整风运动中，毛泽东为中央书记处起草给各地中央局的指示中，多次强调“务使报刊宣传服从于党的政策”，“务使通讯社及报纸的宣传完全符合于党的政策，务使我们的宣传增强党性……克服宣传人员中闹独立性的错误倾向”。[④] 毗邻陕甘宁边区的晋绥根据地，其党委机关报《晋绥日报》在工作中遇到群众意见与党的政策相矛盾的时候，处理的具体策略是，“报纸作为舆论工具，应当发挥导向作用，对群众中正确的意见给以肯定和支持，对群众中错误的意见加以引导和纠正。而判断一种意见正确与否，只

① 乔木（胡乔木）：《报纸是人民的教科书》，《解放日报》（延安），1943 年 1 月 26 日。

② 陆定一：《我们对于新闻学的基本观点》，《解放日报》（延安），1943 年 9 月 1 日。

③ 《给党报的记者和通讯员》，《解放日报》（延安），1942 年 11 月 17 日。

④ 毛泽东：《增强报刊宣传的党性》（1942 年 9 ~ 10 月），《毛泽东新闻工作文选》，第 96、97 页，北京：新华出版社，1983 年 12 月版。

能看它是否符合党的路线、方针和政策”①。如果不顾党的路线、方针和政策，站在所谓群众的立场上，为民请命，就是违背党性原则的行为。

受正面报道和典型报道的诱导，延安大生产运动中出现了新闻报道上的“浮夸风”、“客里空”现象。② 报道某某劳动英雄凭一把镢头一天开荒多少亩，天天创造惊人纪录，其实不然。报道鄜县家家户户纺织声，实际上只有几户人家在纺织。还有把计划中的事情，当作完成了工作成绩提前报道。在人物通讯上，搞典型加工，把几个的优点集中到一个人身上……③当时就引起了熟悉实际情况的一般干部群众的不满，报社也及时加以制止。

建立在战争环境和整风运动中的党报党性原则，延续到和平建设年代，就形成了从中央机关报到各级党的机关报，单质同构的新闻传播现象。在这个庞大的新闻宣传网络中，自上往下的传播迅速有效，相对而言，从下往上的信息传递却途径有限，效率有限。与此同时，只有党报才能作为主流媒体合法出版，其他报纸和通讯机构的设立受到严格的前置审批，党报原则就不仅仅对党内生活产生影响，而且对一个时代的社会文明产生影响。

每天早晨6:00，编辑部工作人员听铃声在清凉山上的两排窑洞准时上班，每半个小时发稿一次，上午8:00截稿，清样付印后，12:00下班。然后由同样坐落在清凉山半山腰佛洞里的中央印刷厂负责印刷，下午4:00出报。“到出报的时候，各中央首长和中央机关的通讯员到清凉山下中央印刷厂的收发室领取。报纸送到延安各单位的时间在晚上7:00左右。”“为方便往来商贾和过延旅客阅读报纸，报社在新市场口和文化沟两处特设‘卖报员’，每日下午5:00左右在这两个地方叫卖零售。”④

该报自初创至1941年9月15日，为对开2张，零售价1角；

1941年9月16日改为对开4张，零售价2角，一直维持到1942年8月31日；

---

① 阮迪民：《〈晋绥日报〉的主要经验和教训》，见《延安时期新闻出版工作者回忆录》，第70页，西安：延安时期新闻出版工作者西安联谊会，2006年8月编印。

② 苏联作家柯尔纳楚克的戏剧《前线》中塑造了一个写虚假新闻的记者“客里空”，延安时期成了写虚假新闻的记者的代称。

③ 参见缪海棱《延安初期记者生活片断》，收入《我们同党报一起成长——回忆延安岁月》，第47页，北京：人民日报出版社，1989年5月版。

④ 王敬主编：《延安〈解放日报〉史》，第19页，北京：新华出版社，1998年4月版。

1942年9月1日至1943年2月1日，仍然是对开4张，零售价涨至5角，但预订用户优惠，每月12元，一季度34元，半年63元，全年117元；

1943年2月2日至12月31日，仍然是对开4张，零售价再涨至1元，每月30元，三个月80元，半年150元，全年290元；

1944年1月1日以后，不标价，取消零售。

1944年6月，随中外记者西北参观团到延安采访的重庆《新民报》记者赵超构写道："倘说《群众报》是共产党教育民众的报纸，则《解放日报》正可以算是干部的报纸。……它每天只能印7000多份，发行取分配制。它并不隶属于共产党宣传部，却隶属于比宣传部更高的宣传委员会。它的组织采取苏联党报的办法，社长地位在党内很高，可以出席中共政治局（会议），因而报纸的言论少受人事的牵制。"①

短期的采访毕竟知道的都是一些表象皮毛，只有实际生活在其中的人们才能感受到，经过整风审干"抢救运动"后，其他报刊都停办了，《解放日报》对于革命同志成了最抢手的精神食粮。"每天下午4点到5点，从中央到各基层单位都派出通讯员到清凉山下的一个石窑里去领报。有的通讯员还弄上一辆旧自行车，'叮叮铃铃'地跑在小路上。五六点钟，领报的通讯员便带回泛着油墨香的报纸。一时间，他们成为最受欢迎的人。"当时在延安中学读书的学生们回忆说，"晚自习时，老师组织我们读报。我们把读报看成非常重要的事，读报时我们还自动作笔记和摘抄"。② 这时的报纸不仅提供唯一的消息来源，而且还提供最可靠最标准的思想观点和态度。

① 赵超构：《延安一月》，第165页，上海：上海书店，1992年11月版。

② 鲍克明：《抹不去的记忆》，见贾芝主编《延河儿女——当年延安的中学生们》，第88、89页，北京：中国青年出版社，1992年12月版。

跋语：从延安看到我们的未来

延安改变了历史，延安孕育着未来。

延安十年，厉兵秣马，韬光养晦，走出延安，赢得天下，这是一段历史的奇迹。我们研究延安，回顾历史，是为了更清楚地审视现实，从中汲取创造理想未来的智慧力量。

1945年4月21日，抗战胜利前夕，毛泽东在延安召开的中共七大预备会议上讲话，称陕北是中国革命的"落脚点"和"出发点"，"陕北已成为我们一切工作的试验区，我们的一切工作在这里先行试验"，[①] 取得经验，推广开来。经过一个多甲子的峥嵘岁月，我们从3年解放战争、17年社会主义革命和建设、10年"文化大革命"以及30余年改革开放的历史变革中一路走来，辉煌有之，艰难有之，浩劫有之，繁华有之，今天更面临着前所未有的国内国际发展形势。

以工业化、城市化、国际化为内容的现代化道路，是否有其增长的极限？美欧发达国家和经济社会联合体纷纷出现的经济危机、政治动荡，是否意味着现代化和后现代化发展道路已经触及发展的极限？中东、北非地区频频出现的军事冲突、社会动乱，是否预示着西方现代民族国家政治观

① 毛泽东：《中国共产党第七次全国代表大会的工作方针》（1945年4月），《毛泽东文集》第3卷，第297页，北京：人民出版社，1996年8月版。

念向外输出正遭遇夺命的考验？我们的土地、空气、淡水资源能承载多少世界工厂？我们的城市空间能接纳多少人的梦想和欲望？我们将为子孙后代留下什么样的世界？国内社会发展中的难题，国际社会难题中的发展，期待着我们，也逼迫着我们重新审视自己，重新认识世界。

中国是在西方列强一而再，再而三的欺侮凌辱中进入近代历史阶段的。打碎了牙齿咽下肚子，学生死心塌地地学老师，老师却凶神恶煞地打学生。经过一个多世纪的卧薪尝胆、奋发图强，抗日战争胜利是中国改变近代以来挨打命运的开始。又经过半个多世纪的风雨坎坷，学生成长壮大了，发现老师的日子也不好过。学生可以变成老师，老师也可以变成学生，道之所在，师之所在。

欠发达国家，战争环境，农村社会，中国共产党人在延安没有简单照搬欧美或苏联的发展模式，也没有简单沿袭中国传统社会治理结构，而是创造性地根据彼时彼地的现实历史条件，一切从实际出发，一切以时间地点为转移，实事求是，集思广益，在思想理论路线上接受共产国际和苏联的指导，但是坚持探索马克思主义理论与中国革命实际相结合的道路；在政治路线上服从抗日民族统一战线的原则立场，但是坚持探索独立自主的民族战争和国家政治前途；在军事路线上遵循民族革命战争的一般规律，但是坚持探索敌后游击战争的制胜之道。延安十年赢天下的经验有很多，及时回应时代关切，切实主持社会公正，共襄事业、兼容并包，创建抗日民主示范政权，艰苦锻造团队执行力，等等，但是所有这些经验都是依托具体环境、条件和资源、机缘的。当这些成功经验的具体时代内容被历史进程拧干，晾晒，我们作为这段历史的继承人和这个民族的子孙，能够从中提炼出的思想理论菁华，就是我们透析现实、创造未来的智慧因子。

及时回应时代关切，要求我们敞开双向言路，用鲜明的旗帜和响亮的主张，及时回应来自四面八方的诉求意愿，给迷惘者以信心，给忧患者以抚慰，给悲观者以希望。时代已经远远位移，复活中国传统国学不足以回应时代需求。空间距离正在日渐拉近，文化差距依然存在，移植西方理论往往在中国社会水土难服。所谓“新权威主义”与“新自由主义”，或“新左派”与“新右派”，都难免各执一词，有所偏废。所谓“中国威胁论”“零和世界逻辑”与“中国模式论”“拯救世界责任”，也都难免或危言耸听，或别有用心。言论是一种武器，舆论更是一种力量。面对多元、多样、多变的国内思想舆论格局，以及唱衰、唱空、唱好中国的国际学术舆论环境，回应时代关切，必须立足当下中国与当今世界社会现实，充分利用历史提供的各种资源，尤其是自身历史发展所积累的经验教训和思想资源，积极回应各种学术思潮，化解各类思想纠葛，向世界有效地说明中国，坚持走中国自己的发展道路。

切实主持社会公正，要求我们用制度化的方式确保国内社会公平正义，用理想道义的力量维护国际社会公平正义。从供给制、公有制、计划经济、吃“大锅饭”，到承包制经营、个体经营私有制、市场经济、物质消费主义、追求物质利益最大化，一部分人先富起来后，如何让另一部分人共同富裕起来？东部沿海地区发展起来了，中部崛起和西部开发是否要重蹈东部的路径？我们所要主持的社会公正，是在什么意义、什么层面上的尺度标准？税收、分配、奖惩、捐赠，可以调整同一时代人与人之间的利益关系，但我们用什么方式方法去调整这代人与下代人之间的利益平衡以及人类与其他物种之间的生态平衡呢？更有国际社会的利益格局，除了制裁与战争，我们能够提供什么别种方式方法吗？王道善治观、霸道专制观，与天赋人权论、社会契约论，都不是永恒存在和绝对真理。

在战争环境下，梁漱溟的“伦理本位，职业分途”主张，未免显得迂阔饶舌。但是，在和平环境下，确是卓有远识的见解。因为社会契约论的本质，是将人与人的关系简化为一种产品交易，论了责权利，丢了情爱义。所以，梁漱溟认为，人生在世必须面对三大问题：其一是人对于物的问题，其二是人对于人的问题，其三是人对于自己的问题。由此带来人类发展史上的三种文化形态与三期文明进程：其一是西洋文化，主要特征是“征服自然，利用自然”，对大自然采取敌对的征服利用的态度，并且随着工业革命的成功，一直持续强劲几个世纪，此为第一期文明；[①] 其二是中国文化，

① 梁漱溟：《人心与人生》，第211页，上海：学林出版社，1984年9月版。

以“仁”为本①，以“礼”为尚，从家庭伦理出发，诚心修身齐家治国平天下，有才而性缓，有智而气和，极高明而道中庸，追求中和境界，天地各得其位，万物齐生并育，此为第二期文明，与西洋文化崇尚“个人本位，自我中心”大异其趣；其三是印度文化，也是第三期文明。他相信，“在世界未来，将是中国文化的复兴”②，也就是在西洋文化主导现代化发展道路之后，将是中华文化的复兴。

哲学观上的天地大道，人生观上的君子之道，方法论上的中庸之道，形成中华文化的基本精神价值。在政治伦理上的“民惟邦本”与“选贤任能”，在经济伦理上的“以义制利”与“以道制欲”，在世界伦理上的“德性普施”与“天下文明”，作为中华文化的基本道德伦理，受到近现代西方文化中的“经济人”本位观念、追求利益最大化的功利主义观念、物竞天择适者生存的单线进化观念、优胜劣汰弱肉强食的国际霸权主义观念的全面挑战。抛弃教堂的市场经济拥戴，彻底打开了中国人先前一直被压抑着的自私自利之心、纵欲享乐意识和竞争意识的方便之门，并提供了合理与合法的价值依据。这为中国经济发展和社会变革释放了强大的活力，同时又引发了一系列新的社会矛盾冲突。③ 在激发社会活力、提高社会效率的同时，主持社会公正，维护社会平衡，需要将中华文化的道德伦理与西方文化的生存伦理融会互补，让活力、动力、竞争力在规范的法律和道德伦理轨道上有序运行，高速疾驶。

1949 年 11 月，重庆解放，梁漱溟应毛泽东之邀，离开山城，于次年 1 月到北京。1950 年 3 月 12 日，毛泽东约见梁漱溟并共进晚餐，询问与自己同庚的梁漱溟是否可以参加政府工作，得到的回答是，“愿在政府之外效力”。具体办法是希望成立一个中国文化研究机构，认识老中国，建设新中

---

① 孔子说“吾道一以贯之”，曾仕强认为此“道”，就是中，就是仁，就是太极。从社会人伦关系上说，“两性和合就叫仁”。一个人不成其社会，两个人就有了社会矛盾。“睡在自己身边的，却是唯一一个没有血缘关系的人——配偶。说起来有血缘关系的应该比较放心才好，但是我们专挑一个没有血缘关系的住在一起，你说妙不妙？这就告诉我们，你如果能跟这个没有血缘关系的人相处好的话，整个家就齐了。”参见曾仕强《易经的奥秘》，第 28、29 页，西安：陕西师范大学出版社，2009 年 11 月版。

② ［美］艾恺采访、梁漱溟口述：《这个世界会好吗：梁漱溟晚年口述》，第 19 页，上海：东方出版中心，2006 年 1 月版。

③ 参见姜义华《我们文明的根柢和核心价值是什么》，《文汇报》（沪），2012 年 1 月 9 日。

国。自己不担任该机构领导职务，只做顾问工作。“认识老中国是建设新中国之必要前提，因此我建议政府和中国共产党，今天要切实下功夫去认识老中国。”已经成为历史的老中国，对于建设新中国的意义，是从历史中寻找到中华民族文化的精神价值和行为方式。毛泽东对此未置可否，而是建议梁漱溟到山海关内新解放区和关外老解放区去参观考察一番。此后约五个月时间，梁漱溟先后游历华北、东北大部分地区，看到了新中国、新气象，表示自己信从共产党，但同时更坚定了自己要从事文化研究的决心。回到北京，9 月 18 日在中南海怀仁堂参加晚会看演出期间，梁漱溟遇到周恩来。周恩来知道梁漱溟建议共产党创办文化研究机构的事，就主动提出，请梁先生拟订具体计划和预算书，交由政务院开办即可。梁漱溟大受鼓舞，当晚就执笔拟订设置中国文化研究所方案报告。还没来得及将报告送交周恩来，梁漱溟又接到毛泽东主席邀请去中南海谈话聊天，就把该报告带上了，准备先请毛主席看。“不料主席看时，表示不同意。”梁漱溟告知这是应周恩来之约起草的。“主席当即表示你与总理既然谈妥，那便设置亦可以的。”① 为避免两位领导之间发生误会，梁漱溟主动放弃设置中国文化研究所的建议。

对中国文化进行专门学术研究，因此延宕了近 30 年。

梁漱溟离开这个世界比毛泽东晚 12 年。晚年梁漱溟始终敬佩毛泽东的雄才大略，称颂其创造新中国功勋卓著，很了不起。但是，梁漱溟始终没有改变的是自己的文化立场。“毛主席这个人啊，才气很高，所以他什么事情好像都不在眼里，所以他也就缺乏尊重老文化、老学问的那个样子，其实他还是逃不出去这个老文化。”② 我们从来就没有离开过文化，也无法挣脱文化。只是我们在狠抓阶级斗争和追赶市场经济的过程中，缺失了人文精神——一种真正以人为本的文化。

执行力与创造力，都属于能够改变历史进程的巨大伟力。在人类四大文明古国中，中华文明成为唯一流传至今的历史文化，是因为执行力和创

---

① 梁漱溟：《1950 年向领导党建议研究中国文化，设置中国文化研究所之草案》，《梁漱溟全集》第 6 卷，第 834、836 页，济南：山东人民出版社，1992 年 8 月版。

② ［美］艾恺采访、梁漱溟口述：《这个世界会好吗：梁漱溟晚年口述》，第 17 页，上海：东方出版中心，2006 年 1 月版。

造力都曾无数次很给力。以国为本与以人为本，大局观念与个人利益，团队执行力与个体创造力，永远都是矛盾对立，辩证统一。只要竞争格局还存在，战争危机没解除，国家、集体的大局观念就注定要成为生存的自觉意识，团队执行力也就成为每个人的天命召唤。延安整风运动为了提高革命队伍的团队执行力，统一思想，统一步伐，进而纯洁思想，纯洁组织，改造人生，改造社会，对于习惯自由散漫、崇尚特立独行的文化人，是触动心灵深处的思想革命。没有这场心灵深处的思想革命，就不可能促成“拿枪杆子”和“拿笔杆子”的两支革命队伍的密切配合，相互策应，推翻一个旧世界，建立一个新中国。

此一时，彼一时。在战争与和平的历史阶段性演进中，相对安宁的阶段是极其宝贵的发展机遇期。如果说执行力是战争时期的决定性力量，那么创造力就是发展时期的决定性力量，是推动生产力发展的关键因素。而创造力依托生命个体，源于每个人的生命自觉、人生价值实现。所以，人才需要培养、激励，天才更需要呵护、包容。锻造执行力，是把各式各样的“材料”打磨成规格大小统一的“砖头”。激发创造力，是恰恰相反的举动。在矛盾对立中寻求辩证统一，在两个极端更替中拿捏分寸，举重若轻，游刃有余，是为治大国若烹小鲜的德性智慧。

纵观整个人类社会历史进程，战争是政治的非常形式。寻求善治，安居乐业，和平共处，是人心所向，大势所趋。用最高的效率破解生存难题，用最善的文明温暖世道人心，用最美的愿景增进价值认同，是摆在我们面前的时代呼唤。

延安，是一个内涵丰富又深刻复杂的典型成功经验。

初版后记

这部书稿写作共计5个年头，我进入延安社会历史文化研究也已近20个春秋。

我不是一个书斋里的学者，从职业的角度来说，我读书治学属于业余兴趣爱好；从精神生命的角度来说，我恰恰是把工作生活中遭遇的绕不过去、化解不开的因缘情结，转化为学术思考的动力机制，促使我在历史与现实之间往返穿越，衔泥叼枝，不断构筑可以寄托生灵的鸟巢。好在，我可以无须去考虑拿学术去评聘职称、申报课题项目，大体上可以信马由缰地凭借自己的兴趣爱好，去查询历史资料，寻访历史当事人，揣摩历史表象背后的动机意图。每当我从文献档案中读出了当事人的笑脸或苦楚、尴尬或诡计，破释历史的玄机往往能帮助我对现实社会的人情世故有一种了然于胸的理解、谅解与化解。

延安的丰富与复杂，辉煌与残酷，伟大与艰苦，是远远超出一般人想象的，也是远远超出已有一般教科书所描述的。如何把一个完整的丰富多彩的延安呈现给今天的读者，选择什么样的叙述方式，是我一直深思熟虑的问题。从社会文明进程的角度，努力客观地讲述曾经发生在延安的生动故事，发掘共产党人十年赢得天下的艰苦卓绝和创造智慧，是我最后确定的目标路径。为此，我不敢轻易放过对任何一个历史细节的求证、印证和考证，不敢虚掷一词，不敢浪抛一语。为了查证徐佛观（徐复观）所写延安观察报告，我不仅将上海图书馆所藏徐复观全部图书翻阅一遍，而且拜托正在台湾讲学的胡晓明先生，多方联络帮助咨询徐复观著作编辑者，核对文献。华北《人民日报》是极其罕见的历史文献，承蒙北京大学法学院的刘浣君，从有关文献资料库查找出来，并提供我所需要的其中报道延安的多篇文章，弥补缺失，非常难得。复旦大学历史学系的周坚君，托自己的朋友从日本旧书市场专门购置我所需要的野坂参三的晚年回忆录，并从日本快递过来，解我求索之急。许丽华君帮助寻找到《梁漱溟全集》，让我感念多多。谨此表示衷心感谢！

初稿完成之后，陕西人民出版社专门来沪，召开专家咨询会，听取修改意见。我的业师王晓明先生，以及荣跃明先生、赵南荣先生、张炼红君、毛尖君、唐小兵君等都赐予十分宝贵意见，对拙稿进一步修改完善具有提神点睛作用。念兹在兹，不胜感激！

住在上海，总有做不完的事，而且是赶着去做。越是忙忙碌碌，我越是心里空虚。我始终有一种挥之不去的感觉，那就是这样的现代化绝非我的理想生活。我本农家子弟，从农村到城市，难道不是我的理想追求吗？那么，我们生活的城市缺了什么，多了什么？我们生存的时代缺了什么，多了什么？这样的城市生活从哪里来，载着我们到哪里去？带着这些问题，我乐此不疲地读书治学，尤其是为了这部书稿的写作，我几乎把所有的休息时间和节假日都交付出来。很多时候，我深深地沉浸在延安的精神世界里，像春天里孵蛋的老母鸡，一往情深地享受着痴情发呆的境界滋味。感谢家人按时唤我吃饭，偶尔有个长假，他们出游了，我一个人闭关在家，早晨煮一锅稀饭，以备一日三餐。吃过晚饭，想起来应当出去散步啦，看时间，乖乖，竟然子夜已过。

幼子九歌，牙牙学语，我把很多本来应该陪他玩耍的时间，用到写作上，感谢夫人许晓东女士鼎力相助，承担了大量哺育教养事务，感谢梅春荣阿姨的帮助，全心全意地呵护着一个活力四射的童年。

特别感谢我供职的单位领导和同事们，感谢他们对我的理解、信任和支持！

朱鸿召

2011 年 12 月 23 日凌晨　　初稿完毕

2012 年 2 月 23 日凌晨　　二稿改毕

2013 年 3 月 18 日凌晨　　三稿修订

新版后记

5 万人，10 年时间，你能做什么？

一个稍具规模的大学，师生员工总数 5 万人，现在中国颇多。一个大中型企业，一个接纳外来务工者的行政村，一个经济技术开发区，集聚 5 万人都是常见的。1937 年初中共中央进驻延安，随后红军主力部队改编为国民革命军第八路军三个师，加上陕甘宁边区留守兵团，以及南方游击队改编的新四军，军队 3 万余人，党政机关行政人员和各级各类学校师生员工 2 万余人，共计 5 万余人。1947 年 3 月中共中央离开延安，转战陕北，指挥解放战争，途经河北西北坡，进入和平解放的北平（北京）城，取得全国政权，建立完全独立主权国家，让近代以来遭受百余年欺侮屈辱的中国人民站起来。这是一个巨大的成功范例。

近年来，我有幸应约与越来越多的企业界人士谈延安。他们是垂顾惠读了我的延安研究著述后，希望与我交流关于共产党为什么能够在当时延安那么偏僻的地方，用短短十年时间，可以赢得天下归心？他们阅读延安的目的性功利性很强，就是要向中国共产党学习成功之道。他们把共产党视为一个巨大的客观历史现实存在，正视之研究之学习之。他们很现实，也很直白地认为，在中国，无论经商从政做学问，你必须对这个客观历史现实有一个正确的认知，否则生意做不大，做大了也走不远。这样，就促使我对延安历史文化研究有了一个新的视角。

延安十年赢得天下的首要原因，是在抗战御侮反侵略的问题上，始终高举抗日的旗帜，赢得知识界，尤其是青年学生的信任和拥戴。自1931年“九一八”事变，至1937年“七七”事变的六年时间里，国民党和国民政府作为执政党和合法政府，面对日渐高涨的抗日思潮，都没有以集体组织的名义公开发表过抗日主张，没有正面及时有效回应时代社会关切，从而逐渐丧失了人心民心。尽管从蒋介石到诸多国民党将领和国民政府官员，都不乏爱国之心和抗日情绪，但个人情绪观点不等于执政党和国家政府主张。人心向背是一种能量，一种巨大的能量。从某种意义上说，人心就是江山，民心就是天下。任何时代社会，任何行业领域，得天下者必须先得人心。

其次，延安改变了陕甘宁边区农民的命运。1941年“皖南事变”发生后，国民政府彻底停发国民革命军第十八集团军（八路军）军饷，并对陕甘宁边区实行军事封锁和经济封锁，导致延安和陕甘宁边区极大的经济困难和生存危机。共产党在困难面前，没有退缩，没有抱怨，而是因时因地制宜，组织开展大生产运动，减轻农民负担的同时，大力发展农业生产，设立经济特区，善待外来务工者，组织科技攻关，改良农业品种，发放扶农专项贷款，提高农业生产力水平。在生产力发展基础上，延安及时发现并推广农民互工队，引导改造互助组，改善提高农村生产关系，增加农业生产组织化程度。物质生活难关渡过后，创新评选劳动模范，帮助农民财旺人也旺，组织农民开展识字运动，尝试建立农村社会基本医疗保障体系，切实提升陕甘宁边区农村社会文明进程。在一个以农立国的时代社会，农民是社会最大多数。维护好发展好最大多数人的利益，是局部执政或治国理政合法性的现实基础之所在。

再次，延安找到了中国革命的道路问题和理论问题之答案。经历过中央苏区的军事政治失败教训，经过长征途中的深刻反思，以毛泽东为代表的中共领导集体在延安时期，在领导根据地军民抗日和局部执政过程中，寻找到解决中国革命问题的有效方式方法，实事求是，一切从实际出发，具体问题具体分析，不唯书不唯上只唯实，实现了中共历史上第一个思想理论成熟时期，在关于举什么旗、走什么路、向何处去等基本问题上，找到了自己明确的答案。通过整风运动，将政党成熟的思想理论转化为全体党员干部的自觉行动，特别是经过耐心细致的工作，让“拿枪的队伍”与“拿笔的队伍”步调一致，形成合力，从而极大地提升了革命队伍的集体执行力和战斗力。建立在工业化大生产基础上的现代化社会，以标准化产品和标准化服务为导向，必然要求执行严格的集体纪律和操作规程。延安整风运动是延安历史研究中的重要内容，从锻造团队执行力的角度来分析，延安时期的历史具备了中国现代社会属性，是中国现代化历史进程中的一个特殊阶段。

延安时期的成功经验可以总结出很多，我以为赢得天下的根本经验，是关乎人心、关乎利益、关乎思想方法这三条。

拙著初版名为《延安缔造》，比较全面地阐述回答延安十年何以赢得天下的问题。用最简短的语言文字，把最复杂的问题讲清楚，深入浅出，言简意赅，是一种学术水平和思想境界不断精进的体现。我不敢说自己处于什么阶段水平，只能说自己矢志不渝地追求着这样的境界。为减轻体量，瘦身健体，现将其中的七篇个体案例抽去，并对部分章节内容进行润色调整，希望便于更多的读者阅读。

脚步不能到达的地方，思想可以到达；思想不能到达的地方，理想可以到达；理想不能到达的地方，梦想可以到达。这是我见到的一家企业精神。我沿着这个企业精神的思路，继续追问，梦想到达的地方，是什么？哦，梦想到达的地方，那是属于我们心灵的国土，精神的世界，情怀之所在。有没有这种境界，有没有这种情怀，工作状态和结果品质是绝对不同的，学术文字也是迥然不同的。

学术是天下之公器。延安学研究更是一门可以直通当下中国特色社会主义道路和理论的学术领域。我在这个学术领域摸爬滚打20余年，越来越坚信中国特色社会主义道路的历史起点和逻辑起点，都在延安！

期待着越来越多的读者关注延安，更期待着越来越多的学者研究延安！

朱鸿召

2017年4月19日　　京沪旅次

2018年4月17日　　沪上双樟园